HEIDI REHN

# DAS DOPPELTE GESICHT



atb aufbau taschenbuch

HEIDI REHN

# DAS DOPPELTE GESICHT

Ein Fall für Emil Graf

Kriminalroman

atb aufbau taschenbuch

Das Zitat auf Seite 5 stammt aus: Hans Habe, Off Limits. Roman der Besatzung Deutschlands. München 1955, S. 159.

MIX
Papier aus verantwortungsvollen Quellen
FSC® C083411

ISBN 978-3-7466-3707-5

Aufbau Taschenbuch ist eine Marke der
Aufbau Verlag GmbH & Co. KG

1. Auflage 2020

Satz: LVD GmbH, Berlin
Druck und Binden CPI books GmbH, Leck, Germany
Printed in Germany

www.aufbau-verlag.de

„Es genügt nicht, dass die Zustände anders werden,
sie müssten auch besser werden."

HANS HABE, OFF LIMITS.
ROMAN DER BESATZUNG DEUTSCHLANDS

# PROLOG

## MITTWOCH, 15. AUGUST

Fast war es geschafft. Er konnte es kaum glauben. Wie es aussah, kam er wohl tatsächlich noch einmal davon. Nur noch wenige Tage, und der ganze Schlamassel lag hinter ihm. Dann konnte er endgültig einen Schlussstrich unter alles ziehen. Vergessen und neu beginnen. So wie die anderen.

Lautes Donnern schreckte ihn auf. Die Erde begann zu beben. Er zitterte plötzlich am ganzen Leib. Schweiß trat ihm auf die Stirn, seine Kehle wurde eng. Eine Bombenexplosion! Panisch sah er sich nach einem Versteck um.

In der nächsten Sekunde fuhr ein Blitz über den gelbgrünen Himmel. Das grelle Zucken blendete. Ein zweiter Donner folgte.

Doch nur ein Gewitter. Er atmete auf. Starrte gebannt vom Terrassenfenster in die dunkle Weltuntergangsstimmung nach draußen. Dicke Regentropfen setzten dort gerade zum Trommelfeuer auf die Erde an. In Rekordzeit verwandelte sich der Rasen in eine Kraterlandschaft. Löcher rissen auf, Furchen gruben sich ein. Das schlammige Wasser sammelte sich in knöcheltiefen Pfützen. Die kostbaren englischen Rosen waren ohnehin längst Gemüsebeeten gewichen.

Obwohl das Unwetter dem Garten übel zusetzte, blieb er eine Oase. Deutschland lag in Schutt und Asche, ganze Städte hatten sich in monströse Schutthalden verwandelt, durch die graue, hoffnungslose Schatten als stumme Zeugen des Untergangs geisterten. Unweit des Nymphenburger Schlosses aber war davon nichts zu ahnen. Hier war die Welt noch in Ordnung. Intakte Fensterscheiben in beeindruckend großzügigen Gründerzeitvillen, umgeben von penibel gepflegten Gartengrundstücken, deren wohltuende Ruhe nur gelegentlich vom Kläffen eines Wachhundes oder dem Auftauchen einer Patrouille gestört wurde, zeugten von einem Idyll, das völlig aus der Zeit gefallen schien. Als hätte es den Krieg nicht gegeben. Zumindest nicht hier.

Dass der heutige Mittwoch, Mariä Himmelfahrt, ab sofort wieder ein Feiertag war, passte dazu. Am liebsten würde man nahtlos an das Leben anknüpfen, das vor der jüngsten Epoche gelegen hatte, und komplett vergessen, dass es geradewegs in die Katastrophe geführt hatte. So wollte auch er das handhaben. Das Dazwischen war ausradiert. Restlos. Dafür hatte er soeben die letzten Weichen gestellt.

Er steckte sich eine Zigarre in den Mundwinkel, zündete sie an, zog genüsslich daran und stieß den Rauch in kleinen Kringeln gegen die Scheibe aus. Das Fenster beschlug. Mit der Handkante wischte er es frei. Hässliche Schlieren zeichneten sich darauf ab. Die Pfaffinger sollte besser putzen! Schluss mit Feiertag und dem katholischen Getue. Gleich morgen würde er sie sich zur Brust nehmen.

Noch einmal krachte es draußen markerschütternd. Dieses Mal folgte der Blitz nur Bruchteile von Sekunden später.

Er war in Sicherheit. Nichts konnte ihn jetzt mehr erschrecken. Fröhlich begann er zu pfeifen. Einen Schlager, auf den er unzählige Male getanzt hatte. Auch das würde er bald wieder tun. Im Dreivierteltakt tänzelte er zum Schrank, goss sich einen großzügigen Schluck Weinbrand ein. Mit dem bauchigen Glas in der einen und der dicken Zigarre in der anderen Hand schlenderte er vom Herren- ins angrenzende Wohnzimmer hinüber.

»Auf dich, mein Lieber!«

Amüsiert prostete er einem Porträtfoto zu, das auf dem glänzenden schwarzen Flügel inmitten einer ganzen Batterie von Familienbildern in edelsten Gold- und Silberrahmen stand. Es zeigte einen attraktiven jungen Mann mit fülligem, blondem Haar in Wehrmachtsuniform. Gänzlich unversehrt. Zu mehr als zum Leutnant hatte er es zu seinem Bedauern zwar nicht gebracht, das aber erwies sich jetzt sogar als Vorteil. Die hellen Augen verträumt in unergründliche Ferne gerichtet, um den schmalen Mund ein Anflug von spöttischem Lächeln, dazu die prägnante Kerbe am Kinn, die das untrügliche Erkennungszeichen der ganzen Sippe war. Er wirkte beneidenswert unschuldig. Drei oder höchstens vier Jahre mochte das Foto alt sein, doch es war ihm auf einmal, als läge ein ganzes Zeitalter dazwischen.

Gemächlich durchquerte er das gediegen mit dunklen Lederfauteuils und Kirschholzmöbeln eingerichtete Wohnzimmer, gelangte ins vornehme Esszimmer. Dunkelrote Samtpolsterstühle, weit ausladender Mahagonitisch, schwere Kerzenleuchter auf der Anrichte, feinstes Porzellan in der Vitrine, kostbarer Kristalllüster an der Decke.

Das Gewitter entfernte sich. Das Donnern wurde leiser, die Blitze schwächer. Ihr Licht reichte dennoch, um die Details in Augenschein zu nehmen. Kaum zu glauben, dass er die Wohnung derart intakt vorgefunden hatte. Wer den Zustand der Münchner Innenstadt kannte, von den Plünderungen der letzten Kriegstage wusste, musste ein solches Ambiente für reine Halluzination halten. Kein Glas war zersprungen, nicht ein Teller zerschlagen, kein Silberlöffel entwendet. Selbst die Teppiche lagen noch da, wo sie hingehörten, und die Gemälde hingen an ihren angestammten Plätzen. Wenn auch die Szenen ländlicher Idylle, allesamt beste Dachauer Schule, inzwischen wie reinster Hohn auf den Betrachter wirkten. Gewiss war es nur eine Frage der Zeit, bis die Yankees auch hier der bürgerlichen Behaglichkeit ein Ende bereiten und ihre rüpelhaften, Kaugummi kauenden und schamlos mit deutschen Flittchen tanzenden Boys in diesem behüteten Paradies einquartierten. Bis dahin aber war er längst auf und davon. Er schlenderte weiter in den Flur, der eher eine kleine Diele war.

Von Neuem erschütterte ein lauter Schlag die Luft. Der Boden unter seinen Füßen bebte. Das Gewitter kehrte zurück. Der nachfolgende Blitz schleuderte sein Licht durch die Terrassenfenster Granaten gleich bis zu ihm. Aus dem Garderobenspiegel starrte ihm sein entstelltes Antlitz entgegen.

Fasziniert und abgestoßen zugleich musterte er es. Tatsächlich war mehr als ein Zeitalter vergangen, seit seine Wangen ähnlich glatt und makellos gewesen waren wie die auf dem Foto. Von links betrachtet schien er ganz der Alte, wirkte lediglich etwas ausgezehrter und blasser als früher. Über die gesamte rechte Gesichtshälfte jedoch zog sich eine weiße, stellenweise rötlich wund schimmernde Narbe. Der Augenwinkel war deutlich nach unten gezogen, der Mund völlig schief. Das verlieh ihm einen missmutigen Ausdruck. Trotzdem hatte der Chirurg hervorragende Arbeit geleistet. Mehr war aus den Fetzen einfach nicht mehr herauszuholen gewesen.

Die Fratze war trotzdem sein großes Glück. Zwar hatte die Pfaffinger Viktor von Dietlitz fast nicht mehr erkannt. Wie aber hatte sie den Leutnant zurückerwartet, nachdem er vor mehr als achtzehn Monaten bei einem Fronteinsatz als vermisst gemeldet worden war? Im Vergleich zu dem, was er hinter sich hatte, war ein halb zerfetztes Gesicht eindeutig das kleinere Übel. Davon hatte er schließlich auch die Pfaffinger überzeugt. Die Aussicht auf feste Arbeit und ein sicheres Einkommen mochte ein weiteres Argument für den Sinneswandel der Aufwartefrau gewesen sein. Damit konnte er leben. Ohnehin war es nicht für lange Zeit.

»Auf die Zukunft!«

Abermals hob er das Glas, dieses Mal, um im blitzhell erleuchteten Flur seinem Spiegelbild zuzuprosten. Das spöttische Lächeln um die Mundwinkel wirkte etwas steif.

Mitten im Donnern meinte er ein Klingeln zu vernehmen. Er musste sich täuschen. Das Prasseln der Regentropfen ließ vorübergehend nach. Das Klingeln wurde lauter. Er sah auf die Uhr. Besuch um diese späte Stunde war ungewöhnlich, erst recht unangemeldeter. Aber was war inzwischen noch gewöhnlich? Das Klingeln schwoll trotz

Gewitterlärm an. Bald wurde ungeduldig gegen die Tür gehämmert. Einbrecher waren das wohl nicht.

Er stellte das Glas ab, behielt die Zigarre zwischen den Fingern, richtete einhändig Kragen und Gürtel des dunkelroten Seidenhausmantels, bevor er das Haar aus der Stirn nach hinten strich und zur Tür ging, um zu öffnen. Ein Wagnis, so ganz allein in einer prall gefüllten Wohnung in wirren Zeiten wie diesen.

# 1

## Donnerstag, 16. August

Schon nach kurzer Zeit an der frischen Luft waren Billas Wangen nass. Nass vom Sommerregen, der aus stetig wechselnden Richtungen durch die Straßen fegte, und nass von Tränen. Mit der rechten Hand zog sie das Revers ihres hellen Trenchcoats eng über der Brust zusammen, mit der linken hielt sie den Schirm schräg vors Gesicht. Der Lederriemen der schweren Tasche schnitt schmerzhaft in ihre Schulter.

Vor ihr lag ein gutes Stück Weg. Sie war froh, noch etwas Zeit zu haben, um ihre Gedanken zu sortieren. Zu viele Eindrücke schwirrten ihr seit ihrer Ankunft in München vor gut zwei Wochen durch den Kopf. Deshalb war sie einige Hundert Meter vor dem Ziel ausgestiegen und hatte ihren Lieblingsfahrer Sam Shephard mit dem Wagen weggeschickt. Jetzt verlangsamte sie ihre Schritte, näherte sich zögernd der Gerner Brücke über den Nymphenburger Kanal und blickte sich reichlich verblüfft um. Binnen Minuten war sie in eine völlig andere Welt versetzt. Eben noch war sie von Sam im Jeep der US-Army in halsbrecherischem Tempo durch die nahezu vollständig zerstörte Innenstadt chauffiert worden. Nach unzähligen Luftangriffen befand sich dort kaum noch ein Stein auf dem anderen. Die ehemaligen Prachtbauten der Wittelsbacher Könige in der Maxvorstadt waren nur mehr kümmerliche Relikte, das legendäre Schwabing ähnelte mehr einem verwirrenden Trümmerlabyrinth denn dem einstigen Lieblingsviertel der Bohème, und entlang der Eisenbahntrasse vom Hauptbahnhof westwärts nach Pasing zog sich eine breite Schneise der Verwüstung. Hunderttausende Münchner irrten, so hieß es, obdachlos zwischen den Ruinen umher, dabei war die Bevölkerung im Lauf des Krieges ohnehin um die Hälfte geschrumpft.

Das alles aber musste auf einem anderen Planeten stattgefunden haben. Der Eindruck drängte sich Billa jedenfalls auf, als sie jetzt mutterseelenallein am Nymphenburger Kanal stand und weder unbehauste, verzweifelte Münchner noch epochale Zerstörungen durch Fliegerangriffe oder Spuren von den Plünderungen der letzten Kriegstage entdeckte. Die schmucken Villen mit ihren runden Erkern, spitzen Türmchen, verglasten Veranden und verspielten Vorgärten schlummerten im Dornröschenschlaf und schienen von unbeschwerten Vorkriegstagen zu träumen.

Dunkel stiegen in Billa Erinnerungen an Einladungen bei steifen Gesellschaften auf, an denen sie hier vor einigen Jahren mit ihrer Mutter Lilo teilgenommen hatte. Schon damals war ihr die Atmosphäre der Gegend seltsam aufgestoßen. Nun wirkte sie geradezu unheimlich auf sie. Vielleicht rührte das auch daher, dass sie mit der Begegnung, die ihr gleich bevorstand, haderte.

Wahrscheinlich war es ein Fehler gewesen, sich überhaupt darauf einzulassen. Von irgendwoher kam ihr der

Name ihres Gesprächspartners bekannt vor. Leider brachte sie nicht zusammen, von woher. Ihr Informant Piotr hatte den Termin arrangiert und sie bei der Gelegenheit um einen großen Gefallen gebeten. Äußerst ungern hatte sie eingewilligt. Sie hasste es, sich als Botin missbrauchen zu lassen, vor allem in einer etwas zwielichtigen Angelegenheit. Andererseits wollte sie helfen. Die Ungerechtigkeit, die Piotr widerfahren war, stank zum Himmel. Also hatte sie seiner Bitte trotz aller Bedenken zugestimmt.

Entschlossen lief sie weiter. Zum Umkehren war es ohnehin zu spät. Erst in zwei Stunden würde Sam sie wie verabredet am östlichen Ende des Nymphenburger Kanals wieder aufsammeln. Unwillkürlich tastete sie nach der Pistole in der rechten Manteltasche. Sollte es gefährlich werden, war sie durchaus in der Lage, sich zu wehren. Den Gebrauch der Pistole beherrschte sie im Schlaf.

Ihre Schritte wurden sicherer. Dennoch knickte sie mehrmals auf dem holprigen Pflaster um oder tappte in eine Pfütze. Bald waren ihre Schuhe wasserdurchtränkt, die Füße pitschnass und die Seidenstrümpfe mit Dreck bespritzt. Obwohl es warm war, fror sie.

Auf der Brücke über den Kanal verharrte sie einen kurzen Moment, wandte den Kopf nach links zum Schloss. Wie eh und je ragte es unschuldig in den Himmel, als wäre nichts geschehen. Nicht darüber nachdenken!, mahnte sie sich. Doch plötzlich musste sie heftig schluchzen. Eine Windböe frischte auf, zerrte am Schirm. Der straff gespannte Stoffbezug klappte um, ein Schwall Wasser klatschte ihr auf den Kopf. Mit der nächsten Böe klappte der Schirm zurück. Sie zog ihn tiefer vors Gesicht und lief weiter.

Allzu weit konnte es nicht mehr sein. Wenn sie es richtig im Kopf hatte, lag die Malsenstraße nur eine Querstraße nördlich vom Kanal. Allmählich gewöhnte sie sich wieder an den Anblick intakter Häuser inmitten gepflegten Grüns und unversehrter Straßen, genoss es sogar, für eine Weile den herumstreunenden Jammergestalten aus der Innenstadt entflohen zu sein, die in der einst so stolzen ›Hauptstadt der Bewegung‹ mittlerweile jeden Stolz vergessen hatten und gegenüber den amerikanischen Besatzern so taten, als wären ausgerechnet sie die Opfer und nie die Täter gewesen.

Die ausgestorbenen Straßen in Nymphenburg konnten jedoch ebenfalls aufs Gemüt drücken. Weder Hund noch Katze oder sonst ein lebendiges Wesen ließ sich blicken, nicht einmal Vogelgezwitscher war zu hören. Unterm Strich war diese völlige Leere ebenso schaurig wie die Horden abgerissener Elendsfiguren, die einem rund um den Hauptbahnhof, am Stachus oder vor allem am Sendlinger Tor auflauerten.

Sams eindringliche Warnung vor Mitgliedern des berüchtigten Werwolf-Kommandos, der offiziell zwar längst aufgelösten, inoffiziell allerdings weiter existierenden Untergrundorganisation der Nazis, fiel ihr ein. Vermutlich waren in Nymphenburg aber eher plündernde Banden das Problem. Im Zweifelsfall war es einerlei, wer davon ihr begegnete – zu verlieren hatten die einen so wenig wie die anderen.

Billa hob den Schirm und betrachtete die Villen entlang der Straße. Vom üppigen Grün der Büsche und Hecken wurden sie nur dürftig verdeckt. Man konnte sich leicht ausrechnen, welche Schätze hinter den zugezogenen Vorhängen und Fensterläden noch verborgen waren, selbst wenn die Bewohner die Stadt vor Wochen schon mit Kisten und Koffern voll Schmuck, Silber und sonstigen Schätzen verlassen hatten.

Mit der freien Hand schlug sie den Kragen ihres Trenchcoats auf, zog fröstelnd die Schultern hoch. Was war das? Huschte da nicht etwas Schwarzes ins Gebüsch? Sie erstarrte. Automatisch glitt ihre Hand wieder in die Seitentasche mit der Waffe. Angestrengt lauschend wartete sie einen Moment, die Augen auf die Stelle gerichtet, hinter der sie das Versteck vermutete. Nichts. Sie atmete auf. Offenbar hatte sie sich getäuscht. Trotz weicher Knie zwang sie sich weiterzugehen, umklammerte die Pistole nur noch etwas fester.

Fast hätte sie sie gezogen. Zwei dunkel gekleidete Männer mit blauen Schiebermützen und bedrohlichem Blick bogen um die Ecke. In ihren Gürteln Gummiknüppel, an ihren rechten Oberarmen schmutzig weiße Armbinden, wie sie erst auf den zweiten Blick entdeckte. Mitglieder privater Wachdienste. Sie atmete auf und lockerte den Griff um die Waffe in ihrer Manteltasche. Die beiden patrouillierten im Auftrag der Militärpolizei, um die personell noch viel zu schwach aufgestellte Münchner Polizei zu unterstützen.

Höflich grüßte Billa sie. Überrascht über ihr akzentfreies Deutsch machte einer der beiden Anstalten stehen zu bleiben. Vermutlich, um ihre Papiere zu kontrollieren. Sein Kumpan winkte ab. Sie nickte ihnen zu und lief weiter.

Nur zu gut wusste sie, dass man ihr inzwischen schon von Weitem ansah, dass sie Amerikanerin war. Die sieben Jahre in New York hatten ihre Spuren hinterlassen, nicht nur in Schuhen und Kleidung. Sie wechselte den Schirm in die rechte Hand, wischte sich mit der linken über die nassen Wangen und schob den verrutschten Riemen der schweren Fototasche über der Schulter hoch.

Wie erwartet wohnte oder vielmehr residierte Dietlitz in einem gut erhaltenen bürgerlichen Jahrhundertwende-Vorstadt-Traum. Während Billas Blick über die üppig verzierte Fassade wanderte, kramte sie in ihrem Gedächtnis nach Hinweisen, woher ihr der Name bekannt vorkam. War sie früher schon einmal hier gewesen? Sie konnte sich nicht entsinnen. Vielleicht fiel es ihr ein, wenn sie Dietlitz gegenüberstand. Zu ihrer Beruhigung tastete sie erneut nach der Pistole in der Manteltasche. Das kalte Metall an den Fingern zu spüren, tat gut.

Durch das Gartentor lief sie über den glitschigen Steinplattenweg zur Haustür. Noch einmal meinte sie kurz, aus dem Augenwinkel einen verräterischen Schemen zu erspähen. Jäh fuhr sie herum, maß ihre Umgebung unter größtem Herzklopfen Zentimeter für Zentimeter mit den Augen. Ein dürres Eichhörnchen sprang über den Weg und scheuchte einen Vogel auf, als es einen Baumstamm erreichte und emporkletterte. Erleichtert drehte Billa sich wieder zum Eingang um.

Auf dem goldglänzenden Schild befanden sich drei Klingeln, zwei auffällig dicke für die gediegenen Wohnungen in

Erd- und erstem Obergeschoss, eine weitaus kleinere für die einfache Wohnung im Souterrain, in der vermutlich der Hausbesorger untergebracht war. In Zeiten wie diesen wichtiger denn je, auch wenn Billa sofort hässliche Erinnerungen mit dem Blockwart in den Sinn kamen.

Auf ihr Läuten tat sich nichts. In den nassen Schuhen und Strümpfen fror sie inzwischen erbärmlich. Sie stapfte von einem Fuß auf den anderen, um sich aufzuwärmen, rang um Geduld. Als sich immer noch nichts regte, drückte sie abermals den Klingelknopf, schließlich noch einmal und noch einmal. Zuletzt läutete sie Sturm. Wieder nichts. Verärgert sah sie auf die Armbanduhr. Neun Uhr. Sie war pünktlich. Hatte Dietlitz ihre Verabredung vergessen?

Schon wollte sie sich zum Gehen wenden, da fiel ihr auf, dass die schwere Eichenholztür einen winzigen Spaltbreit offen stand. Offenbar rastete der Schließer nicht richtig ein. Fatal in Zeiten von Plünderern und Werwölfen. Billa drückte gegen die Tür. Sie schwang auf, einen Tick zu heftig. Der Flügel knallte gegen die Wand. Es klang wie ein Schuss. Erschrocken zuckte Billa zusammen. Die Finger ihrer rechten Hand schlossen sich fester um die Pistole. Mit angehaltenem Atem und weichen Knien trat sie ein.

Offenbar hatte das Schlagen der Tür gegen die Wand niemanden alarmiert. Zumindest ließ sich drinnen keiner blicken. Stattdessen empfing sie dämmriges Licht. Ein schmales Fenster über der Tür ließ zaghaft etwas Helligkeit herein. Es dauerte einen Moment, bis Billa sich an die Sichtverhältnisse gewöhnt hatte. Den tropfnassen Schirm stellte sie in einen bereitstehenden Ständer und inspizierte die Umgebung.

Rechts führte eine mit rotem Läufer ausgelegte Treppe in den ersten Stock, links war eine schmale Holztür mit ovalem Sprossenfenster, die vermutlich zum Kellerabgang gehörte, geradeaus eine doppelflügelige Tür, auf der ein weiteres goldenes Schild in schwarz verschnörkelter Schrift *von Dietlitz* verkündete. Auch die war nur angelehnt. Ehe Billa sich recht besann, öffnete sie sie bereits. Das kühle Metall der Pistole in ihrer rechten Hand schenkte ihr Sicherheit. Ebenso die Tatsache, noch immer niemanden aufgeschreckt zu haben.

»Herr von Dietlitz?«, rief sie in die Stille der Wohnung.

Keine Antwort. Sie wagte die nächsten Schritte in den Flur hinein. Er war überraschend großzügig geschnitten, aber spärlich möbliert. Neben einer dunklen Kommode hing ein mannshoher Spiegel.

Eine weit offen stehende weiße Tür gab den Blick frei in ein geschmackvoll eingerichtetes Wohnzimmer mit einem auf Hochglanz polierten Flügel. Links davon ging es in ein eher modern gehaltenes Arbeitszimmer. Auf der rechten Seite entdeckte Billa unter einem opulenten Kristallleuchter einen pompösen Esstisch mit viel zu vielen Stühlen drum herum. Sofort stachen ihr die wertvollen Bilder an den Wänden ins Auge. Erleichtert atmete sie auf. Geplündert worden war die Wohnung nicht. Auch hatten keine Flüchtlinge die Räume okkupiert, was ein Wunder darstellte, gerade bei angelehnter Tür.

Über der Zimmerflucht lag trotzdem eine beklemmende Stille, die nichts Gutes verhieß. Umkehren aber wollte sie in keinem Fall mehr. Trotz aller Angst hatte sie plötzlich eine brennende Neugier gepackt. Klopfenden Herzens zog sie die Hand mit der entsicherten Waffe aus der Manteltasche. Dabei glitt ihr die schwere Fototasche von der Schulter. Sie stellte sie auf dem Boden ab und wiederholte ihr Rufen, wandte sich instinktiv nach rechts. Als sie den Esstisch erreichte, stieß sie einen entsetzten Schrei aus.

Sofort ging sie neben dem reglosen Körper vor dem Fenster zu Boden, packte ihn mit einer Hand an den Schultern und drehte ihn um. Dabei ahnte sie in der nächsten Sekunde, dass jede Hilfe zu spät kam. Zu groß war der Blutfleck, der sich in Höhe der linken Brust um das Loch auf dem Hausmantel des Mannes abzeichnete.

»Hilfe!«, gellte es plötzlich schrill in ihren Ohren.

Als Billa den Kopf wandte, sah sie in das schreckensbleiche Gesicht einer etwa fünfzigjährigen Frau mit weißer Schürze. Und ließ die Pistole fallen.

# 2

Das hatte ihm gerade noch gefehlt! Abrupt blieb Emil in der offenen Tür zum Esszimmer stehen. Wer war diese fremde Frau mit der Kamera in der Hand dort beim Fenster? Was hatte sie am Tatort verloren?

Angesichts ihrer tadellosen Erscheinung konnte sie nur Amerikanerin sein. Sie passte zwar auch in die heile Welt am westlichen Rand der nahezu völlig verwüsteten Stadt, dennoch empfand Emil die Unbekannte sofort als Fremdkörper in der Wohnung. So wie der helle Trenchcoat über einem der Stühle, der vermutlich ihr gehörte. Zu den Besatzungskräften zählte sie gewiss nicht. Ihr Habitus stammte eindeutig aus einer anderen Welt als der der Militärs. Wie aber kam sie dann dazu, in der Wohnung zu fotografieren? Noch dazu offenbar die Leiche, die direkt vor ihr auf dem Boden liegen musste? Genaueres konnte Emil nicht sehen. Der riesige Tisch versperrte ihm die Sicht. Am Tatort hatte die Unbekannte jedenfalls nichts zu suchen. Er musste sie schleunigst wegschicken. Immerhin trug er heute hier die Verantwortung.

Entschlossen machte er einige Schritte auf sie zu. In seinem schlecht sitzenden, dunklen und für die Jahreszeit viel zu warmen Wollanzug und den schäbigen Schuhen – beides aus den Beständen seiner wohlmeinenden, aber leider auch etwas aufdringlichen Zimmerwirtin – fühlte er sich wie der letzte Lump. Was musste die Fremde von ihm denken? Dabei legte er nicht allein wegen der Anweisung seines obersten Bosses, sich als Vertreter der Ordnungsmacht jederzeit korrekt zu kleiden, größten Wert auf sein Äußeres. Mehr aber war unter den gegebenen Umständen momentan einfach nicht drin.

Die junge Frau war derart auf ihre Kamera konzentriert, dass sie ihn nicht bemerkte. Von der Kripo war sie vermutlich nicht, davon hätte Emil gehört. Eine Frau in den Reihen der Ettstraße wäre eine Sensation, die sich rasch unter den Kollegen verbreitet hätte. Auch wenn es angesichts der schwierigen Suche nach geeigneten Mitarbeitern vernünftig wäre, endlich auch auf den weiblichen Teil der Bevölkerung zurückzugreifen. Ebenso hätte Emil längst mitbekommen, wenn sich neuerdings aufseiten der Amerikaner eine Frau im Ermittlerteam befände. Vermutlich würde sie dann außerdem Uniform tragen. Oder zumindest eine behelfsmäßige weiße Armbinde mit dem Kürzel »MP« darauf, wie die meisten der derzeit in der zerstörten Stadt eingesetzten Polizisten, Wachhabenden oder Sicherheitsleute.

Emil rieb sich das glatt rasierte Kinn. Es musste etwas gründlich schiefgelaufen sein, wenn eine unbekannte Zivilperson ungestört am Tatort fotografieren konnte. Er ahnte Komplikationen. Und das ausgerechnet jetzt, da er zum ersten Mal allein zu einem Tatort ausgerückt war, als verantwortlicher Vertreter des Kommissariats *K 1 – Kriminaluntersuchungsabteilung Verbrechen wider das Leben.* Wie stolz er vorhin gewesen war, als Captain Joe Simon ihn mit einem aufmunternden »Your chance, Emil!« losgeschickt und der deutsche Leiter der Münchner Kripo und zugleich Chef des Kommissariats K 1, Oberinspektor Andreas Grasmüller, das nur mit einem knappen Nicken kommentiert hatte. Jetzt verfluchte er den Moment bereits. Seine Vorgesetzten hielten ihre Präsenz bei der offiziellen Amtseinführung von Franz-Xaver Pitzer als Polizeipräsident für wichtiger als diesen Mordfall. Dabei hatte Pitzer nach Ende des Ersten Weltkriegs schon einmal an der Spitze der Münchner Sicherheitskräfte gestanden. Seine neuerliche Ernennung drei Monate nach Kriegsende entsprach also einer gewissen Logik. Umso verwunderlicher, dass Emils Vorgesetzte die Zeremonie derart wichtig einschätzten, dass sie einen Fast-Laien wie ihn allein an den Tatort beorderten.

Der Fundort des Getöteten in dieser Gegend bewies, wie dramatisch die Situation in der Stadt nach wie vor war. Allein in den ersten zehn Wochen nach Einmarsch der US-Army hatte es einhundertfünfundfünfzig registrierte Mord- und Totschlagopfer gegeben, wie Emil inzwischen die Fallzahlen nahezu im Schlaf herunterbeten konnte. Hinzu kamen einundachtzig aktenkundig gewordene Tote infolge von Kampfhandlungen. Oft genug wurde ihnen das von ihren amerikanischen Vorgesetzten vorgehalten. Seit vier Wochen gingen die Kapitaldelikte allerdings allmählich zurück. Ein erster, überaus erfreulicher Erfolg nach dem Wiederaufbau der Münchner Kriminalpolizei durch die US-Sicherheitskräfte. Dennoch fiel auf, wie selten das Viertel rund um das Nymphenburger Schloss bislang Schauplatz roher Gewalt geworden war. Angesichts des nach wie vor unübersehbaren Reichtums der Bewohner ein wahres Wunder. Einen blutigen Anfänger wie Emil als verantwortlichen Vertreter der Mordkommission an einen solchen Tatort zu schicken, wirkte vor dem Hintergrund wie ein Kardinalfehler.

Die Situation mit der Unbekannten überforderte ihn auch gleich. Er begann zu schwitzen. In seiner Schnellausbildung bei der Mordermittlung hatte er noch nicht gelernt, was zu tun war, wenn er eine unberechtigte Person am Tatort antraf. Schon holte er Luft, um sie zurechtzuweisen. Im selben Moment drehte sie sich um und lächelte ihn an.

Ihm stockte der Atem.

»Guten Tag, Herr Kommissär. Ihr Kollege bat mich, die Tatortfotos für ihn zu machen. Ihm fehlt leider ein Film im Apparat.«

Als er sie ansah, ratterte in seinem Kopf das jüngst eingetrichterte Programm zur Feststellung wichtiger Erkennungsmerkmale ab: kastanienfarbene Locken, leuchtende maronibraune Augen, eine schmale, an der Spitze leicht gebogene Nase sowie ein fein gezeichneter Mund. Sie war gertenschlank, eher athletisch denn abgemagert, vermutlich durchschnittlich groß, was angesichts der hochhackigen Schuhe nicht eindeutig festzustellen war, und etwa Anfang zwanzig, also vermutlich wenige Jahre jünger als er.

Langsam blies Emil die Luft wieder aus. Zu seinem Ärger bekam er als Erwiderung nur ein heiseres, fast schon trotzig anmutendes »Ich bin kein Kommissär« heraus. Was genau er war, welche Funktion ihm, dem völlig Unbedarften, in der sich gerade neu konstituierenden Münchner Kriminalpolizei zukam, wusste er selbst noch nicht so recht.

Um seine Verlegenheit zu kaschieren, nahm er den nassen Hut vom Kopf und behielt ihn in der rechten Hand. Die linke vergrub er tief in der Hosentasche. Die Unbekannte brauchte nicht zu sehen, wie heftig seine Finger vor Nervosität zitterten.

Wo steckten nur die Kollegen? Durch die offene Zwischentür links sah er, wie zwei von ihnen, die mittlerweile wieder beim *K 6 – Erkennungsdienst und Kriminaltechnik* in der Ettstraße beschäftigt waren, das Wohnzimmer auf verwertbare Spuren absuchten.

Die Männer waren ganz in ihre Arbeit vertieft, trotz der kargen Ausstattung, die von der einst so versierten Abteilung nach deren Auslagerung kurz vor Kriegsende auf das vermeintlich sichere, dann aber vollständig ausgeplünderte Schloss Berg am Starnberger See übrig geblieben war.

Im selben Moment eilte ein fast glatzköpfiges, spinnenartiges Männlein aus der entgegengesetzten Ecke der Diele herbei. Ludger Seidl, ein mehr als penibler Jäger und Sammler von allen nur erdenklichen Spuren. Noch im Laufen richtete er sich Hosenbund und Jacke. Offenbar kam er von der Toilette. Wann bot sich einem schon einmal die Gelegenheit, wie in Vorkriegszeiten ein funktionierendes, nicht verstopftes Wasserklosett zu benutzen? Sosehr Emil es ihm nachfühlen konnte, verstieß es gegen die Vorschriften. Er verdrehte die Augen. Auf Vorschriften schien an diesem schwül-feuchten Vormittag Mitte August aber sowieso kaum jemand etwas zu geben. Er lockerte seine Haltung. Seidl schnappte sich die Kamera vom Tisch und hielt sie ohne die geringste Spur von Verlegenheit mit der offenen Klappe in die Luft.

»Kein Film«, erklärte er das Offensichtliche und wies mit der Hand auf die Fremde, grinste triumphierend. »Zum Glück konnte die Dame für uns einspringen. Sonst müssten wir uns jetzt wie anno dazumal mit Zeichenblock und Bleistift begnügen. Dafür haben wir heute ausreichend Argentorat und Folie aufgetrieben, um Fingerabdrücke zu nehmen. Man kann halt nicht alles haben. Mit den Fußspuren wird's allerdings schwierig, nachdem hier alle Welt mit nassen Schuhen einfach mittendurch marschiert ist.«

Mit dem spitzen Kinn nickte er auf den mit dicken Teppichen ausgelegten Parkettboden. Als wäre das ein Zeichen, flitzte einer der Kollegen herüber, kniete nieder und begann mit einer Lupe in der einen und einer Pinzette in der anderen Hand gleich an der Tür, den Perser Zentimeter für Zentimeter nach was auch immer abzusuchen.

Emil sparte sich einen Kommentar. Nur zu gut wusste er, wie sehr Seidl selbst am meisten darunter litt, angesichts der lückenhaften Ausrüstung nur mehr unzureichende Arbeit leisten zu können. Improvisationstalent war derzeit die gefragteste Eigenschaft bei den Kripoleuten, ob bei alten Hasen aus der Vorkriegszeit wie dem nervigen Seidl oder bei blutigen Anfängern wie ihm. Insofern war es wohl wirklich Glück, wenigstens die Fotos der Unbekannten für den Bericht zu haben.

Inzwischen knipste sie von allen Seiten und aus den verschiedensten Positionen heraus den Tatort. Das erinnerte

Emil daran, endlich seiner Pflicht als Ermittler nachzukommen. Er ging um den wuchtigen ovalen Tisch mit den acht gepolsterten Stühlen herum und blickte zu Boden.

Erstaunlicherweise hielt sich die Sauerei in Grenzen. Das Opfer lag auf dem Bauch. Vermutlich durch einen gezielten Schuss niedergestreckt, abgegeben von einem geübten Schützen. Angesichts der vielen an der Waffe trainierten Soldaten derzeit keine außergewöhnliche Qualifikation.

Neben dem in einen eleganten Seidenmorgenrock über nicht minder eleganten Hosen gekleideten Toten lag eine Pistole. Emil stutzte, wollte in die Knie gehen, um sie genauer zu betrachten.

Entschlossen stellte sich ihm die unbekannte Fotografin in den Weg und streckte ihm forsch die Hand entgegen.

»Gestatten Sie, dass ich mich vorstelle. Mein Name ist Billa, also eigentlich Sybilla, Löwenfeld, Fotoreporterin aus New York. Das ist meine Waffe. Ich habe sie vorhin fallen lassen, als ich den Toten entdeckt habe. Ihr Kollege hat gleich festgestellt, dass daraus kein Schuss abgeben wurde. Falls Sie meine Berechtigung von der Army sehen wollen …«

»Nicht nötig«, wiegelte er ab, wechselte den Hut in die Linke und ergriff mit der Rechten ihre Hand.

Ihr Händedruck war angenehm fest. Anders als seine fühlte sich ihre Hand wohltuend warm an. Zugleich fiel ihm jetzt die eher süddeutsche Färbung ihrer Aussprache auf. Gebürtige Amerikanerin war sie ganz sicher nicht. Ihr Nachname ließ ihn automatisch an jüdische Wurzeln denken, wahrscheinlich also eine Exilantin. Eine emigrierte Jüdin namens Löwenfeld – wie tief das alte Denken in ihm steckte! Verärgert spürte er eine leichte Röte auf den Wangen. Für den Bruchteil einer Sekunde schloss er die Augen, schluckte.

»Emil Graf, Ermittler bei der Mordkommission«, hörte er sich wie aus weiter Ferne sagen, als er die Augen wieder öffnete und eine Verbeugung andeutete.

Der Leiter des Public Safety Office in der Ettstraße, Major Brown, dem die Polizei der Stadt München unterstand, erwartete von seinen Mitarbeitern tadellose Umgangsformen. Ein Grund mehr, warum Emil nach den unliebsamen Erfahrungen der letzten Jahre so gern mit ihm und seinen Leuten zusammenarbeitete.

»Haben Sie auf den Mann geschossen?«, besann er sich auf das wenige, was ihm bislang über seine neue Tätigkeit beigebracht worden war.

»Um anschließend die Polizei persönlich zu empfangen und in aller Seelenruhe mein Opfer von allen Seiten für sie zu fotografieren?« Amüsiert schüttelte sie den Kopf, setzte nach einer kurzen Pause betont geduldig nach: »Wie ich schon sagte, wurde aus meiner Pistole nicht geschossen. Sie ist mir aus der Hand gefallen, als ich den Toten gefunden habe.«

»Verzeihung, ich vergaß. Das sagten Sie bereits.«

Die Farbe auf seinen Wangen wechselte von leichtem zu glühendem Rot. Wie konnte er sich nur derart blamieren?

Sie tat, als bemerke sie seine Verlegenheit nicht, und legte die Kamera, die zusammen mit dem Blitzgerät ein beträchtliches Gewicht haben musste, auf den Tisch.

Es sah aus, als tue sie das alles in größter Seelenruhe. Emil war fasziniert. Um im nächsten Augenblick jäh zusammenzuzucken. Die Spuren! Alarmiert blickte er sich nach Seidl oder einem der anderen Erkennungsdienstler um.

Billa verstand den Wink und nahm den Fotoapparat wieder in die Hand, stützte diese mit der zweiten ab.

»Entschuldigung. Wie gedankenlos. Rauchen ist hier natürlich verboten, oder? Dabei wäre mir jetzt sehr danach.«

»In welcher Beziehung stehen Sie zu dem Toten?«, überging er die Frage. Längst verlangte ihn ebenfalls nach einer Zigarette, aber die musste warten. Er hatte nur noch eine, die er anstandshalber ihr anbieten müsste.

»In gar keiner«, antwortete sie. »Ich kannte ihn nicht persönlich.«

»Wie kommen Sie dann hierher?«

»Ich recherchiere für eine Reportage über Kriegsheimkehrer«, erwiderte sie. Auf einmal versagte ihr die Stimme, sie räusperte sich hastig. »Das New Yorker Magazin, für das ich arbeite, hat mich hergeschickt. Viktor von Dietlitz wurde mir als Gesprächspartner vermittelt. Um neun waren wir verabredet. Ich war pünktlich, aber auf mein Klingeln hat niemand reagiert. Stattdessen stand die Wohnungstür offen. Mehrmals habe ich nach Dietlitz gerufen, aber keine Antwort erhalten, deshalb habe ich mich in der Wohnung umgesehen …«

»Mit der entsicherten Pistole in der Hand?«, unterbrach Emil sie.

»Was hätten Sie getan?« Beharrlich hielt sie seinem Blick stand.

»Ich habe keine Waffe. Kein Münchner Polizist hat derzeit eine«, stellte er klar und schob die Hände in die Seitentaschen seines viel zu warmen Jacketts.

»Er lag schon tot auf dem Boden, als ich ihn gefunden habe«, stellte sie noch einmal klar. »Ich habe ihn umgedreht, um zu sehen, ob er noch lebt. Aber es war zu spät.«

»Deshalb haben Sie ihn zurück auf den Bauch gelegt.«

»Mir war sofort klar, dass es sich um Mord handelt.«

Einen Moment schwiegen sie beide.

»Angst haben Sie wohl keine«, bemerkte er schließlich.

»Den Luxus habe ich mir abgewöhnt.« Kurz lachte sie auf. »Und Sie?«

Ihre Blicke verharrten aufeinander. Ihm fiel es schwer, sich loszureißen. Sie lächelte kaum wahrnehmbar.

»Als ordentliche Bürgerin habe ich natürlich sofort die Polizei alarmiert«, fuhr sie nach einer kurzen Pause fort. »Zum Glück gibt es auf dem Schreibtisch hinten im Herrenzimmer einen Anschluss.«

»Das Telefon funktioniert?«, fragte er ungläubig. Zwar verfügten seit knapp vier Wochen die ersten Haushalte wieder über einen Privatanschluss, allerdings mussten sie zuvor eine Unbedenklichkeitsbescheinigung bei den Amerikanern beantragen. Der Hinweis auf den Telefonanschluss war also eine wichtige Information über den Toten. Emil klemmte den Hut unter den linken Arm, nahm Notizbuch und Bleistift aus der Jackettinnentasche und schrieb erste Stichworte auf.

Billa behielt ihn aufmerksam im Blick. »Ein amerikanisches Notizbuch?«

»Ein Geschenk von einem guten Freund«, rechtfertigte er sich eine Spur zu hastig für den offensichtlichen Luxus. Ebenso kam ihm die Behauptung, das Notizbuch stamme von einem guten Freund, auf einmal vermessen vor. Hastig berichtigte er sich: »Von meinem Vorgesetzten, Captain Joe Simon vom Public Safety Office.«

»Wenn er Sie allein hierhergeschickt hat, muss er große Stücke auf Sie halten. Oder hat er einfach nur genug von den vielen Toten und will das alles nicht mehr sehen?«

»So geht es uns wohl allen.«

Es überraschte ihn, wie vertraut sie offenkundig mit den Vorschriften für die Münchner Polizei war.

»Ist es nicht Ihr Job, dafür zu sorgen, dass das endlich ein Ende hat?«

»Ich tue mein Bestes.«

Mit dem Rücken zur Wand zu stehen musste sich ähnlich anfühlen.

»Aus dem Mund eines Münchner Kripobeamten klingt das noch sehr ungewohnt für mich.«

»Sie dürfen sich daran gewöhnen. Die Zeiten ändern sich.«

Das klang zuversichtlicher, als er war.

»Hoffentlich.«

Wieder verschränkten sich ihre Blicke ineinander. Bis dieses Mal sie als Erste auswich und leise nachsetzte: »Sie ahnen nicht, wie leid ich es bin. In den letzten Jahren musste ich mich viel zu oft an zu viel Neues gewöhnen.«

Ihr Blick schweifte zum Fenster, verlor sich in dem steten Regen, der für einen sehr nassen August sorgte. Was für ein Desaster für all jene, die kein festes Dach mehr über dem Kopf hatten, schoss es Emil in den Sinn.

»Ganz egal, wie viel Mühe Sie sich geben: Die maßlose Verrohung wird uns wohl noch lange begleiten«, stellte Billa fest, als sie sich wieder ihm zuwandte. »Es gibt viele, die mehr als einen guten Grund haben, sich für das zu rächen, was ihnen von den braunen Schergen angetan wurde.«

»Die Frage ist nur, ob ihre Rache immer die Richtigen trifft.«

»In diesem Fall wohl schon. Haben Sie sich schon genauer in der Wohnung umgeschaut?« Ihre Stimme wurde scharf. Mit dem Kopf wies sie auf das wuchtige Gemälde über dem Vertiko. »Sieht nicht so aus, als hätte Dietlitz jemals zu den Verlierern gehört, weder vor noch nach der Kapitulation. Das wird nicht allen gefallen haben. Gut vorstellbar also, dass sich jemand an ihm rächen wollte.«

»Zu den Verlierern gehört er in jedem Fall. Und das auf ganzer Linie.«

Überrascht fuhren Emil und Billa herum, als sie die tiefe Stimme hörten.

# 3

Ein etwas schwerfälliger älterer Mann mit Halbglatze stand in der Verbindungstür zum Wohnzimmer. In der einen Hand trug er einen unhandlichen, ledernen Arztkoffer, in der anderen hielt er ein Taschentuch, um sich in kurzen Abständen den schwitzenden, wulstigen Nacken trocken zu wischen. Über sein rotes Gesicht perlte ebenfalls der Schweiß.

Gerichtsmediziner Ernst Ringseisen. Erleichtert atmete Emil auf. Ringseisen war ein väterlicher Typ. Er schätzte ihn auf Mitte, höchstens Ende vierzig, aber wer wusste noch eindeutig zu sagen, wie alt einer war? Alle sahen älter aus, als sie in Wahrheit waren, insbesondere diejenigen, die es im »Tausendjährigen Reich« nicht leicht gehabt hatten. Zu denen gehörte Ringseisen. Noch nie hatte er Ambitionen für höhere Posten oder wissenschaftlichen Ehrgeiz gehegt. Dafür war er mit großer Geduld gesegnet und legte Wert darauf, seine Arbeit nicht nur ordentlich, sondern vom ersten Moment an auch nachvollziehbar für alle Beteiligten durchzuführen.

»Gestohlen wurde offenbar nicht viel.« Mit diesen Worten tauchte auch der Erkennungsdienstler Seidl wieder hinter Ringseisen auf. Anscheinend hatte er einen Rundgang durch die restliche Wohnung unternommen und sich bei den Kollegen nach ersten Erkenntnissen erkundigt. Er baute sich direkt neben dem massigen Ringseisen auf, was ihn noch kleiner und spinnenartiger wirken ließ, und blätterte eifrig in seinem zerfledderten Notizblock, leckte dabei die Fingerkuppen, um das Papier besser fassen zu können.

»Haben Sie die Pistole am Boden schon registriert?«, erkundigte Emil sich.

»Kann sie einstecken. Daraus wurde nicht geschossen«, erwiderte Seidl beiläufig, bevor er unbeirrt mit seiner Schilderung fortfuhr: »So wie's ausschaut, hat das Opfer dem oder den Tätern selbst die Tür geöffnet. Aufgebrochen wurde sie jedenfalls nicht. Auch eingeschlagene Scheiben gibt's keine. Dabei wär's hier im Erdgeschoss einfach, direkt vom Garten einzusteigen. Bei dem dichten Gebüsch rund ums Haus sieht keiner was von der Straße aus. Auch nicht, wenn jemand was Größeres wegschafft. Fehlen tut allerdings nur das, was im Wandtresor hinten im Herrenzimmer war. Die Tresortür steht offen. Wird wohl ein bisserl Bargeld gewesen sein. Die Wertpapiere sind noch da. Spricht dafür, dass der Täter keine Ahnung hat, was noch was wert ist, sonst hätte er das Geld liegen und die Aktien mitgehen lassen. Der Rest ist ganz ordentlich hier. Nichts umgeworfen oder durchwühlt. Und die wertvollen Bilder hängen auch noch alle da, wo sie hingehören, sonst gäb's hässliche Flecken und Ränder auf der Tapete. Sagt jedenfalls auch die Wirtschafterin.«

»Sagt wer?« In Emil stieg Wut auf, als er den Satz in seiner ganzen Bedeutung erfasste.

Seidl grinste.

Das ärgerte Emil noch mehr. Er konnte sich denken, mit welcher Genugtuung der Erkennungsdienstler ihn auflaufen ließ. Das geschah nicht zum ersten Mal. Dass Emil auf höhere Anordnung allein an einem Tatort aufgetaucht war, missfiel altgedienten, erst nach längerem Zögern seitens der Amerikaner wieder eingesetzten Kollegen wie Seidl. Es war ein deutliches Signal, was sowohl sein verantwortlicher Captain vom Public Safety Office als auch Oberinspektor Grasmüller ihm bereits nach wenigen Wochen im Dienst zutrauten. Damit taten sich die alten Hasen schwer. Trotz der jüngsten Vergangenheit hielten sie sich für die besseren, weil erfahreneren Polizisten.

»Wo steckt die Frau?«, herrschte Emil Seidl zornig an. »Warum sagen Sie mir erst jetzt, dass es noch eine zweite Zeugin gibt?«

»Sie hockt in der Küche. Ist schlecht beieinander«, mischte Ringseisen sich in seiner ruhigen Art als Schlichter ein. »Grad hab ich ihr einen Kamillentee aufgebrüht. Wenn hier alles fertig fotografiert ist, lassen Sie mich jetzt endlich kurz den Toten anschauen.«

Er schob sich an Emil und Billa vorbei, stellte die Tasche auf dem Boden ab und beugte sich keuchend über den unten liegenden Toten.

»Holen Sie die Wirtschafterin«, wies Emil Seidl schroff an. »Und sorgen Sie dafür, dass der Kollege draußen an der Wohnungstür die beiden anderen Etagen im Haus abklappert, ob sonst noch jemand da ist, der was gehört oder gesehen hat. Sofort!«

Die Wirtschafterin betrat just in dem Moment das Esszimmer, in dem Ringseisen die Leiche auf den Rücken drehte und sachlich konstatierte: »Herzschuss aus nächster Nähe.«

»Jesses Maria!«, schrie sie beim Anblick des Toten und schlug die Hände vors Gesicht.

Geistesgegenwärtig sprang Billa ihr zur Seite. Die Frau schwankte bereits gefährlich, als Billa sie am Arm packte, fürsorglich zu einem der Stühle führte und ihr half, sich zu setzen. Dankbar nickte die Wirtschafterin ihr zu.

Emil haderte mit sich. Streng genommen musste er Billa wegschicken, während er die Zeugin befragte. Andererseits schien sie einen beruhigenden Einfluss auf die Frau zu haben. Vorschriften waren an diesem Vormittag schon genug missachtet worden. Auf eine mehr oder weniger kam es also nicht mehr an, noch dazu, wo keiner sich so recht auskannte, was wirklich noch vorgeschrieben war und was nicht.

»Viel ist wirklich nicht mehr übrig von der alten Schönheit«, stellte Ringseisen ungerührt fest. »Schon tragisch, wenn jemand so entstellt von der Front heimkommt. Und das in dem Alter. Der ist gerade mal Mitte dreißig.«

»Da hat es noch viel Jüngere viel übler erwischt«, warf Emil nach einem hastigen Blick auf das von einer blutunterlaufenen Narbe auf der rechten Wange verzerrte Gesicht des Toten ein. »Wenigstens ist er überhaupt zurückgekommen.«

»Ob das immer ein Glück ist? Für ihn war es leider eh nur für kurze Zeit.« Ringseisen betrachtete die Leiche nachdenklich. »So wie es ausschaut, hat er den Täter vermutlich gekannt. Warum sonst hätte er ihn so nah an sich herangelassen? Wahrscheinlich hat er freundlich mit ihm geredet und ist von dem Schuss völlig überrascht worden.«

»Sie kennen den Toten?«, wandte Emil sich an die Zeugin. Sie sah aus, wie man sich die typische Wirtschafterin eines Junggesellen aus gut betuchten, adeligen Kreisen gemeinhin vorstellte: etwa Ende vierzig, Anfang fünfzig, grauhaarig, sympathisches Gesicht. Die leicht untersetzte Figur verriet gute Kochkünste, die sie sich offenbar über den Krieg bewahren und angesichts eines verboten gut gefüllten Vorratskellers auch weiter anwenden konnte. Sofort dachte Emil an das Gemüsebeet, das er zuvor im Garten entdeckt hatte. Praktisch veranlagt war sie offenkundig auch.

Statt zu antworten, nickte sie, fingerte in der weiß gestärkten Schürze nach einem Taschentuch und schnäuzte sich vernehmlich.

Emil zwang sich zur Geduld. Flüchtig sah er auf Billa. Als hätte sie seinen Blick gespürt, hob sie im selben Moment den Kopf und lächelte. Er räusperte sich.

»Lassen Sie uns nach nebenan gehen«, schlug er vor.

Erleichtert erhob sich die Frau und ging zwischen Billa und ihm ins angrenzende Wohnzimmer. Doch statt in einem der tiefen Ledersessel Platz zu nehmen, steuerte sie auf den Flügel zu, griff zielsicher ein Porträt aus den unzähligen Fotografien in Silberrahmen heraus und hielt es Billa und Emil fast schon triumphierend unter die Nase.

»So hat er mal ausgeschaut. Ein schöner Mann, nicht wahr? Und noch so jung!«

Ehe Billa ihm zuvorkommen konnte, nahm Emil den schweren Rahmen in die Hand und betrachtete das Porträt. Tatsächlich zeigte es einen attraktiven jungen Herrn in Leutnantsuniform mit hellem Haar, den Blick verträumt in die Ferne gerichtet, um die Mundwinkel ein fast schon spöttischer Zug, am Kinn eine ausdrucksstarke Kerbe. Zweifelsohne besaß er eine besondere Ausstrahlung. Zugleich wirkte er auf eine gewisse Weise unschuldig-naiv. Oder interpretierte Emil das hinein, weil er aus eigener Erfahrung wusste, was an der Front passiert war und welche Gräuel in den berüchtigten Lagern stattgefunden hatten? Den verträumten Blick und den spöttischen Zug um die Mundwinkel hatte Dietlitz bei seiner Rückkehr gewiss längst verloren.

»Wirklich ein schöner Mann«, stimmte Billa unterdessen der Wirtschafterin zu. Eine Weile länger als nötig stand sie nah bei Emil, um das Foto zu betrachten.

»Schlimm, dass er tot ist«, schluchzte die Zeugin unvermittelt wieder auf. »Was für ein Unglück! Kommt lebend aus dem Krieg heim und wird zu Hause erschossen.«

»Dann ist der Tote also tatsächlich der Wohnungsinhaber Viktor von Dietlitz?«, hakte Emil ein.

»Wer denn sonst?« Verständnislos schaute die Frau zu ihm auf.

»Und Sie sind …?«

»Erna Pfaffinger, die Haushälterin.«

Laut prustete sie ins Taschentuch und wischte sich damit anschließend die Nasenflügel ausgiebig trocken, bevor sie es wieder in den Tiefen ihrer Schürze verstaute. Darüber hatte sie sich wieder einigermaßen gefasst und fuhr fort: »Seit dem Frühjahr siebenunddreißig bin ich bei ihm angestellt. Damals ist er ganz frisch hier eingezogen.«

»Was können Sie mir noch über ihn sagen?« Behutsam stellte Emil den Bilderrahmen zurück auf den Flügel und zückte seinen Bleistift, um das Wichtigste im Notizbuch festzuhalten. »Hat er allein gelebt, oder gibt es Angehörige, vielleicht eine Ehefrau, Kinder?«

Unbestimmt wies er auf die vielen Fotos.

»Nein.« Energisch schüttelte Erna Pfaffinger den Kopf. »Die sind woanders, also seine Eltern, mein ich. Irgendwo bei Verwandten auf dem Land, hat er mal gesagt. Wenn sie überhaupt noch am Leben sind. Kommen ja aus Berlin oder von noch weiter im Osten. Genauer weiß ich das leider nicht. Steinalt müssen die inzwischen sein. Selbst vor dem Krieg waren sie nie hier zu Besuch. Und eine Frau hat es bei ihm nie gegeben.«

Eine Sekunde hielt sie inne. Bis ihr auffiel, dass ihre Formulierung falsche Vorstellungen wecken mochte. Beflissen setzte sie nach: »Also, ich mein, verheiratet war er nicht, aber ansonsten völlig normal. Ist halt ganz in seinem Beruf aufgegangen. Ingenieur war er, bei der Maschinenfabrik von den Kirchenreuths in Allach. Ein ganz wichtiger, hervorragend bezahlter Mann. Deshalb ist er auch erst spät eingerückt. Die Kirchenreuths haben ihn dringend gebraucht, weil sie viel von ihm gehalten haben. Vor allem die junge Frau von Kirchenreuth. Der Alte hat ja leider den schrecklichen Unfalltod von seinem jüngeren Sohn und dessen Frau anno achtunddreißig nicht verkraftet …«

»Vor Kurzem ist er also heimgekehrt«, unterbrach Emil sie ungeduldig, um auf das eigentliche Thema zurückzukommen. »Ist seither irgendetwas Auffälliges vorgefallen? Ist beispielsweise ein Unbekannter hier aufgetaucht und hat ihn bedroht? Oder hat er sich seltsam verhalten? Eventuell einmal etwas Merkwürdiges getan, was nicht zu ihm gepasst hat?«

»Was denn?« Empört schnaubte Erna Pfaffinger, richtete sich kerzengerade auf. Ihre Lippen wurden schmal, ihre hellen Augen funkelten böse, als sie mit schriller Stimme nachsetzte: »Viktor von Dietlitz war ein grundanständiger Mensch. Nie hat er ein böses Wort über Juden oder sonst irgendwen gesagt. Nicht einmal in der Partei ist er gewesen. Und an die Front hat er auch erst sehr spät gemusst. Sie haben ihn ja hier in der Fabrik gebraucht. Kein Wunder, ein Mann mit seinen Fähigkeiten. Und so ein guter Mensch.«

»Wann genau ist er aus dem Krieg heimgekehrt?«

Erna Pfaffinger überlegte. Viel zu lang, wie Emil fand. Sollte sie ausgerechnet dieses wichtige Datum schon vergessen haben? Endlich zuckte sie ratlos mit den Schultern.

»Vor zwei, drei Wochen wird's gewesen sein. Ja, jetzt weiß ich es wieder! Am letzten Julisonntag.«

»Und die Wohnung stand bis dahin die ganze Zeit leer?«, hakte er nach. »Haben Sie sich darum gekümmert, dass hier niemand Fremdes rein ist und sich bei den Sachen bedient?«

»Mein Mann und ich wohnen im Souterrain. Wir sind die Hausmeister für das gesamte Haus und kümmern uns selbstverständlich um die Wohnungen. Da kommt schon niemand rein, der nicht reingehört. In der oberen Etage ist derzeit auch niemand da. Die sind zu Verwandten aufs Land. Wer sich's halt leisten kann, dem Elend in der Stadt zu entfliehen …«

»Gehört haben Sie nichts?«

»Grob geschätzt ist der Tod wohl gestern Abend eingetreten«, soufflierte Ringseisen. Schon vor einiger Zeit musste er zu ihnen ins Wohnzimmer herübergekommen sein, wie Emil erst jetzt auffiel. Die erste Leichenbeschau hatte er also beendet.

»Gestern Abend haben Sie nichts gehört?«, präzisierte Emil seine Frage.

»Da war doch ein Gewitter«, erwiderte Erna Pfaffinger verwundert, weil er das offenbar vergessen hatte. »Gedonnert hat's, dass man gemeint hat, es fallen wieder Bomben auf die Stadt. So wie im April, kurz bevor die Amis bei uns aufgetaucht sind. Ganz elend ist es mir gewesen. Gezittert hab ich vor Angst. Selbst mein Mann hat sich die Decke fest über den Kopf gezogen.«

»Danke, das reicht fürs Erste.«

Er klappte sein Notizbuch zu. An das Gewitter hätte er selbst denken müssen. Das erklärte einiges. Die anderen Angaben zu Dietlitz und dem exakten Datum seiner Rückkehr konnte er später in Ruhe prüfen. Bestimmt hatte Dietlitz nach seiner Rückkehr Bezugsmarken beantragt, den Telefonanschluss sowieso, und außerdem mussten ihn seither noch andere Menschen gesehen oder gesprochen haben. Ein Mann wie er pflegte soziale Kontakte, auch nach der Kapitulation.

»Bitte kommen Sie in den nächsten Tagen ins Präsidium in der Ettstraße, damit wir Ihre Aussage protokollieren können.«

Er reichte Erna Pfaffinger die Hand.

»Muss das sein?« Unerwartet ängstlich sah sie ihn an. »Also, so richtig für die Akten mit Unterschrift und so? Ist das dann für immer verbindlich?«

»Natürlich. Aber bitte keine Sorge, eine anständige Frau wie Sie hat doch nichts zu befürchten. Die Zeiten sind jetzt vorbei.«

»Wenn Sie das sagen.«

Das klang überraschend zweifelnd, als hätte sie schon andere Erfahrungen gemacht. Zögernd wandte sie sich um, ging noch einmal langsam ins Esszimmer hinüber und warf dieses Mal einen ausgiebigen Blick auf den Toten am Boden. Als sie sich endlich wieder zu Emil umdrehte, der ihr gefolgt war, schüttelte sie verunsichert den Kopf.

»Ist doch noch etwas?«, fragte er behutsam.

Aufmerksam musterte er sie. Warum tat sie sich den Anblick des Leichnams noch einmal und dann auch noch so ausgiebig an, nachdem es sie beim ersten Mal so davor gegraust hatte?

»Es ist nur«, setzte sie leise an, den Blick jetzt fest auf Emil gerichtet, »verändert hat er sich schon ... Also, nicht nur, dass er magerer ausgeschaut hat als früher und auf einmal diese entsetzliche Narbe im Gesicht hatte und deshalb irgendwie alles in seinem Gesicht schief war. Auch von der ganzen Art her war er völlig anders. Und vieles von früher hat er komplett vergessen oder durcheinandergebracht.«

Ihr Blick schweifte ab zum Fenster, verlor sich in dem dichten Regenvorhang. Sacht schüttelte sie den Kopf, dann wandte sie sich wieder zurück an Emil.

»Aber so ist das wohl bei denen, die an vorderster Front ihren Kopf hinhalten mussten. Und das im wahrsten Wortsinn. Sie sehen ja, das halbe Gesicht hat man ihm weggeschossen. Ein Wunder, dass einer so was überhaupt überlebt. Nach dem ersten Großen Krieg hatten wir das ja auch schon mal. Jedenfalls so ähnlich. Erinnern Sie sich? Da gab's doch an jeder Ecke auf einmal die, die immerzu gezittert haben. Die eigentlich gar nicht mehr wussten, was los ist. Der Kelch ist wenigstens an dem Herrn von Dietlitz vorbeigegangen. Aber der Rest ... Ganz seltsam ist er manchmal gewesen. Da möchte man wirklich nicht nachfragen, warum einer so wird. Was er gesehen und erlebt hat an der Front. Furchtbar!«

Sie wandte den Blick noch einmal dem Toten zu, als wollte sie sich abermals von etwas vergewissern. Dann ging ein Ruck durch ihren rundlichen Leib. Aufrecht stellte sie sich vor Emil hin und sagte energisch: »Wer weiß schon, was die im Krieg mit ihm angestellt haben? Nach allem, was passiert ist, ist ja keiner von uns mehr der, der er vorher gewesen ist.«

# 4

»Es stimmt natürlich, was die Pfaffinger sagt: Keiner von uns ist nach dem Krieg mehr der, der er vorher gewesen ist«, schloss Billa den knappen Bericht für ihre Kollegin Lydia Persson über die Erlebnisse am Vormittag. »Das haben Täter wie Opfer gemeinsam. Eine schöne Plattitüde. Leider hilft sie keinem weiter. Das kommt wohl dabei heraus, wenn die Leute hier zwölf Jahre im braunen Sumpf und letztlich im Selbstmitleid versinken.«

Sosehr sie die letzte Äußerung von Dietlitz' Haushälterin über dessen Fronterlebnisse auch Stunden später noch aufbrachte, rang sie sich jetzt dennoch ein Lächeln ab. Die Entdeckung des Ermordeten steckte ihr mehr, als ihr lieb war, in den Knochen. Dabei hatte sie seit ihrer Ankunft in Europa vor knapp einem Monat und der anschließenden Reise quer durch das kriegszerstörte Frankreich und Deutschland bis nach München schon weitaus Schlimmeres gesehen. Und Dietlitz nicht einmal persönlich gekannt. Lag es an dem krassen Gegensatz zu dem unfassbar friedlichen Idyll, in dem sie ihn erschossen aufgefunden hatte? In jedem Fall tat es gut, darüber zu reden.

Zum Glück war ihr vorhin die gut zehn Jahre ältere und weitaus erfahrenere Fotoreporterin aus Texas im PX-Store der Army, in dem sie steuerfrei einkaufen konnten, über den Weg gelaufen. Ein Wink des Schicksals! Zwar kannten sie sich bislang nur flüchtig, weil Lydia erst seit wenigen Tagen in München war, doch hatten sie sich sofort angefreundet. Gemeinsam mit einigen anderen Reporterkollegen waren sie in einer intakt gebliebenen Villa im vornehmen Bogenhausen einquartiert, die die Besatzungsbehörden für diesen Zweck beschlagnahmt hatten.

So schnell wie möglich hatten sie vorhin ihre Einkäufe erledigt und sich vor der Tür des PX durch die Schranke bettelnder Kinder und Erwachsener gekämpft, dabei einige Streifen Kaugummi und ein paar Zigaretten in die Menge geworfen, um ihr schlechtes Gewissen wegen ihres privilegierten Status zu beruhigen. Nicht nur angesichts dieses allgegenwärtigen Belagerungszustands glich die einst schmucke, aber durch das »Braune Haus« der NSDAP wie auch die Gestapo-Zentrale im früheren Wittelsbacher Palais berüchtigt gewordene Briennerstraße einem Elendsquartier.

Der nächstgelegene Ort, zu dem Billa und Lydia sich von dort aus flüchten und wo sie in Ruhe reden konnten, war das Offizierscasino im Haus der Kunst. Im ungemütlichen Dauerregen hatten sie den von Schutt halbwegs geräumten Odeonsplatz und den einigermaßen zugänglichen Hofgarten durchquert, beide strikt darauf bedacht, der fast völlig zerstörten Residenz wie auch den bitteren Resten der Arkaden keine weitere Beachtung zu schenken. Selbst von dem einst einschüchternd trutzigen Armeemuseum existierte nur noch die nutzlose Kuppel, was Billa einen gelungenen Seitenhieb des Schicksals auf die Wirkmacht des Militärischen fand.

Umso mehr haderte sie jedes Mal aufs Neue damit, dass ausgerechnet Hitlers Tempel »deutscher Kunst« am Südende des Englischen Gartens dank einer ausgeklügelten Tarnung sämtliche Fliegerangriffe nahezu ohne Kratzer überstanden hatte. Eine böse Ironie des Schicksals. Zumindest hatten die amerikanischen Besatzer dem monströsen Bau mit dem überdimensionalen Säulenvorbau inzwischen das großgeschriebene Adjektiv »Deutsch« aus dem Namen gestrichen und nutzten ihn fortan als Klub, Restaurant, Festsaal, Shop oder ganz profan als Basketballhalle.

Einen starken Kaffee gab es dort immer. Und genau den gönnten Lydia und sie sich jetzt, flankiert von echtem französischem Cognac, den Billa nach Ansicht der pragmatischen Kollegin mindestens ebenso nötig hatte wie das aufputschende Koffein und natürlich die obligatorische Zigarette dazu.

»Wirklich schade, dass Leute wie Erna Pfaffinger vor allem die schlimmen Erlebnisse der eigenen Leute im Blick haben. Dabei haben die die ganze Katastrophe doch überhaupt erst losgetreten. Sie müsste nur einmal jemandem wie meinem Informanten Piotr begegnen, der die letzten Jahre als Zwangsarbeiter geknechtet wurde, dann wüsste sie, wie die Wahrheit lautet«, knüpfte Billa nach den ersten langen, genüsslichen Zügen an ihrer Zigarette an das vorherige Gespräch an.

Langsam blies sie den Rauch zur Decke, versuchte dabei hartnäckig, zu verdrängen, wer vor wenigen Monaten noch vor ihr in den gemütlichen Sesseln gesessen und aus denselben Tassen getrunken hatte, um sich mit der angeblichen glorreichen Überlegenheit des deutschen Wesens und der deutschen Kunst zu beschäftigen. Der Gedanke war einfach zu gespenstisch.

»Vergiss einmal die beschränkte Pfaffinger. Ich fürchte, ihre Fähigkeit, eine gewisse Mitschuld an dem zu erkennen, was in den letzten Jahren hier passiert ist, ist so beschränkt wie ihre gesamte Haltung«, stellte Lydia fest und schürzte die knallrot geschminkten Lippen.

Billa musste schmunzeln. Lydia legte eigentlich sehr viel Wert auf eine androgyne Erscheinung, trug deshalb im Gegensatz zu ihr nahezu ausschließlich die den weiblichen Mitgliedern des Pressekorps der amerikanischen Streitkräfte zur Verfügung gestellte Uniform, so dass sie mit ihrer muskulösen, hoch aufgeschossenen Figur, dem kurzen Haar sowie dem kantigen Gesicht von Weitem als Mann durchging. Zu ihrem Leidwesen entsprach sie obendrein mit ihrem blonden Haar, den stahlblauen Augen und dem hellen Teint dem arischen Typ par excellence. Umso auffälliger stach nun der Lippenstift hervor, den sie vorhin im PX erworben und gleich ausprobiert hatte.

»Viel aufregender ist doch, dass du plötzlich mitten in einem mysteriösen Mordfall steckst. Und das als wichtigste Zeugin! Den ein offensichtlich sehr attraktiver Ermittler lösen soll.«

Spöttisch zwinkerte sie ihr zu. Billa errötete. Hatte sie sich da eben etwa zu weit aus dem Fenster gelehnt? Welcher Teufel hatte sie geritten, Lydia überhaupt von diesem sympathisch unbeholfenen deutschen Polizisten zu erzählen? Noch dazu offenbar viel zu schwärmerisch. Wahrscheinlich wirkte der Schock noch nach, den erschossenen Dietlitz gefunden und im selben Moment seine völlig in Panik ausgebrochene Haushälterin am Hals gehabt zu haben.

»Das klingt, als würdest du dich nach einem Abenteuer sehnen«, entgegnete sie etwas perplex und hoffte, Lydia damit von Emil Graf abzulenken. »Hast du nicht längst genug von all den Toten, die du in den letzten Jahren gesehen hast? Würdest du nicht lieber einmal schöne Landschaften fotografieren oder über Begegnungen mit interessanten Menschen berichten wollen? Wie hältst du das überhaupt aus, seit Jahren als Kriegsberichterstatterin von Front zu Front zu ziehen, von der Invasion auf Sizilien bis zur Befreiung der Konzentrationslager, und dich jetzt auch noch in Hitlers einstiger Lieblingsstadt umzusehen? Hast du das alles nicht gründlich satt?«

»Vergiss nicht meinen Besuch im brennenden Berlin und dem nahezu völlig ausgelöschten Dresden. Da habe ich auch Dutzende Filme verschossen«, ergänzte Lydia und leerte ihr Cognacglas in einem Zug. »Auszuhalten ist das kaum«, räumte sie nach einer längeren Pause ein, während der sie ziellos vor sich hingestarrt hatte, und drehte das leere Glas nachdenklich in ihrer Hand. »Wahrscheinlich bin ich längst wahnsinnig, habe das bislang aber noch nicht gemerkt. Aus unerfindlichen Gründen komme ich nicht von dem Horror los. Dabei habe ich weder jüdische Wurzeln noch Verbindungen zu Kommunisten oder Widerständlern. Und meine deutsche Großmutter ist schon im letzten Jahrhundert nach Texas ausgewandert. Ihr habe ich übrigens meine guten Sprachkenntnisse zu verdanken. Und meinen Appetit auf eine anständige Kartoffelsuppe oder einen deftigen Sauerbraten mit Apfelkompott und Klößen. Wahrscheinlich liegt es an ihr, dass ich mir seit Kriegsbeginn wünsche, mit eigenen Augen zu sehen, wie die Nazis besiegt werden. Ich brenne darauf, dem Rest der Welt zu erzählen, was sie alles verbrochen haben. Sofern man das überhaupt jemandem glaubhaft vermitteln kann angesichts des unbeschreiblichen Grauens, das einem aus den Augen der Überlebenden in Dachau oder Auschwitz entgegenblickt. Oder weshalb bist du hierher zurückgekommen?«

»Ehrlich gesagt aus weitaus persönlicheren Gründen«, erwiderte Billa und drückte die Zigarette im Aschenbecher aus. »Vor allem wollte ich sehen, was noch übrig ist von dem München, in dem ich einmal aufgewachsen bin. Trotz allem hatte ich nämlich eine sehr schöne Kindheit. Früher habe ich mich hier wirklich zu Hause gefühlt. Und wenn ich dich so reden höre, bin ich froh, mich erst nach der Kapitulation zur Rückkehr entschlossen zu haben. Mir reicht es schon, was ich in den letzten Wochen an Fürchterlichem gesehen habe.«

»Wenn man den Vergleich zu früher hat, jetzt vielleicht auch die bittere Wahrheit über den ein oder anderen Bekannten von damals erfährt, ist es wahrscheinlich noch schwerer zu ertragen. Wer weiß, was dir heute bei diesem Dietlitz entgangen ist. Die Bemerkung seiner Haushälterin könnte auch der Hinweis auf ein größeres Geheimnis gewesen sein. Vielleicht liegt darin das Mordmotiv. Bestimmt erfährst du es im Lauf der polizeilichen Ermittlungen.«

»Hoffentlich bekommt mein Informant trotz des Mords, was er von Dietlitz wollte«, rutschte Billa heraus.

»Was?« Lydia horchte auf. »Um was geht es da? Rück schon raus mit der Sprache!«

»Ganz und gar nichts Aufregendes«, beeilte Billa sich, sie zu beschwichtigen, und ärgerte sich, dass sie sich beinahe verplappert hätte. Sie hatte Piotr versprochen, niemandem etwas von den Papieren zu sagen, die sie ihm von Dietlitz hätte mitbringen sollen, und verstand, warum er so erpicht darauf war. Noch befand sich seine Angelegenheit in der Schwebe. Abgesehen davon war es für Lydia wirklich uninteressant. Also entschloss Billa sich, das Ganze rasch herunterzuspielen.

»Ich sollte Dietlitz in seinem Auftrag um eine Kleinigkeit bitten, weil er sich das nicht selbst getraut hat. Aber das spielt jetzt keine Rolle mehr. Das wird sich gewiss auf andere Weise regeln.«

Sie zündete sich die nächste Zigarette an, und für einige Sekunden verschwand ihr Gesicht hinter der Rauchwolke. Zu ihrer Erleichterung gab Lydia sich tatsächlich damit zufrieden, hakte stattdessen aber bei einem anderen wunden Punkt nach.

»Du hast gesagt, du willst hier in München sehen, was aus deiner Kindheit übrig geblieben ist. Das interessiert mich auch. Willst du mir ein wenig davon zeigen? Warst du etwa schon bei eurer früheren Wohnung? Oder hast du Angst, zu erfahren, wer dort inzwischen wohnt? Wir könnten gemeinsam hingehen, dann ist es wahrscheinlich leichter für dich. Ich bin dir auch gern behilflich, falls du dich auf die Suche nach alten Freunden oder Schulkameraden …«

»Nicht nötig, danke.« Von Neuem wich Billa ihr aus, bedauerte es im nächsten Moment allerdings schon. Lydia meinte es gut. Es wäre so schön, wieder eine Freundin zu haben. Nach so vielen Jahren endlich wieder jemanden, dem sie vertrauen, ihr Herz unbedarft ausschütten konnte.

»Die Nachmieter in unserer letzten Wohnung hat meine Mutter sogar noch selbst ausgesucht«, lenkte sie ein. »Es sind frühere Kollegen von ihr. Gleich bei meiner Ankunft vor zwei Wochen habe ich sie schon besucht. Die sind wirklich in Ordnung. Sie haben den Wahnsinn der letzten Jahre erstaunlich gut überstanden. Mir lag die Wohnung nie sonderlich am Herzen. Sie war mir zu vornehm. Aber genau deshalb wollte meine Mutter dorthin. Weil sie für sie der Zutritt in eine bessere Welt war.«

»Dann wird sich deine Mutter freuen zu hören, dass die Wohnung gerettet ist. Hast du ihr schon davon erzählt? Wie hat sie reagiert? Will sie selbst wieder hierher zurück?«

»Wir haben noch nicht darüber gesprochen.«

Das kam wie aus der Pistole geschossen. Lydia ignorierte es geflissentlich, legte ihr stattdessen kurz die Hand auf den Arm und schenkte ihr ein aufmunterndes Lächeln.

»Und was ist mit deinen Freunden von damals?«, setzte sie nach einer kurzen Pause nach. »Hast du die schon wiedergefunden? Oder weißt du zumindest, was mit ihnen …?«

»Meine beste Freundin Rosl habe ich lange vor unserer Flucht aus Deutschland aus den Augen verloren.« Billa schürzte die Lippen, spielte gedankenverloren mit ihrem Feuerzeug. »Als ich acht Jahre alt war, sind wir aus der gemütlichen Klenze- in die feine Maximilianstraße umgezogen. Seither hat meine Mutter strikt darauf geachtet, dass wir uns nicht mehr sehen. Rosl und ihre Familie sind zur selben Zeit irgendwo an den Stadtrand gezogen. Danach hatte ich eigentlich keine wirklich guten Freundinnen mehr. Die wenigen, die mir am Herzen lagen, waren Jüdinnen wie ich und sind nach und nach ins Ausland. Mit einigen habe ich bis heute Kontakt. Zum Glück sind sie alle wohlauf.«

»Und das Haus in der Klenzestraße?«

»Du gibst nie auf, was?« Einen Moment verlor sich Billas Blick im Regen vor dem Fenster. Wie ein Schleier vernebelte er das Draußen, alle Grenzen verschmolzen. Kaum war zu ahnen, wo die riesige gemauerte Veranda endete und wo das Grün des Englischen Gartens begann. Eine ähnliche Täuschung wie die Tarnnetze aus dem Krieg.

»In der Klenzestraße war ich tatsächlich noch nicht. Wahrscheinlich bin ich zu feige. Daran hängt viel für mich. Wir können demnächst zusammen hin, wenn es mal aufhört zu regnen. Dann kannst du gern Fotos machen und einen kleinen Artikel schreiben über die törichte Jüdin, die meint, sie könnte noch einmal in ihre frühere Heimat zurück. Dabei gibt es die schon lange nicht mehr.«

Sie stand auf, schnappte sich ihren Trenchcoat, den Schirm und die schwere Tasche, beugte sich zu Lydia in ihrem Sessel hinunter, um sich mit einer kurzen Umarmung zu verabschieden.

»Ich muss los. Die Dunkelkammer wartet. Die Fotos für die Mordermittlung müssen bis morgen fertig sein«, erklärte sie ihren überstürzten Aufbruch.

»Mach dir meinetwegen keinen Stress«, beruhigte Lydia sie. »Ab morgen bin ich für einige Tage in Österreich. Das mit deinem Besuch in der Vergangenheit müssen wir also noch etwas verschieben.«

»Danke!«

Billa fiel ihr abermals um den Hals. Sosehr sie es bedauerte, Lydia schon wieder ziehen zu lassen, kaum dass sie sich mit ihr angefreundet hatte, so sehr erleichterte es sie, damit etwas Aufschub zu erhalten. Vielleicht würde sie in den nächsten Tagen doch schon einmal allein in die Isarvorstadt fahren und sich das Haus ihrer Kindheit ansehen, in dem ihr Rosl zur Seite gestanden hatte. Vielleicht aber, und das hoffte sie fast noch mehr, kam sie vorerst gar nicht dazu, weil sie mit den Tatortfotos und der anstehenden Aussage bei der Polizei genug zu tun hatte. Irgendwie, das spürte sie, war da heute noch etwas in Gang gekommen, das sie noch nicht so recht einzuschätzen wusste. Und das betraf sowohl ihre unerwartete Verstrickung als Zeugin in einen Mordfall als auch die Begegnung mit Emil Graf, dem zuständigen Ermittler.

Sie errötete und spürte zugleich ein lang verdrängtes Unbehagen, weil ihr nächstes Wiedersehen ausgerechnet an einem Ort stattfinden würde, den sie eigentlich nie mehr hatte betreten wollen: das Polizeipräsidium in der Ettstraße. Welcher Teufel hatte sie nur geritten, nach München zurückzukehren?

# 5

## Gauting

Der Krieg war aus, und nichts war mehr, wie es vorher gewesen war. Niemand war mehr der, der er vorher gewesen war. Und manche waren sogar gar nicht mehr da. So wie Irmi.

Bevor Liesl bei dem Gedanken in Tränen ausbrach, schleppte sie sich zum Baumstumpf auf halbem Weg vom Gartentor zur Haustür und sank erschöpft darauf nieder. Unerbittlich prasselte der Regen auf sie ein. Die viel zu große Lodenjoppe ihres Bruders Maxl und das Kopftuch klebten feucht-schwer auf ihrem schmächtigen Leib.

Wie von selbst glitten ihr die Lederriemen des Rucksacks von den Schultern. Mit einem lauten Platschen landete er in der Pfütze zu ihren Füßen. In Windeseile sog sich der Leinenstoff mit der dreckigen Brühe voll. Liesl war es einerlei. Zwei entsetzliche Tage in der Stadt lagen hinter ihr. Jetzt sehnte sie sich nach Schlaf. Einfach die Augen schließen, nichts mehr sehen und hören und endlich Ruhe finden.

Sie zerrte den schweren Rucksack an den Riemen zwischen die Beine, um ihn gegen das Umkippen abzustützen. Wenigstens war es ihr gelungen, die auf dem Schwarzmarkt hart erkämpften Dinge vollständig nach Hause zu bringen, trotz der missgünstigen Blicke in dem heillos überfüllten Zug und dem ein oder anderen dreisten Versuch, ihr etwas abzuschwatzen oder gar frech zu stibitzen.

Statt sich darüber zu freuen, übermannte sie jedoch plötzlich Trauer. Deutlich sah sie vor sich, wie Irmi ihr jetzt jubelnd aus dem Haus entgegengehüpft und durch den Regen getanzt wäre, wäre sie noch da. Das aber war sie nicht mehr. Würde sie nie mehr sein. Nichts brachte sie mehr zurück. Wie hatte Liesl sich nur einbilden können, daran etwas ändern zu können?

Die Regentropfen wurden noch dicker, prasselten mit immer größerer Wucht auf ihre Schultern. Dabei war sie doch schon völlig durchnässt, seit sie vorhin am Bahnhof in einer Schlammlache gelandet war. Ein amerikanischer Jeep war in halsbrecherischem Tempo auf sie zugerast. Die johlenden GIs hatten sich einen Spaß daraus gemacht, sie durch Matsch und Regen vor sich her zu jagen. Im letzten Moment war sie beiseitegesprungen und ausgerutscht, mitten in einer Pfütze gelandet. Seufzend hievte sie den schweren Rucksack wieder auf den Rücken und erhob sich, um zum Haus zu wanken.

Kurz vor der Tür zögerte sie noch einmal. Den Rucksack verbarg sie vorerst besser im Hühnerstall. Nicht, dass die Mutter auf die absurde Idee verfiel, ihn auszuräumen. Und dabei etwas entdeckte, was sie besser nicht entdecken sollte. Darum kümmerte Liesl sich später lieber selbst.

Die Schnitzfiguren des Vaters hatte sie in München alle losgeschlagen. Ganz scharf waren die amerikanischen Soldaten auf die Heiligen, Kobolde und Gartenzwerge, die er mit viel Liebe zum Detail in Handgröße aus Holz schnitzte. Was für ein Glück, dass der Zugverkehr seit drei Wochen im Umkreis von fünfzig Kilometern um die Stadt herum wieder funktionierte! Sich den nötigen Berechtigungsschein zu besorgen, war der geringste Aufwand gewesen. Die Zigaretten und Dollar, die Liesl für die Schnitzereien bekommen hatte, hatte sie am Sendlinger Tor gegen Speck, mehrere Dosen Corned Beef, echten Bohnenkaffee für die Mutter sowie Rasierklingen für den Vater und noch einige weitere, längst unbezahlbar gewordene Dinge eingetauscht. Zwar waren sie auf dem Land im Gegensatz zur Stadtbevölkerung noch einigermaßen gut versorgt, aber da sie keine eigene Landwirtschaft betrieben, mussten auch sie vieles anderweitig besorgen. Wenn sie es geschickt anstellte, reichten die beschafften Vorräte für die nächsten Wochen.

Die nächsten Wochen – bei der Vorstellung musste Liesl bitter auflachen. Irgendwie war ihr das Zeitgefühl abhandengekommen. Erst Wochen, dann Monate und schließlich Jahre hatten die Eltern und sie gehofft, es werde eines Tages doch noch alles gut werden und ihre unbekümmerte Irmi zu ihnen zurückkommen. Der fünf Jahre älteren Schwester, die in ihrem Herzen immer ein Kind geblieben war, hatte schon das Aufflattern eines frechen Spatzen vor dem Fenster genügt, um aus dumpfer Trübsal in glockenhelle Fröhlichkeit zu wechseln.

Verschämt wischte Liesl sich die nassen Augenwinkel, stolperte ums Haus herum zum Hühnerstall, kroch drinnen mit dem schweren Gepäck auf dem Rücken zwischen dem empört gackernden Federvieh die schmale Leiter unter den niedrigen Dachgiebel hinauf und verbarg den Rucksack sorgfältig unter dem Stroh. Für einen kurzen Moment hatte sie wieder jenen Tag im letzten November vor Augen, an dem sie dasselbe mit dem Brief aus Kaufbeuren hatte machen wollen. Schon der Anblick des amtlichen Kuverts hatte genügt, um die Wahrheit zu wissen. Deshalb hatte sie ihn vor den Eltern verstecken wollen. Der Vater aber hatte es mitbekommen und war ihr in den Hühnerstall gefolgt.

»Nicht, Papa!«, hatte sie ihn noch vom Aufreißen des Umschlags abhalten wollen, doch es war zu spät gewesen. Nach dem Lesen hatte er ihr wortlos das Schreiben gereicht und war in seine Werkstatt verschwunden. Also musste sie der Mutter in der Küche die wenigen Zeilen vorlesen, mit denen ihnen der letzte Funke Hoffnung zunichtegemacht wurde. Hoffnung, dass es jemals wieder gut würde. Dass Irmi und ihr Lachen jemals wieder zu ihnen zurückkehrten. Für alle Ewigkeit war sie ihnen genommen. Nicht einmal ein Grab gab es, an dem sie um sie weinen konnten.

Geschrei aus dem Haus riss Liesl aus ihren Gedanken. Höchste Zeit, nach der Mutter zu sehen und sich um das Essen zu kümmern. Die Ostpreußin aus dem ersten Stock wollte auch noch an den Herd, um für die drei Kleinen zu kochen. Seit vier Wochen waren die bei ihnen einquartiert. Kaum mehr als die Kleider am Leib hatten sie bei ihrer Ankunft noch gehabt. Ein Blick in die leeren Augen der Frau aus Königsberg hatte Liesl genügt, um zu wissen, was ihr seit der Flucht aus der Heimat im letzten Winter widerfahren war. Fremd war ihr das selbst im abgelegenen, idyllisch anmutenden Würmtal nicht. Leider.

Die Frau bewohnte mit ihren Kindern zwei der ehemaligen Fremdenzimmer im ersten Stock, die die Mutter früher zur Sommerfrische an Gäste aus der Stadt vermietet hatte. »Pension Würmtal« hatte sie ihr Haus hochtrabend genannt, obwohl die Würm ein gutes Stück entfernt von ihnen floss. Im Vergleich zu den vornehmen Gasthäusern und Hotels rund um die nahen Seen hatten sich die Zimmer bei ihnen mehr als bescheiden ausgenommen. Aber selbst die galten inzwischen als Luxus.

Aus den offenen Fenstern im ersten Stock wehte lautes Schimpfen herüber. Es setzte eine kräftige Ohrfeige, der erbärmliches Aufjaulen folgte. Schluss mit der ewigen Grübelei! Liesl sputete die Leiter hinunter, rutschte auf der letzten Sprosse aus und trat mit dem Fuß auf ein Ei, zerquetschte es. Fluchend bückte sie sich nach den Resten, wischte mit dem Zeigefinger vorsichtig das glibberige Eiweiß und den wie durch ein Wunder heil gebliebenen Dotter vom Boden auf ein Stück Schale, pflückte winzige Strohhalme heraus. So rettete sie es wenigstens in die Suppe.

»Bin wieder da!«, rang sie sich beim Betreten der Küche zu einer munteren Begrüßung durch.

Die Mutter drehte sich nicht einmal um. Leicht vorgebeugt stand sie am Herd und rührte im Topf.

»Gut ist's in der Stadt gelaufen«, überspielte Liesl die bittere Enttäuschung, dass die Mutter sie offenbar gar nicht vermisst hatte. Zwei Tage und eine Nacht lang nicht. »Alle Figuren vom Papa bin ich losgeworden. Sogar Bestellungen für eine nächste Lieferung hab ich mitgebracht.«

Durch den feuchten Dunst in der Küche balancierte sie die kostbaren Eireste zum Herd, ließ sie in die brodelnde Suppe gleiten. Nicht einmal darauf reagierte die Mutter.

Liesl presste die Lippen zusammen. Beim Ofen in der entgegengesetzten Ecke des niedrigen Raums schlüpfte sie aus der nassen Joppe, zog die völlig durchweichte Bluse aus und hängte beides über die Stange. Wahllos wühlte sie im Wäschekorb auf der Bank, wo er seit der letzten Großwäsche vor ein paar Wochen stand. Sie erwischte ein kratziges, viel zu großes Hemd von Maxl. Vorerst brauchte ihr Bruder das ebenso wenig wie seine Lodenjacke. Ihr aber schenkte es ein Gefühl von brüderlichem Schutz, seine Sachen auf dem Leib zu spüren. Hastig streifte sie das Hemd über, roch an dem Leinen, in dem sie noch Maxls Geruch erahnte. Sie spürte einen Kloß im Hals. »Vermisst« hatte es in der Mitteilung vom Roten Kreuz knapp geheißen. Höchstpersönlich hatte der Pfarrer sie letztens vorbeigebracht.

»Froh müssen Sie sein«, hatte er gesagt, sobald er die schiere Verzweiflung bemerkte, mit der die Eltern auf die Nachricht reagierten. »Solange Sie sonst nichts hören, besteht Hoffnung, dass er lebt. Gewiss kommt er bald zurück. Jetzt, wo überall im Land der Frieden erklärt ist, dauert es nicht mehr lang, und ein jeder kehrt wieder dahin zurück, wo er hingehört, auch die unsrigen. Daran müssen Sie glauben.«

Immerzu sollten sie alles und jedem glauben! Am liebsten wäre Liesl dem Pfarrer an die Gurgel gesprungen. Was wusste einer wie der denn schon von dem Leben, das sie führten? Und davon, was es hieß, wenn einer nach dem anderen aus der Familie fortgerissen wurde? Was sollte das überhaupt heißen: ›Ein jeder kehrt wieder dahin zurück, wo er hingehört‹? Die, die sich drauf verstanden, als Erstes ihren persönlichen Vorteil zu sichern, die waren natürlich längst schon wieder zurück. Das hatte sie in der Stadt mit eigenen Augen gesehen. Und die anderen armen Schweine blieben weiterhin fort. Auf unbestimmte Zeit. Und ohne Gewähr, ob je ein Mensch erfuhr, was aus ihnen geworden war. Und ob sie überhaupt je wieder heimkehrten. Und falls doch, in welchem Zustand. Und ob man sich das dann wirklich wünschte, dass sie so zurückkämen. Für sie und für sich.

Das hatte Liesl bei ihrem Schwager Bertram erlebt, dem Mann ihrer zweiten Schwester Gitta. Dass er einen Arm im Krieg gelassen hatte, war das eine. Damit war umzugehen. Dafür ließ sich Ersatz finden. Das andere jedoch war, dass er einen Großteil seines Verstandes gleich mit an der Front gelassen hatte. Damit war nicht mehr umzugehen. Und dafür war auch kein Ersatz mehr zu finden. Vor allem nachts, wenn es dunkel war, benahm er sich seltsam. Kuschelte sich Schutz suchend wie ein Säugling splitterfasernackt und kläglich wimmernd an Gitta. Ein gestandenes Mannsbild war er einst gewesen! Und jetzt nur noch ein einfältiges, weinerliches Kleinkind. Nacht für Nacht musste Gitta aushalten, dass er nicht mal mehr ein Schatten seiner selbst war. Und tagsüber trotzdem jedem immerzu brav versichern, wie froh sie sei, dass er überhaupt lebendig zurückgekommen war.

Sich angesichts dessen den Glauben zu bewahren, dass am Ende doch noch alles gut werden würde für Leute wie sie, das war zu viel verlangt. Da konnte der Pfarrer sagen, was er wollte. Letztlich tat er das sowieso nur, damit sie ruhig blieben und sich weiter brav duckten. So wie sie immer schon hatten ruhig bleiben und sich in ihr Schicksal hatten fügen sollen. Das hatte schon die Geschichte mit Irmi gezeigt. Aber damit war es nun vorbei. Ein heftiges Zittern durchlief Liesl. Kaum spürte sie das Hemd ihres Bruders auf der Haut, verlieh ihr das neue Kraft. Fast, als sei er bei ihr und stärke ihr den Rücken.

»Lass mich das machen«, sagte sie laut und schob die Mutter sanft weg vom Herd. »Setz dich an den Tisch. Der Papa kommt gleich.«

Unauffällig fischte sie ein kleines Päckchen aus der Rocktasche und öffnete es. In dem Wachspapier war eine Speckschwarte eingeschlagen. Flink schnitt Liesl sie in winzige Würfel und gab einen Teil davon in die Suppe.

Ein Blick über die Schulter genügte. Wie gewohnt achtete die Mutter nicht auf sie, sondern stierte ziellos in den Regen vor dem Fenster. Hastig holte Liesl noch eine Handvoll Bohnen und eine gelbe Rübe aus der Tasche ihres Rocks. Das altmodische, weit schwingende Kleidungsstück war zum Schmuggeln bestens geeignet. Sie legte das Gemüse und den Rest des Specks auf das Holzbrett. Jetzt musste die wortkarge Ostpreußin den Wink nur begreifen und die Gaben nachher in die eigene Suppe schnippeln. Bislang war sie zu stolz gewesen, um Liesl oder die Eltern um etwas zu bitten. Nicht einmal den Kindern zuliebe. Dabei reichten die Rationen, die es auf die Karten gab, hinten und vorn nicht, erst recht nicht für zwei hungrige kleine Buben und ein verschüchtertes kleines Mädchen, denen schier die Augen aus den Höhlen quollen, wenn sie den Essensdunst in der Küche einatmeten.

Den Anblick ertrug Liesl nicht. Die Kinder konnten am allerwenigsten für das ganze Elend. Auch Irmi und Maxl hätten es nicht ausgehalten, das mit anzusehen. Also hatte Liesl vor einiger Zeit damit begonnen, ›zufällig‹ etwas neben dem Herd zu vergessen, was sich für die drei verwerten ließ. Das war ihr bescheidener Versuch, das Unrecht auf der einen Seite an anderer Stelle wiedergutzumachen. Sofern dieses Aufwiegen überhaupt Sinn ergab. Sofern sich überhaupt noch jemand für so etwas wie Gerechtigkeit interessierte. Nicht erst in München war ihr aufgefallen, dass die Moral die Leute nach Kriegsende sogar noch weniger kümmerte als vorher.

Ein letztes Mal rührte sie die brodelnde Brühe um, nahm den Topf vom Herd, griff sich drei Löffel und trug alles zum Tisch unterm Herrgottswinkel, an dem die Mutter Platz genommen hatte. Durch das winzige Fenster zur Gartenseite beobachtete sie, wie der Vater aus seiner Werkstatt kam, sie gewissenhaft abschloss und quer über den kleinen Hof zur Hintertür schlurfte. Merkwürdig still und leer war es draußen. Der tagelange Regen hatte sämtliches Getier verjagt. Selbst die Vögel waren verstummt, als würde auch die Natur Trauer über das Geschehene tragen.

Liesl holte ein Stück Brot und einen Krug mit Wasser, brachte beides zum Tisch. Auf halbem Weg durchlief sie plötzlich das heftige Zittern von eben. Fast wäre ihr der Steinkrug aus der Hand gefallen. Gerade noch rechtzeitig schaffte sie es, ihn abzustellen und auf einen der Schemel am Tisch zu sinken.

Sie biss sich auf die Lippen, schmeckte Blut. Irmi würde sie auslachen. Die Erinnerung an die geliebte Schwester weckte sie aus der Betäubung. Liesl erhob sich wieder.

Grußlos betrat der Vater die Küche, legte achtlos die fleckige Mütze ab, bevor er sich zur Mutter an den Tisch setzte. Als Liesl die Suppe ausschöpfte und ihm zuerst den gefüllten Teller hinhielt, brummte er: »Bist du wieder da? Hast das Zeug in der Stadt gut verkauft?«

»Passt schon«, erwiderte Liesl.

»Gut«, war alles, was der Vater sagte. Die Mutter reagierte nicht.

Schweigend löffelten sie die Suppe. Liesl krallte die Finger in die Hand, bis die Nägel sich schmerzhaft in die Innenfläche gruben. Mehr denn je wünschte sie sich Irmi und ihr befreiendes Lachen herbei.

# 6

»Verflixt!« Schon wieder hatte Emil zu schnell getippt. Statt auf dem Papier anzuschlagen, verhakten sich die Typenhebel auf halbem Weg. Der Wagen stoppte. Klemmte. Nichts ging mehr. Und das nicht zum ersten Mal, seit Emil an dem Bericht tippte.

Er seufzte. Ärgerte sich über sich selbst und seine Ungeduld, die ihm unnötige Mehrarbeit bescherte. Abermals musste er mit den Fingern das Gewirr beseitigen, dabei akribisch darauf achten, das Karbonband nicht zu berühren, um keine riesige Sauerei auf dem kostbaren Papier anzurichten. Angesichts des Mangels an Büromaterial war es undenkbar, das Blatt herauszuziehen und den Bericht ein zweites Mal sauber zu tippen. Er konnte froh sein, überhaupt ausreichend Papier und Durchschlagpapier für den in siebenfacher Ausfertigung vorzulegenden Bericht aufgetrieben zu haben.

»Langsam, langsam, junger Freund!«, mahnte Eugen Brinkmeier in seinem sonoren Bass und schüttelte den mächtigen Kopf mit dem weißen Haarkranz. Dabei wusste Emil, dass der Kollege am Schreibtisch zu seiner Linken seinen Fluch kaum gehört haben konnte. Ein Schusstrauma aus dem ersten Großen Krieg hatte ihm rechts ein taubes Ohr beschert. Das hatte ihn zwar vor dem Fronteinsatz im zweiten Großen Krieg, aber nicht an der Wiederberufung in den Kriminaldienst seitens der amerikanischen Besatzer bewahrt. Zu dünn gesät waren die wenigen, die wie er dank ihrer früheren Tätigkeit und dank ihrer Weigerung, in die NSDAP einzutreten, dafür geeignet schienen. Die körperliche Beeinträchtigung hatte seine Sinne geschärft. Dadurch war er in der Lage, die Akten vor sich auf dem Tisch aufmerksam zu studieren und zugleich das Geschehen um sich herum zu verfolgen, wie jetzt etwa Emils Kampf mit der Schreibmaschine.

»Mehr Nachsicht mit unserer alten Dame«, tadelte er ihn sanft. »Du weißt doch, sie hat ihre Tücken.«

»Und nach mehr als einem halben Dutzend Jahrzehnten in Diensten der Münchner Polizei obendrein eine Aversion gegen Zugereiste wie dich.« Auch Wiggerl oder vielmehr Ludwig Schmied, Emils zweiter Bürokollege, sah von seinen Unterlagen auf und schmunzelte.

Dass die beiden ihn duzten, störte Emil nicht. Brinkmeier und Schmied waren nicht nur diensterfahrener, sondern auch viel älter als er. Deshalb ließ er sich das gern gefallen. Es verlieh ihrer Zusammenarbeit einen persönlicheren Anstrich. Überhaupt hatte er es gut getroffen mit seinen Kollegen, die mit ihm in dem viel zu engen Raum im zweiten Stock des Polizeipräsidiums saßen.

Die wuchtigen Schreibtische hatten sie T-förmig in der Mitte zusammengerückt, und Emil saß an der Stirnseite mit direktem Blick auf das doppelflügelige Fenster. Weil es nach wie vor Pappe und keine Scheiben in den Rahmen hatte, stand es auch bei kühlem Regenwetter offen, um Tageslicht hereinzulassen. Die einzige Glühbirne an dem traurigen Kabel in der Mitte der hohen Decke flackerte unzuverlässig, als wollte sie jeden Moment den Dienst quittieren.

Angesichts der fortgeschrittenen Stunde hätten Emil und seine beiden Kollegen an diesem Donnerstag längst nach Hause gehen dürfen. Dienstschluss war eigentlich bereits um fünf Uhr nachmittags. Daran aber hielten sich weder die Verbrecher, die München weiterhin in Atem hielten, noch die dadurch verursachte Büroarbeit wie beispielsweise das Anfertigen von Berichten. Seit gut einer Stunde saß Emil daran, obwohl es inzwischen stramm auf acht Uhr zuging. Vorher aber hatte er nicht an die Schreibmaschine gekonnt, denn das im Aufbau begriffene Kommissariat K 1 verfügte nur über diese eine. Was im Vergleich zu anderen Abteilungen schon ein Vorteil war. Schreibmaschinen und Farbbänder waren ebenso wie Papier erbittert umkämpfte Mangelware im Präsidium. Andererseits hatten Berichte, Protokolle und Zeugenaussagen ausschließlich maschinengetippt und in siebenfacher Ausfertigung angelegt zu sein. Also hüteten Emil und seine Kollegen das gigantische schwarze Monstrum der Marke Olympia wie ihre Augäpfel, sahen ihm großzügig jede Macke nach und gaben ihr Möglichstes, ihm noch viele Jahre Pflichterfüllung zu garantieren. Offenkundig stammte das gute Stück aus der Zeit um die Jahrhundertwende. Damals hatte sich das Polizeipräsidium noch an seiner Vorgängeradresse im ehemaligen Kloster der Englischen Fräulein in der Weinstraße gleich hinter dem Neuen Rathaus befunden. Ein Wunder, dass es den Umzug in die Ettstraße unbeschadet überstanden hatte, der kurz vor Ausbruch des ersten Großen Kriegs angeordnet worden war. Emil, Brinkmeier und Schmied hatten die Schreibmaschine unlängst in den weitverzweigten Dachkammern des Polizeipräsidiums, wiederum ein ehemaliges Klostergebäude, aufgespürt und schlossen sie nach Dienstende in einem Schrank ein. Zuvor aber hatte noch dieser Bericht fertig zu werden.

Endlich war es vollbracht. Erleichtert drehte Emil das Konvolut aus der Walze, entfernte nach dem Abzeichnen das kostbare Durchschlagpapier und sortierte die sieben Seiten in einen seit Jahren in Umlauf befindlichen und deshalb reichlich abgegriffenen Aktendeckel ein. Außer den Berichten des Erkennungsdienstes und des Gerichtsmediziners gehörten noch Billas Tatortfotos sowie ihre Zeugenaussage hinein. Bei dem Gedanken, sie morgen hier im Büro wiederzusehen, lächelte er versonnen.

»Scheint ein lustiger Fall zu sein, den du da hast«, bemerkte Brinkmeier und grinste. »Hast du ihn etwa schon gelöst? Dann mal hoch die Tassen! Bist wohl ein echtes Ermittlertalent. Der Captain Simon hat ein gutes Gespür mit dir bewiesen.«

Er hob den angeschlagenen Kaffeebecher, der auf seinem Schreibtisch stand, ungeachtet der Tatsache, dass er längst leer war und um diese Uhrzeit nicht einmal ein Schluck schalen Ersatzkaffees aufzutreiben wäre.

»Hoffentlich hast du alle Vorschriften beachtet«, schaltete sich Schmied ein. »Du weißt ja, wie genau die Amerikaner uns bei allem auf die Finger schauen. Ein Wunder, dass Captain Simon und Oberinspektor Grasmüller dich heute Vormittag allein an den Tatort geschickt haben. Wie lang bist du jetzt bei uns? Gerade einmal sechs Wochen dürften es sein. Nach so einer kurzen Zeit im Dienst war unsereins früher schon froh, wenn der leitende Ermittler einen nicht mehr für den Laufburschen gehalten hat.«

»Das waren ganz andere Zeiten. Nicht immer so verdrießlich, du alter Grantler! Gönn unserem Jungspund den kleinen Erfolg. Schwer genug hat er es hier sowieso. Und du wolltest heute früh eh viel lieber zur Amtseinführung vom Polizeipräsidenten, als dir einen weiteren Toten anschauen. Gib zu, ordentlich gebauchpinselt hast du dich gefühlt, dass du dabei sein durftest, weil der Captain Simon und der Oberinspektor Grasmüller dich ausdrücklich drum gebeten haben.«

»Du doch auch, du alter Hornochse!« Krachend sauste Schmieds Hand auf den Tisch. »Das haben wir zwei uns schließlich mehr als sauer verdient! Zwölf Jahre lang waren wir hier im Präsidium die letzten Deppen, haben den Staub von den Akten im Archiv geblasen oder der Hundestaffel die Hütten ausgekehrt und die Zähne zusammengebissen, wenn die Kollegen in ihren schwarzen Uniformen mit den Totenköpfen blöde Bemerkungen haben fallenlassen, weil wir uns geweigert haben, in die Partei oder am Ende gar in die SS einzutreten.«

»So ist uns bei der Feldgendarmerie und bei den Polizeibataillonen im Osten Schlimmes erspart geblieben. Und morgens beim Rasieren schauen wir guten Gewissens in den Spiegel.«

»Da hast du auch wieder recht.« Schmied nickte nachdenklich.

»Also, Emil, da siehst du es wieder: Schau bei allem, was du tust, immer zuallererst darauf, dass du dir selbst und deinem Gewissen treu bleibst«, wandte Brinkmeier sich erneut an seinen jungen Kollegen. Zur Bekräftigung hob er mahnend den rechten Zeigefinger. »Alles andere macht keinen Sinn, denn am Ende kriegst du allein die Quittung dafür und musst dich vor dem allerhöchsten Gericht verantworten. Und das ist kein menschliches, sondern die allerletzte Instanz über uns allen.«

»Amen!«, beschloss Schmied die Ansprache des Kollegen, bevor er Emil mit einer scheuchenden Armbewegung zum Gehen aufforderte. »Und jetzt schau, dass du Feierabend machst und heimkommst, mein Lieber! Es gibt noch was anderes als Pflichterfüllung im Leben. Und die nächste Leiche wartet morgen sowieso schon wieder auf dich.«

Das ließ Emil sich nicht zweimal sagen. Eilig räumte er die schwere Schreibmaschine in den klapprigen Besenschrank, dessen Holzbretter das Ungetüm erstaunlicherweise zwar ächzend, aber dennoch zuverlässig trugen, schloss ab und reichte Brinkmeier übertrieben feierlich den Schlüssel. Als Büroältester verwahrte der ihn in seiner obersten Schublade. Ein nicht sonderlich einfallsreiches Versteck, wie Emil fand, aber bislang funktionierte es.

»Bis morgen, die Herrschaften!« Vergnügt tippte er sich an die Hutkrempe und verließ das Zimmer.

Vor ihm lag ein wenig aufregender, aber trotzdem inständig herbeigesehnter Feierabend. Vielleicht las er noch ein wenig oder hörte Jazzmusik aus dem Radio, das ihm seine Zimmerwirtin großzügigerweise überlassen hatte. Beim Gedanken an Hilde Grieshaber wurde ihm ein wenig mulmig. Die Witwe des ersten Assistenten seines früheren Uniprofessors umsorgte ihn eine Spur zu mütterlich, dabei schätzte er sie auf höchstens sechs Jahre älter als sich selbst. Den Anzug, den er trug, hatte sie ihm aus den Beständen ihres gefallenen Mannes herausgesucht, ebenso Hemd, Hut sowie Schuhe. Dass er dieselbe Größe wie der viel zu früh Verstorbene hatte, bezeichnete sie als Vorsehung. Seit Wochen schon grübelte Emil darüber, wie er sich je dafür erkenntlich zeigen konnte. Jeden Morgen stellte Hilde ihm zum Frühstück ein dickes Butterbrot mit Marmelade oder Honig und eine nicht minder üppige Brotzeit für den Dienst auf den Esstisch, alles abgespart von den eigenen Zuteilungen. Seinen Protest wies sie energisch zurück, behauptete, noch andere Bezugsquellen als die offiziellen zu haben, und beharrte jedes Mal aufs Neue energisch darauf, dass er die Wohltaten annahm. Obwohl sie offenkundig bestimmte Absichten verfolgte, war er froh, wieder in seinem alten Zimmer untergekommen zu sein. Es hätte ihn übler treffen können.

Kaum hatte er sich nun im übervollen weißblauen Wagen der Linie 19 einen winzigen Platz auf der hinteren Plattform erkämpft und damit vor dem strömenden Regen in Sicherheit gebracht, ertappte er sich allerdings dabei, dass er sich sogar freute, gleich in die Wohnung in Laim zurückzukehren. Das lag zum einen sicherlich am Knurren seines Magens, zum anderen daran, dass er nach dem Austausch der üblichen Höflichkeiten in sein Zimmer verschwinden und dort endlich allein sein und nachdenken konnte. Höchste Zeit nach diesem langen, aufregenden Tag. Denn nicht allein die Tatsache, zum ersten Mal in seiner kurzen Dienstzeit allein einen Tatort gesichert zu haben, sondern vor allem die Begegnung mit Billa Löwenfeld spukte ihm unablässig im Kopf herum. Auch ein Grund, wenn nicht gar der entscheidende, warum er so ungeduldig auf die Tasten der alten Olympia-Schreibmaschine eingehackt und so oft danebengegriffen hatte.

Wie Billa ihr Zusammentreffen wohl empfunden hatte? Er beschloss, sich für den Rest des Abends eine kleine Träumerei zu gönnen.

Zwischen den Köpfen der beiden Nächststehenden wandte er den Blick nach draußen auf die Straße, sah auf die vorbeiziehenden Häuserzeilen, die größtenteils kaum mehr als solche zu erkennen waren, registrierte den leichten Anstieg an der Schwanthalerhöhe unweit der berühmten Theresienwiese, die einst Jahr für Jahr das Oktoberfest in einen zweiwöchigen Rausch verwandelt hatte. Die viel zu schwer beladene Tram bewältigte die Steigung nur im keuchenden Schritttempo. Das bescherte Emil ausreichend Zeit, die Reste der Brauereigebäude im Westend zu betrachten. Noch wurde auf Anordnung der Amerikaner nur in äußerst bescheidenem Umfang wieder Bier gebraut.

Plötzlich fragte er sich, wie jemand wie Billa das alles wohl empfand. Immerhin war sie in München geboren und aufgewachsen, hatte als kleines Mädchen gewiss das Kettenkarussell oder das Teufelsrad auf dem Oktoberfest geliebt, den herben Malzgeruch aus den Sudhäusern eingeatmet, geheime Verstecke und Lieblingsviertel in der Stadt gehabt, ehe man sie und ihre Mutter jäh aus dem Alltag herausgerissen und allein ihrer jüdischen Herkunft wegen erst ausgegrenzt, dann offen verfolgt und schließlich aus der Heimat verjagt hatte. Was empfand sie beim Anblick des einst vertrauten, nun größtenteils zerstörten München? Noch dazu, da es Hitler zu seiner Lieblingsstadt auserkoren und als ›Hauptstadt der Bewegung‹ bezeichnet hatte? Welchen Ekel musste sie empfinden, wenn sie die noch vor Kurzem so von sich überzeugten »Herrenmenschen« auf einmal kriecherisch-zuvorkommend ihr gegenüber erlebte? Warum war sie überhaupt zurückgekehrt?

Beschämt senkte er den Blick. War das nicht ihr gutes Recht? Ihn hatte es erst als Student nach München verschlagen, sie aber war schon von Geburt an hier zu Hause gewesen.

In Höhe der Friedenheimer Brücke schwenkte die Tram ächzend nach links ein. Kurz darauf erreichte Emil sein Ziel, die Haltestelle an der Fürstenrieder Straße in Laim. Von da waren es nur wenige Hundert Meter bis zum Bau der Eisenbahnergenossenschaft, in dem er zurzeit bei Hilde Grieshaber lebte.

Den Hut tief ins Gesicht gezogen, den Kragen seines Jacketts hochgeschlagen, lief er gesenkten Kopfes über das holprige Pflaster, wich, so gut es ging, den Pfützen aus und war froh, gleich endlich im Trockenen zu sein.

Die schwere Haustür fiel langsam hinter ihm ins Schloss. Drinnen war es dunkel. Er tastete zum Schalter, knipste mit einer beherzten Drehung das Licht an und sprang in großen Schritten die vier Steinstufen bis zur gläsernen Zwischentür hinauf. Gerade wollte er sie schwungvoll aufstoßen, da zuckte er zurück.

Etwas stimmte nicht. In der Spiegelung der Scheibe nahm er hinter sich jemanden wahr. Da stand einer in der Ecke zwischen Wand und Haustür. Emil fuhr herum.

Im selben Moment erlosch das Licht. Auf einmal war es stockfinster.

Er tastete sich hastig zur Wand und von dort hinunter bis zum Schalter. Ehe er ihn erreichte, schwang die Haustür auf. Im Windzug spürte er jemanden vorbeihuschen. Er registrierte nur noch, dass die Gestalt ihm in Statur und Größe sehr ähnlich gesehen hatte, und auch das Gesicht …

Eine Verfolgungsjagd konnte er sich sparen. Er wusste, wer das gewesen war. Auf einen Schlag war seine gute Laune verflogen. Die Vergangenheit hatte ihn eingeholt. Doch was bedeutete das für seine Zukunft?

# 7

Freitag, 17. August

Der Versuch, an Billa Löwenfeld dranzubleiben, entpuppte sich als der helle Wahnsinn. Gelegentlich schien sie geradezu vom Erdboden verschluckt. Einige Male war Piotr schon sicher gewesen, sie endgültig verloren zu haben. Dann aber tauchte sie so plötzlich wieder auf, dass er ihr nur durch Zufall unentdeckt weiter folgen konnte. Ein anderes Mal hielt sie sich endlos am selben Ort auf, so dass er kaum mehr einen Winkel fand, um sich vor ihr zu verbergen. Zu allem Überfluss tat sie äußerst beunruhigende Dinge. Wie etwa am Vortag, als sie die Polizei zu Dietlitz' Wohnung gerufen hatte.

Was war er nur für ein Trottel gewesen! Wie leichtfertig, zu glauben, sie könnte ihm helfen. Jetzt hatte sie alles nur noch schlimmer gemacht. Wie immer war er am Ende der Gelackmeierte. Am liebsten gäbe er auf. Fatalerweise aber war Billa jetzt, da die Sache mit Dietlitz schiefgelaufen war, der letzte Strohhalm, der ihn vielleicht doch noch rettete. Unbedingt musste er deshalb wissen, was sie als Nächstes vorhatte, um die winzige Chance, die noch für ihn existierte, nicht zu verpassen.

Er schlug den Jackenkragen hoch, schlang die Arme um die Brust, fror. Den ganzen Vormittag stand er bereits im

Hauseingang schräg gegenüber der Bogenhausener Villa, in der Billa zusammen mit ihren anderen amerikanischen Reporterkollegen untergebracht war. Wobei »untergebracht« nicht wirklich ausdrückte, wie feudal sie in einer der wenigen Gegenden Münchens residierte, die vom massiven Bombenhagel auf die Stadt kurz vor Kriegsende verschont geblieben war.

Wie Dietlitz. Der hatte ähnlich paradiesisch auf der anderen Seite der Stadt gelebt. Als hätte es den Krieg nie gegeben. Als wäre alles auf der Welt noch in bester Ordnung. Und das nach allem, was der sich in den vorangegangenen Jahren geleistet hatte! Das Schicksal war ungerecht. Aber zumindest Dietlitz hatte dafür bezahlt. Seltsamerweise erfüllte der Gedanke Piotr dennoch nicht mit Genugtuung. Dietlitz' Tod bescherte ihm schlichtweg zu viele neue Scherereien.

Was gäbe er jetzt für eine Zigarette! Wieder einmal hatte er keine. Und selbst wenn, wäre es Verschwendung, sie zu rauchen. Damit ließe sich Besseres anfangen.

Das gegenüberliegende Tor öffnete sich. Er erschrak, kniff die Augen zusammen. Eine groß gewachsene hellblonde Frau in amerikanischer Uniform schlüpfte heraus, mit einer schweren Tasche über der Schulter, wie Billa sie auch hatte. Offenbar eine Fototasche. Außerdem trug sie einen Koffer und eine kleinere Tasche in der anderen Hand. Sie wollte wohl verreisen. Im nächsten Moment brauste ein Jeep heran, hupte. Die Frau winkte, riss die Beifahrertür bereits auf, ehe der Wagen hielt. Sie warf ihre Taschen erstaunlich schwungvoll ins Innere und stieg dann ebenfalls ein. Mit quietschenden Reifen fuhr der Wagen an, spritzte Wasser aus einer Pfütze auf und verschwand.

Ein Teil des Dreckwassers hatte Piotrs Hosenbeine erwischt. Und die Schuhe. Er fluchte, drückte sich enger in den Winkel zurück und zog die Schultern hoch, bildete sich ein, dadurch würde ihm wärmer. Wenn der verdammte Regen doch nur endlich aufhörte!

Die Flucht aus dem Lager bereute er trotzdem nicht. Alles war besser, als in den Baracken von Schleißheim-Feldmoching untätig zu versauern. Und sich wie ein Kaninchen in Schockstarre paralysiert dem Schicksal zu ergeben. Zwar frischte jetzt der Wind böig auf, in seiner Ecke aber war er vor Nässe und Kälte einigermaßen geschützt. In der Baracke auf dem Gelände der ehemaligen Fliegerschule, in der man seit einigen Wochen ehemalige Zwangsarbeiter wie ihn zusammenpferchte, wäre ihm jetzt nicht weniger kalt.

Er vergrub die Hände in den Hosentaschen, zog den Kopf zwischen die Schultern und stapfte mit den Füßen. Passende Kleidung und richtige Schuhe besaß er inzwischen. Er musste also nicht mehr die zerfetzten Lumpen tragen, die ihm die Deutschen über Jahre zugemutet hatten, während er und seine ukrainischen Landsleute nach der Gefangennahme wie Sklaven für sie schufteten. Seit die internationale Hilfsorganisation UNRRA, die United Nations Relief and Rehabilitation Administration, das Lager vor wenigen Wochen übernommen hatte, wurden sie außerdem ausreichend mit Nahrung versorgt und durften sich auch in der Stadt oder vielmehr in dem, was von ihr übrig geblieben war, frei bewegen. Demnächst, so hieß es, werde sogar eine eigene polytechnische Hochschule für sie eingerichtet.

Theoretisch gab es im Lager alles, was er brauchte. Trotzdem konnte er nicht dort bleiben. Er musste weg. So schnell wie möglich. Displaced Person – kurz DP –, das sagte doch schon alles! Vertrieben, verdrängt oder weggeschoben – einerlei, für welche Übersetzung man sich entschied, drückte jede dieselbe Missachtung aus. Auch nach der sogenannten Befreiung waren Leute wie er nicht willkommen. Seinesgleichen gehörten nirgendwo mehr hin, selbst in Friedenszeiten nicht.

Dem Frieden traute er ohnehin nicht mehr. Nicht nach allem, was er in den letzten Jahren erlebt hatte. Und wie es aussah, lag er richtig damit. Leider. Denn nach dem, was er darüber gehört hatte, wie es Leuten wie ihm erging, die man in ihre frühere Heimat zurückbrachte, erwartete ihn dort bereits die nächste Hölle. Also setzte er alles daran, dem zu entgehen. Nach Dietlitz' Tod war Billa wohl die Einzige, die ihm dabei noch helfen konnte.

Sein Blick schweifte wieder zur Villa hinüber. Billa saß immer noch am Schreibtisch vor dem Fenster in einem der beiden Zimmer, die sie im ersten Stock bewohnte. Zwei Zimmer für eine Person – märchenhaft! Wie lange war es her, seit er selbst ähnlich zivilisiert in einem großbürgerlichen Haus mit Bad, Wasserklosett und Hauspersonal gelebt hatte? Nie hätte er sich träumen lassen, wie tief jemand wie er sinken konnte. Welche Kostbarkeit ihm einmal das abgelegte Hemd und die durchgelaufenen Schuhe eines GIs sein würden.

Um besser zu erkennen, was Billa tat, kniff er die Augen zusammen. Emsig hämmerte sie auf eine Schreibmaschine ein. Schrieb wohl an ihrem Artikel. Bei den Recherchen dafür hatten sie sich kennengelernt, weil sein Freund Igor gemeint hatte, ihm mit dem Kontakt zur Presse einen Gefallen zu tun. »Sie wird die amerikanische Öffentlichkeit über die Absurditäten der Repatriierung aufklären«, hatte er ihm als Anreiz eingetrichtert. »In deinem Sinn wird sie die Wahrheit ans Licht bringen.«

Inzwischen war er nicht mehr so sicher, ob er sich darüber noch so freute wie zu Anfang ihrer Bekanntschaft.

Ein Geräusch schreckte ihn auf. Das Hoftor gegenüber wurde geöffnet. Er presste sich tiefer in die Ecke des Hauseingangs, hoffte, sich einigermaßen unsichtbar zu machen, falls jemand auf die Straße treten oder mit dem Auto herausfahren würde.

Unter einem riesigen Regenschirm kam eine Frau aus der Villa, drehte ihm den Rücken zu, bis sie das Tor geschlossen hatte, und ging dann Richtung Möhlstraße davon. Vermutlich eine der deutschen Putzfrauen, die ihre bei den Amis frisch verdienten Dollar und Zigaretten auf dem Schwarzmarkt gegen Lebensmittel eintauschte. Dabei hatte sie es so eilig, dass sie ihrer nächsten Umgebung keinen Blick schenkte.

Piotr entspannte sich. Sein Blick wanderte wieder zu dem Fenster, hinter dem er Billas vertraute Silhouette wusste. Warum nur hatte sie gestern früh in Nymphenburg gleich die Polizei alarmiert? Oder hatte das diese andere Frau getan, mit der sie später Arm in Arm aus dem Haus gekommen war? Was genau war da drinnen passiert? Warum nur hatte er Billa im letzten Augenblick nicht doch noch abgefangen und am Betreten des Hauses gehindert? Schließlich hatte er schon gewusst, was sie drinnen erwartete. Ehe er sich entschieden hatte, war die Gelegenheit jedoch verstrichen und Billa im Haus verschwunden.

Er schloss die Augen, lehnte den Kopf gegen die Hauswand. Als Dietlitz gestern Mittag im Sarg aus dem Haus getragen worden war, hatte Piotr das Wasser in den Augen gestanden. Aber nicht wegen Dietlitz. Einem wie dem weinte er keine Träne nach. Warum nur hatte er Billa zu ihm geschickt? Nachdem Dietlitz ihn derart hatte auflaufen lassen, war klar gewesen, auf welche Katastrophe die Sache zusteuerte.

Die wichtigste Frage aber blieb: Wie kam er jetzt an seine Papiere? Ob Dietlitz sie wirklich schon wie versprochen besorgt und Billa sie an sich genommen hatte? Oder ob sie ihm zumindest helfen konnte, an die Dokumente heranzukommen? Schon als er die Bitte ausgesprochen hatte, war ihm aufgefallen, wie ungern sie ihr nachkam.

Erneut hörte er ein rostiges Quietschen. Wieder das schmiedeeiserne Tor! Er schlug die Augen auf, sah Billa in Hut und Mantel und mit dem schwarzen Schirm von gestern in der Tür stehen. Die schwere Fototasche trug sie wie so oft über der Schulter.

»Billa!«, entfuhr es ihm. Seit Stunden wartete er auf diesen Moment. Eigentlich hatte er sie nicht auf sich aufmerksam machen wollen, um sie weiter beschatten zu können. Dafür aber war es zu spät. Sie hatte ihn bereits entdeckt.

»Piotr?« Erstaunt sah sie zu ihm herüber, spannte den Schirm auf und überquerte die Straße. »Wollen Sie etwa zu mir?«

In ihren Augen blitzte etwas auf, das im ersten Moment wie Furcht aussah. Hatte sie Angst vor ihm? Im nächsten Moment verzog sich ihre Miene. Jetzt sah sie eindeutig verärgert aus.

»Wissen Sie, dass Dietlitz tot ist?« Langsam kam sie auf ihn zu, musterte ihn durchdringend.

Ihm wurde heiß. Er senkte den Blick.

»Leider konnte ich nicht mehr mit ihm reden«, fuhr sie fort. »Er war bereits tot, als ich in seine Wohnung kam.«

Das klang vorwurfsvoll.

»Er wurde erschossen«, setzte sie nach kurzem Luftholen nach.

Was wusste sie? Der Schweiß brach ihm aus. Was sollte er tun? Sie unschädlich machen? Auf den ersten Blick schien das ein Leichtes. Sie war gut einen halben Kopf kleiner als er und zierlich gebaut. Allerdings unverkennbar athletisch trainiert.

Kein Zweifel: körperlich war er ihr unterlegen. Die Jahre im Lager hatten ihren Tribut gefordert. Dabei war er einmal Stadtmeister im Boxen gewesen. Aber das kam ihm vor wie aus einem anderen Leben.

Davon abgesehen machte es alles nur noch schlimmer, wenn er sie jetzt angriff. Und seine Papiere bekam er auf diese Weise erst recht nicht.

»Ich fahre ins Polizeipräsidium in der Ettstraße. Wollen Sie mit in die Stadt?«, schlug sie vor.

Das klang zwar versöhnlich, dennoch erstarrte er. Die Knie drohten ihm wegzuknicken. Ausgerechnet zur Polizei wollte sie!

»Mein Fahrer sammelt mich an der Montgelasstraße auf«, redete sie weiter, als wäre nichts. »Wir haben noch einen freien Platz im Auto. Kommen Sie einfach mit. So sind Sie am schnellsten in der Innenstadt. Von dort kommen Sie leichter weiter.«

Sie wollte losgehen, er hielt sie am Arm zurück.

»Was wollen Sie im Präsidium?« Seine Stimme überschlug sich vor Aufregung.

»Was wohl? Mit jemandem von der Polizei sprechen.«

»Aber warum?«

»Schon vergessen? Gestern habe ich einen Toten gefunden. Und fotografiert.«

»Fotografiert?«

»Der Mann vom Erkennungsdienst hatte keinen Film für seine Kamera«, erklärte sie, als wäre es das Selbstverständlichste der Welt, in diesem Fall für die Polizei einzuspringen. Ausgerechnet sie, die bis vor Kurzem noch in Deutschland verfolgte Jüdin. »Deshalb bringe ich dem zuständigen Ermittler jetzt die Abzüge der Tatortfotos und mache bei der Gelegenheit meine Zeugenaussage.«

»Das ist alles?« Es hörte sich so harmlos an. Piotr konnte es kaum fassen. Zugleich brachte er es nicht über sich, die Sache mit seinen Papieren noch einmal direkt anzusprechen. So kurz vor ihrem Besuch bei der Polizei schien ihm das verhängnisvoll.

»Ihre Papiere habe ich leider nicht«, kam sie ihm zuvor,

als könnte sie Gedanken lesen. »Dietlitz war ja bereits tot, als ich ihn gefunden habe.«

Abermals musterte sie sein Gesicht. Mit aller Kraft bemühte er sich, ihrem Blick standzuhalten.

»Sie müssen keine Angst haben. Die deutsche Polizei darf sich nicht mit Displaced Persons wie Ihnen befassen«, fügte sie hinzu. »Ich gebe Ihnen mein Wort, Ihren Namen nicht zu erwähnen. Auch nicht die Sache mit den Papieren. Oder Dietlitz' Handel damit. Auch nicht gegenüber der Militärpolizei.«

Wieder dieser prüfende Blick. Abermals wich er ihm aus, biss sich auf die Lippen.

»Wegen der Papiere fällt mir schon noch etwas ein. Vertrauen Sie mir.«

»Ich vertraue niemandem mehr.«

Er sah sie wieder direkt an.

»Geht mir leider auch so.«

Sie schenkte ihm ein ehrliches Lächeln. Irgendwo in seiner Brust rührte sich etwas, von dem er gar nicht mehr wusste, dass er es noch hatte: Gefühle.

»Wenn Sie es sich anders überlegen, geben Sie mir Bescheid. Ich bin immer für Sie da. Versprochen. Sie wissen, wo Sie mich finden.«

Sanft berührte sie ihn am Arm. Bevor er aus seiner Starre herausfand, hatte sie sich bereits abgewandt und eilte unter ihrem Schirm das kurze Stück den kleinen Berg hinunter zur Montgelasstraße.

Wie festgewachsen stand er da, unfähig, ihr zu folgen. Dieses Mal war es ohnehin überflüssig. Er wusste ja, wo sie hinwollte. Und konnte sie leider nicht daran hindern, zur Polizei zu gehen.

Er ballte die Fäuste. Hoffentlich hielt sie, was sie versprochen hatte. Sonst wurde es eng für ihn. Er wusste nicht, was er dann tun sollte. Zu verlieren hatte er jedenfalls nichts mehr.

# 8

Schweigend saß Billa neben Graham O'Neil, ihrem heutigen Fahrer. Sie war erleichtert, dass dem blassen Rothaarigen, der etwa ihr Alter hatte, genauso wenig zum Reden zumute war wie ihr. Die Begegnung mit Piotr hatte sie aufgewühlt. Mehr als ihr lieb war. So gut wie möglich hatte sie das vorhin überspielt.

Während Graham mit der Zigarette im Mundwinkel den Jeep geschickt über Schlaglöcher, Furchen und durch Pfützen lenkte, wandte sie den Blick ziellos aus dem Seitenfenster. Was sich ihr dort bot, war trostlos. Und nicht eben geeignet, ihre Stimmung aufzuhellen. Sie querten die Isar über die wie durch ein Wunder nahezu unbeschädigte Max-Joseph-Brücke und holperten anschließend über einen mühsam ausgeflickten Weg durch den Englischen Garten, bevor es entlang den allmählich vertraut werdenden leeren Häuserhüllen und über die von Trümmerbergen flankierten Straßen zum Marienplatz ging.

Von den einstigen Regierungsbauten in der Ludwigstraße standen nur mehr einzelne Mauern mit hohlen Fensterrahmen wie Hunderte anklagende Augen. Der Regenschleier verlieh den nutzlos gewordenen Fassaden ein noch trostloseres Aussehen, ebenso die heillos überforderten Räumkommandos, die den Schutt größtenteils mit bloßen Händen auf Kipploren und Lastwagen der Army luden.

Nach wie vor waren es hauptsächlich deutsche Kriegsgefangene, die die Schwerstarbeit verrichteten. Immer lauter regte sich dagegen Protest. Stattdessen solle man endlich einstige NS-Parteifunktionäre dafür heranziehen, hieß es, damit die im wahrsten Wortsinn wenigstens einen Teil ihrer immensen Schuld abtrugen.

Die Kaufinger- und Neuhauser Straße waren für den zivilen Autoverkehr inzwischen gesperrt. Zwischen den Militärfahrzeugen rumpelten die Dampfzüge zur Trümmerbeseitigung und die restlos überfüllte Trambahn mit den Menschentrauben auf den Trittbrettern im Schneckentempo durch die Stadt. Als unwirkliche Kulisse zogen auch hier die ausgebrannten oder schwarz verkohlten Mauern am Straßenrand vorbei. Auf der Suche nach verwertbaren Resten kletterten Frauen und Männer darin herum, schickten oft ausgerechnet Kinder ihres geringeren Körpergewichts wegen auf die höchsten und einsturzgefährdetsten Erhebungen der Trümmerberge, um nach Schätzen zu forschen.

Hie und da war ein Gebäude auf wundersame Weise fast völlig intakt geblieben, so etwa das Kaufhaus Roman Mayr an der Südwestecke des Marienplatzes. Obwohl Schaufenster und Türen mit Brettern vernagelt waren, weckte dessen Anblick bei Billa Erinnerungen an früher, an blind vertraute Wege durch die Stadt an der Seite ihrer Mutter Lilo. Ein Stich fuhr ihr durchs Herz. Zugleich dachte sie an ihr gestriges Gespräch mit Lydia. Ja, warum war sie ausgerechnet in ihre einstige Heimatstadt zurückgekehrt, wenn sie die Gedanken an früher nicht ertrug? Vielleicht half es tatsächlich, die Stätten von damals demnächst in Lydias Begleitung aufzusuchen.

Um sich abzulenken, konzentrierte sie sich auf die Begegnung mit Piotr. Wie konnte sie ihm nach Dietlitz' Tod helfen?

Zugleich beunruhigte sie ihr Termin in der Ettstraße. Der fiel ihr alles andere als leicht, einerlei, wie selbstbewusst sie Piotr gegenüber getan hatte und wie liebenswürdig sie Emil Graf auch fand. Etwas in ihr mahnte sie dennoch zur Vorsicht. Keinesfalls durfte sie zu leichtgläubig sein und sich vorschnell von einem vermeintlich wohlwollenden Eindruck täuschen lassen. Emil war Deutscher und stand im Dienst der Kripo. Mehr wusste sie bislang nicht über ihn. Selbst wenn die amerikanische Militärregierung ihn für unbedenklich hielt, weil sie ihn sonst kaum in die Mordkommission berufen hätte, besagte das wenig. Er war im Land geblieben und hatte, wenn schon nicht aktiv mitgemacht, dann viel zu laut geschwiegen, die graue Wehrmachtsuniform getragen und im Krieg aufseiten der Nazis gekämpft, im Namen des Führers auf andere geschossen und … Sie schloss die Augen, biss sich auf die Lippen. Genauer wollte sie sich das lieber nicht ausmalen.

Natürlich war es Ehrensache, Piotr ihm gegenüber mit keiner Silbe zu erwähnen. Trotz ihrer privilegierten Stellung als Reporterin einer amerikanischen Zeitung und mit amerikanischem Pass in der Tasche fühlte sie sich mit dem Ukrainer solidarisch. Wie sie als Jüdin, war auch er als ehemaliger Zwangsarbeiter ein Opfer des verbrecherischen Hitler-Regimes, zu dessen Erfüllungsgehilfen die Polizei zweifelsohne gehört hatte.

Davon abgesehen war Piotr ihr Informant. So recht schlau wurde sie allerdings nicht aus ihm. Was gäbe sie darum, wenn Lydia ihn einmal treffen würde. Sie schien versierter im Umgang mit solchen Kontakten als Billa. Vorerst aber war sie weggefahren. Und Billa musste allein zurechtkommen. Was ihr bislang nie sonderlich schwergefallen war. Seit dem Wegzug aus der Isarvorstadt im Alter von acht Jahren war sie es gewohnt, auf sich allein gestellt und ganz ohne Freundin zu sein. Also würde sie es auch jetzt schaffen, allein zurechtzukommen.

War es wirklich Zufall, dass Piotr sie exakt an dem Morgen zu Dietlitz geschickt hatte, an dem der erschossen in seiner Wohnung lag? Oder steckte am Ende gar Berechnung dahinter, um von sich als Täter abzulenken? Für einen kaltblütigen Mörder, der Dietlitz abknallte, nachdem er von ihm bekommen hatte, was er wollte, hielt sie Piotr eigentlich nicht. Warum hätte er ihr dann vorhin noch einmal auflauern und sie nach den Papieren fragen sollen? Denkbar jedoch, dass er die Nerven verloren hatte, weil Dietlitz ihm im letzten Moment die zugesagte Unterstützung verweigert hatte. Oder er war ebenso wie sie von Dietlitz' Tod überrascht worden.

In jedem Fall steckte er jetzt erst recht in der Bredouille. Entweder, weil Dietlitz' Freunde ihn für seinen Mörder hielten und sich an ihm rächen wollten, oder aber, weil er für sie ein unliebsamer Zeuge war, der zu viel über ihre

Geschäfte wusste. Und das alles ohne die ersehnten Papiere, für die Piotr das Ganze überhaupt erst angezettelt hatte!

Dringend musste sie noch einmal mit ihm reden. Und überlegen, was sie für ihn tun konnte.

Und sie hatte ihn stehenlassen, um ins Polizeipräsidium zu fahren! Mit der Polizei verband er ebenfalls noch einen gewaltigen Schrecken, ähnlich wie sie. Dadurch hatte sie es sich mit ihm wahrscheinlich komplett verdorben. Er würde ihr jetzt gewiss nicht mehr vertrauen. Und ihr bestimmt keine neuen Informationen mehr liefern.

»Here we are«, riss Graham sie in die Gegenwart zurück und lenkte den Wagen schwungvoll durch die beiden Säulen mit den Steinlöwen, die die Einfahrt in der Ettstraße flankierten.

»Soll ich warten?« Galant öffnete er Billa bereits die Beifahrertür.

»Ich fürchte, es wird länger dauern.«

»Ich werde mich nicht langweilen.« Er wies auf den Trubel im schmalen Vorhof des ehemaligen Augustinerklosters, das nach seinem Umbau seit mehr als drei Jahrzehnten als Hauptsitz der Münchner Polizei diente.

Die frühere Augustinerkirche an der Südseite des Gebäudes war halb eingestürzt, ebenso war die Außenfassade im direkt angrenzenden Präsidiumstrakt über drei Etagen weggerissen. Es wirkte wie eine offen klaffende Wunde. Die Büros im Inneren, auf die der Blick ungehindert fiel, existierten nur noch bruchstückhaft. Vor dem Betrachter entblätterte sich ein bizarres Stillleben mit an der Wand hängenden Aktenschränken und Bildern sowie buchstäblich in der Luft schwebenden Mauerresten.

Zwischen den davor notdürftig beiseite geschobenen Schutthaufen tummelten sich US-Soldaten niedriger Mannschaftsgrade im Nieselregen, als wäre das der normalste Ort der Welt. Überschwänglich begrüßten sie ihre Kameraden in den heranbrausenden Jeeps, winkten den wegfahrenden nach, rauchten und plauderten in den trockeneren Winkeln so lässig miteinander, als befänden sie sich in der Sommerfrische.

»Bis später«, verabschiedete Billa sich von Graham und spannte den Schirm auf. Sie war froh, sich während der nächsten Schritte daran festhalten zu können. Ihre Knie zitterten, als sie an den vielen Uniformierten vorbei die Stufen zum Portal hinaufstieg und unter dem dort eingemeißelten Goethe-Zitat ins Innere trat. *Nach seinem Sinne leben ist gemein, der Edle strebt nach Ordnung und Gesetz.*

Sie hatte es befürchtet. Kaum schlug die Tür hinter ihr zu, war alles gleich wieder da. Mühsam klappte sie den Schirm zusammen. Durchlebte noch einmal ihren letzten Besuch in der Ettstraße in jener unheilvollen Novembernacht vor sieben Jahren, als geschähe es gerade erst in diesem Moment. Sie schwankte, stützte den Schirm auf den Boden, lehnte sich Halt suchend darauf wie auf einen Krückstock. Sie schloss die Augen, hatte alles wie in einem Film vor sich. Und konnte nichts dagegen tun, dass er in ihrem Kopf in Endlosschleife abgespult wurde.

Nur eine naive Sechzehnjährige wie sie hatte sich in besagter Novembernacht vor sieben Jahren einbilden können, bei der Polizei Schutz und Hilfe vor dem randalierenden Mob zu finden. Vielleicht war es auch die Sehnsucht nach der glücklichen Erinnerung aus frühen Kindertagen gewesen, als der Vater ihrer Freundin Rosl, ein aufrechter Polizeibeamter, ein echter Münchner »Schandi«, wie man an der Isar liebevoll sagte, für sie beide die verrückte Welt der Erwachsenen in Ordnung gebracht hatte. Dass dem seit Machtantritt der Nazis nicht mehr so war, hätte ihr klar sein müssen. Doch sie hatte es nicht glauben wollen. Ebenso wenig wie das, was um sie herum in jener Nacht geschehen war, die die braunen Machthaber später wegen der vielen zerbrochenen Scheiben als »Kristallnacht« bezeichneten. Lichterloh hatte die orthodoxe Ohel-Jakob-Synagoge in Flammen gestanden, die Silberschmiede Wetzlar und viele andere jüdische Geschäfte waren geplündert und blindwütig verwüstet worden. Im beliebten Kaufhaus Uhlfelder im Rosental hatte der Pöbel sogar die Rolltreppen mit Äxten zerschlagen.

Voller Angst hatte Billa das alles registriert und war dennoch ausgerechnet zum Polizeipräsidium in der Ettstraße gerannt, als wartete dort die ersehnte Rettung für sie. Unterwegs hätte ihr längst auffallen müssen, dass vor allem SA- und SS-Männer die Brandfackeln schwangen, während die wenigen Schandis, die überhaupt noch Streife liefen, dem Treiben tatenlos zusahen. Entsetzt verschlossen die meisten Münchner einfach die Augen vor dem Verbrechen, wollten nicht wahrhaben, dass es sich in ihrer Stadt abspielte. Nur wenige wagten es, sich offen auf die Seite ihrer jüdischen Mitbürger zu stellen. Die Quittung dafür wurde ihnen meist sofort in Form von Knüppelschlägen und wüsten Beschimpfungen erteilt. Schlimmstenfalls verschleppte man sie ins Wittelsbacher Palais, wo ihnen ähnlich wie den Juden, für die sie sich starkgemacht hatten, von der Gestapo noch so manch anderes bis hin zur Überstellung ins berüchtigte Lager Dachau blühte.

Aufgewühlt von den alten Bildern im Kopf, gelang es Billa kaum, sich bei dem wachhabenden GI an der Pforte anzumelden.

»What do you want from Kriminalkommissäranwärter Graf?«

Der GI bemerkte ihre Nervosität nicht. Stattdessen verschluckte er die letzte Silbe des Dienstgrades zwischen seinem Kaugummi und griff bereits nach dem Haustelefon. Den Hörer in der Hand sah er sie erwartungsvoll an.

Billa zuckte zusammen.

»Er will mich sprechen«, krächzte sie. »Als Zeugin.«

# 9

»Entschuldigen Sie, Fräulein.« Jemand packte Billa am Arm und schubste sie unwirsch beiseite. Schon wollte sie sich beschweren, da erkannte sie den schmächtigen kleinen Mann. Er war am Vortag ebenfalls in der Wohnung des toten Dietlitz gewesen, gehörte zur Spurensicherung und hatte keinen Film für seine Kamera gehabt. Der kam ihr wie gerufen! Angestrengt versuchte sie, sich an seinen Namen zu erinnern. Just im selben Moment erkannte er sie ebenfalls und lächelte entschuldigend.

»Fräulein Löwenfeld! Wie schön, Sie wiederzusehen.« Artig lupfte er den Hut und streckte ihr mit einer kleinen Verbeugung die Hand entgegen. »Sie bringen wohl sicher die Fotos von gestern? Und wollen Ihre Aussage bei der Mordkommission machen? Sie werden schon erwartet. Gehen wir nach oben. Hier unten stehen wir nur im Weg.«

Mit dem schmalen Kopf, über den er die wenigen dunklen Haarsträhnen akkurat verteilt und mit irgendetwas Fettigem fixiert hatte, deutete er zu einer der beiden Zwischentüren. Zwei provisorisch uniformierte, auffallend junge Schandis mit weißen Armbinden schoben sich gerade von der anderen Seite herein. Sie schleppten schwere Kisten, vermutlich konfiszierte Waren. Er hielt die Tür zum Foyer auf, lud Billa mit einer Handbewegung zum Eintreten ein.

In dem gewölbeartigen Vestibül war es kühl, was Billa guttat. Die Aufregung hatte ihren Mund ausgetrocknet. Sie räusperte sich. Ihr Begleiter verstand das falsch und fühlte sich sofort bemüßigt, das Chaos im Foyer wortmächtig zu entschuldigen.

»Längst kommt man sich hier vor wie auf dem türkischen Basar«, erklärte er und bahnte ihnen einen Weg zwischen all den Kisten, Fässern, Teppichen und lose gestapelten Gegenständen hindurch bis zur Treppe. »Kaum zu glauben, was da doch noch alles zwischen den zerbombten Häusern und Kellern aufgetrieben wird. Alles beschlagnahmte Waren, die Sie hier sehen. Von Plünderern, Einbrechern und sonstigem Gschwerl unrechtmäßig zusammengerafft. Ganze Banden sind in den Ruinen unterwegs. Natürlich alle aus dem Osten.«

Er schüttelte den Kopf. Sie schwieg. Auch das deutete er komplett falsch.

»Also, nicht, dass Sie denken, ich wollte da gegen bestimmte Gruppen … Sie wissen schon … Nein, beileibe nicht! Nichts liegt mir ferner. Von dem üblen Gehetze habe ich nie etwas gehalten. Das müssen Sie mir wirklich glauben«, stammelte er verlegen. Darüber erreichten sie den ersten Treppenabsatz. Der Paternoster war außer Betrieb.

»Kostet zu viel Strom«, raunte ihr der Schmächtige zu, über dessen Namen sie weiter verzweifelt grübelte, um dann beim Treppensteigen in den zweiten Stock in einem fort auf sie einzureden: »Zum Glück sind die Zeiten vorbei, wo hier solch verwerfliches Gedankengut geherrscht hat. Jetzt finden Sie bei uns nur noch anständige Beamte. Die mit dem Parteibuch und aus der SS sind alle weg. Völlig zu Recht! Wir bei der Kripo haben sowieso immer nur brav unsere Arbeit getan. Richtige Verbrecher verfolgt, üble Schandtaten wie Mord, Raub und dergleichen aufgeklärt und uns von dem anderen Kram ferngehalten. Das haben auch die Amerikaner sofort erkannt und uns wieder zurückgeholt. Unser Fachwissen ist für sie eben schlichtweg unentbehrlich. Auch wenn das meiste von unserem Material leider fort ist. Oder kaputt. Sei's drum. Vor allem auf unsere Kompetenz kommt es an. Derzeit geht es in München ja zu wie in Sodom und Gomorrha. Mehr als vierhundert gewaltsame Todesfälle hat es seit Kriegsende gegeben. Darunter zwar auch Unfälle und Selbstmorde, aber anschauen müssen wir uns trotzdem jeden einzelnen. Wir stehen quasi im Dauereinsatz. Leisten weit mehr als die sechzig Stunden Dienst, zu denen wir pro Woche verpflichtet sind. Und ein Ende ist nicht in Sicht.«

»Interessant«, merkte Billa an. Sie holte tief Luft und hatte den Namen von Rosls Vater, Gustl Schratzler, schon auf der Zunge. Vielleicht stand er inzwischen auch wieder in Diensten der Polizei. Vielleicht kannte dieses Spinnenmännlein ihn sogar. Oder wusste zumindest, wo sie ihn und seine Familie inzwischen finden würde. Vielleicht gab es bald schon ein Wiedersehen mit Rosl. Nach mehr als fünfzehn Jahren wäre das ein kleines Wunder. Und eine schöne Geschichte für Lydia. Mal etwas anderes als Leichenberge, unbelehrbare Nazis oder ausgebrannte Ruinen.

Sie setzte zu ihrer Frage an, hielt jedoch inne. Und wusste im selben Moment, dass sie diesen beflissenen Mann vom

Erkennungsdienst nicht nach Gustl Schratzler fragen wollte. Dazu müsste sie ihm zu viel erklären. Und noch mehr von sich preisgeben. Das tat sie besser nicht. Vorerst zumindest nicht.

Also kramte sie stattdessen ihr Notizbuch aus der Tasche und schwenkte auf eine andere Frage um. Was er da eben erzählt hatte, war tatsächlich sehr aufschlussreich. Für eine ihrer Reportagen konnte sie das als Hintergrundinformation gut gebrauchen. Und er würde sich gewiss geschmeichelt fühlen und ihr noch mehr erzählen.

»Oh, ich vergaß. Sie sind ja von der Presse.« Beim Blick auf ihren Stift und das Notizbuch erblasste er. Eine Stufe über ihr stehend strich er sich verlegen übers Kinn. »Ich weiß gar nicht, ob ich Ihnen gegenüber überhaupt etwas sagen ...«

»Keine Sorge! Niemand erfährt, von wem ich das habe«, beruhigte sie ihn, insgeheim froh, dass ihm ihre vorübergehende Unsicherheit offenbar völlig entgangen war.

Einen Augenblick zögerte er, dann rang er sich ein zaghaftes Lächeln ab, bevor er wieder an sein erstes Thema anknüpfte. Es gefiel ihm einfach zu gut, mit Wissen aufzutrumpfen. Und Billa lenkte es wunderbar ab.

»Die beschlagnahmte Ware wird hier im Präsidium ordentlich eingelagert«, erzählte er weiter. »Auch wenn's da unten auf den ersten Blick chaotisch ausschaut, geht alles höchst korrekt zu. Listen und Verzeichnisse gibt's natürlich auch, ordentlich katalogisiert und doppelt geprüft. Da bereichert sich niemand mehr hintenherum, wenn Sie verstehen, was ich meine. Die Amerikaner von der Public Safety

Devision sitzen ja gleich mit im Haus. Die kriegen alles mit. Eng geht's seither bei uns zu, sehr eng. Nicht nur wegen all des Zeugs da unten, das irgendwo untergebracht werden muss. Sondern auch wegen des Einzugs der Amerikaner. Ein, zwei Bomben haben wir hier obendrein schon auch noch abgekriegt kurz vor Schluss. Vier Tage vor ihrem Einmarsch haben die Amis noch mal einiges auf die Innenstadt heruntergeworfen. Einige Räume sind komplett zerstört, andere nur noch eingeschränkt benutzbar. Aber das Arresthaus ist vollständig in Betrieb. Das brauchen wir auch dringend. Die öffentliche Ordnung muss ja wiederhergestellt werden. Gerade nach dem Chaos direkt nach Kriegsende.«

Unsicher sah er sie an. Dieses Mal zwang sie sich zu einem Lächeln. Das ermutigte ihn.

»Schauen Sie sich nur einmal die Fenster bei uns an.« Er zeigte zur hofseitigen Wand mit den brettervernagelten Nischen. »Kaum eine Scheibe ist heil geblieben. Bei dem Regen ist es schon schlimm hier. Wie das wohl erst im Winter wird, wenn's eisig ist und schneit? Aber beschweren will ich mich nicht. Nicht, dass Sie da einen falschen Eindruck von mir bekommen.«

Er wischte sich mit einem schmuddeligen Taschentuch über die Stirn, dann forderte er sie auf, mit ihm weiter hinaufzugehen.

»Unsereins ist ja froh, wieder eine Beschäftigung zu haben. Noch dazu im alten Beruf. Gold ist das wert, sag ich Ihnen, bares Gold! Auch wenn Sie kaum mehr etwas für Ihren Lohn kriegen. Aber wenig ist halt doch mehr als nichts, sag ich immer zu meiner Frau, wenn sie sich mal wieder beklagt. So, da wären wir auch schon im zweiten Stock. Zu unserem Herrn Graf vom K 1 wollten Sie, gell? Wegen Ihrer Aussage und der Fotos. Da vorn die dritte Tür links.«

Jetzt zeigte er etwas abfällig, wie Billa fand, mit dem Kinn den langen Gang hinunter. An dessen Wänden türmten sich ebenfalls beschlagnahmte Waren und sonstiges Zeug, das vermutlich der Asservatenkammer oder dem bei einem der Fliegerangriffe lädierten Speicher entstammte. Billa wollte sich mit einem Nicken verabschieden, da hielt er sie noch einmal am Arm zurück. Er war einen halben Kopf kleiner als sie. Es wäre ein Leichtes gewesen, ihn mit einer abrupten Bewegung abzuschütteln. Er schien das zu ahnen, schloss die dürren Finger fester um ihren Arm. Im selben Moment war ihr klar, wie richtig ihre Entscheidung gewesen war, ihn nicht nach Gustl Schratzler zu fragen und ihm dabei mehr als nötig von sich preiszugeben.

»Noch etwas, ganz unter uns«, raunte er ihr mit einem triumphierenden Zwinkern zu. »Ein großes Dusel hat er gehabt, unser Herr Graf. Ein Wunder, dass einer wie er überhaupt hier in der Ettstraße hat anfangen dürfen. Er stammt ja nicht von hier, sondern aus Breslau. Da sitzen jetzt die Russen. Dahin wird er freiwillig nicht zurückwollen. Wäre ja der reinste Wahnsinn! Von seiner Familie hat er ohnehin keine Nachricht. Hier an der Isar aber hat er schon zu Hitlers unseligen Zeiten studiert, Jura übrigens, bevor er an die Front gemusst hat. Captain Simon hält große Stücke auf ihn. Ein jeder hier im Haus weiß das. Direkt aus Frankreich hat er ihn mitgebracht, als er im Mai nach München beordert worden ist. Mitten aus dem Gefangenenlager in der Normandie. Da hat der Herr Graf für ihn gedolmetscht. Dabei hat er zuvor nie als Polizist gearbeitet. Captain Simon aber ist ein echter *cop*, wie man bei ihm zu Hause im fernen Florida salopp sagt. Wissen wird er hoffentlich, warum er einen Narren an einem blutigen Laien wie unserem Herrn Graf gefressen hat. Und ihn obendrein gleich auch noch in die Mordkommission beruft. Noch dazu in rauen Zeiten wie diesen, in denen die Stadt gepflastert ist von Mordfällen.«

Bedächtig nickte er, als wollte er seinen Worten so mehr Nachdruck verleihen. Billa blieb jetzt freiwillig bei ihm stehen, obwohl sich sein Griff lockerte. Zum einen war sie wie gelähmt von dem, was er da gerade von sich gegeben hatte. Zum anderen spürte sie, wie ihre Neugier wuchs. Dass das Beste noch ausstand, verriet das verräterische Funkeln in den Augen des schmächtigen Erkennungsdienstlers. Wichtigtuerisch schürzte er die Lippen.

»Sind Sie eigentlich auch von hier? Anhören tun Sie sich jedenfalls so.«

Ungeniert maß er sie von oben bis unten. Billa erstarrte. Und schwieg.

»Ist jetzt auch egal«, winkte er enttäuscht ab. »Dass der Captain so viel von unserem Herrn Graf hält, ist jedenfalls pures Glück für ihn. Das wiegt nämlich das Schlamassel mit seinem Bruder auf. Staatsanwalt war der, und ein ganz hohes Tier bei der SS. Wer weiß, was aus unserem Herrn Graf noch geworden wäre, wenn es anders weitergegangen wäre bei uns? Man kennt ja die Seilschaften in diesen Kreisen.«

»Was?«, entfuhr es Billa und ärgerte sich in der nächsten Sekunde, dass ihr der Ausruf überhaupt entschlüpft war. Was interessierte sie überhaupt das gehässige Geschwätz von diesem schmierigen kleinen Männlein vor ihr? Der schaffte es ja noch nicht einmal, seine eigene Ausrüstung beim Einsatz am Tatort in Schuss zu halten. Und war sich trotzdem nicht zu blöde, hinterhältig über andere herzuziehen. Dabei hatte Emil sich ihm gegenüber in Nymphenburg absolut korrekt verhalten. Sie schüttelte den Kopf. Einige Atemzüge lang musterte sie den schmächtigen Mann. Wieso glaubte der überhaupt, dass sie das brennend interessierte, was er über Emil von sich gab?

Abermals interpretierte er ihr Schweigen falsch. Verschwörerisch raunte er ihr zu: »Zum Glück ist der Bruder von unserem Herrn Graf bislang noch nicht aus dem Krieg zurückgekommen. Keiner weiß, was mit ihm ist. Irgendwo im Osten wird er vermisst. Traurig scheint unser Herr Graf deswegen kaum. Wer kann's ihm verdenken? Ein Bruder mit so einer Geschichte kann heutzutage eine ganz schöne Last sein. Sie wissen schon, was ich meine.«

Er wartete auf Billas Reaktion. Als die ausblieb, setzte er leicht enttäuscht nach: »Wenigstens scheint unser Herr Graf nicht auch im Osten an der Front gestanden zu sein. Wie wäre er dann in ein Lager der Amis in die Normandie gekommen? Bestimmt wissen Sie, was man darüber redet, was an der Ostfront jenseits der Schützengräben passiert ist? Welches Unwesen so manche deutsche Sondereinheit mit der dortigen Bevölkerung getrieben haben soll? Allen voran natürlich die SS. Schlimm, ganz schlimm. Da wird noch einiges Furchtbares zutage treten, darauf können wir uns verlassen.«

Endlich gelang es Billa, sich zu rühren. Angewidert klappte sie ihr Notizbuch zu, steckte es mitsamt dem Stift in die Tasche und wandte sich grußlos von dem schmierigen Männlein ab.

Auf weichen Knien steuerte sie auf Emils Tür zu. Einzig die Tatsache, dass sie den Blick des Schmächtigen im Rücken spürte, hinderte sie daran, umzudrehen und die Treppe hinunterzurennen, um diesem furchtbaren Haus zu entfliehen. Welche Macht hatte die Polizei noch immer über sie? Hier lebten nur die üblen Geschichten von früher wieder auf.

Das Aufschwingen der Tür enthob sie sämtlicher weiterer Grübeleien. Emil tauchte auf, dicht gefolgt von einem riesigen Amerikaner in der vertrauenerweckenden beigen Uniform. Wahrscheinlich sein amerikanischer Vorgesetzter, Captain Joe Simon. Unverkennbar ein Boxer, wie das breite, trainierte Kreuz und die zerschlagene Nase verrieten. Dafür erstaunlich feine, fast schon zarte Hände. Und ein gewinnendes Lächeln im Gesicht.

»Fräulein Löwenfeld?« Emil schaute sie derart perplex an, als verwirrte ihn ihr Erscheinen völlig. Dabei hatte er sie doch einbestellt. Längst musste der Mann an der Pforte ihm ihr Eintreffen durch das Haustelefon schon angekündigt haben.

»Unsere geniale Fotografin!«, rief Joe auf Englisch. »Schön, Sie kennenzulernen, Miss. Ich hab schon von Ihnen gehört. Danke für Ihr Einspringen gestern. Am besten nehmen wir Sie gleich wieder mit. Bis Ludger den Film für die Tatortfotos in seiner Kamera hat, ist der Tote, den wir uns anschauen müssen, längst beerdigt.«

Er schmunzelte und salutierte mit einem beiläufigen Tippen des rechten Zeigefingers an die Stirn.

»Leider haben wir einen Einsatz. Wir müssen los.«

Emil garnierte seine Entschuldigung nach einem ersten Erröten mit einem zaghaften Lächeln. Zu ihrer Verwunderung spürte Billa, wie ihr warm ums Herz wurde.

»Wieder ein Toter in einer luxuriösen Wohnung, aus der nichts gestohlen wurde. Dieses Mal im Lehel, gleich an der Isar in der Widenmayerstraße«, vernahm sie hinter sich eine unbekannte junge Stimme in bairisch gefärbtem Englisch.

Überrascht fuhr sie herum. Neben dem bösartigen Zwerg, der sie ungefragt mit Details aus Emils Familienleben versorgt hatte, ragte ein baumlanger, dürrer Jüngling mit einer dicken Brille auf einer schiefen Nase auf. Unter einer ergebenen Verbeugung reichte er dem Zwerg einen Koffer, der in dessen Händen noch riesiger wirkte, sowie ein Kamerastativ.

»Die Herren vom Erkennungsdienst!«, begrüßte der Captain fröhlich das unfreiwillig groteske Duo mit Handschlag. »Gut, dass Sie da sind, Ludger und Eberhardt. Und offenbar schon mit Ausrüstung. Hoffentlich funktioniert dieses Mal alles.«

Der jüngere, offenbar Eberhardt, wollte für Ludger Seidl, wie ihr im selben Moment sein vollständiger Name wieder einfiel, übersetzen. Seidl aber winkte ungeduldig ab.

»Hab schon verstanden«, knurrte er, ohne sich anmerken zu lassen, dass er gerade eben noch mit Billa gesprochen hatte.

»Wieder gezielter Herzschuss aus nächster Nähe«, fuhr der lange Eberhardt eifrig fort. Vermutlich war er der Assistent. Seidl versuchte, ihn mit einem Wink auf Billa zu bremsen. Das kapierte er jedoch nicht, sondern plapperte ungehemmt weiter.

»Hoffentlich braut sich da nichts Ungutes zusammen. Jede Wette, es ist dieselbe Pistole wie bei dem anderen Toten. Und wieder ein betuchter Frontheimkehrer in einer intakten Wohnung. Das schreit doch zum Himmel.«

Emil übersetzte für Joe. Der rieb sich nachdenklich das kantige Kinn, nickte mehrmals gedankenverloren, bevor er hämisch anmerkte: »Ja, ein echtes Monster, das da sein Unwesen treibt und Unschuldige richtet. Das hattet ihr *Krauts* schon lange nicht mehr, was?«

»Sie meinen, weil man die Gewohnheits- und Berufsverbrecher in den letzten zwölf Jahren vorsorglich gleich ins Lager gesteckt hat?« Sofort griff Ludger das Gesagte auf.

»Jetzt, wo die KZs befreit sind, laufen die natürlich alle wieder frei draußen herum«, kommentierte Billa in sarkastischem Ton.

»Kein Wunder, dass es plötzlich wieder so viele Verbrechen bei uns gibt«, stimmte Emil ihr nicht weniger zynisch zu.

In bestem Einvernehmen begegneten sich ihre Blicke.

»Dann haben Sie alle vorerst wohl genug zu tun«, stellte sie fest und kramte bereits den Umschlag mit den Tatortfotos aus der Tasche. »Am besten lasse ich Ihnen die Aufnahmen von gestern einfach hier und komme wegen meiner Aussage am Montag wieder.«

Ehe Emil etwas erwidern konnte, drückte sie ihm den Umschlag in die Hand, wandte sich um und eilte zur Treppe, froh, ihm vorerst nicht Rede und Antwort stehen zu müssen.

# 10

Das Opfer lag halb bekleidet im Schlafzimmer auf dem blanken Parkettboden vor dem zerwühlten Bett. Ein flüchtiger Blick auf die Szenerie genügte Emil. Die Ähnlichkeiten mit dem Tatort in Nymphenburg drängten sich geradezu auf. Zu gut kannte er allerdings Joes Lieblingsanweisung, sich nicht allzu leichtfertig auf das Offensichtliche zu verlassen, und sträubte sich deshalb vehement dagegen, sich Eberhardt Dollingers Theorie von ein und demselben Täter schon nach den ersten Informationen anzuschließen. Er atmete tief durch. Zwang sich, nicht an die Begegnung mit Billa zu denken oder daran, wen er gestern vor seiner Wohnung bemerkt hatte, sondern nur noch seine aktuelle Arbeit zu sehen.

Ausgiebig musterte er den Toten und die Szenerie. Gegen seinen Willen öffneten sich dabei doch bereits die ersten Schubladen in seinem Kopf, und er begann zu sortieren, Parallelen zu dem Opfer in Nymphenburg zu ziehen, die wenigen Unterschiede festzustellen. Natürlich war es fahrlässig, aufgrund des ersten Eindrucks schon Schlüsse zu ziehen, aber die Ähnlichkeiten mit dem, womit er am Vortag bei Dietlitz konfrontiert worden war, waren einfach zu offensichtlich, um sie zu ignorieren. Also mahnte er sich zur Vorsicht. Erst einmal galt es zu sammeln, so unvoreingenommen wie möglich.

Bei dem Toten handelte es sich nach Angaben des Zeugen, der ihn gefunden und die Polizei alarmiert hatte, um den Wohnungsinhaber Albert Kornhäuser. Anscheinend war er ebenso wie der Nymphenburger Tote ein frisch heimgekehrter Junggeselle etwa Mitte, Ende dreißig aus gut situierten Kreisen. Darauf ließen Ausstattung und Umfeld der Wohnung im vornehmen, kaum beschädigten Münchner Viertel Lehel schließen. Und auch er war, wie von Eberhardt Dollinger vermutet, durch einen einzigen, gezielten Schuss mitten ins Herz niedergestreckt worden. Wie bei Dietlitz war auch hier der Rest der Wohnung anscheinend gänzlich unberührt geblieben.

Während Emil im Türrahmen des Schlafzimmers verharrte, gab Joe ihm ein Zeichen, dass er sich schon einmal den Zeugen vornehmen wollte.

»An die Arbeit!« Er klopfte ihm auf die Schulter und verschwand im hinteren Teil der Wohnung.

Nach dem etwas holprigen Einsatz vom Vortag war Emil dankbar, diesmal wieder mit Joe an der Seite am Tatort zu sein. In aller Ruhe konnte er weiter die Beobachtungen auf sich wirken lassen.

Das Schlafzimmer lag zum Hinterhof nach Westen und war überraschend einfach mit Bett, Nachtkasten, Schrank und Herrendiener möbliert. Jedes einzelne Stück wirkte indes sehr geschmackvoll und mit Bedacht ausgesucht. Das Fehlen eines Teppichs oder Bettvorlegers schien durchaus Absicht zu sein, ebenso die vorhanglosen Fenster. Das dichte Laub einer imposanten Kastanie verhinderte neugierige Einblicke und ließ auch nur wenig Tageslicht herein. Dadurch war es in dem quadratischen Raum sehr kühl.

Emil wandte sich dem Gerichtsmediziner zu. Schwer schnaufend kniete Ringseisen mit seiner massigen Gestalt neben dem Toten, um ihn in Augenschein zu nehmen. Die Halbglatze auf seinem breiten Kopf glänzte wie frisch poliert. Mit keiner Regung deutete er an, ob er Emils Eintreffen inzwischen registriert hatte. Aufmerksam ging er seinen Untersuchungen nach.

Am Fußende des Bettes hatte sich der schmächtige Ludger Seidl postiert, dieses Mal den unhandlichen Fotoapparat nebst Blitz einsatzbereit auf dem in Stellung gebrachten Stativ montiert und den Finger direkt auf dem Auslöser. Woher er inzwischen den nötigen Film für die Kamera aufgetrieben hatte, wollte Emil lieber nicht wissen. Es war ein offenes Geheimnis, wie gern Seidl sich zwischen den beschlagnahmten Waren auf den Fluren des Präsidiums herumtrieb.

»Den Damenbesuch hatte dieser Herr wohl schon hinter sich«, kommentierte Seidl mit einem abfälligen Blick auf die benutzten Laken und das halb nackte Opfer und wechselte, weil Emil dazu schwieg, eilig das Thema: »Dafür, dass seit vier Wochen jeder unberechtigte Schusswaffenbesitz mit dem Tod geahndet wird, haben wir immer noch verdammt viele Erschossene. Jeden Tag kriegen wir mindestens einen zu Gesicht. Wann endlich die letzten Patronen verballert sind?«

»Ob wir wirklich alle Erschossenen zu Gesicht kriegen, werden wir wohl nie erfahren«, gab Emil zu bedenken.

Die Abgebrühtheit, mit der Seidl über die ungewöhnlich vielen Tötungsdelikte in der Stadt sprach, war ihm ein Rätsel. Vermutlich ein Resultat der jahrzehntelangen Konfrontation mit den absonderlichsten Tatorten und den abscheulichsten Verbrechen. Trotz allem, was Emil an der Front gesehen und in den Lagern erlebt hatte, traf ihn jeder Tote, den sie fanden, nach wie vor in Mark und Bein. Hinter jedem steckte eine eigene Geschichte, grausam, erschütternd, tragisch.

Der Einsatz am Vorabend war ihm besonders nahegegangen. Fünf Tote – eine ganze Familie – hatten sie in einer Laube in den Schrebergärten nahe dem Westfriedhof gefunden, durch Gift zu Tode gekommen. Die Kinder waren zwischen acht und vierzehn Jahre alt, die Eltern noch keine vierzig gewesen. Vermutlich hatte die Mutter ihren Liebsten den tödlichen Trank hergerichtet. Ob aus Verzweiflung, Scham oder Wut, war noch unklar. Da sie im berüchtigten Lager in Dachau Aufseherin gewesen war, drängte sich ein Zusammenhang mit dem Kriegsende zwangsläufig auf. Emil blieb es dennoch absolut unverständlich, wieso die Frau ihre Kinder das mit ausbaden ließ. Warum sie sie für ihre persönliche Schuld bestrafte.

»Und es gibt immer noch zu viele, die sich neuerdings selbst als Richter aufspielen über das Unrecht, das sie meinen, in den letzten Jahren erlitten zu haben«, konstatierte Ringseisen in seine Gedanken hinein. Mit einem lauten Keuchen wandte er sich der nackten, unbehaarten Brust des Opfers mit der Lupe zu, betrachtete die entstandenen Flecken, prüfte sie mit Daumendruck.

»Als ob's besser wird, wenn man Unrecht mit Unrecht vergilt«, knurrte er, nachdem er die erste Schau abgeschlossen und die Leiche ein letztes Mal im Ganzen fast schon zärtlich begutachtet hatte.

»Meist tun das ja leider eh nicht die, die wirklich ein Recht darauf hätten«, fuhr er seufzend fort, während er seine Instrumente zusammenpackte, »und die, die's am meisten verdient hätten, kommen am Ende sowieso wieder ungeschoren davon. Das wird auch jetzt wieder so sein.«

»Sie denken, da hat jemand aus Rache gemordet? Und sein Opfer gekannt?« So gern Emil ihm zustimmen wollte, zwang er sich, die bittere Erkenntnis des Doktors, die sich sicherlich nicht allein auf diesen Mordfall bezog, hintanzustellen und sich stattdessen allein den sichtbaren Fakten zu widmen.

»Denken tu ich zwar viel, aber sagen tu ich besser gar nichts mehr«, bekannte Ringseisen. »Zu oft hab ich mir schon die Zunge verbrannt und es hinterher bitter bereut. Sei's drum.«

Mühsam stellte er ein Bein auf, stützte sich Halt suchend am Bett ab und kam laut prustend vor Anstrengung zum Stehen. Seidl begleitete das Manöver mit einem entsetzten Aufschrei, weil dabei wertvolle Spuren am Tatort vernichtet wurden. Als ob er ihn dafür trösten wollte, tätschelte Ringseisen dem schmächtigen Kollegen die Schulter.

»Die richtigen Schlüsse müssen Sie sowieso selbst ziehen«, wandte er sich an Emil. »Seien Sie dabei aber bitt' schön nicht zu voreilig. Wir wissen ja, womit das enden kann. Das Einzige, was ich Ihnen derzeit mit Gewissheit sagen darf, ist, dass es den Herrn ganz aus der Nähe ins Herz getroffen hat. Und dass er wohl schon länger tot hier liegt.«

»Wie lange?«

»Der Nachbar behauptet, Mittwoch früh habe er noch mit ihm geredet«, mischte sich der Schutzmann vom Flur her ein. Dort schob er Wache, damit kein Unberechtigter die Wohnung betrat. »Der Zeuge wartet übrigens in der Küche drauf, dass Sie ihn vernehmen. Captain Simon meint, ich soll Sie jetzt ...«

»Danke, ich komme.«

Emil verstand den Wink und riss sich vom Tatort los. Vorerst gab es sowieso keine weiteren Erkenntnisse. Im Gegensatz zu Dollinger und Seidl würde Ringseisen den Teufel tun, sich in wilden Vermutungen zu ergehen, bevor er nichts Hieb- und Stichfestes liefern konnte. Und Seidl würde sich am Ende hämisch ins Fäustchen lachen, wenn Emil als blutiger Anfänger der Kriminalistik allzu leichtfertig in die Falle tappte, die Ermittlungen zu früh in eine bestimmte Richtung zu lenken. Also eilte er dem behäbigen Schandi durch den verwinkelten Flur in die Küche hinterher.

## 11

Die hechtgrüne Uniform des Schutzmanns mit der weißen Armbinde verfügte auf Anordnung der Besatzer über keinerlei Hoheitszeichen. Seit drei Wochen waren eigentlich dunkelblaue Uniformen mit Rangabzeichen am Ärmel vorgesehen. Die aber standen noch nicht für alle zur Verfügung. Anscheinend handelte es sich also um einen lang gedienten Wachmann in alter Montur, der erst jüngst wieder für den Dienst in der Ettstraße reaktiviert worden war. Das hieß, er war unbelastet. Hätte er zu eifrig im NS-Staat agiert oder wäre gar begeistertes Parteimitglied gewesen, hätte er vorerst nicht die geringste Aussicht auf Rückkehr zur Münchner Polizei gehabt.

Joe Simon winkte Emil zu sich, als er die Küche betrat. »Das ist Herr Friedhelm *von* Brede. Er hat dir einiges zu erzählen. Auf Deutsch.«

Seine hochgezogenen Brauen zeigten, dass das Gespräch zwischen den beiden bisher wohl eher katastrophal verlaufen war.

»Thanks«, erwiderte Emil knapp. Wie selbstverständlich er seit Monaten zwischen den beiden Sprachen wechselte, fiel ihm kaum mehr auf. Ein halbes Jahr lag seine erste Begegnung mit dem Captain im Gefangenenlager der US-Army in der Normandie zurück. Schon wenig später hatte

Joe ihn bereits zum persönlichen Dolmetscher ernannt. Dass er auch noch juristische Vorkenntnisse besaß, hatte genügt, damit Joe ihm Mitte Mai befahl, ihn zur Polizei an die Isar zu begleiten.

Letztlich der Glücksfall, von dem Emil nie zu träumen gewagt hatte. An der Isar hatte er studiert, hier fühlte er sich halbwegs wohl. In seine frühere Heimatstadt Breslau konnte und wollte er nicht mehr zurück. Ob seine Familie dort noch lebte, geflohen oder getötet worden war, hoffte er irgendwann vom Roten Kreuz zu erfahren. Bis dahin war er einfach nur froh, einen so einflussreichen und zugleich verständigen Fürsprecher wie Joe in der Nähe zu wissen und sich in der neuen Umgebung einzurichten.

Die geräumige Küche war nicht sonderlich komfortabel. Es roch nach Kohl und Vergorenem. Im Spülstein fand sich schmutziges Geschirr, auf dem Herd warteten benutzte Töpfe auf den Abwasch. Vermutlich leistete sich der Wohnungsinhaber keine Haushälterin oder Zugehfrau. Oder sie war ihm im gewaltigen Chaos der letzten Wochen abhandengekommen.

So erstaunt Emil zunächst war, dass sein Vorgesetzter den Zeugen an diesem eher ungewöhnlichen Ort befragen wollte, wurde ihm Sinn und Zweck dahinter nach einem ersten Blick auf Brede klar. Joe Simon musste es eine Genugtuung sein, den adeligen, ehedem vermutlich hochgestellten Zeugen auf einen schlichten Küchenschemel zu platzieren, um ihn inmitten von gusseisernen Pfannen, tönernen Krügen und verrußtem Aschekübel auf den Boden der Tatsachen zurückzuholen. Und ihn daran zu erinnern, dass er nichts Besseres war als jeder andere. Emil bewunderte Joe für seine Haltung. Längst war ihm der etwa zwanzig Jahre ältere Amerikaner eine Art väterlicher Freund geworden.

Brede ignorierte die ungewöhnliche Küchenumgebung nonchalant. Die langen Beine lässig übereinandergeschlagen, die handgenähten Schuhe auf Hochglanz poliert und die frisch manikürten Hände locker ineinander verschränkt, sah er zunächst geflissentlich an Emil vorbei. Mit jeder Faser strahlte er jene blaublütige Überheblichkeit aus, die Joe mit seiner Küchenmaßnahme kurieren wollte. Emil wusste indes aus eigener Erfahrung, dass das bei Menschen dieses Schlags vergebliche Liebesmüh war. Sie fühlten sich und blieben leider meist auch auf der Seite der Gewinner, selbst jetzt noch. Das bewies schon ihre selbstverständliche Rückkehr von der Front in eine intakt gebliebene Wohnung.

»Sie haben den Toten also gefunden?«, begann Emil die Befragung. Er rückte sich einen Stuhl zurecht und setzte sich zu Brede an den von Brotkrümeln übersäten Küchentisch. Achtlos wischte er die Fläche vor sich frei, zückte Bleistift und Notizbuch, um das Wichtigste zu notieren.

»Wann?«, setzte er nach und sah Brede direkt an.

Dessen lindgrüne Augen blickten desinteressiert. Die glatt rasierten Wangen und das ordentlich nach hinten frisierte blonde Haar passten zu seiner gepflegten Erscheinung, die in den ersten Nachkriegswochen besonders ins Auge stach.

»Das habe ich bereits alles dem Schutzmann gesagt«, antwortete er.

»Wenn Sie es für mich freundlicherweise bitte noch einmal kurz wiederholen.«

»Am Nachmittag«, erwiderte Brede in gelangweiltem Ton, zog die rechte weißblonde Augenbraue sichtlich enerviert nach oben. »So gegen drei.«

»Was wollten Sie um diese Uhrzeit von Ihrem Nachbarn?«

Der Zeuge trommelte mit den Fingern der rechten Hand auf der Tischplatte eine Swingmelodie.

»Ich befand mich auf dem Weg nach draußen an die frische Luft.«

Übertrieben wedelte von Brede mit der Hand den Rauch von Joes Zigarette weg.

»Sie haben einen Schlüssel zu Kornhäusers Wohnung?«

»Nein. Natürlich nicht. So eng waren wir nie. »

Brede hüstelte in die Faust, offenbar, um seinen Unmut über Joes ungeniertes Weiterrauchen auszudrücken. Der stieß daraufhin den Rauch in kleinen Kringeln extra nah an ihm vorbei aus.

»Wie kamen Sie rein?«

»Die Wohnungstür war offen.«

»Weit offen?«

»Angelehnt.«

»Und das fiel Ihnen auf?«, hakte Emil nach.

»Zufällig«, erwiderte Brede ruhig und zuckte mit den Schultern. »Selbstverständlich habe ich erst geklingelt und geklopft, einige Male nach meinem Nachbarn gerufen. Erst danach habe ich ohne Aufforderung einen Fuß in seine Privatsphäre gesetzt.«

»Seit wann war die Tür angelehnt?«

»Ich bin kein Blockwart und fühle mich nicht für die Ordnung im Haus zuständig«, stellte Brede entschieden klar, nun doch etwas gereizt. »Mir ist es, wie gesagt, erst heute Nachmittag aufgefallen. Und da bin ich dem Ganzen sofort nachgegangen. Derzeit häufen sich ja leider die Wohnungseinbrüche und Überfälle. Tun Sie lieber endlich etwas dagegen, statt ehrbare Bürger mit sinnlosen Fragen aufzuhalten.«

»Sie sind in Eile? Tut mir leid. Ein wenig muss ich Ihre Geduld noch strapazieren«, bemerkte Emil. Langsamer als nötig notierte er sich die nächsten Stichworte.

Die Befragung schleppte sich zäh dahin. Die angespannte Stimmung in der Küche war deutlich greifbar.

»Zumindest hat er das Opfer eindeutig als seinen Nachbarn Albert Kornhäuser identifiziert«, fasste Emil später Joe gegenüber zusammen. Brede hatte er inzwischen weggeschickt, ihn zuvor aber noch auf die nötige schriftliche Aufnahme seiner Aussage im Präsidium hingewiesen.

»Wenn es unbedingt sein muss«, hatte der wenig begeistert erwidert, sich aber gleich für den folgenden Morgen angekündigt. »Damit ich das schnell hinter mir habe.«

»Angeblich kennen er und Kornhäuser sich zwar nur vom Grüßen im Treppenhaus«, fügte Emil nach dem Durchblättern seiner Notizen hinzu, »dafür aber konnte er sich erstaunlich gut an den Tag von Kornhäusers Rückkehr von der Front erinnern. Fast auf den Tag vor einem Monat soll das gewesen sein. Das hätten sie ordentlich begossen, in

Bredes Wohnung eine Etage obendrüber. Er war wohl schon in den letzten Apriltagen wieder in München und hat sich bei den berühmten Plünderungen im Bürgerbräukeller rechts der Isar gütlich getan, um seine Vorräte aufzufüllen.«

»Was? Ein feiner Herr wie er will sich zusammen mit dem Pöbel auf die Rotweinfässer gestürzt und Käselaiber den Berg am Gasteig hinuntergerollt haben?«

Ungläubig schüttelte Joe den Kopf. Emil konnte ihm nur beipflichten. Es fiel ihm ebenfalls schwer, sich den eleganten, hochnäsigen Mann inmitten der gierig alles zusammenraffenden Menge auszumalen.

»Zurück zu Kornhäuser«, rief er sich selbst zur Ordnung, sonst gelang es ihm niemals mehr, einigermaßen unvoreingenommen die weiteren Ermittlungen zu verfolgen. »Der war im Zivilleben Arzt am Haunerschen Kinderhospital. Zuletzt Oberarzt. Unverheiratet, ohne nähere Verwandte in München und gewiss kein Kind von Traurigkeit. Und sicherlich kein Nazi. Nicht einmal Parteimitglied.«

»Das will praktisch keiner von euch gewesen sein«, kommentierte Joe unwirsch und steckte sich eine neue Zigarette an, rauchte hastig einige Züge, sichtlich erregt.

»Euer *Führer*«, er legte seine ganze Verachtung in die zwei Silben, »muss von Anfang an ziemlich allein auf weiter Flur gestanden und das ganze Unheil angerichtet haben. Ein Wunder, dass er angesichts des millionenfachen Widerstands, den jeder Einzelne von euch täglich geleistet hat, bis kurz vor Schluss durchgehalten hat. Und sich letztlich doch selbst erschießen musste.«

Emil kniff die Lippen zusammen. Er schämte sich. Jedes Mal aufs Neue schämte er sich, wenn Joe völlig zu Recht das mangelnde Schuldbewusstsein und die vor Selbstmitleid triefende Rückgratlosigkeit seiner Landsleute ansprach. Und jedes Mal aufs Neue gelang es ihm nicht, selbst endlich Haltung zu zeigen und das eigene Versäumnis, all die Jahre geschwiegen zu haben, offen einzugestehen. Dieses anhaltende Schweigen machte alles nur schlimmer.

»Leider konnte Brede nichts dazu sagen, ob Kornhäuser und Dietlitz sich gekannt haben«, flüchtete er sich in die weiteren Details zu dem Fall. »Angeblich hat er den Namen Dietlitz vorhin zum ersten Mal gehört. Behauptet er jedenfalls ausgesprochen glaubhaft.«

»Wie?«

Joe schien mit seinen Gedanken woanders gewesen zu sein oder den Namen des Mordopfers in Nymphenburg vergessen zu haben. Ungestüm drückte er die Zigarette auf einer zweckentfremdeten Untertasse aus, zündete sich bereits die nächste an, und sah Emil neugierig an.

»Dietlitz war der Tote gestern in Nymphenburg«, erklärte Emil. »Ebenfalls ein ›von‹, wie unser heutiger Zeuge. Wie Dollinger im Präsidium vielleicht etwas vorschnell vermutet hat, ähneln sich die beiden Tatorte, die Todesumstände wie wohl auch die sonstigen Hintergründe zu den Opfern. Ein direkter Zusammenhang, wenn nicht gar derselbe Täter, ist also durchaus möglich. Genaueres wissen wir zwar erst, wenn wir Exaktes über die Tatwaffe wissen, dennoch habe ich unseren Zeugen schon einmal direkt auf Dietlitz angesprochen.«

Eifrig begann er aufzuzählen, was ihm als Parallelen bei beiden Fällen ins Auge gesprungen war.

»Und was ist mit deiner Freundin Billa Löwenfeld?«, hakte Joe ein. Seine Frage klang vorwurfsvoll.

»Wie kommst du jetzt auf sie?«

Ohne dass er es wollte, fühlte Emil sich angegriffen. Lag es an der Titulierung ›deine Freundin‹? Hoffentlich lief er nicht im selben Moment dunkelrot an. Er setzte an, sich zu verteidigen, Joe winkte jedoch ab.

»Vorsicht, mein Freund!« Mahnend hob er die Hand mit der Zigarette, sah Emil aus den schmalen, dunklen Augen eindringlich an. »Vertrau nie dem ersten Eindruck. Bei nichts und niemandem. Und halte dir so lange wie möglich sämtliche Ermittlungsrichtungen offen. Du kennst doch mein Lieblingsmotto: Traue nie dem Offensichtlichen. Um die Ecke denken, Fragen stellen, in Zweifel ziehen, aus einem anderen Blickwinkel betrachten ist immer eine gute Idee.«

Er legte eine Pause ein, ließ seine Worte in der schmuddeligen Küche nachhallen. Emil nickte folgsam wie ein Schuljunge.

»Wie du selbst schon festgestellt hast, hat Dollinger im Präsidium sehr vorschnell herausposaunt, es gebe Gemeinsamkeiten zwischen den Fällen«, fuhr Joe fort. »Dabei war er an keinem der beiden Tatorte, bezieht sein Wissen allein aus dem Protokoll von gestern beziehungsweise der telefonischen Meldung heute. Du aber warst beide Male vor Ort. Das heißt, du hast mehr gesehen als er. Du musst alles beachten, was du mit deinen fünf Sinnen aufnimmst. Wenn du also eine Beziehung zwischen Dietlitz und Kornhäuser für denkbar hältst, kannst du mit derselben Logik davon ausgehen, dass womöglich auch unsere Reporterin aus New York mit beiden zu tun hatte. Vielleicht kann sie uns sogar die entscheidende Verbindung zwischen ihnen liefern. Gerade jetzt, wo hier alles drunter und drüber geht, hat der Zufall Hochkonjunktur. Umso wichtiger, jeder Möglichkeit eine Chance zu geben.«

Emil spürte, wie ihm jetzt eindeutig die Hitze in den Kopf stieg. Natürlich hatte Joe recht. Und natürlich war er doch in die Falle getappt, sich zu schnell in eine bestimmte Richtung lenken zu lassen. Verlegen fuhr er mit dem Finger zwischen Hals und Hemdkragen entlang, um sich etwas Luft zu verschaffen.

»Davon abgesehen heißt es immer, man solle erst die stupide Arbeit erledigen, bevor man sich den anspruchsvolleren Dingen widmet«, setzte Joe nach. »Am besten fängst du also gleich einmal damit an, jeden im Haus hier persönlich über diesen Kornhäuser und seine Kontakte, Gewohnheiten, Freunde zu befragen. Bislang wissen wir viel zu wenig über ihn. Auf geht's!«

Vergnügt schlug er mit der flachen Hand auf die Tischplatte.

Emil seufzte. Der Befehl war eindeutig. Die nächsten Stunden hieß es Klinken putzen und sich Wohnung für Wohnung durchs Haus arbeiten, um mehr über den Kinderarzt Kornhäuser in Erfahrung zu bringen. Wenig begeistert erhob er sich und ging zur Tür. Fast stand er schon im Flur, als Joe ihn noch einmal zurückpfiff.

»In jedem Fall wäre es geschickt, den Zeugen bei der Befragung ein Foto von diesem Dietlitz zu zeigen. Wie ich dich kenne, hast du es sorgfältig bei den Akten abgeheftet. Jake soll dich ins Präsidium fahren, damit du mit dem Foto möglichst schnell wieder hier bist, um deine Arbeit ordentlich zu erledigen.«

»Eines von Billa Löwenfeld bekomme ich sicherlich auch. Als amerikanische Reporterin wird sie ordnungsgemäß bei den zuständigen Stellen registriert sein.«

»Das ist sie. Eine gute Idee. Deine deutsche Gründlichkeit lässt dich wieder einmal an alles denken. Beneidenswert.«

Joes unbekümmerter Wechsel zwischen Ernst und Spott tat Emil gut. Fast machte er vergessen, welch große Kluft es zwischen ihnen gab: Joe als erfahrener Ermittler auf der Seite der Besatzer und Sieger, er dagegen ein blutiger Anfänger und noch dazu als Deutscher auf der anderen Seite, der das, was geschehen war, nicht leichtfertig vergessen und nicht einfach weitermachen durfte wie zuvor. Der lockere Umgang zwischen ihnen war keinesfalls selbstverständlich. Das machte ihn für Emil umso kostbarer.

# 12

## Samstag, 18. August – Murnau / Staffelsee

Endlich roch es wieder nach Sommer, genau wie früher. Billa schloss die Augen, sog den süßlichen Duft überreifen Obstes, frisch gemähten Heus und feuchter Erde gierig in sich ein. Die quälenden Gedanken, die ihr der spindeldürre Mann vom Erkennungsdienst gestern eingeflüstert hatte, schob sie weit weg. Ebenso das Unbehagen, das sie seit Jahren mit dem Polizeipräsidium in der Münchner Ettstraße verband. Nie mehr wollte sie sich einschüchtern lassen. Vor allem nicht mehr von einem deutschen Polizisten. Was ging sie dieser Emil Graf an? Und was überhaupt diese Mordermittlungen? Rein zufällig war sie da hineingeschlittert. Als Zeugin, nicht mehr. Höchste Zeit, mit dem unerfreulichen Erlebnis abzuschließen. Die Fotos vom Tatort hatte sie abgegeben, Montag früh würde sie ihre Aussage zu Protokoll geben. Damit war ihre Pflicht erfüllt. Voll und ganz konnte sie sich danach wieder ihren eigentlichen Recherchen für die Zeitschriftenreportagen widmen. Und sich um Piotr kümmern, den sie am Vortag mit ihrer Ankündigung, zur Polizei zu fahren, buchstäblich im Regen hatte stehen lassen. Vor allem um seine Papiere. Wie sie es ihm versprochen hatte, nachdem er ihr Informationen für einen Artikel gegeben hatte.

Jetzt aber war erst einmal Wochenende. Endlich hatte sie Zeit, auszuspannen. Sie legte den Kopf in den Nacken, atmete noch einmal die herrliche Sommerluft ein, genoss das Streicheln des Sonnenlichts auf ihrem Gesicht.

Wie schade, dass Lydia nicht da war. So gern hätte sie jetzt mit ihr hier am Seeufer gestanden und ihr das bayerische Oberland gezeigt. Damit sie begriff, dass es rund um München noch etwas anderes gab als nur Nazigräuel. Dass Billa mit ihrer Heimat auch schöne Erinnerungen verband.

Unvermittelt kam ihr eine Melodie in den Sinn. Leise begann sie, den gut zehn Jahre alten Schlager »Ich wollt', ich wär ein Huhn« zu summen. Auf einmal war jede Zeile wieder da, als hätte sie den Text eben erst im Radio gehört. Dabei hatte sie seit Jahren nicht mehr daran gedacht. Mit dem unablässigen Singen des Liedes hatte sie ihre Mutter einst bis zur Weißglut gereizt. Ein gefundenes Fressen für einen aufmüpfigen Backfisch wie sie.

Als sie die Augen wieder öffnete, klebten ihr die Wimpern vor Tränen. Mit einem energischen Ruck zwang sie sich in die Gegenwart zurück.

Sie stand mit ihrem Fahrer Sam Shephard am Ufer des Staffelsees in Murnau und betrachtete die Landschaft. Er deutete auf die im Dunst unscharf verschwimmende Bergsilhouette, die den See mit seinen dicht bewaldeten Inseln romantisch-bläulich umrahmte.

»Was für ein Glück, Sie heute bei der Tour zu begleiten. Sonst hätte ich das wohl nie zu Gesicht bekommen. Noch dazu bei diesem Traumwetter.«

Die Szenerie war unwirklich wie im Traum. Über Nacht war das Wetter umgeschlagen. Die Sonne strahlte von einem tiefblauen Himmel und heizte die Atmosphäre auf. Die Luft flirrte. Noch am Vorabend war Billa mit Schirm und Trenchcoat unterwegs gewesen. Am Morgen war sie in ein ärmelloses Sommerkleid geschlüpft und hatte sich die dünne Kostümjacke nur der Form halber über die Schulter gelegt.

Gleich nach dem Frühstück hatte Sam sie mit dem offenen Jeep ins Voralpenland gebracht. Einer der Presseoffiziere der Information Control Division hatte ihr interessante Interviewpartner in Murnau vermittelt. Trotz der aufwühlenden Gespräche wurde es ein Ausflug in eine unerhört heile Welt. In der Sonne leuchteten die Blumen auf den Wiesen in den irrwitzigsten Farben, dicke Hummeln brummten von Blüte zu Blüte, Schmetterlinge offenbarten ihre atemberaubende Pracht, und der Staffelsee schimmerte silbrig-geheimnisvoll.

Selbst die vom jüngsten Schicksal arg gebeutelten Menschen liefen mit ungewohnter Zuversicht auf den Gesichtern umher. Als setzten sie ihre gesamte Kraft ein, um in diesem Winkel Bayerns das fast völlig zerbombte München und den vor dreieinhalb Monaten zu Ende gegangenen Krieg zu einer bösen Farce zu erklären. Sogar die ehemaligen Gefangenen im Lager für polnische Offiziere am nördlichen Ortsrand, die Billa vorhin interviewt hatte, vermittelten den Eindruck, als wäre alles in bester Ordnung. Zu ihrer Überraschung hatte in der Kaserne eine weitaus positivere Stimmung geherrscht als beispielsweise in dem Lager für Displaced Persons in Schleißheim-Feldmoching, in dem sie den ehemaligen Zwangsarbeiter Piotr kennengelernt hatte. Wie viele seiner Schicksalsgenossen litt er nach wie vor unter der schikanösen Behandlung der letzten Jahre und sah sich außerdem einer ungewissen Zukunft gegenüber.

Bei dem Gedanken an ihn überfiel sie gleich wieder ihr schlechtes Gewissen. Sobald sie zurück in München war, würde sie ihn aufsuchen.

Ihr Blick schweifte über die Idylle am Staffelsee. Bei dem Anblick wollte sie sich am liebsten einbilden, das mit den Lagern, dem Krieg und ihrer Flucht aus Deutschland wäre nie geschehen. Alles nur ein böser Traum. Statt mit dem GI Sam wäre sie wie an früheren Sommerwochenenden mit ihrer Mutter Lilo ins Grüne gefahren und stünde an diesem Samstagnachmittag wieder einmal am Staffelsee. Sie sollte ihr Badezeug holen und ins Wasser springen, einige ausgiebige Runden schwimmen. Was für eine verlockende Idee!

Als sie sich zum Gehen wenden wollte, durchzuckte sie der Name Dietlitz. Warum fiel er ihr ein, sobald sie an ihre Mutter dachte? Kam er ihr bekannt vor, weil Lilo ihn früher einmal erwähnt hatte? Sie versuchte sich zu konzentrieren, bekam den Gedanken aber nicht zu fassen. Sofort war alles wieder verschwunden.

Das Klacken, mit dem Sam sein Feuerzeug zuklappte, holte sie in die Gegenwart zurück. Er bot ihr eine Zigarette an, gab ihr Feuer. Einvernehmlich rauchten sie, Seite an Seite im knöchelhohen Gras stehend, die Augen starr auf das Wasser gerichtet. Eine Entenfamilie schwamm vorbei, eine Libelle schwirrte durch die Luft.

»Sind Sie wirklich zum ersten Mal hier? Waren Sie nicht bei dem Vormarsch Ende April mit dabei?«, knüpfte sie schließlich an Sams Bemerkung von vorhin an.

»Schon. Aber damals hatten wir keinen Blick für die Landschaft. Vor allem nicht nach unseren Erlebnissen in Dachau.«

Unvermittelt brach Sams Stimme. Jäh war die Idylle zerstört. Der Blick seiner fast schwarzen Augen verlor sich in der Ferne, über sein dunkelhäutiges Gesicht breitete sich Trauer. Er presste die Lippen so fest aufeinander, dass das Blut aus ihnen wich.

»Das muss schlimm gewesen sein«, sagte sie leise.

»Das war es.«

Er drehte sich ihr zu, nahm einige hektische Züge an der Zigarette und stieß den Rauch zur Seite aus. Der Ausdruck auf seinem runden, offenen Gesicht blieb ernst. Sie wagte kaum, sich auszumalen, was er an jenem letzten Sonntag im April in dem berüchtigten Lager gesehen hatte. Dagegen war ihr Erlebnis mit dem erschossenen Dietlitz eine Lappalie.

Bislang hatte Sam kaum über seine Kriegserlebnisse gesprochen. Wahrscheinlich aus gutem Grund. Dachau übertraf sicherlich alles, was ihm in den Monaten seit der Landung in Sizilien widerfahren war. Jäh dachte sie an Lydia. Die hatte in ihrer Funktion als Kriegsberichterstatterin eine ganz ähnliche Route zurückgelegt. Wie hielt man diese ständig in den Köpfen wieder aufflammenden Bilder nur aus?

Besorgt betrachtete Billa Sam. Er war durchschnittlich groß und leicht korpulent. Sie schätzte ihn auf Anfang dreißig, wusste aus seinen Erzählungen während ihrer gemeinsamen Fahrten, dass er vor dem Krieg als Koch in einem Hotel in Chicago gearbeitet hatte und davon träumte, nach seiner Rückkehr aus Europa ein Taxiunternehmen aufzubauen. Seine Frau Wilma bezeichnete er stets augenzwinkernd als sein »ganzes unverschämtes Lebensglück«. Gelegentlich ertappte Billa sich dabei, wie sie sich Wilmas Entsetzen ausmalte, wenn Sam eines Tages zu ihr und den gemeinsamen Kindern zurückkehrte und von den grauenhaften Geschehnissen in Europa berichtete. Ob er je wieder ruhig und ohne Albträume an ihrer Seite würde schlafen können?

»Unfassbar, wie nah das alles beieinanderliegt«, stellte er nach einer langen Pause fest, warf die Kippe zu Boden und trat sie mit der Spitze seiner Armeestiefel aus. »Wenn man hier steht, denkt man, das mit den Lagern hat auf einem anderen Planeten stattgefunden. Dabei liegen nur gut sechzig Meilen zwischen Dachau und Murnau.«

»Das denkt man bei so vielem, was in den letzten Jahren passiert ist.«

»Wie ertragen Sie das?«

»Ich?«, gab sie überrascht zurück und entledigte sich ebenfalls ihres Zigarettenstummels.

»Sie sind hier aufgewachsen, waren hier einmal zu Hause, haben all das gekannt, bevor es losging. Sogar die Leute. Wie ist das, jetzt wieder hier zu sein und denselben Menschen von damals gegenüberzustehen? In Ihrer früheren Wohnung Wildfremde anzutreffen und denen zu begegnen, die Sie einst aus dem Land gejagt haben? Was werden Sie Ihrer Mutter erzählen, wenn Sie wieder nach New York zurückkehren?«

»Sie wird nichts davon hören wollen.«

Ähnliches hatte Lydia sie vor zwei Tagen schon gefragt. Auf einmal fühlte Billa eine seltsame Einsamkeit in sich. Wie um sich selbst festzuhalten, schlang sie die Arme um die Brust. Jetzt war sie es, die den Blick in unbestimmte Fernen abdriften ließ, als fände sie dort Trost. Ihre Augen füllten sich mit Tränen. Der süßliche Sommergeruch verursachte ihr plötzlich einen Würgereiz. Angestrengt schluckte sie das Bittere hinunter.

»Wir sind zwar Jüdinnen, aber meine Mutter hat sich erstaunlich gut mit den braunen Herrschaften verstanden«, erklärte sie endlich und sah zu Sam. Auf einmal sprudelte es nur so aus ihr heraus.

»Sie hat als Gesellschaftsreporterin bei verschiedenen Zeitungen und Illustrierten gearbeitet. Schon lange vor der Machtergreifung. Im Prinzip war sie dadurch mit allen befreundet, die wichtig oder berühmt oder reich waren. Ging bei den einflussreichsten Leuten ein und aus, auch, als die Mitte der zwanziger Jahre schon offen Hitler hofierten. Dass er gegen die Juden hetzte, hat sie einfach überhört. So wie viele andere. Ein fataler Fehler. Aber wir waren ja keine von den Orthodoxen aus der Isarvorstadt, denen man ihr Jüdischsein ansah. Nicht einmal zu den hohen Feiertagen gingen meine Mutter und ich je in die Synagoge. Eigentlich habe ich die nie bewusst von innen gesehen. Stattdessen sangen wir wie alle unsere Freunde vor dem geschmückten Weihnachtsbaum ›O du fröhliche‹ und kauften beim Metzger Schweinefleisch. Selbst als die Nürnberger Gesetze vor zehn Jahren festlegten, wer Jude sei und wer nicht, machte meine Mutter sich noch keine Sorgen. Schließlich kannte sie genügend einflussreiche Herren, die ihr weiter versicherten, sie müsse nicht beunruhigt sein. Sogar in Berlin in der Reichskanzlei war sie noch eingeladen, ließ sich von Hitler die Hand küssen. Das hat sich erst geändert, als im November achtunddreißig der Mob mit Fackeln durch die Straßen zog. Erst da hat meine Mutter plötzlich begriffen, dass es auch für uns beide brenzlig wird. Dass ihren angeblich einflussreichen Freunden womöglich doch auffallen könnte, dass ihr der Ariernachweis fehlt. Also nahm sie endlich die Einladung eines Freundes aus New York an, packte unsere Koffer – für ihr umfangreiches Gepäck hat sie selbstverständlich eine Sondergenehmigung erhalten – und bestieg mit mir in Hamburg das Schiff. Manchmal fürchte ich, sie unterhält noch immer Brieffreundschaften mit ihren früheren Bekannten. Es würde mich nicht einmal wundern, wenn sie sogar den ein oder anderen der hochdekorierten Herren persönlich kennt, die die Alliierten für den geplanten Prozess nach Nürnberg überstellt haben. Sie wissen schon, die berüchtigte ›crème de la crème‹ der Nazis. Oft genug hat sie sich ja in Berlin in ihrer Bewunderung gesonnt.«

Bitter lachte sie auf, strich sich eine kurze dunkle Locke aus der verschwitzten Stirn und fragte sich einmal mehr, ob sie tatsächlich etwas mit dieser Frau verband, die sich ihre Mutter nannte.

»Und Ihr Vater?«, hakte Sam ein, sichtlich bestürzt von ihrer Offenbarung. »Was sagt der zu alldem?«

»Mein Vater?« Erschrocken fuhr sie zusammen. Bevor sie antwortete, brauchte sie eine weitere Zigarette. Zum Glück verstand Sam das gleich und zündete ihr eine an.

»Meinen Vater kenne ich gar nicht«, erklärte sie nach den ersten hastigen Zügen. »Ich weiß nicht einmal seinen Namen. Meine Mutter redet nie über ihn. Bis heute nicht. Dafür wird sie wohl einen guten Grund haben.«

Sie stützte die Hand mit der Zigarette auf dem angewinkelten Ellbogen ab, verlor sich im Anblick der kleinen Rauchkringel, die beim Ausatmen ihrem Mund entstiegen.

»Als kleines Mädchen habe ich mir immer ausgemalt, er wäre ein großer Held«, fuhr sie mit belegter Stimme fort. »Am besten einer von diesen waghalsigen Fliegern im ersten Großen Krieg. Oder Polizist. Der Vater meiner besten Freundin war nämlich einer und hat alle Schurken verhaftet. Mit dem sollte mein Vater mindestens mithalten. Irgendwann, als meine Mutter immer häufiger bei den Hitler-Freunden in München eingeladen wurde, habe ich nur noch inständig gehofft, mein Vater wäre zumindest keiner von denen.«

Sie schluckte, dachte an Rosl und den Polizisten Schratzler, die sie viel zu früh aus den Augen verloren hatte, träumte sich in jene Zeiten zurück.

Was für ein Unsinn!, schalt sie sich und bohrte den Zigarettenstummel mit der Schuhspitze tief in die Erde.

»Bis heute fürchte ich mich vor dem Moment, in dem ich die Wahrheit erfahre«, setzte sie noch nach. Sie presste die Lippen aufeinander und wagte nicht mehr, Sam anzusehen. Stattdessen lief sie ohne weitere Erklärung quer über die vom tagelangen Regen noch immer weiche Wiese zurück zum Wagen.

Kaum hatte Sam neben Billa auf dem Fahrersitz Platz genommen, beugte er sich mit einer knappen Entschuldigung halb über sie, um aus dem Handschuhfach etwas herauszufischen. Schüchtern lächelnd präsentierte er ihr auf dem flachen Handteller eine unbemalte Holzfigur in Form eines lustigen Kobolds.

»Für Sie. Die wollte ich eigentlich meiner Tochter mitbringen. Aber bis Sie Ihren Vater finden und sich auf ihn stützen können, haben Sie die wohl nötiger.«

»Danke!«

Sie war völlig überrumpelt. Am liebsten wäre sie ihm um den Hals gefallen. Mit dem Handrücken wischte sie sich die Wangen trocken, lächelte ihn dankbar an und nahm die Figur in die Hand, drehte sie hin und her. Das helle Holz, sie vermutete Kiefer oder Fichte, fühlte sich warm an. Versonnen strich sie mit den Fingerkuppen darüber. Je länger sie die Figur betrachtete, desto überzeugter war sie: Eine ähnliche hatte sie früher auch schon einmal besessen. Lilo hatte sie ihr von irgendwoher mitgebracht. Dabei war sie damals längst aus dem Alter für Spielzeug heraus gewesen. In den Wirren des abrupten Aufbruchs aus München musste der Kobold verloren gegangen sein. Wie schön, jetzt wieder einen Ersatz zu haben.

»Ich werde ihn Sammy nennen«, beschloss sie.

Sam grinste, startete den Wagen, fuhr sie ohne weitere Anweisung vom Seeufer aus den Berg hinauf und über die Landstraße Richtung Weilheim, durch die hügelige Landschaft zwischen Ammer- und Starnberger See nordwärts auf München zu.

Als gäbe es eine Absprache, saßen sie schweigend nebeneinander, jeder in seine Gedanken versunken. Billa registrierte kaum mehr den steten Wechsel von freiem Feld, Wald, Wiesen und Ortschaften, die sie passierten. Das Licht wurde milchiger, bald goldener, was auf einen glühenden Sonnenuntergang und einen weiteren Bilderbuchsommertag am nächsten Morgen hoffen ließ. Unablässig drehte sie den Kobold in ihrer Hand, schwelgte in Erinnerungen an lange, heiße Sommer, Badeausflüge an die Seen im Münchner Umland und an die wenigen Momente, in denen ihr Lilo wirklich nahe gewesen war.

»Hoppla!« Sam bremste so jäh ab, dass sie beide in ihren Sitzen nach vorn geschleudert wurden. Billa ließ die Figur fallen, weil sie sich mit ausgestreckten Händen abstützen musste.

»Unser Schutzengel hat uns beigestanden.«

Triumphierend hob Billa den Holzkobold wieder auf und zeigte ihn Sam. Der schüttelte nur den Kopf und sah der zierlichen jungen Frau mit den auffällig blonden Zöpfen und dem schweren Rucksack hinterher, die ganz in Gedanken versunken die Straße überquert hatte. Sie schien nicht einmal bemerkt zu haben, dass er ihretwegen eine Vollbremsung hatte absolvieren müssen.

»Passen Sie besser auf, junges Fräulein!«, rief er ihr nach, hupte einige Male und wedelte warnend mit der Faust durch die Luft.

Erst daraufhin schien sie den Vorfall überhaupt zu bemerken und drehte sich kurz zu ihnen um. Sobald sie Billa und Sam erblickte, weiteten sich ihre Augen vor Schreck. Ihr sommersprossiges Gesicht lief dunkelrot an. Sie schien etwas zu murmeln, machte auf dem Absatz kehrt und rannte davon, als hätte sie den Leibhaftigen gesehen. Billa wunderte sich.

»Seltsame Menschen, diese Krauts«, brummte Sam, fuhr wieder an und lenkte den Jeep zwischen den Schlaglöchern über die holprige Straße. »Sehen auch alle gleich aus. Vor allem diese jungen Fräuleins mit ihren blonden Zöpfen und den Rucksäcken voller Konserven, Zigaretten und was sie sonst noch für ihre Familie *organisieren*. So eine wie die hat mir letztens übrigens diesen Kobold geschenkt. Wäre das nicht in München gewesen, würde ich wetten, es wäre sogar dieselbe gewesen. Die sah nämlich exakt so aus. Aber, wie gesagt, die sehen sich einfach alle zum Verwechseln ähnlich.«

»Wo sind wir hier eigentlich?« Billa sparte sich jeden Kommentar.

»Gauting«, erwiderte er.

Wie von selbst kam ihr abermals der Name von Dietlitz in den Sinn. Hatte er etwas mit diesem Ort zwischen Starnberg und München zu tun? Und mit Lilo? Kaum dachte sie das, beschlich sie eine vage Erinnerung. An irgendeine Einladung vor gut acht Jahren, die Lilo für ein Wochenende auf dem Land angenommen hatte. Billa sollte deshalb bei einer Schulkameradin übernachten. Ein anstrengendes Mädchen. Mit einer noch anstrengenderen Mutter, die sie immerzu nach Lilos Bekanntschaften ausfragen wollte. Als würde sie dadurch etwas vom vermeintlichen Glanz von Lilos Leben abbekommen.

Plötzlich schossen Billa zwei weitere Namen in den Sinn: von Ranstett und von Brede. Lilo musste die in dem Zusammenhang gegenüber der Frau erwähnt haben, wahrscheinlich, um die Bedeutung ihrer gesellschaftlichen Verpflichtungen zu unterstreichen. Wie eine Motte das Licht pflegte Lilo bis zum heutigen Tag insbesondere Herren mit dem begehrten ›von‹ im Namen zu umflattern. Vor allem wenn sie tadellos gekleidet waren und exzellente Manieren besaßen. Seit sie den Aufstieg in höhere Kreise geschafft und die luxuriöse Wohnung in der Maximilianstraße für Billa und sich angemietet hatte, war sie hingerissen von Herren dieses Schlags. Ab da hatte sie strikt darauf geachtet, mit wem ihre Tochter spielte. Dass Rosls Familie zum selben Zeitpunkt umgezogen war, hatte Lilo zum Anlass genommen, Billa den weiteren Kontakt zu ihr zu verbieten. Die Schratzlers waren halt keine Mitglieder der besseren Gesellschaft gewesen, über die sie in die höheren Kreise vorstoßen konnte. Die Familie jener Schulkameradin allerdings schon. Noch dazu konnte Lilo sie mit ihren Illustriertengeschichten über solche Einladungen beeindrucken. Wie gern wären sie darin selbst einmal erwähnt worden!

Unwillkürlich musste Billa lachen. Was würde Lilo wohl sagen, wenn sie sie jetzt neben dem schwarzen Sam, einem gelernten Koch, derzeit Fahrer und hoffentlich bald Taxiunternehmer in Chicago, sitzen sähe?

Billas Finger schlossen sich fester um den Holzkobold Sammy. Jemanden wie Sam zum Vater zu haben, das wäre für sie ein ›ganzes unverschämtes Lebensglück‹, wurde ihr schlagartig klar. Er war ein Held, wie sie sich ihn stets als Vater erträumt hatte, mindestens so tapfer wie Rosls Polizistenvater. Brachte die bösen Halunken ebenso zur Strecke, wie er sich darauf verstand, kleinen und großen Mädchen die Angst zu nehmen.

# 13

Sonntag, 19. August – München

Emil schwitzte. Und litt bei der Fahrt mit dem Jeep durch die Hitze Höllenqualen. Der Wagen sprang mehr über die unebene Straße, als dass er fuhr. Geschwindigkeitslimits existierten für Jake, den jungen Mann aus dem kalifornischen San Diego, schlichtweg nicht. Dabei war er viel zu schmächtig, fast schon zart, um wie ein rücksichtsloser Draufgänger zu wirken. Außerdem war er ein begnadeter Musiker. Es wäre ein riesiger Verlust für die Musikwelt, wenn er sich bei der Fahrt mit dem Jeep durch das kaputte München den Hals bräche.

Das offene Verdeck war eine zusätzliche Herausforderung für Emil. Immer wieder fürchtete er, beim wilden Ritt über die Fahrbahn aus dem Wagen geschleudert zu werden.

Erbarmungslos waren sie auch der prallen Sonne ausgeliefert. Den Hut tief ins Gesicht gezogen, hätte Emil sein Notizbuch gern als Fächer benutzt, um sich etwas Abkühlung zu verschaffen, aber er musste sich mit beiden Händen am Seitengriff festhalten.

Voller Neid äugte er nach vorn zu Joe. Lässig fläzte der auf dem Beifahrersitz und trug wie Jake die leichte Sommeruniform aus kühlem Baumwollstoff. Die Amis hatten einfach auch in Sachen Kleidung die Nase vorn.

»Heiß, was?« Joe musste seinen Blick bemerkt haben. Er legte den Arm über die Rückenlehne und schob sich auf dem Sitz so zurecht, dass er sich bequem halb zu ihm umdrehen konnte. »Zieh schon endlich das verdammte Jackett aus! Sonst kollabierst du uns noch bei der Hitze. In Erster Hilfe bin ich schlecht. Auch Jake gibt keine gute Krankenschwester ab, was?«

Scherzhaft boxte er ihm in die Seite. Jake schüttelte lachend den Kopf, schaltete so ungeschickt, dass die Kupplung knirschte, und verriss vor Schreck das Lenkrad. Der Jeep geriet ins Schlingern. Emil fürchtete das Schlimmste und kniff die Augen zu. Mit quietschenden Reifen brachte Jake den Wagen wieder einigermaßen in die Spur zurück. Eine Achterbahnfahrt auf der Wiesn war nichts gegen eine Spritztour mit ihm.

Eigentlich war Jake Woods wirklich alles andere als ein begnadeter Fahrer, doch Joe bestand darauf, dass er seinen Chauffeur spielte. Die beiden waren ein eingespieltes Team, altersmäßig jedoch eher Vater und Sohn.

Wenn Emil doch auch eine solche Freundschaft erleben dürfte! Das war so viel ehrlicher als diese verlogene Verherrlichung von Kameradschaft, die ihnen in den letzten zwölf Jahren eingeimpft worden war. Er seufzte.

Sogleich überfiel ihn wieder die Erinnerung an den Tatort, den sie gerade in einem der wenigen intakten Häuser in Solln untersucht hatten. Wieder gab es eindeutige Parallelen zu den Bluttaten in Nymphenburg und im Lehel. Am auffälligsten war, dass die drei alleinstehenden Toten ungefähr im selben Alter und alle vor Kurzem erst von der Front zurückgekehrt waren. Nahezu unversehrt. Ebenso wie ihr jeweiliges Zuhause nahezu unversehrt war. Gut vorstellbar, dass das jemandem übel aufstieß. Und dass die Morde, die wegen der gezielten Schüsse direkt ins Herz an Hinrichtungen erinnerten, die Quittung für das darstellten, was die drei Toten im Krieg getan hatten. Womöglich empfand der Täter es als ungerecht, dass sie nach Kriegsende unbehelligt in ihr früheres Leben zurückkehren durften und er selbst nicht. Also befand sich da vielleicht jemand auf seinem ganz persönlichen Rachefeldzug. Dann konnte es eventuell noch weitere Opfer geben. Oder es hatte bereits weitere gegeben, die man noch nicht gefunden hatte. Um das herauszufinden, mussten sie dringend klären, welche Verbindung zwischen den Toten bestanden haben könnte.

Emil wischte sich mit der freien Hand den Schweiß vom Gesicht. Wäre ein solcher Racheakt angesichts der unfassbaren Verbrechen, die ›im Namen von Führer, Volk und Vaterland‹ begangen worden waren, wirklich zu verdenken? Ihm schwindelte. Ohne Vorwarnung fühlte er sich beim nächsten Schlagloch wieder an die Front katapultiert, sah sich selbst mit dem Gewehr in der Hand in einem Spähtrupp umherpirschen. Nach einem nächtlichen Sabotageakt der Résistance auf einen Schienenstrang im normannischen Caen waren sie ausgeschickt worden, in den umliegenden Dörfern und Gehöften Widerstandskämpfer aufzuspüren. Bei der Erinnerung an jene entsetzlichen Stunden im Morgengrauen wurde ihm jetzt noch übel. Ohne Frage war er nicht der Richtige, der sich anmaßen durfte, über jemanden wegen Mord oder Totschlag zu richten. Verzweifelt rang er nach Luft.

»Bringt der Tote dich derart ins Schwitzen? Wegen der ewigen Frage, ob er es nicht vielleicht doch verdient hat?«, wandte Joe sich wieder an ihn, als könnte er seine Gedanken lesen. Dabei schlug er einen betont jovialen Ton an, wie um die düsteren Gedanken im Ansatz zu ersticken. Es war diese Selbstverständlichkeit, Dinge direkt anzusprechen, wie heikel sie sein mochten, die Emil so guttat. Die hatte er erst bei Joe kennen- und schätzen gelernt.

»Krieg ist grausam«, hatte Joe ihm gleich beim ersten Verhör im Gefangenenlager erklärt, nachdem sie ihn und seine Kameraden in besagter Nacht überwältigt hatten. Zwölf junge deutsche Soldaten, gerade mit dem ersten Bartflaum auf der Oberlippe. Emil war einer der Ältesten gewesen.

»Vor allem, weil er junge Männer wie dich in die entsetzliche Pflicht zwingt, wider dein Gewissen zu handeln«, war Joe fortgefahren. »Und das im Dienst eines Befehlshabers, für den man nur Verachtung empfinden kann. Sei froh, dass du um Haaresbreite davongekommen bist. An einem sinnlosen Erschießungskommando teilzunehmen, nur weil man zufällig auf der falschen Seite steht, ist kein Spaß. Erst recht nicht für einen wie dich.«

Bis in alle Ewigkeit dankte Emil den himmlischen Mächten, dass sie ihm Joe und seine Leute genau im richtigen Moment geschickt hatten. Leider wusste er nicht, ob er mutig genug gewesen wäre, das eigene Leben in die Waagschale zu werfen, um diesen furchtbaren Befehl in jener Nacht zu verweigern. Wie immer, wenn er an diesem Punkt seiner Grübeleien angelangt war, spürte er Brechreiz in der Kehle. Instinktiv riss er den Hemdkragen auf.

»Statt zu grübeln, was gewesen wäre, wenn, solltest du dich ganz auf die Zukunft konzentrieren. Du hast jetzt die einmalige Chance, deinen Teil dazu beizutragen, einen ähnlichen Schlamassel für alle Zeit zu verhindern.«

Mit diesem Rat hatte Joe ihn wenige Wochen später zu sich gerufen, um ihm den Wechsel nach München zu befehlen. An seiner Seite sollte Emil dort die Ermittlertätigkeit bei der neu aufzubauenden Kriminalpolizei erlernen.

»Es ist immer besser, Mörder zu überführen, als selbst zum Mörder zu werden«, hatte Joe lapidar erklärt und auf der quälend langen Fahrt im Militärzug quer durch das verwüstete Frankreich und Deutschland seinen effektiven Grundkurs in Sachen Polizeiarbeit gestartet.

Jetzt grinste Joe ihn süffisant an.

»Wie ich dich kenne, hast du vorhin am Tatort meine Warnung vor voreiligen Schlüssen in den Wind geschlagen und stattdessen wieder deine Schubladen aufgezogen, um gleich mit dem Einsortieren möglicher Parallelen zu beginnen. Zugegeben, nicht ohne Grund. Das ist der dritte Tote innerhalb weniger Tage mit einem gut gezielten Herzschuss. Wieder ein alleinstehender, gut situierter, attraktiver Herr im besten Mannesalter. Und wieder in einer so schönen, heilen Umgebung. Das schreit geradezu nach ein und demselben Täter. Wir müssen nur noch herausfinden, warum er sich die drei als Opfer ausgesucht hat, und wenn wir Glück haben, geht er uns damit leicht ins Netz.«

Vergnügt schnalzte er mit der Zunge, sah einige Sekunden durch die von Fliegendreck beschmutzte Windschutzscheibe.

»Zum Glück verursacht so ein Schuss wenig Sauerei«, wandte er sich abermals an Emil. »Da haben wir in den letzten Jahren an der Front weitaus Schlimmeres gesehen, was?«

Wie zur Bestätigung klopfte er mit der Faust einige Male auf die niedrige Rückenlehne des Jeeps, schüttelte kurz den Kopf.

»Trotzdem kein schöner Anblick.«

Der Jeep ruckelte. Jake nahm jede Unebenheit oder Rille, jedes noch so große Loch in der Straßendecke in Kauf, um beim Ausweichen nicht noch mal ins Schleudern zu geraten.

Emils Blick schweifte nach draußen.

In absurdem Tempo heizten sie durch die Villenkolonie, kamen an halb aufgerissenen Häusern und wie letzte Zähne im verfaulten Gebiss stehen gebliebenen Fassaden vorbei, passierten abgeknickte Bäume sowie einen weit klaffenden Bombentrichter, überquerten die Bahngleise. Im Sonnenschein wirkte die Ruinenlandschaft weitaus harmloser als im tristen Dauerregen der letzten Woche.

Solln, ein erst vor wenigen Jahren eingemeindeter Vorort im Münchner Süden und einst eine der besten Adressen der Stadt, hatte es übel erwischt. Dennoch schien das hoffnungslose Elend der Innenstadt noch nicht in seinem gesamten Ausmaß bis in den Münchner Süden vorgedrungen zu sein. Weitaus weniger Kriegsversehrte, abgerissene Lumpengestalten und heimat- wie elternlos gewordene Kinder lungerten zwischen den Trümmern herum als im Rest der Stadt.

»Hat hier nicht irgendwo die Hitlermutter gewohnt?« Ziellos deutete Joe auf die Trümmerberge.

»Du meinst Hermine Hoffmann?« Emil kannte die Geschichte über die ältere Dame, die Hitler seit dem ersten Großen Krieg nahegestanden hatte. »Sie war nicht die Einzige, derentwegen er hier öfter zu Besuch war.«

Er hoffte, das genügte als Antwort. Merkwürdig, wie scharf die amerikanischen Besatzer darauf waren, die Häuser und Ecken zu begaffen, in denen die braune Prominenz Hof gehalten hatte. Zu seiner Erleichterung ließ Joe es dabei bewenden.

Sie erreichten das Isarhochufer. Vorübergehend lichtete sich die Bebauung. Dank der noch vorhandenen Platanen entlang der Straße entstand plötzlich fast so etwas wie eine heile Welt vor ihren Augen.

»Stopp!« Joe bedeutete Jake, den Jeep an den rechten Straßenrand zu lenken und anzuhalten. Ungeachtet seiner korpulenten Figur schwang er sich flink aus dem Gefährt. Emil kletterte weitaus weniger elegant aus dem Fond. Grinsend über seine Mühen blieb Jake sitzen, überkreuzte die dürren Beine auf der Seitentür und steckte sich eine Zigarette zwischen die Lippen.

Emil folgte Joe mit wenigen Metern Abstand durch das kniehohe Gras über die Wiese. Längst hatte sich sein Vorgesetzter bereits am Uferhang postiert, die obligatorische

Zigarette angezündet und sah rauchend auf das in der Sonne silbrig glänzende Flussband hinunter. Der tagelange Regen hatte die Isar zu einem reißenden Fluss anschwellen lassen.

Mit der Kippe in der rechten Hand wies Joe auf die Landschaft bis zur gegenüberliegenden Flussseite. Sofern man vermied, nordwärts zu sehen, wo sich bis zum Horizont der traurige Steinhaufen der Innenstadt abzeichnete, hatte man sattes, paradiesisches Grün vor sich.

»Die Gegend ist wirklich einmalig schön, selbst jetzt noch. Kann man verstehen, dass es Hitler hier gefallen hat.«

Er griff in die Brusttasche seines Hemds, zog eine zweite Zigarette heraus und reichte sie Emil, gab ihm mit seinem goldenen Feuerzeug Feuer.

»Am besten, man macht den schauerlichen Rest seiner Lieblingsstadt komplett platt, damit buchstäblich Gras über die belasteten Orte wächst und sie für alle Zeit gnädig verdeckt.«

Beim Inhalieren kniff er die Augen zusammen und blickte anschließend zufrieden in die Weite über dem Fluss.

Das mit dem Plattmachen war ein interessanter Vorschlag von einem, der eben noch hatte wissen wollen, wo Hitler seinen Sonntagskaffee genossen hatte, fand Emil.

»Und die verdammten Nazis knallen sich am besten gegenseitig ab. Bumm! Mitten ins Herz, und gut ist es. Dann sind wir auch das Problem los«, fügte Joe hinzu. »Wäre doch wirklich mal eine elegante Lösung, was?«

Längst war er also offenbar wieder bei dem Toten, den sie vorhin in der Villa in Solln gefunden hatten.

»So leicht werden sie es uns allerdings wohl nicht machen. Das wäre auch zu schön, um wahr zu sein.«

Er schnippte die Kippe auf den Boden und trat sie mit der Schuhspitze aus.

»Zurück zu unserem Job.« Entschlossen rieb er sich die Hände, sah Emil aufmunternd an. »Aktuell haben wir es mit Hunderten von gewaltsamen Todesfällen zu tun. Die Motive sind in der Regel schnell klar: Mal schießt einer einen vom Fahrrad, um an einen fahrbaren Untersatz zu kommen, mal knallt einer jemanden ab, um sich in dessen heil gebliebener Unterkunft einzunisten oder um an seine gut gefüllte Vorratskammer zu gelangen. Sogar einer warmen Decke oder passender Schuhe wegen wird getötet. Das ist alles so erschreckend banal. Und bei den Tätern handelt es sich oftmals um arme Schweine.«

»Nichts davon trifft bei diesen drei Toten zu«, hielt Emil das Offensichtliche fest. »Hier sieht es ganz danach aus, als hätte der Täter die Morde von langer Hand geplant und im entscheidenden Moment zugeschlagen.«

»Das heißt, du gehst von ein und demselben Täter aus, der mit klarem Vorsatz gehandelt hat? Trotz meiner ewigen Warnung vor voreiligen Schlussfolgerungen?«

»Ja.«

Das kam wie aus der Pistole geschossen. Emil staunte über die eigene Kühnheit. Für einen blutigen Anfänger in Sachen Polizeiarbeit, erst recht in Sachen Mordermittlung, war das eine bemerkenswert selbstbewusste Feststellung. Vor allem gegenüber einem derart eingefleischten Profi wie Joe.

Anerkennend pfiff Joe durch die Zähne, tätschelte ihm die Schulter und ließ die Hand darauf liegen.

»Das klingt gut. Lässt auf einen richtigen Mordfall schließen. Wie zu besten Zeiten. Als Mörder noch echte Motive hatten. Und uns Ermittler ordentlich herausgefordert haben, ihnen auf die Schliche zu kommen.« Joe lachte auf. »Lass hören, was du bislang an Informationen zusammengetragen hast.«

Emil zückte sein Notizbuch, das Joe ihm geschenkt hatte. Hastig blätterte er durch die entsprechenden Seiten, überflog die Beobachtungen aus Nymphenburg und dem Lehel, prüfte die Tatortskizzen, die er mit ungelenken Strichen angefertigt hatte, und verglich das alles mit seinen neuesten Aufzeichnungen aus Solln.

»Raubmorde sind es keinesfalls. Wenn überhaupt, wurde nur eine kleine Summe Bargeld gestohlen«, begann er zögernd und fuhr, sobald Joe kaum merklich nickte, zuversichtlicher fort: »Es scheint, als habe der Täter das Geld aus dem Tresor bei Dietlitz allein aus Alibigründen eingesteckt. Bei den anderen beiden Opfern finden sich nicht einmal Hinweise, dass überhaupt Geld weggekommen ist. Mit dem Silber oder den Gemälden, sogar mit den offen herumliegenden Zigaretten und was sonst noch in den Wohnungen zu finden war, hätte der Täter einen weitaus größeren Gewinn gemacht als mit dem Geld. Den Raubmord hat er also nur sehr halbherzig vorgetäuscht, um sein wahres Motiv zu kaschieren.«

Er hielt inne, überlegte einen Moment, bevor er weiterredete: »Niemand hat versucht, sich in den Wohnungen in

Nymphenburg oder im Lehel einzurichten. Und das Haus in Solln ist ebenfalls seit Tagen nicht betreten worden, wie die Zugehfrau bestätigt hat. Sie hat das Opfer, Joachim von Ranstett, so spät gefunden, weil sie nur einmal in der Woche zu ihm kam, um ihm den Haushalt zu führen. Die Suche nach einer Unterkunft scheidet hier also ebenfalls als Motiv aus.«

Nachdenklich nickte Joe, zündete sich eine weitere Zigarette an, rauchte mit in die Ferne schweifendem Blick.

»Die gezielten Herzschüsse lassen zudem auf einen geübten Schützen schließen«, konstatierte Emil.

»Das muss heutzutage nichts heißen«, winkte Joe ungeduldig ab. »Jeder, der an der Front war, kann einigermaßen zielen. Erzähl mir lieber etwas wirklich Neues. Da steht doch noch einiges mehr in deinem feinen Notizbuch.«

Mit der Zigarette zwischen Daumen und Zeigefinger wies er auf die Seiten, die Emil in seiner winzigen Schrift von oben bis unten penibel vollgeschrieben hatte.

»Laut Ringseisens bisherigen Erkenntnissen wurden alle drei vermutlich am Mittwoch getötet«, fasste Emil weiter zusammen. »Und alle drei mit einer Neun-Millimeter-Pistole. Dietlitz und Kornhäuser in jedem Fall mit derselben, einer Ari-08, wie sie im ersten Großen Krieg von der Artillerie verwendet wurde. Das hat die Untersuchung der Hülsen im Labor ergeben.«

»Was? Warum erfahre ich das erst jetzt?« Verärgert warf Joe die erst halb gerauchte Kippe weg, trat sie heftiger als nötig mit der rechten Schuhspitze aus. »Verflucht! Das hättest du mir gleich sagen müssen. Das ist die wichtigste Information überhaupt. Das ändert alles. Nur dadurch steht eindeutig fest, dass wir für alle drei Toten tatsächlich ein und denselben Täter suchen. Ganz einerlei, wie gut deine sonstigen Beobachtungen die These stützen.«

»Viel bringt uns der aber nicht«, entgegnete Emil tapfer, obwohl ihn der Lapsus zutiefst beschämte. Natürlich hatte Joe recht. Das hätte er in der Tat als Allerserstes erwähnen müssen.

»Die Luger ist eine absolute Allerweltswaffe«, schob er nach. »In Bayern hat die noch fast jeder, der damals an der Front stand, auf dem Dachboden liegen.«

»Es bleibt dabei: Für den Fortgang unserer Ermittlungen ist es ein gewaltiger Unterschied, ob alle mit der *gleichen* oder mit *derselben* Waffe erschossen wurden. Und wenn die beiden ersten Toten nachweislich mit *derselben* Waffe niedergestreckt wurden und beim dritten in jedem Fall schon mal die *gleiche* Waffe im Spiel ist, steigt die Wahrscheinlichkeit, dass es auch bei ihm *dieselbe* Pistole war. Kapiert?«

»Verstanden«, räumte Emil kleinlaut ein, senkte den Blick, räusperte sich verlegen und fügte dann hinzu: »Was Seidl und die Kollegen vom Erkennungsdienst ergänzend an Spuren gesichert haben, sieht nach einem eindeutigen Muster aus. Offenbar kannten die Opfer den Täter, haben ihn ahnungslos in ihre Wohnung gelassen, harmlos mit ihm geplaudert, bis er die Pistole gezückt und sie kaltblütig abgeknallt hat.«

»Der Mittwochsmörder – das ist doch schon einmal ein guter Ansatz!« Versöhnlich knuffte Joe ihn in die Seite.

»Vielleicht finden wir in den nächsten Tagen noch einige, die am selben Tag dran glauben mussten. Mittwoch war Feiertag. Auch das ist wichtig. Außerdem bedeutet derselbe Todestag, dass der Täter einen Wagen oder ein Motorrad zur Verfügung haben muss. Mit der Tram oder dem Fahrrad ist sein Aktionsradius jedenfalls entschieden begrenzter, um die Opfer in den weit auseinander liegenden Vierteln eins nach dem anderen am selben Tag aufzusuchen, sich erst in schönster Ruhe mit ihnen zu unterhalten und sie dann überraschend zu erschießen. Allzu gemütlich hat er es sich ohnehin nicht mit ihnen gemacht, sonst hätten wir sicher benutzte Kaffeetassen, Wein- oder Biergläser gefunden. Den Abwasch hat er jedenfalls nicht erledigt, um Spuren zu beseitigen. Das wäre uns spätestens in der Küche des zweiten Opfers im Lehel aufgefallen. Da saßen wir schließlich lange genug drin und haben den Dreck im Spülstein gesehen.«

Emil staunte, welche Erkenntnisse Joe aus den dürren Fakten gewonnen hatte, die ihm sträflich entgangen waren. Allein die Idee, der Mörder wäre motorisiert, schränkte den Täterkreis ein. Sofern er kein Angehöriger der amerikanischen Streitkräfte war oder durch sonst einen Grund auf die Fahrbereitschaft zurückgreifen konnte.

»Du rechnest also mit weiteren Opfern«, knüpfte er an Joes Bemerkung an. »Womöglich mordet unser Mann doch nicht nur mittwochs …«

»Möglich. Aber dann hätten wir sicher schon mindestens ein weiteres Opfer nach demselben Muster mit einem anderen Todestag gefunden«, unterbrach Joe ihn. »Ich vermute eher, dass sein Vorhaben abgeschlossen ist. Das kann allerdings auch heißen, dass wir unsere Chance, ihn zu fassen, damit auch verpasst haben und er die Stadt inzwischen schon verlassen hat. Warum sonst hat er seine Opfer an einem einzigen Tag umgebracht? Vielleicht ist er extra für die Taten hierhergekommen.«

Darauf wusste Emil vorerst nichts zu erwidern. Bedächtig legte er das Lesebändchen zwischen die letzten beschriebenen Seiten des Notizbuchs, klappte es zu und fixierte es mit dem Gummiband. Joe war wirklich ein erfahrener Mordermittler, dem nicht einmal das entlegenste Detail entging. Und er ein Glückspilz, dass er von ihm lernen durfte.

»Wir müssen unbedingt wissen, was die drei Toten in den Augen ihres Mörders miteinander verbindet«, sinnierte Joe. »Und das dürfte etwas mehr sein als das ähnliche Alter, ihr Junggesellendasein fern von irgendwelchen Verwandten und die erst kürzlich erfolgte Rückkehr von der Front in ein einigermaßen aufgeräumtes Zuhause. Wobei diese Punkte schon hervorragende Hinweise sind.«

»Wenn du darauf hinauswillst, dass die drei im Krieg an Sonderkommandos …«, setzte Emil an, um sogleich ungewohnt barsch von Joe unterbrochen zu werden.

»Natürlich waren sie das nicht, was? Das hat uns doch schon Brede in der Schmuddelküche von diesem Kornhäuser versichert. Auch die Haushälterin des ersten Toten in Nymphenburg hat betont, welch anständiger, kluger, hilfsbereiter Mensch dieser Dietlitz stets gewesen sei. Nie bei der Partei oder bei sonst einer verbrecherischen Organisation. Wie schon gesagt: Hitler muss ein verfluchter Einzelkämpfer gewesen sein.«

»Dietlitz, Kornhäuser und Ranstett waren tatsächlich einfache Soldaten, standen nicht einmal in vorderster Linie«, überging Emil möglichst sachlich Joes Sarkasmus. Ihm stieß es ebenfalls unangenehm auf, wie viele vermeintlich Unschuldige plötzlich überall aus den Ecken krochen, von all den vielen nie zum Zug gekommenen Widerstandskämpfern und Regimegegnern ganz zu schweigen. Einigermaßen ehrlich zu dem zu stehen, was man getan hatte, war wohl keine weitverbreitete Eigenschaft unter seinen Landsleuten.

»Kornhäuser war als Arzt im Lazarett tätig, von Dietlitz und von Ranstett wohl als Ingenieure in Nachschubeinheiten, soweit wir das bislang …«

»Und alle drei haben jeweils ein Dutzend Juden versteckt oder an heimlichen Attentatsplänen mitgewirkt, was?«, fiel Joe ihm unwirsch ins Wort. Betroffen sah Emil zu Boden. Wie recht Joe mit seiner Wut hatte. Da er allerdings selbst jahrelang feige geschwiegen hatte, durfte er sich am allerwenigsten anmaßen, über seine Landsleute zu richten. Im Dienst der Polizei war er absolut falsch. Das musste Joe endlich kapieren. Jäh dachte er an die gespenstische Begebenheit im Hausflur am Donnerstagabend. Spätestens wenn sich bewahrheitete, was er befürchtete, war er erledigt.

»Okay«, lenkte Joe ein. »Lassen wir das. Unsere Toten sind also offenbar wirklich Unschuldslämmer, wurden aber trotzdem von irgendwem für schuldig genug befunden, um kaltblütig erschossen zu werden.«

Er verschränkte die Arme vor der Brust, schien tief in seine Gedanken zu versinken. Dann gab er sich einen Ruck, lächelte mehrdeutig.

»Das schreit danach, um die Ecke zu denken. Auch wenn die Taten kurz nach Kriegsende geschehen sind, muss das nicht gleich bedeuten, dass sie etwas mit dem Krieg und der verfluchten Hitlerscheiße zu tun haben. Du hast doch am Freitag in der Widenmayerstraße fleißig Klinken geputzt. Raus mit der Sprache! Was haben die lieben Nachbarn dir noch über diesen Kornhäuser zugeflüstert? Wenn ich mich recht entsinne, hast du ihnen auch zwei schöne Fotos gezeigt. Sowohl von unserem ersten Opfer als auch von deiner Freundin, der smarten Fotoreporterin.«

Emil lief glühend rot an, wie beim Abfragen der Lateinvokabeln früher in der Schule. Ähnlich wie damals fühlte er sich schmählich bloßgestellt. Nicht nur, weil Joe Billa Löwenfeld wie letztens schon als seine Freundin titulierte, sondern auch, weil er abermals den wunden Punkt traf: Am liebsten würde Emil ihre Rolle in der Geschichte allein auf die der Zeugin beschränken. Ein fataler Fehler, wie er leider zugeben musste.

Alles in ihm sträubte sich zwar dagegen, in ihr eine mögliche Verdächtige zu sehen, allerdings gab es einen neuen Hinweis, der vermuten ließ, dass ausgerechnet sie die entscheidende Verbindung zwischen den Mordopfern darstellen könnte. Was ein völlig neues Licht auf sie werfen würde. Und weshalb Emil das nur zu gern verdrängte. Das aber war absolut undenkbar. Also zückte er mit zittrigen Fingern sein Notizbuch und blätterte es durch, bis er gefunden hatte, was er suchte: Brede war der Name Löwenfeld bekannt, wie er gestern im Präsidium zu Protokoll gegeben hatte.

»Mit Billas Foto konnte er allerdings nichts anfangen«, versicherte Emil hastig, sobald er Joe das reichlich kleinlaut eingestanden hatte. »Ihm war der Name im Zusammenhang mit einer Gesellschaftsreporterin geläufig, die vor dem Krieg für verschiedene Münchner Illustrierte geschrieben hat. Bei vornehmen Einladungen ist er ihr begegnet, wurde ihr sogar einmal vorgestellt. Einige der Artikel hat er aufgehoben und angeboten, sie mir zu zeigen.«

»Wenn wir Glück haben, handelt es sich um Billas Mutter«, warf Joe ein.

»Exakt. Lilo Löwenfeld. Sie lebt seit Dezember 1938 in New York«, ergänzte Emil, froh, das bereits überprüft zu haben. Ihm war klar, dass er Joe auch das schon viel eher hätte erzählen müssen. Immerhin legte es nahe, dass auch der zweite Tote, Kornhäuser, Lilo Löwenfeld gekannt haben und darin die gesuchte Verbindung zwischen den Toten bestehen könnte.

»Dann weißt du jetzt sicher, was du als Nächstes zu tun hast.«

Prüfend sah Joe ihm in die Augen. Emil erwiderte: »Billa fragen, ob sie Kornhäuser auch noch für ihre angeblichen Recherchen über Kriegsheimkehrer aufsuchen wollte, wie schon Dietlitz. Wir müssen herausfinden, ob sie ihn ebenfalls kannte. Und vielleicht sogar auch Ranstett.«

»Auch wenn wir stets von *dem* Täter sprechen, schließt das nicht aus, dass es auch eine Täter*in* sein könnte«, hob

Joe hervor. »Schränke nie zu früh dein Denken in sämtliche Richtungen ein, bleib offen für alle Möglichkeiten. Und jetzt los, zurück an die Arbeit!«

Emil nickte und steckte das Notizbuch wieder in die Jackettinnentasche.

»Ich wusste, auf dich und deine deutsche Gründlichkeit ist Verlass.«

Als Joe das in seinem stark vom amerikanischen Akzent geprägten Deutsch sagte, schmunzelte er.

»Und darauf, dass du aus Fehlern lernst«, setzte er nach. »Ich bin sicher, du wirst mir bald vorhalten, was ich alles leichtfertig übersehen oder falsch interpretiert habe. Und bei aller Freude darüber, die schöne Lady wiederzusehen, musst du immer daran denken, dass sie vielleicht eine kaltblütige Mörderin sein könnte.«

»Aber ...«, wollte Emil einwerfen, weil ihm klar war, dass Joe damit auf seinen Beinahe-Patzer wegen Billa anspielte, doch der wehrte mit plötzlich wieder ernster Miene ab.

»Hör auf mit der falschen Rücksichtnahme. Nur weil Billa Jüdin ist, darfst du sie nicht anders behandeln als alle anderen.«

Betreten senkte Emil den Blick. Ein weiteres Mal hatte Joe ihn durchschaut.

»Du musst jeden, der dir im Umfeld der Toten begegnet, als möglichen Täter im Auge behalten«, mahnte Joe. »Du ahnst nicht, was ich in meinem Job schon alles erlebt habe. Trau niemandem, am wenigsten denen, die dir am sympathischsten sind. Wir taugen alle zum Mörder. Du und ich eingeschlossen.«

»Das haben wir in den letzten Jahren leider bestens unter Beweis gestellt.«

»Das war im Krieg. Da ging es um Befehle.« Joe stellte sich breitbeinig vor ihn hin, verschränkte die Arme vor der Brust.

»Aber immer auch um Menschen. Auf beiden Seiten der Front.«

»Interessant, das ausgerechnet aus deinem Mund zu hören.« Joe nickte bedächtig.

»Du meinst, ich als Kraut wäre der Letzte, der noch ein Gewissen haben darf?«

# 14

Billa atmete tief durch. Das soeben beendete Gespräch hatte ihr die Augen geöffnet. Wie hatte sie nur so begriffsstutzig sein können? Zum Glück war es noch nicht zu spät. Sie konnte ihren Fehler wiedergutmachen. Endlich war ihr klar, wie sie Piotr helfen konnte. Bevor sie sich jetzt von Sam in ihre Bogenhausener Unterkunft zurückfahren ließ, musste sie unbedingt noch bei Piotr im Lager Schleißheim-Feldmoching vorbeischauen und mit ihm reden.

Am Vorabend war sie nach der Rückkehr von ihrer Murnau-Tour zu erschöpft gewesen, um sich um ihn zu kümmern. Vermutlich hatte sie Sam zu viel von ihrer Mutter Lilo und der Sehnsucht nach einem richtigen Vater erzählt, um anschließend noch Piotrs verlorenen Blick zu ertragen. Zwar hatte sie sich deswegen unwohl gefühlt, weil es ihr so vorkam, als drücke sie sich letztlich vor dem Wiedersehen. Jetzt aber erwies es sich als gute Entscheidung. Denn sie hatte hervorragende Neuigkeiten für ihn.

Sepp Landgruber und seine Frau Kathl, mit denen sie eben geredet hatte, waren der Grund für ihre neu gewonnene Zuversicht. Billa war wild entschlossen, Piotr mit ihrer Hilfe den Glauben an das Gute im Menschen wiederentdecken zu lassen. Gerade weil die beiden Münchner waren, die ihm hier, auf deutschem Boden, helfen wollten.

Und das ohne Gegenleistung. Allein »für Gottes Lohn«, wie die beiden es ausdrückten. Aus tiefster, innerer Überzeugung, wie Billa es sah. Kaum konnte sie es erwarten, Piotr mit ihnen zusammenzubringen. Das würde ihn aus der gefährlichen Spirale von Ungewissheit, Angst und Kurzschlusshandlungen befreien. Noch bevor ein weiteres Unglück geschah.

Ein Wink des Schicksals, ausgerechnet an diesem Tag dem alten Ehepaar Landgruber begegnet zu sein. Auf der Terrasse ihres romantisch eingewachsenen Pförtnerhauses am Ostende des Neuen Israelitischen Friedhofs in Freimann hatten die beiden ihr vorhin ihre Geschichte erzählt. Die handelte von Anstand, Mut und Menschen mit Rückgrat.

Instinktiv spürte Billa, wie sehr sie Piotr mit dieser Botschaft aufrichten konnte. Bei ihrer Begegnung am Freitag hatte sie den Eindruck gewonnen, nach Dietlitz' Tod habe er sämtliche Hoffnung verloren, dass er doch noch der Repatriierung in seine frühere ukrainische Heimat entginge. Wie ein Damoklesschwert hing die über ihm. Es kursierten Gerüchte, bei der Rückkehr in die Sowjetrepublik drohe Leuten wie ihm die neuerliche Internierung in einem Lager. Wenn sie Glück hätten, in Sibirien. Hätten sie Pech, erwartete sie gar die Todesstrafe, hieß es.

Es hatte mehrerer geduldiger Gespräche bedurft, bis Piotr genügend Vertrauen gefasst und ihr überhaupt davon berichtet hatte. In einem Dorf nahe dem galizischen Lemberg geboren, hatte seine ukrainische Familie in der Zwischenkriegszeit einer ethnischen Minderheit angehört, denn nach dem Zerfall des Habsburgerreichs war die Gegend unter polnische Herrschaft geraten. Mit Kriegsausbruch wurde sie von Stalin der Sowjetrepublik Ukraine einverleibt. Voller frisch erwachtem Patriotismus meldete Piotr sich freiwillig an die Front, um in den Reihen seiner vermeintlichen Brüder zu kämpfen. Das böse Erwachen trat mit Hitlers Überfall auf die Sowjetunion ein. Piotr geriet in Gefangenschaft und wurde wie so viele seiner Landsleute zur Zwangsarbeit nach Deutschland verschleppt. Daraus sollte ihm und seinesgleichen nun ein Strick gedreht werden. Pauschal wurden sie der freiwilligen Kollaboration mit dem Feind bezichtigt. Verdächtig machte sie bereits die Tatsache, von Kindesbeinen an Deutsch gesprochen zu haben. Außerdem waren einige von ihnen in der Gefangenschaft in deutsche Uniformen gesteckt und gezwungen worden, aufseiten des Feindes ins Feld zu ziehen. Piotr stürzte das in tiefste Verzweiflung. Von »freiwillig« konnte doch keine Rede sein, wenn man mit Waffengewalt und dem sicheren Tod vor Augen »wählen« musste. Kein Wunder, dass ihm nun jedes Mittel recht war, der neuerlich drohenden Lebensgefahr in seiner früheren Heimat zu entgehen.

Hoffentlich hatte er inzwischen nicht komplett die Nerven verloren und war untergetaucht, nachdem mit Dietlitz' Tod auch die Aussicht auf falsche Papiere für ihn gestorben war und Billa ihn mit ihrem Besuch bei der Polizei vor den Kopf gestoßen hatte.

»Gottes Segen für Sie! Passen Sie gut auf sich auf!«, hörte Billa in ihrem Rücken noch einmal Kathl Landgrubers feste Altstimme.

»Und denken Sie daran: Sie können sich jederzeit auf uns und unsere Unterstützung verlassen«, ergänzte ihr Mann Sepp. »Wir sind immer für Sie da.«

Noch einmal drehte sie sich um, sah die beiden weißhaarigen, über sechzigjährigen Eheleute eng umschlungen in der offenen Haustür stehen und winken. Unübersehbar bildeten die beiden eine über Jahrzehnte gewachsene Einheit. Beneidenswert.

»Danke! Das weiß ich«, rief sie und winkte zurück.

Die Fürsorglichkeit der beiden rührte sie. Was für ein Geschenk, ausgerechnet jetzt Menschen wie ihnen zu begegnen. Und über ihre Geschichte schreiben zu dürfen, damit die ganze Welt davon erfuhr. Flüchtig streifte Billa der Gedanke an Rosl und Gustav Schratzler. Inständig wünschte sie sich, eines Tages von ihnen Ähnliches behaupten zu können. Dann aber schob sie das energisch von sich. Wieso maßte sie sich an, das von ihnen zu erhoffen? Sie musste aufpassen, die Erinnerung an die beiden nicht mit einer geradezu übermenschlichen Erwartung zu überfrachten. Besser, sie konzentrierte sich vorerst auf die Geschichte derjenigen, die ihr tatsächlich über den Weg liefen. Wie etwa die Landgrubers.

Dem Paar, das seit über zwanzig Jahren den jüdischen Friedhof im Münchner Norden verwaltete, war es gelungen, sieben jüdische Mitbürger zu verstecken sowie zahlreiche Kultgegenstände der jüdischen Gemeinde und Grabsteine auf dem Friedhof vor der Zerstörungswut der braunen Schergen zu bewahren. Selbst von der Drohung, dafür ins Konzentrationslager Dachau gebracht zu werden, hatten sie sich nicht einschüchtern lassen. Unerschrocken waren sie ihrem Gewissen gefolgt. Und wild entschlossen, das jederzeit wieder zu tun, sollten die Umstände es erfordern, um Menschenleben zu retten. Billa war ihnen mit ihrem Schützling Piotr genau zur richtigen Zeit begegnet. Dankbar fächelte sie sich im Weiterlaufen mit dem Notizbuch Luft zu.

Die Augusthitze stand inzwischen wie eine Wand. Auf der Suche nach einem kühlen Pfad abseits der prallen Sonne wanderte ihr Blick umher. Über den Gräbern des Friedhofs lag eine andächtige Stille. Die meisten Steine waren wieder aufgerichtet, die Inschriften gesäubert und das Gras entlang den Kieswegen ordentlich gestutzt. Schützend streckten die Bäume ihre dicht belaubten Äste aus und spendeten den Toten und den vereinzelt zwischen den Gräbern flanierenden Besuchern wohltuenden Schatten. Diese Idylle für die Lebenden wie die Verstorbenen wieder hergerichtet zu haben, war ebenfalls ein Verdienst des Verwalterpaares.

Billa wechselte auf einen breiten Kiesweg, der geradewegs von der Aussegnungshalle Richtung Ausgang verlief, passierte die Reihe der Grabstätten bedeutender Rabbiner, bewunderte einige prächtige Familiengräber und zollte auch den eher bescheiden anmutenden Gräbern kurz vor der Friedhofsmauer gebührenden Respekt. Nach einem letzten Blick über die langen, friedlich ruhenden Reihen wandte sie sich ab.

Das verrostete Eisentor schloss sich hinter ihr mit einem quälenden Quietschen. Gleich auf der gegenüberliegenden

Straßenseite entdeckte sie den Jeep, startbereit in Fahrtrichtung geparkt.

»Nach Hause?«, fragte Sam, der rauchend einige Schritte abseits unter einem riesigen Sommerflieder auf sie gewartet hatte. Schon warf er die Kippe beiseite, rückte den Schirm seiner Mütze auf dem Kopf zurecht und eilte in langen Schritten zur Beifahrerseite, um ihr die Tür zu öffnen.

»Erst noch mal ins Lager Schleißheim-Feldmoching«, erwiderte sie und stieg ein.

»Am Sonntag?« Verwundert zog Sam die rechte Augenbraue nach oben, kommentierte die Anweisung jedoch nicht.

Sie dankte ihm mit einem Lächeln und schob das Notizbuch mitsamt dem Bleistift in ihre Handtasche. Weil es nicht hineinpassen wollte, stopfte und zwängte sie es energischer hinein. Dabei stieß sie mit den Fingern an etwas Hartes. Die Pistole? Die hatte sie doch in ihrer Unterkunft lassen wollen. Wenn sie mit Sam oder einem der anderen Fahrer unterwegs war, boten die ihr Schutz genug. Vorsichtig betastete sie den Gegenstand, fühlte etwas angenehm Warmes an den Fingerspitzen. Sie zog es heraus. Zum Vorschein kam der kleine Holzkobold, den Sam ihr am Vortag geschenkt hatte. Schande über sie! Den hatte sie völlig vergessen.

»Der bringt mir wohl tatsächlich Glück.« Vergnügt zwinkerte sie Sam zu.

»Was?« Im ersten Moment begriff er nicht. Erst als sie ihm den Kobold dicht vor die Nase hielt, verstand er und nickte zustimmend.

»Gut drauf aufpassen, sonst verliert er seinen Zauber.«

»Er soll lieber auf mich aufpassen«, erwiderte sie und steckte ihn jetzt weitaus vorsichtiger in die Tasche zurück.

Während der Fahrt nordwärts aus der Stadt heraus konzentrierte sie ihre Gedanken auf das bevorstehende Gespräch mit Piotr Wonzcewski. Als Zwangsarbeiter unter den Nazis hatte er durchlitten, was den Landgrubers im letzten Augenblick erspart geblieben war: jahrelange Drangsal und unmenschliche Behandlung. Und Piotr litt nach wie vor. Die Unterbringung im DP-Lager war leider noch keine wirkliche Befreiung. Schließlich handelte es sich um dieselben Baracken, in denen die Zwangsarbeiter schon vor Kriegsende eingepfercht gewesen waren. Zwar natürlich unter weitaus grausameren Bedingungen als jetzt. Trotzdem musste es ein Albtraum sein, sich immer noch in denselben Örtlichkeiten zu befinden. Mannshoch waren sie weiterhin mit Stacheldraht umzäunt und wurden immer noch von schwerbewaffneten Soldaten bewacht. Jetzt allerdings angeblich allein zum Schutz der Insassen und nicht, um sie an der Flucht zu hindern. Es war allerdings ein offenes Geheimnis, dass der hochdekorierte General George S. Patton, unter dessen Kommando die amerikanische Besatzungszone in Bayern stand, in ähnlich rassistischen Kategorien dachte wie die Nazis und ebenso antisemitisch gesinnt war wie sie. Ein Skandal sondergleichen. Noch dazu, da die meisten osteuropäischen DP wie Piotr einer Zukunft entgegensahen, die ihnen keine gesicherte Existenz in ihrer früheren Heimat garantierte. Unfassbar!

Billas Blick wanderte über die Gegend, durch die sie fuhren, um ihr erhitztes Gemüt wieder etwas abzukühlen.

Sie wollte Piotr schließlich Zuversicht spenden, keine unnötige Aufregung verursachen. Zuversicht hatte er nötiger als alles andere. Doch das war gar nicht so einfach, angesichts der vielen Gedanken, die ihr wild durch den Kopf spukten, und all dessen, was sie in den letzten Tagen erlebt hatte. Unwillkürlich tasteten ihre Finger nach der Holzfigur in ihrer Tasche. Dabei hoffte sie doch inständig, die Zeiten würden endlich besser. In jedem Fall grundlegend anders, für alle Beteiligten. Am meisten aber für die, die ähnlich gelitten hatten wie Piotr.

# 15

Die Stadt franste nach Norden regelrecht aus. Abgelegene Siedlungen mit niedrigen Häusern und winzigen Gärten wechselten sich mit letzten, fast schon idyllisch anmutenden Fabrikgebäuden aus rotem Backstein und verloren wirkenden Gehöften ab. Dazwischen schoben sich militärische Anlagen und verlassene Kasernengebäude sowie brachliegende oder bereits abgeerntete Felder, geplünderte Gemüsegärten und immer wieder dichtere Waldstreifen. Die Mischung wirkte befremdlich. Erst recht im trägen, goldgelben Augustsonnenlicht.

Schließlich näherten sie sich im offenen Jeep dem Gelände der ehemaligen fliegertechnischen Schule sowie dem angrenzenden Flugplatz Schleißheim.

Erregtes Hundegebell deutete schon lange, bevor sie das Lager sehen konnten, an, dass es sich um ein streng bewachtes Gebiet handelte. Bald schon wurde die Umzäunung mit dem Kranz aus Stacheldraht, den Wachtürmen und den dazwischen patrouillierenden Kontrollen sichtbar. Wie jedes Mal, wenn sie hierherkam, überlief Billa ein eiskalter Schauer. Ohne Sam anzusehen, ahnte sie, wie betroffen auch ihn die Atmosphäre machte.

Er drosselte das Tempo, hielt ordnungsgemäß vor dem Wachhabenden mit der Maschinenpistole im Anschlag an.

Billa zeigte das Dokument, das sie als Angehörige des amerikanischen Pressekorps auswies. Ihre Finger zitterten, ihr Puls raste. Dabei hatte sie nicht das Geringste zu verbergen. Lässig winkte der Posten sie durch. Sam steuerte den Wagen auf eine der Verwaltungsbaracken zu, fand sogar einen Parkplatz im Schatten.

Sie warteten fast eine Stunde in dem leeren, ungemütlich mit einem kahlen Tisch und zwei Stühlen möblierten Empfangsraum des Lagerkommandanten. Tranken jeder mindestens drei Tassen viel zu dünnen, aber immerhin echten Bohnenkaffees und rauchten dazu viel zu viele Zigaretten, bis endgültig feststand: Sie kamen zu spät. Piotr war längst weg!

»Laut Aussage der Männer aus seiner Baracke ist er seit Mittwoch fort«, erklärte der zuständige Lieutenant.

»Seit Mittwoch? Und das fällt erst jetzt auf?« Billa wollte es nicht fassen. »Hätten wir nicht nach ihm gefragt, wäre sein Fehlen wohl gar nicht bemerkt worden. Unglaublich! Niemand hat ihn vermisst. Die anderen haben sich am Ende wohl noch gefreut, seine Rationen unter sich aufteilen zu können.«

Sam hustete übertrieben laut und warf ihr einen mahnenden Blick zu. So gut gemeint der war, musste sie ihn ignorieren. Sie war zu aufgebracht, um besonnen zu sein.

»Die Leute hier sind keine Gefangenen«, stellte der Lieutenant klar. »Sie können kommen und gehen, wie es ihnen passt. Das wird von uns weder dokumentiert noch kommentiert.«

»Und trotzdem bleiben sie freiwillig hier?«

Bebend vor Wut musterte sie ihn. Er war etwa Mitte dreißig, von auffallend guter Haltung, mit feinen Gesichtszügen, kurzsichtigen Augen, die er hinter einer runden Brille verbarg, einem betont zurückhaltenden Auftreten. Ohne Uniform hätte sie ihn für einen Geistesmenschen gehalten. Literaturwissenschaftler oder Historiker eines mittelgroßen Colleges an der Ostküste. Sicher kein geborener Berufsoffizier, sondern aus reiner Überzeugung im Lauf des Krieges bei der Army gelandet, um sich für die Verteidigung von Demokratie, Freiheit und Menschenwürde einzusetzen. Welch Ironie des Schicksals, dass einer wie er ausgerechnet in der Beaufsichtigung eines DP-Lagers gelandet war! Wie ertrug er die Zustände? Seiner persönlichen Einstellung mussten die doch grundsätzlich widersprechen. Im Kopf hielt sie die Überlegungen als Randnotiz für ihre geplante Reportage über die Situation der Displaced Persons in Süddeutschland fest.

»Wo sollen die DP hin?«, beantwortete der Lieutenant unterdessen ihre Frage gelassen, verschränkte aufreizend langsam die Hände hinter dem Rücken und suchte mit geradezu provozierender Miene den Blickkontakt zu ihr. »Sie haben in der Stadt kein Zuhause, keine Familie, keine Arbeit, erst recht keine Freunde oder wohlmeinende Helfer. Essen gibt es außerhalb unserer Einrichtungen nur auf Marken, die ihnen nicht zustehen, noch dazu in weitaus geringeren Rationen als hier. Der Handel mit den im Lager erhaltenen Dingen ist ihnen strengstens untersagt. Die Kontrollen an den entsprechenden Stellen sind scharf. Damit lässt sich also kein Geld verdienen. Wozu auch? Sie brauchen es nicht. Seit die UNRRA die Aufsicht übernommen hat, werden die DP bei uns aufs Beste versorgt, medizinisch betreut, mit Kleidung, Schuhen und dergleichen ausgestattet. Über kurz oder lang wird es hier Sprachkurse geben, schulische Bildungsangebote, wahrscheinlich sogar eine Universität, Werkstätten, ein anspruchsvolles kulturelles Programm. Außerdem treffen die DP im Lager auf Landsleute. Ganz bewusst werden hier in Schleißheim-Feldmoching Ukrainer und Russen gemeinsam betreut, die sich alle in derselben Situation …«

»Und früher oder später werden sie nach der Rückkehr in ihr Heimatland wieder in einem Lager landen«, fiel sie ihm aufgebracht ins Wort. »Allerdings wieder in einem von der Sorte, die sie unter den Nazis kennenlernen durften. Wenn sie nicht sofort an die Wand gestellt und erschossen werden. Wie kann unsere Regierung das tolerieren? Wie können Sie das ertragen? Das verstößt eindeutig gegen das sowjetisch-amerikanische Rückführungsabkommen vom letzten Februar. Damit machen wir uns zum Erfüllungsgehilfen Stalins und seiner menschenverachtenden Politik. Wie können Sie angesichts dieser Umstände morgens beim Rasieren in den Spiegel sehen?«

Sie hatte sich immer stärker in Rage geredet, war nah an den Lieutenant herangetreten und sah zu ihm auf. Er war fast einen Kopf größer als sie und verharrte, die Augen starr an ihr vorbei gerichtet, vermeintlich unberührt auf seinem Platz.

»Die Sowjetunion ist unser Verbündeter«, erwiderte er in sachlichem Ton. »Mit ihnen und den Briten sowie den Franzosen sind wir gemeinsam gegen Hitler und seine Vernichtungslager zu Felde gezogen. Wir …«

»Wir danken Ihnen für Ihre Unterstützung«, ging Sam eilig dazwischen.

Verwundert drehte Billa sich zu ihm um. Der Lieutenant sah ihn sichtlich verwirrt an. Billa war völlig überrumpelt von seinem forschen Auftreten.

»Sie haben Miss Löwenfeld sehr bei Ihren Recherchen geholfen. Geben Sie doch bitte Nachricht, sobald Mr. Wonzcewski wieder im Lager ist. Sie wissen ja, wo und wie Sie Miss Löwenfeld erreichen.«

Ehe Billa sich versah, salutierte Sam vorschriftsmäßig vor dem Lieutenant, fasste sie sanft, aber bestimmt am Ellbogen und zog sie zur Tür hinaus. Er ließ sie erst los, als sie vor dem Jeep standen und er ihr die Beifahrertür öffnete.

»Was sollte das?«, fragte sie, sobald sie im Wagen nebeneinandersaßen.

»Das wollen Sie lieber nicht wissen. Lassen Sie uns hoffen, er vergisst unseren Besuch schnell. Oder vergisst zumindest, sich nach meinem Namen zu erkundigen, sonst gibt es ordentlich Ärger, weil ich Sie ins Lager begleitet, Ihre Tirade gegen ihn mit angehört und das Gespräch eigenmächtig beendet habe. Das wird ihm nicht gefallen haben. Sie haben ihm ganz schön zugesetzt, ihm indirekt eine Mitschuld am weiteren Schicksal der ukrainischen DP unterstellt. Dabei tut er nur seinen Dienst.«

»Wie alle«, entschlüpfte ihr in sarkastischem Unterton. Darauf runzelte Sam nur die Stirn.

Bevor er den Wagen startete, zündete er ihr und sich eine Zigarette an. Schweigend rauchten sie, während er stadteinwärts chauffierte.

Es dauerte fast die ganze Fahrt von Schleißheim nach Bogenhausen, bis sie das gesamte Ausmaß dessen verstand, was sie da gerade angerichtet hatte. Letztlich hatte sie Sam in eine heikle Situation gebracht, weil der Lieutenant ranghöher war als er.

»Das war meine eigene Entscheidung«, winkte Sam auf ihre Entschuldigung hin ab. »Ich hätte auch einfach die Klappe halten und Sie ins offene Messer rennen lassen können. Wären wir nicht abgehauen, hätte er Sie wahrscheinlich ordentlich abgekanzelt. Bestimmt wird er eine Beschwerde über Sie als Reporterin einreichen. Im besten Fall kriegen Sie dafür einen Rüffel, im schlimmsten Fall bedeutet das das Ende Ihrer Zeit hier in München. Was meiner Ansicht nach jedoch erst einmal noch viel schlimmer ist: Durch Ihr Nachfragen ist dem Lieutenant Piotrs Verschwinden überhaupt erst bekannt geworden. Genau das aber wollte Piotr offenbar vermeiden.«

»Leider haben Sie recht«, gab sie kleinlaut zu und wagte kaum, ihn anzusehen. »Das war absolut dumm von mir.«

»Geschehen ist leider geschehen. Das lässt sich nun auch nicht mehr rückgängig machen«, fuhr er nach einer kurzen Pause fort, in der sie die bittere Erkenntnis verdauen musste. »Wollen wir hoffen, es bleibt vorerst ohne Konsequenzen. Letztlich ist Piotr nur einer von Tausenden, die im Lager betreut werden. Wie hat es der Lieutenant so schön ausgedrückt? Die seien schließlich alle freiwillig dort. So schnell wird also niemand nach ihm suchen. Unterm Strich haben Sie es sich mit Ihrem Auftritt allerdings gründlich bei dem Lieutenant verdorben. Das wird Folgen für Ihre weiteren Recherchen zu den Displaced Persons haben. Und vor allem: Wie wollen Sie jetzt erfahren, was aus Piotr geworden ist? Ob er irgendwann aus freien Stücken ins Lager zurückkehrt oder man ihn zufällig in der Stadt aufgreift? Im Lager wird man Ihnen diese Fragen jedenfalls nicht mehr beantworten.«

Sie passierten die nördliche Münchner Stadtgrenze, fuhren durch die Trümmerwüste rechts und links der Fahrbahn. Ratlos wanderte Billas Blick darüber. Sam schien das zu registrieren.

»In den Schuttbergen soll es unterirdische Gänge und Höhlen geben, zum Teil sogar richtige Behausungen und kleine Siedlungen. Eine ganz eigene Welt, in der man als Außenstehender sicher leicht die Orientierung verliert«, erklärte er. »Dabei ist es schon hier oben oft schwer genug, sich zurechtzufinden, weil kleinere Straßen und Wege völlig verschüttet sind, sich stattdessen überall neue Pfade auftun und es kaum mehr Orientierungspunkte gibt. Dieses Chaos ist ein echtes Paradies für jemanden, der eine Weile spurlos abtauchen will.«

»Sie meinen, Piotr könnte dort irgendwo sein?«, hakte sie nach.

»Genau. Und wir haben keine Chance, ihn zu finden, solange er das nicht will. Weil er es momentan für die bessere Variante hält.«

Schweren Herzens musste sie dem zustimmen.

»Allmählich dämmert mir, welchen Fehler ich mit Piotr begangen habe: Ich habe mir eingebildet, ihm nur eine fertige Lösung präsentieren zu müssen, und alles wäre gut für ihn. Es nützt jedoch nichts, über den Kopf eines anderen hinweg das vermeintlich Beste für ihn zu tun. Er muss überhaupt erst einmal wollen, dass ich ihm helfe.«

»Und genügend Vertrauen besitzen, um sich darauf einzulassen«, ergänzte Sam.

»Das habe ich mir bei Piotr wohl gründlich verspielt«, musste sie eingestehen. »Als ich letzten Freitag auf dem Weg zur Polizei war, um meine Aussage im Fall Dietlitz zu machen, ist er mir begegnet. Natürlich habe ich ihm erzählt, was ich vorhabe. Schon da hätte mir auffallen müssen, wie sehr ihn das verstört.«

»Sie können sich jetzt so viele Vorwürfe machen, wie Sie wollen. Am Ende bringt Sie das nicht weiter. Genauso wenig wie die Tatsache, dass Sie vorhin bei den Landgrubers eine sichere Unterkunft für Piotr organisiert haben, bis die Sache mit der Repatriierung geklärt ist. Solange Sie ihn nicht erreichen, um ihm das zu sagen, nutzt es nichts.«

Er hatte recht. Beschämt senkte sie den Blick.

Der Jeep kroch die berganführende Montgelasstraße hinauf. Zumindest bildete sie sich ein, dass er kroch. Wahrscheinlich hielt Sam sich nur an die übliche Geschwindigkeitsbegrenzung. Während er gemächlich nach rechts um die Ecke in die Möhlstraße einbog, erfasste sie auf einmal eine schreckliche Ungeduld. Sie sah wieder nach draußen. Und hielt die Luft an.

Das musste eine Täuschung sein! Wahrscheinlich hatte ihr die pralle Sonne das Hirn verglüht. Doch der Mann, den sie zu sehen glaubte, setzte sich in Bewegung, löste sich aus der Ecke des Hauseingangs und kam auf den Wagen zu, sobald Sam ihn vor dem Tor zur Villa nahe am Bogenhausener Kirchplatz stoppte.

»Piotr!«, rief Billa ungläubig und sprang so eilig aus dem Jeep, dass Sam gar keine Chance hatte, ihr die Tür zu öffnen, wie er das sonst tat.

Erleichtert fiel sie Piotr um den Hals. Er war es tatsächlich. Und von ihrem Ausbruch ebenso überrascht wie Sam. Stocksteif ließ er sie gewähren.

Jäh wurde ihr klar, was sie da gerade getan hatte. Verlegen und glühend rot vor Scham löste sie sich wieder von ihm, wagte kaum, ihn anzusehen, hielt ihn aber an den Händen fest, als fürchtete sie, er könnte sich in Luft auflösen und erneut verschwinden.

»Gut, dass Sie gekommen sind. Wenn Sie wollen, können wir sofort losfahren. Ich habe einen Platz gefunden, an dem Sie vorerst sicher sind. Bis alles geklärt ist. Verzeihen Sie, dass es so lange gedauert hat, bis ich verstanden habe, wie ich Ihnen helfen kann, aber …«

»Billa?«

Eine wohlbekannte Stimme unterbrach sie mitten im Satz. Verdutzt fuhr sie herum und erblickte den Kommissäranwärter Emil Graf vor sich. Er musste aus dem Haus getreten sein, als sie ganz auf Piotr konzentriert gewesen war. Ihn konnte sie gerade am allerwenigsten gebrauchen. Was, wenn Piotr sein Auftauchen falsch verstand? Am

Ende gar glaubte, sie stünde in engem Kontakt zur Polizei? Fieberhaft überlegte sie, was sie tun, wie sie die beiden einander unverfänglich vorstellen sollte. Ohne dass Piotr sich einmal mehr hintergangen und Emil sich womöglich absichtlich getäuscht fühlte, weil er Verdacht schöpfte, Piotr könnte etwas mit dem Mord in Nymphenburg zu tun haben.

»Verzeihen Sie, Fräulein Löwenfeld natürlich«, kam Emil ihr jedoch zuvor und sprudelte atemlos heraus: »Wie gut, dass Sie endlich da sind. Ich warte schon eine Ewigkeit. Und habe mir bereits Sorgen gemacht, weil man mir versicherte, Sie seien bald zurück. Leider muss ich Ihnen noch einige dringende Fragen zu dem Mordopfer in Nymphenburg und zu zwei weiteren Fällen im Lehel und in Solln stellen. Können wir uns irgendwo ungestört ...?«

»Sie sind von der Polizei?«

Es hatte einen Moment gedauert, bis bei Piotr der Groschen gefallen war. Dann aber breitete sich blankes Entsetzen auf seinem ohnehin schon erbarmungswürdig schmalen, blassen Gesicht aus. Ehe Billa reagieren und Emil die Situation erfassen konnte, riss er sich von ihr los und rannte davon. In einer Geschwindigkeit, die man einem Mann von seiner schlechten Konstitution nie im Leben zutrauen würde. Behände schlug er Haken, bis er sich für eine Richtung entschieden hatte, durch das Tor zum nahe gelegenen Bogenhausener Friedhof preschte und im Dickicht der Büsche und Gedenksteine auf dem Gräberfeld verschwand.

Wie angewurzelt verharrte Emil zunächst neben ihr und

sah ihm nach. Dann schien er zu begreifen, dass da gerade jemand geflohen war, der vermutlich einen guten Grund dafür hatte. Also sprintete er ebenfalls los.

Doch auch Sam hatte die Situation erfasst und pfiff zum zweiten Mal binnen kürzester Zeit auf das, was ihm sein Rang in der Army eigentlich vorschrieb. Blitzschnell hechtete er hinterher, holte Emil ein und hinderte ihn daran, Piotr zu folgen.

»Was soll das?«, herrschte Emil ihn wütend an, nachdem sie sich zunächst ein kleines Gerangel geliefert hatten und nun außer Atem ihre Kleidung wieder ordneten.

»Wissen Sie, was Sie da gerade getan haben?« Er hielt mitten auf der Straße inne und suchte Sams Blick.

»Sehr genau«, erwiderte Sam ruhig, blieb ebenfalls stehen und nahm Haltung an. »Als deutscher Polizist steht es Ihnen nicht zu, eine Displaced Person zu kontrollieren oder gar festzunehmen.«

»Was? Dann wissen Sie also, wer das gerade gewesen ist? Und warum er vor mir davongerannt ist? Just in dem Moment, in dem ich die Mordfälle erwähne, in denen ich derzeit ermittele und Miss Löwenfeld als Zeugin sprechen muss?«

»Dazu kann ich Ihnen leider nichts sagen. Ich weiß nur, dass Sie Ihre Befugnisse überschreiten, sollten Sie sich diesem Herrn nähern. Die DP unterstehen einzig der amerikanischen Militärpolizei.«

Sam richtete sich noch ein wenig gerader auf und sah Emil direkt ins Gesicht. Dazu musste er den Kopf etwas anheben, denn Emil war ein gutes Stück größer und auch sehr viel schlanker als er. Ein Wunder, wie leicht es ihm dennoch gefallen war, den einige Jahre Jüngeren einzuholen und zu überwältigen. Das sprach nicht eben für Emils Kondition. Billa biss sich auf die Lippen. Sie empfand doch nicht etwa Mitleid mit ihm?

Einige Sekunden verharrten die beiden Männer voreinander, keiner gewillt, als Erster nachzugeben. Dann aber räumte Emil ein, was offensichtlich war: dass Sam als GI der US-Army eindeutig am längeren Hebel saß.

»Kommen Sie bitte morgen früh um acht zu mir ins Präsidium«, wandte er sich an Billa. Seine Miene war undurchdringlich. Es kostete ihn sichtlich Mühe, die Contenance zu wahren, wie seine raue Stimme verriet. »Wir müssen Ihre Aussage schriftlich aufnehmen. Und uns über einige neue Erkenntnisse unterhalten. Auf Wiedersehen.«

Er lupfte kurz den Hut, deutete eine Verbeugung an und ging mit steifen Schritten davon. Betroffen sah Billa ihm nach. Hatte sie da nicht auch tiefe Enttäuschung aus seinen Worten herausgehört? Oder bildete sie sich das nur ein?

»Jetzt ist er wieder fort, ohne dass wir wissen, wohin«, riss Sam sie aus ihren Gedanken und sah sie an. Er stutzte, schüttelte sacht den Kopf, bevor er weitersprach. »Sorry, dass ich den deutschen Kommissär etwas hart angefasst habe, aber ich …«

»Schon gut«, winkte sie ab, während sie bemerkte, wie sich ihre Wangen tiefrot verfärbten.

»Holen Sie mich morgen früh ab, um mich in die Ettstraße zu fahren?«

»In jedem Fall«, versprach er und fügte nach einem weiteren, eindringlichen Blick sanft hinzu: »Ich werde auf Sie aufpassen. Besser als der hölzerne Kobold. Großes Indianerehrenwort!«

# 16

MONTAG, 20. AUGUST

Die Situation war Emil unbehaglich. Er war froh, sich größtenteils hinter der Schreibmaschine verstecken zu können. An diesem Montagmorgen gleich zu Dienstbeginn um acht erwartete ihn nämlich eine ganz besondere Herausforderung: Er musste Billa Löwenfelds Aussage aufnehmen. Und das ausgerechnet nach der peinlichen Begegnung vom Vortag! Nachdem er sich vor ihren Augen von ihrem Fahrer in die Schranken hatte weisen lassen müssen. Weil er beinahe seine Befugnisse überschritten und eine Displaced Person angegriffen hatte. Woher aber hätte er das wissen sollen? Zum Glück waren die Zeiten vorbei, in denen Menschen an der Kleidung sichtbar gekennzeichnet worden waren. Außerdem war der Mann vor ihm getürmt, sobald er begriffen hatte, dass er Polizist war.

Wenn er ehrlich war, machte ihn die bevorstehende Begegnung mit Billa auch aus einem anderen Grund nervös. Sie war alles andere als Routine. Pünktlich auf die Minute stand sie in der Tür. Für den Bruchteil einer Sekunde war er versucht, ihr eine ähnliche Anspannung zu unterstellen. Das aber entsprach wohl eher seinem Wunschdenken. Ihm genügte jedoch bereits ihre Gegenwart, um ihn völlig aus der Spur zu bringen. Er vergaß, ihr den Stuhl zurechtzurücken, Feuer für die Zigarette anzubieten, den Aschenbecher hinzustellen. Bohnenkaffee hatte er ohnehin keinen anzubieten. Ein Glas Wasser wäre angesichts der frühmorgendlichen Sommerhitze durchaus aufmerksam gewesen. Ein sauberes Glas in den endlosen Fluren des Polizeipräsidiums aufzutreiben stellte allerdings eine weitere Herausforderung dar.

Als ihm seine Verfehlungen peinlich berührt bewusst geworden waren, war es zu spät. Längst hatte sie auf der Stuhlkante Platz genommen, sich selbst mit ihrem schmalen, silbernen Feuerzeug die Zigarette angezündet. Kerzengerade und hellwach saß sie da, als wäre sie jederzeit sprungbereit zur Flucht. Unablässig rauchte sie, blies sich eine Schutzwand aus Qualm vors Gesicht, wirkte unnahbar. Das beunruhigte ihn. Letzten Donnerstag in Nymphenburg hatte sie noch einen ganz anderen Eindruck auf ihn gemacht. Selbstbewusster, offener, zugänglicher. Hatte sie tatsächlich etwas vor ihm zu verbergen? Sofort stand ihm wieder die gestrige Szene vor ihrer Unterkunft in Bogenhausen vor Augen. Und zugleich war ihm klar: Die wollte sie bestimmt ebenso wenig ansprechen wie er.

Seine Finger gehorchten nicht so recht, als er versuchte, mehrere Bögen des kostbaren, reichlich vergilbten Papiers samt Durchschlagpapier in die Maschine einzuspannen. Nach mehreren Anläufen hatte er es geschafft. Mechanisch tippte er Billas Namen und ihre derzeitige Adresse in die oberste Zeile. Betätigte den Zeilenschalter links, um in die nächste Zeile zu gelangen. Der Wagen klemmte. Er unterdrückte einen Fluch, betätigte mehrmals den Hebel. Die ganze Maschine ruckelte. Emil erschrak. Billa zuckte zusammen. Mit lautem Getöse gelangte der Wagen endlich an die richtige Stelle.

»Verzeihung«, murmelte er verlegen.

Just stand als Nächstes eine sehr persönliche Auskunft an. Mit rauer Stimme erkundigte er sich: »Ihr Geburtsdatum bitte?«

Um ihre Mundwinkel zuckte es. Wollte sie lachen? Oder war sie verärgert? Er duckte sich hinter die klobige Schreibmaschine.

»8. Mai 1922.«

»Ausgerechnet!« Kurz stockte er, obwohl der Wagen dieses Mal ordentlich weitersprang, und schluckte einen weiteren Kommentar hinunter.

So ruhig wie möglich stellte er seine weiteren Fragen. Seit ihrer ersten Begegnung am Tatort in Nymphenburg waren nicht nur zwei weitere Mordfälle nach vergleichbarem Muster im Lehel und in Solln hinzugekommen. Die Bemerkung des Zeugen Brede, er kenne eine Gesellschaftsreporterin mit dem Namen Löwenfeld aus der Zeit vor Kriegsausbruch, rückte Billa oder vielmehr ihre Mutter Lilo in eine mutmaßliche Beziehung zu den Opfern.

»Und Sie sind sicher, die Namen Brede, Dietlitz, Kornhäuser und Ranstett nie von Ihrer Mutter gehört zu haben?«, hakte er nach, als Billa gerade zum wiederholten Mal betonte, dennoch keines der drei Opfer gekannt zu haben und auch dem Zeugen Brede nie begegnet zu sein.

»Bei meiner Recherche in Artikeln Ihrer Mutter bin ich mehrfach auf die Namen gestoßen«, insistierte Emil. »Beruflich muss Ihre Mutter also häufiger mit den Herren zu tun gehabt haben. Ist es nicht seltsam, dass Sie Ihnen nie von ihnen erzählt hat?«

»Erzählt Ihnen Ihre Mutter alles, was sie beruflich tut?«

»Meine Mutter ist Hausfrau.«

»Und Ihr Vater?«

»Der ist schon lange tot.«

»Hm.«

Billa kniff die Augen zusammen, als sie an der Zigarette zog. Sagte nichts weiter dazu.

Er entschloss sich, das Thema zu wechseln.

»Was ist mit gestern«, begann er holprig, ganz darauf bedacht, nicht so albern zu klingen, wie er sich fühlte. »Wer war der Unbekannte, den Sie mitten auf der Straße so herzlich umarmt haben und der dann Hals über Kopf getürmt ist, sobald ich mich als Polizist vorgestellt habe?«

»Eifersüchtig?«

Sie spitzte den Mund, tat amüsiert. Sein Kopf musste im selben Moment zu einem knallroten Ballon mutiert sein. Um sie nicht ansehen zu müssen, sprach er die nächste Frage gegen die Schreibmaschinentastatur.

»Stimmt es, was Ihr Fahrer gesagt hat, dass es jemand aus einem DP-Lager war?«

»Wenn Sie es schon wissen, muss ich es Ihnen ja nicht mehr sagen«, wich sie aus und zerdrückte die Kippe im Aschenbecher des Kollegen Brinkmeier. Griff gleich zur nächsten Zigarette, als brauchte sie etwas, um sich daran festzuhalten, zündete sie mit ihrem schlichten silbernen Feuerzeug an.

»Hat er etwas mit dem Mord an Dietlitz zu tun? Ist er deshalb weggerannt?«

»Sie sind der Mordermittler, nicht ich.«

»Was haben Sie mit dem Mann zu tun?«

»Über meine journalistische Arbeit bin ich Ihnen keinerlei Rechenschaft schuldig.«

»Das sah aber weniger nach einem rein beruflichen Kontakt aus«, bemerkte er sarkastisch. Und ärgerte sich im nächsten Moment maßlos darüber.

Zu spät! Dieses Mal schenkte sie ihm einen geradezu triumphierend spöttischen Blick. Und sagte nichts mehr.

Wieder hackte er auf die Tasten ein, als gäbe es nichts anderes. Kein Zweifel: Sie verschwieg ihm zu viel. Und beantwortete seine Fragen mit immer offensichtlicheren Ausflüchten. Joes Mahnung spukte ihm durch den Kopf, niemandem zu trauen, am wenigsten denen, die ihm am sympathischsten waren.

Wahrscheinlich begegnete er Billa dadurch hellhöriger als nötig. Und redete sich zudem ständig ein, sich nicht vorwerfen lassen zu wollen, sie als Jüdin anders zu behandeln als eine Nichtjüdin. Verzweifelt raufte er sich das Haar und ertappte sich dabei. Und wurde noch unsicherer.

Hochkonzentriert tippte er ihren letzten Satz weiter in die Maschine, vertippte sich. Zwei Buchstaben verschränkten sich ineinander. Er unterdrückte erneut einen Fluch und versuchte, die Typenhebel mit den Fingern behutsam voneinander zu lösen. Die Kohle des Farbbands färbte seine Fingerkuppen schwarz. Auf dem vergilbten Papier blieb eine hässliche Spur zurück. Mit spitzen Lippen pustete er den Kohlestaub so gut wie möglich weg und tippte weiter.

Wie gern hätte er sich jetzt kurz mit Joe über das geschickteste Vorgehen beraten. Oder wenigstens mit den erfahreneren Kollegen Eugen Brinkmeier oder Ludwig Schmied. Joe war vorhin jedoch nur flüchtig hereingeschneit, hatte Billa knapp begrüßt und ihn wegen einer wichtigen Unterredung mit dem Leiter der Kriminalpolizei, Andreas Grasmüller, allein gelassen.

»Um noch einmal auf die Namen der Opfer und dieses Zeugen zurückzukommen«, knüpfte sie völlig überraschend an den Beginn ihres Gesprächs an. Emil horchte auf. Wollte sie ihm jetzt doch noch einmal die Rolle ihrer Mutter in dem Ganzen erklären?

»Entschuldigen Sie, falls ich da vorhin etwas unfreundlich geklungen habe. Es ist das erste Mal, dass ich als Zeugin hier im Präsidium sitze. Ausgerechnet in der Ettstraße. Sie können sich denken, dass mir das nicht eben leichtfällt.«

Sie versuchte sich an einem zaghaften Lächeln. Emil schmolz dahin.

»Also wegen ihrer Tätigkeit für die verschiedensten Illustrierten verkehrte meine Mutter vor unserem Exil mit halb München«, fand sie schnell wieder zu ihrem bestimmten Ton zurück. »Gut und gern können darunter Herren namens von Brede, von Dietlitz oder von Ranstett gewesen sein. Mit ›vons‹ hat sie besonders gern zu tun. Das liegt wohl in der Natur einer Gesellschaftsreporterin. Bestimmt hat sie mir gegenüber die Namen einmal erwähnt. Wenn ich länger darüber nachdenke, kommen sie mir durchaus bekannt vor. Was aber heißt das schon? Bei unserer Flucht war ich sechzehn und nicht gerade an dem interessiert, was meine Mutter so trieb. Davon abgesehen kommen mir auch die Namen Hitler, Göring, Himmler und Goebbels leider allzu bekannt vor. Trotzdem bin ich ihnen nie persönlich begegnet, geschweige denn, dass ich ihnen etwas angetan hätte. Dabei muss ich zugeben, ihnen gegenüber leider tatsächlich so etwas wie echte Mordlust zu empfinden. Falls Ihnen das genügt, mich als potenzielle Mörderin einzustufen, bitte schön. Tun Sie Ihre Arbeit. Von deutschen und insbesondere Münchner Polizisten bin ich nichts anderes gewohnt.«

Sie hielt inne, nahm einen tiefen Zug an der Zigarette und wandte beim Ausatmen des Rauchs den Blick zum Fenster. Wie üblich stand es weit offen. Statt auf notdürftig in den Rahmen fixierte Pappe zu starren, erhaschte man so ein Stück des tiefblauen Münchner Sommerhimmels, der sich verschwenderisch über die verwüstete Stadt spannte und sie in ein trügerisches Idyll verwandelte.

Trotz Billas bitterer Worte konnte Emil den Blick nicht von ihr lassen. Fasziniert betrachtete er ihr Profil, das ihm wie bei ihrer ersten Begegnung letzten Mittwoch vollkommen erschien.

»Aber mit meinem Hass auf die braunen Herren bin ich wohl kaum allein auf der Welt, sondern nur leider viel zu spät dran«, hörte er sie wie aus weiter Ferne sagen. Langsam drehte sie sich wieder zu ihm um, suchte seinen Blick. Verlegen duckte er sich tiefer hinter die Schreibmaschine.

»Vielleicht auch zum Glück«, setzte sie nach und drückte auch diesen Zigarettenstummel betont ordentlich im Aschenbecher aus. »Wer will schon zum Mörder werden? Noch dazu solcher Ungeheuer wegen? Damit ist man auch nicht besser als sie.«

Als sie den Kopf hob, verharrten ihre Blicke für den Bruchteil einer Sekunde ineinander. Emil wagte kaum zu atmen. Allmählich sickerte die Bedeutung ihrer Worte in sein Bewusstsein. Jäh fühlte er sich ertappt. Sein Puls begann zu rasen, sein Herz heftig zu klopfen. Verbissen kämpfte er gegen die aufsteigenden Tränen an, ballte die Hände zu Fäusten. Ob sie ahnte, wer er tatsächlich war? Im Gegensatz zu ihr war er tatsächlich zum Mörder geworden. An der Front. Unfreiwillig. Oder aus Feigheit? In jedem Fall mit dem Gewehr in der Hand und dem grausamen Befehl im Nacken.

Wie wollte ausgerechnet er sich anmaßen, Billa zu verdächtigen?

Für einen Moment schloss er die Augen. Und ahnte, wie schwer es ihm fallen würde, ihr nicht rettungslos zu verfallen. Das aber durfte er keinesfalls. Ihre Rollen waren klar verteilt. Ein Überschreiten des tiefen Grabens zwischen ihnen war ausgeschlossen. Dafür hatten Hitler und seine braunen Schergen erfolgreich gesorgt.

Er schlug die Augen wieder auf, räusperte sich, bevor er sich zwang, sich Billa zuzuwenden.

»Und wer war also jetzt der Mann, den Sie gestern Nachmittag so herzlich umarmt haben?«

»Sie geben nicht auf«, erwiderte sie und schenkte ihm

abermals ihr schönstes Lächeln. »Sie wissen doch genau, dass ich Ihnen darauf nicht antworten werde.«

Zu gern hätte er weiter ihren Anblick genossen, statt krampfhaft zu überlegen, wie er sie doch noch aus der Reserve lockte.

»Du machst dich gut als Sekretärin!«

Ohne Vorwarnung polterte Joe ins Büro, grinste frech zwischen Billa und Emil hin und her, warf dann einen Blick auf die protokollierte Aussage.

»Leider muss ich euer trautes Zusammensein beenden. Die Ermittlungen sind derzeit abgeschlossen«, erklärte er, während er die Seiten aus der Walze drehte und sie behutsam vor Billa auf den Tisch legte. »Ich danke Ihnen sehr für Ihre Bereitschaft, Miss Löwenfeld, uns als Zeugin zur Verfügung zu stehen. Wenn Sie das bitte noch einmal durchlesen und dann unterschreiben.«

Er zückte seinen Kugelschreiber aus der Brusttasche seiner Uniform, um ihn ihr mit einer Verbeugung zu überreichen. Verdutzt tat sie, wie er ihr geheißen hatte.

»Herzlichen Dank für Ihre Mühe und auf Wiedersehen!«

Emil fühlte sich überrumpelt. Irritiert sah er seinen Vorgesetzten an. Was sollte das jetzt bedeuten?

»Wir sind noch mittendrin. Gerade habe ich Fräulein Löwenfeld …«, protestierte er.

»Wenn Sie uns einen Moment entschuldigen«, wandte Joe sich an Billa, zog Emil unsanft vom Stuhl und schob ihn durch die offene Verbindungstür ins benachbarte Büro. Schwungvoll warf Joe die Tür hinter ihnen zu und begann im selben Moment leicht verärgert auf ihn einzureden.

»Du hast gehört, was ich gesagt habe. Ich wiederhole mich äußerst ungern. Die Ermittlungen in den drei Mordfällen sind als beendet zu betrachten. Wir benötigen die Hilfe der Zeugin nicht mehr. Grasmüller und ich sind uns einig. Ab sofort brauchen wir dich für dringendere Aufgaben.«

»Seit gestern Nachmittag gibt es hier eine weitere aufschlussreiche Entwicklung. Mit eigenen Augen …«, setzte Emil an, um jedoch sofort von Joe unterbrochen zu werden.

»Du meinst die Geschichte mit dem DP, der vor dir über den Friedhof getürmt ist? Davon habe ich leider auch schon erfahren. Äußerst ungeschickt von dir, ausgerechnet auf dem Punkt weiter herumzuhacken. DP sind für die deutsche Polizei absolut tabu. Tu mir den Gefallen und bring dich nicht in Schwierigkeiten. Vorerst bist du hier nur auf Probe angestellt. Bestehst du die nicht, kann ich nichts weiter für dich tun, dich nicht einmal vor der Rückkehr ins Gefangenenlager bewahren. Was ich sehr bedauern würde.«

»Vielleicht hilft uns Fräulein Löwenfeld und klärt uns über ihn auf? Falls er nichts zu verbergen hat, dürfte nichts dabei sein. Sie scheint wohl ein enges Verhältnis zu ihm zu haben.«

Wie dumm dieser Nachsatz war, merkte er im selben Moment, als er ihn ausgesprochen hatte. Nun wurde Joe erst recht wütend. Mit zusammengebissenen Zähnen knurrte er: »Mach jetzt nicht den allergrößten Fehler und vermische deine privaten Befindlichkeiten mit deinen beruflichen Aufgaben. Eifersucht ist ein ganz schlechter Beweggrund, um Verbrechen aufzuklären.«

Emil meinte, vor Scham im Boden zu versinken. Wie konnte Joe ihn nur derart missverstehen? Oder hatte er am Ende recht? Glücklicherweise beruhigte sein Vorgesetzter sich rasch wieder.

»Brinkmeier und Schmied sind bereits wieder zu einem Tatort ausgerückt, der dir mit deinem geliebten Schubladendenken sehr zupasskommt«, sagte er betont ruhig, legte ihm versöhnlich den Arm um die Schultern und zog ihn kameradschaftlich zu sich heran. »Es scheint uns eine weitere Epidemie ins Haus zu stehen. Du erinnerst dich an den Fall der KZ-Aufseherin mit Mann und drei Kindern letzten Donnerstag in der Laube beim Westfriedhof? Jetzt haben wir einen Gestapo-Mann aus dem Braunen Haus, der ebenfalls seine Familie gleich mit ausgelöscht hat. Auch wieder im Gartenhäuschen. Dieses Mal in Pasing, nahe der idyllischen Würm. Und Huber und Fellner aus diesem Büro sind gestern schon ausgerückt, um eine tote Sekretärin aus dem Parteigebäude zu begutachten, die sich gemeinsam mit ihrem Verlobten, einem strammen SS-Offizier, vor das Rosenbeet ihres Gartens in Sendling gebettet hat, um ihr Leben gemeinsam auszuhauchen. Sehr romantisch. Trotzdem weigere ich mich, das für Selbstmorde im klassischen Sinn zu halten. In allen drei Fällen war Gift im Spiel. Außerdem gibt es Zeugen, die unmittelbar vor oder nach der Tatzeit einen hinkenden Mann in der Nähe der Leichenfundorte beobachtet haben wollen. Dem sollten wir nachgehen. Und dazu brauche ich dich.«

»Da sind die Kollegen mit ihrer langjährigen Erfahrung wohl besser …«, hob Emil an, was er sofort wieder bereute. Unwirsch schnitt Joe ihm abermals das Wort ab.

»Was ich eigentlich sagen will: Das ist eine verflucht eilige Geschichte, in die wir uns verdammt nochmal sofort mit allen zur Verfügung stehenden Kräften stürzen, bevor es weitere vermeintliche Selbstmorde gibt, die wir vielleicht verhindern können. Grasmüller und ich sind uns einig, dass die kleine Serie mit den drei gut betuchten Toten, die dir so viel Kopfzerbrechen bereiten, für eine Weile hintanstehen muss.«

Obwohl Emil noch nicht lange mit Joe zusammenarbeitete, wusste er, wann weiterer Widerspruch zwecklos war. Allein die Tatsache, dass bei den neuen Fällen Gefahr im Verzug war, genügte.

Schweren Herzens verabschiedete er sich im Büro nebenan von Billa.

»Es hat mich wirklich sehr gefreut, Ihnen ein wenig behilflich gewesen zu sein.« Zu seiner Verwunderung reichte sie ihm die Hand, lächelte ihn ehrlich an. »Sollten Sie mal wieder jemanden für Fotos am Tatort benötigen, geben Sie mir bitte Bescheid. Inzwischen weiß ich, worauf es dabei ankommt.«

Flugs eilte sie hinaus. Er folgte ihr, sah ihr mit einem beklemmenden Gefühl in der Brust nach, wie sie den dämmrigen Flur hinunterschwebte, dabei zwischen dem angehäuften Gerümpel beschlagnahmter Kisten und Waren Slalom lief, dem ein oder anderen seltsamen Gegenstand einen kurzen Blick zuwarf. Unter welchem Vorwand konnte er sie wohl bei Gelegenheit in der Bogenhausener Villa aufsuchen? Fast schon hoffte er, Seidl ginge demnächst wieder das Filmmaterial für Tatortfotos aus. Vielleicht ließe sich da auch ein wenig nachhelfen? Emil schürzte die Lippen.

Als Billa den Treppenabsatz erreichte, kam ihr von unten ein Mann entgegen. Die Stufen waren breit genug für mindestens zwei Personen, dennoch stockte sie. Auch der Unbekannte verlangsamte seine Schritte. Neugierig beobachtete Emil die Szene. Der Mann ging weiter, auch Billa schien sich zu besinnen und verschwand eilig die Stufen hinunter.

Es dauerte einige Sekunden, bis Emil klar wurde, dass der Fremde schnurstracks auf ihn zukam. Immer deutlicher zeichneten sich Gesicht und Figur ab, und Emil meinte, dass er den Mann von irgendwoher kannte. Nur woher?

»Entschuldigen Sie, vielleicht können Sie mir helfen«, sprach er Emil mit einer tiefen Stimme an. »Ich suche Herrn Graf beziehungsweise Captain Simon.«

»Graf bin ich. Was kann ich für Sie tun?«

»Ich denke, ich kann wohl eher etwas für Sie tun«, erwiderte der Unbekannte und blieb nah vor Emil stehen. Sie waren in etwa gleich groß und konnten einander direkt in die Augen sehen. Emils Blick glitt neugierig über sein Gesicht. Er war sicher, dass er den Mann schon einmal gesehen hatte. Vor allem diese markante Kerbe am Kinn kam ihm bekannt vor. Unwillkürlich fasste er sich an die Nasenspitze, rieb über das leicht hervorstehende Muttermal am rechten Nasenflügel.

»Das hat zumindest meine Haushälterin, Erna Pfaffinger, angedeutet«, fuhr der Mann unterdessen fort, strich sich über das blonde, straff nach hinten frisierte Haar. Im selben Moment wusste Emil, wo er ihn einzuordnen hatte. Das aber war schier unmöglich!

»Es geht um den Mord in Nymphenburg«, hörte er den Mann weiterreden. »Man sagte mir, dass Sie dafür zuständig sind. Mein Name ist Viktor von Dietlitz.«

# 17

## Gauting

Es stimmte nur zu genau, was hinlänglich bekannt war: Für Leute wie sie war keine Besserung in Sicht. Erst recht nicht nach allem, was geschehen war. Selbst nach Ende des fürchterlichen Krieges nicht. Und nach dem, was danach gekommen war. Auch wenn Liesl es gehofft hatte.

Zum zweiten Mal innerhalb weniger Wochen stürzte sie sich ins Putzen. Es überfiel sie wie ein Rausch. Als könnte sie sich damit ihr Leid von der Seele waschen, die frühere Reinheit wiederherstellen. Längst spürte sie ihre Finger nicht mehr, spürte in der lauwarmen Lauge gar nichts mehr. Und das war gut so. Wie eine Besessene schrubbte sie das Laken auf dem Waschbrett, rieb es immerfort über die Rillen, tauchte es ins Wasser, rieb abermals, angelte sich die Bürste und ging damit ein weiteres Mal drüber, bevor sie es grob auswrang und in den zweiten Zuber zu den anderen warf. Ohne aufzusehen, schnappte sie sich das nächste Wäschestück und begann von vorn.

Es tat gut, das Zittern in den Gliedern zu spüren, das Gefühl zu haben, unter der körperlichen Anstrengung fast zusammenzubrechen. Am Abend würde sie todmüde ins Bett fallen und wie ein Stein traumlos schlafen. Bis das Krähen des Hahns sie bei Sonnenaufgang weckte. Und sie nach dem kargen Frühstück in derselben Manier mit der Arbeit fortfuhr. Wie all die anderen Tage zuvor. Und wie vor einigen Wochen, nach ihrem ersten Besuch in München, der leider katastrophal geendet hatte.

Inzwischen hatte sie schon wieder die Speisekammer aufgeräumt, Küche und gute Stube auf Hochglanz gewienert, als stünde Weihnachten oder Ostern oder am besten gar beides zugleich vor der Tür, den rauen Steinboden im Eingang gescheuert, sämtliche Zimmer im Obergeschoss sauber gemacht. Natürlich bis auf die beiden der Ostpreußin. Dafür hatte sie bis unters Dach hinauf alle Fenster geputzt und die Messingleuchter zum Blitzen gebracht, sämtliche Schränke und Vorratsregale durchgesehen, eine Bestandsaufnahme des Hausrats gemacht, neu sortiert und geordnet, was in den letzten Jahren dazugekommen war, registriert, was abhandengekommen war. Und sich nicht einmal an die heilige Sonntagsruhe gehalten. Trotz des Protests der Eltern. Endlich hatten die zwei einmal eine Regung gezeigt. Dazu war Liesls Wahn also gut.

Eine Pause hätte sie aus dem Tritt gebracht. So wie am Samstag, als sie nur für eine Stunde wegen der Mehlration zum Bäcker gemusst hatte und dabei auf der Straße fast in ein Auto gerannt wäre. Zu allem Unglück nicht in irgendeines, sondern in einen amerikanischen Jeep. Ganz entsetzt hatte der Fahrer sie angesehen, weil er sie nicht hatte umfahren wollen. Das war so ganz anders, als sie es von den GIs am Bahnhof in Gauting kannte, die sich einen Spaß daraus machten, die Deutschen vor sich her zu jagen. Durch

Pfützen und Schlaglöcher und Kuhfladen. Der vom Samstag war wohl ähnlich nett wie der letztens in der Stadt.

Nach dem Zwischenfall mit dem Auto hatte sie am Samstag rasch weitergeschuftet. Und am Sonntag dann ebenso. Solange sie zu tun hatte, verstummte Irmis immerzu fröhliches Lachen in ihrem Kopf. Ebenso die quälenden Gedanken über ihr entsetzliches Schicksal fernab ihrer Familie im Allgäu, wovor Liesl sie nicht hatte bewahren können, die Gedanken über den schmerzlich vermissten Maxl, das bittere Leid der Eltern und das düstere Schicksal der Ostpreußin und ihrer Kinder. All dieses Beunruhigende, Peinigende ließ sich zumindest für eine Weile wegschrubben, blank scheuern und auswringen. Vielleicht war das die ersehnte Erleichterung? Kaum dachte sie das, wurde ihr übel. Das durfte nicht sein. Weil es dann so viel einfacher gewesen wäre. Und so viel anständiger. Schleunigst verdrängte sie die Gedanken wieder aus ihrem Kopf. Bückte sich stattdessen zu dem zweiten Zuber mit der weißen Wäsche und wusch sie aus, rollte sie zusammen und wrang sie aus, bis ihr die Finger schmerzten und die Arme zitterten. Unter lautem Schnaufen hob sie den Korb schließlich mit beiden Händen an und schleppte ihn torkelnd und schwankend zur Wiese hinter der Werkstatt.

Dort streckte sie sich nach dem Abstellen des Korbes erst einmal ausgiebig, hielt Nase und Gesicht einige Atemzüge lang mit geschlossenen Augen in die Sonne. Dann begann sie, Wäschestück für Wäschestück aus dem Korb zu nehmen, auszuschütteln und auf die Leine zu hängen. In der gleißenden Sonne würde sie rasch trocken.

Der süße Duft von reifem Obst und gemähten Wiesen zog herüber, vermischte sich mit dem Seifengeruch der Wäsche. Bienen und Hummeln brummten durch die Luft, Schmetterlinge flatterten hinterher. Auf einmal fühlte Liesl sich in bessere Zeiten entrückt. Zaghaft fing sie an zu summen, formte schüchtern erste Töne, bevor sie sich nach einer Weile vorsichtig traute, in ihrem hellen Sopran ein Lied anzustimmen. Irmi hatte es gemocht.

Bald hörte Liesl ein helles Stimmchen, das mit einfiel. Genau wie Irmi es getan hatte, wenn sie ihr bei der Wäsche geholfen hatte.

Irmi? Abrupt hörte Liesl auf zu singen. Irmi war tot! Wie hatte sie das für einen Moment vergessen können? Und doch war da dieses helle, feine Stimmchen, ähnlich wie das von Irmi. Verwirrt sah Liesl sich um, konnte allerdings niemanden entdecken. Da musste aber jemand sein. Sie hatte es doch genau gehört.

Vorsichtig setzte sie einen Fuß in die Richtung, aus der sie die Stimme vernahm, dann noch einen. Fasste sich ein Herz und schob ruckartig ein langes Leintuch beiseite.

Da saß jemand auf dem Boden. Das kleine Mädchen von der Ostpreußin, ganz versunken in sein Summen und Singen. Es spielte mit einer kleinen Holzfigur.

Liesl hielt die Luft an. Das war eine von Vaters Figuren. Woher hatte es die? Undenkbar, dass der Vater sie ihr geschenkt hatte. Der ignorierte die Ostpreußin und ihre Kinder, als wären sie Luft. Das konnte nur eins bedeuten: Das Mädchen musste im Hühnerstall gewesen sein und ihr Versteck oben unterm Dachgiebel im Stroh entdeckt haben!

Der Rucksack mit den Vorräten und einer Handvoll noch nicht eingetauschter Figuren. Wütend stürzte Liesl sich auf das unter der Wäscheleine kauernde Kind und entriss ihm die Figur. »Woher hast du die? Die gehört dir nicht. Gib sie her!«

Erschrocken hörte das Mädchen zu summen auf, sah sie mit angsterfüllten Augen an.

Liesl stutzte. Etwas in dem Blick der Kleinen irritierte sie. Diese Augen! Der Ausdruck darin erinnerte sie an Irmi. Das Mädchen war auch eine wie sie. Langsam sank sie vor der Kleinen ins Gras, streckte ihr die Arme entgegen, bot ihr die Figur auf der offenen Handfläche dar.

»Verzeih«, flüsterte sie leise. »Natürlich darfst du sie haben. Nimm sie.«

Die Kleine zögerte, starrte sie weiter stumm mit diesen großen, runden, leicht hervortretenden Augen und dieser Seligkeit darin an. Liesl wurde warm ums Herz. Zaghaft lächelte die Kleine, auch Liesl lächelte. Die Kleine begann zu lachen und griff nach der Figur.

Schrilles Fahrradklingeln ließ sie beide zusammenzucken. Blitzschnell nahm das Mädchen die Figur, sprang vom Boden auf und huschte zwischen der im sachten Sommerwind flatternden Wäsche davon. Langsam erhob sich auch Liesl, strich sich eine blonde Haarsträhne hinters Ohr.

Solch jähe Störungen verhießen nichts Gutes. Das hatte sich in den letzten Monaten mehr als einmal erwiesen. Sofort fiel ihr Maxls Vermisstenmeldung ein. Ob jetzt das Unausweichliche folgte und er doch gefallen war? Auf weichen Knien stakste sie zum Gartentor, hoffte, die Nachricht vor dem Vater oder der Mutter abzufangen.

Wenigstens erwartete sie weder der Pfarrer noch der Postbote, sondern lediglich ihre Freundin, Resi Thalhammer. Schon wollte Liesl aufatmen. Doch kaum sah sie Resis Gesicht, begriff sie, dass es wieder nur schlimme Neuigkeiten gab.

»Der Wastl ist auch tot«, keuchte Resi ihr entgegen, als sie bis auf wenige Meter heran war. Verschwitzt klebten ihr die hellen Locken im Sommersprossengesicht. Im Eiltempo musste sie hergeradelt sein. Das bewiesen ihre glühenden Wangen und die Atemlosigkeit. Ihre Brust bebte.

»Vorhin kam der Brief. Überbracht vom Herrn Pfarrer«, setzte sie nach, sobald sie wieder etwas mehr Puste hatte. »Der Postbote traut sich gleich gar nimmer her, weil er immerzu nur Schlimmes zu übergeben hat. Jetzt haben wir gar kein Mannsbild mehr auf dem Hof.«

Sie wischte sich übers Gesicht, zerrte mit der zweiten Hand energisch am Lenker, als gäbe es gerade nichts Wichtigeres. Das Vorderrad steckte in der Erde fest. Durch einen energischen Ruck befreite sie es, richtete das Fahrrad gerade aus.

»Furchtbar«, erwiderte Liesl. Die Knie wurden ihr noch weicher. Ehe Resi es aussprach, ahnte sie, was die wissen wollte: Ob sie endlich wenigstens eine Nachricht von Maxl hatten. Bevor er vor zwei Jahren einberufen worden war, hatte er um Resis Hand angehalten. Jetzt wollte gewiss ihre Mutter wissen, ob es überhaupt noch Aussichten gab, zumindest die Tochter versorgt zu sehen.

Hörte das wirklich gar nicht mehr auf? Egal, wie viel sie putzte, scheuerte oder wusch: Letztlich war doch alles umsonst. Das Schicksal holte sie immer wieder ein. Es stimmte eben leider nur zu sehr: Für Leute wie sie war einfach keine Besserung in Sicht. Auch nicht nach Ende dieses fürchterlichen Krieges. Sie schlug die Hände vors Gesicht, gab sich hemmungslos dem Weinen hin.

# 18

## München

Zweifellos drehten sie sich im Kreis. So machte das Ganze keinen Sinn. Emil schwitzte sich in seinem viel zu warmen Wollanzug wieder einmal fast bis in den Wahnsinn. Er war erschöpft. Von der brütenden Hitze, der zigarettenrauchgeschwängerten, abgestandenen Luft. Und von der drückenden Atmosphäre in dem Nymphenburger Esszimmer, auf dessen Teppich letzte Woche noch der Tote gelegen hatte, den sie bis zu diesem Morgen für Viktor von Dietlitz gehalten hatten. Der stand jetzt allerdings sehr lebendig vor Joe und ihm. Und die Aufwartefrau Erna Pfaffinger, die auf einem der schweren, dunkelroten Samtpolsterstühle am riesigen Tisch saß, war nach wie vor zutiefst schockiert und sah leichenblass aus.

Unauffällig streiften Emils Augen über Dietlitz' schlanke, elegante Gestalt. Der Krieg, aus dem er eben erst nach München zurückgekehrt war, hatte keinerlei sichtbare Spuren hinterlassen. Weder wirkte er ausgezehrt noch in irgendeiner Form traumatisiert. Und im Gegensatz zu dem Mordopfer mit der Narbe im Gesicht war er zweifellos noch immer sehr attraktiv. Das halbe Antlitz war bei dem anderen zerschossen gewesen, deshalb war er auch so leicht für Viktor von Dietlitz durchgegangen. Was durchaus in seiner Absicht gelegen hatte, wie sein Verhalten Erna Pfaffinger gegenüber bewies. Die Ähnlichkeit in der restlichen Hälfte des Gesichts wie in der gesamten Statur hatten ihm dabei zugespielt. Selbst die Kerbe am Kinn besaßen sowohl der Tote als auch der Lebende. Wahrscheinlich ein Familienmerkmal. Vettern ersten Grades seien der erschossene Karl und er gewesen, hatte Dietlitz ihnen vorhin erklärt.

Emil lähmte diese Verwechslungstragödie, weil sie gefährlich nah an seine eigene Geschichte rührte. Mit Mühe und Not hatte er die in den letzten Tagen verdrängt und sich gezwungen, die Erscheinung letztens im Hausflur als bösen Albtraum abzutun. Weil einfach nicht sein konnte, was nicht sein durfte: dass Totgeglaubte oder vielmehr Totgewünschte ins Leben zurückkehrten.

Emils Bruder Friedrich ähnelte ihm ebenfalls verblüffend. Die ganze Gestalt, Gestus und Aussehen bis zur leicht nach oben gebogenen Nasenspitze. An der sich bei ihnen beiden jeweils am rechten Nasenflügel obendrein das gleiche Muttermal fand. Ob Friedrich diese Ähnlichkeit früher oder später ebenfalls in seinem Interesse nutzen würde? Zuzutrauen wäre es ihm. Rücksichtslos auf den eigenen Vorteil bedacht war er schon immer gewesen.

Plötzlich würgte Emil an einem dicken Kloß im Hals. Um sich abzulenken, wandte er sich abermals Dietlitz zu. Dessen Vetter hatte wohl gute Gründe gehabt, warum er in dessen Haut schlüpfen wollte. Was letztlich ein fataler Fehler gewesen war, weil es ihm den Tod gebracht hatte. Oder war er etwa doch um seiner selbst willen getötet worden, hatte es sich bei dem Mord gar nicht um eine Verwechslung des Opfers gehandelt? Das hieße, dass sie noch einmal von vorn beginnen und Karl von Dietlitz ins Zentrum der Ermittlungen stellen müssten.

Emil rauchte der Kopf. Er hatte den Verdacht, dass in diesem Fall alle bisher gewonnenen Erkenntnisse obsolet geworden waren. Ihm schwindelte. Am liebsten wäre er nach draußen an die frische Luft gerannt. Doch er musste bleiben und das alles aushalten. Also versuchte er, sich wieder auf das Geschehen zu konzentrieren.

Einerlei, wie es sich letztlich mit Dietlitz verhielt, war in jedem Fall erstaunlich, dass der lebende Viktor sich nicht einmal ansatzweise irritiert von dem Geschehen zeigte. Dabei war entweder sein Vetter in seinem Haus oder gar an seiner statt ermordet worden! Letzteres bedeutete, dass jemand ihm selbst nach dem Leben trachtete. Aber weder das eine noch das andere schien Viktor sonderlich zu tangieren oder zu beunruhigen. Überkorrekt in weißes Hemd, Krawatte und dreiteiligen Anzug gekleidet, machte ihm nicht einmal die Hitze etwas aus. Kein einziger Schweißtropfen auf Stirn oder Oberlippe, nicht die geringste Spur von Röte im Gesicht. Unvermittelt dachte Emil an die Begegnung mit dem Zeugen Friedhelm von Brede in der Wohnung des zweiten Toten. Leute wie die beiden ließen sich grundsätzlich von nichts aus der Ruhe bringen. Letztlich fielen sie doch immer wieder auf die Füße, was ihnen auch widerfuhr. Deshalb verlief ihr Leben im Gegensatz zu dem der meisten anderen nach Kriegsende weiter wie gewohnt.

In einem völlig intakten Zuhause und einer gut honorierten Anstellung.

Emils Blick wanderte weiter zu Erna Pfaffinger. Kreidebleich thronte die leicht untersetzte ältere Frau auf einem der schweren Stühle am Esszimmertisch. Die jüngsten Ereignisse hatten sie sichtlich mitgenommen. Immer wieder fuhr sie sich mit der Hand übers Gesicht, schüttelte verstört den Kopf. Die Ärmste! Das würde sie noch lange beschäftigen. Mitleid erfasste Emil, während Dietlitz nicht den geringsten Blick für die Frau hatte.

»Sie bleiben also dabei«, sagte Joe vorwurfsvoll und stippte den Aschekegel der Zigarette in den Kristallaschenbecher auf dem glänzenden Tisch, bevor er das Gesicht hob. Er sah müde aus. Räusperte sich einige Male, bevor er weitersprach. »Bei dem Toten handelt es sich um Ihren Cousin ersten Grades, Karl von Dietlitz. Er ist der Einzige, der Ihnen so stark ähnelt, dass eine Verwechslung plausibel ist. Sie hatten lange keinen Kontakt zu ihm oder zu irgendwem aus Ihrer Familie, weil Sie in der Türkei festgehalten wurden und nur durch Zufall wieder entkommen sind. Auf abenteuerlicher Route haben Sie sich völlig allein quer durch das zerstörte Europa nach München durchgeschlagen. Wofür es aus verständlichen Gründen leider keine Zeugen gibt, die uns Ihre Geschichte bestätigen können.«

Er legte eine Pause ein, nahm einen tiefen Zug an der Zigarette, sah Dietlitz direkt an. Der bewahrte weiterhin die Ruhe und erwiderte Joes eindringlichen Blick mit größter Gelassenheit.

»Was aber immer noch nicht die entscheidende Frage klärt, warum Ihr Vetter es gewagt hat, sich für Sie auszugeben«, setzte Joe in schneidendem Ton nach. »Schließlich musste Karl jederzeit damit rechnen aufzufliegen. Weil keiner wusste, was wirklich mit Ihnen geschehen war. Ob Sie tot waren oder doch wieder lebend zurückkehren würden. Wahrscheinlich hat Ihr Cousin auf glühenden Kohlen gesessen, um von hier wegzukommen. Und sich gefragt, was er tun würde, sollten Sie plötzlich doch vor ihm stehen und seine Pläne im letzten Moment durchkreuzen.«

Er hielt inne, musterte Dietlitz vom Scheitel bis zur Sohle, um dem Unausgesprochenen mehr Nachdruck zu verleihen: dass Karl von Dietlitz Viktor dann womöglich eiskalt getötet hätte, damit der ihm nicht in die Quere käme. Eine ungeheuerliche Vorstellung! Kaum merklich zuckte es jetzt doch um Viktor von Dietlitz' Mundwinkel. Beeindruckt hielt Emil die Luft an. Joe war wirklich ein mit allen Wassern gewaschener Ermittler. Von ihm ließ sich viel lernen.

»Letztlich bleibt nur die Erklärung, dass Karl keine andere Wahl hatte und es schlichtweg probieren musste«, fuhr Joe genüsslich rauchend fort. »Weil er etwas Schlimmes zu verbergen hatte und Ihre Abwesenheit nutzen musste, um hier in München etwas zu regeln. Danach wollte er vermutlich mit Ihren Papieren verschwinden, so wie die meisten Herrschaften aus bestimmten Kreisen der Partei- und Wehrmachtshierarchie. Wobei ihm der Mörder blöderweise dazwischenkam. Und ihn tatsächlich mit Ihnen verwechselte.«

Dieses Mal konnte Dietlitz sich das Nicken nicht verkneifen, wie Joe mit einem Hochziehen der linken Augenbraue zufrieden registrierte. Seelenruhig setzte er nach, wobei er Dietlitz keine Sekunde aus den Augen ließ: »Die andere Variante ist: Sie wussten, was Ihr Vetter hier tat, ohne dass er das ahnte, und ließen ihn gewähren. Es passte Ihnen nämlich ausgezeichnet in den Kram. Weil Sie nämlich jemanden erwarteten – oder sollte ich besser sagen: fürchteten? –, dem Sie nicht persönlich begegnen wollten. Genauso wenig wie Ihre beiden Freunde, die der Gefahr leider nicht entgangen sind. Sie jedenfalls haben Ihre Rückkehr um ein paar Tage hinausgeschoben. Zwischenzeitlich sollte Karl den unliebsamen Besuch empfangen, nicht ahnend, welch böse Konsequenz das für ihn haben würde, und Sie waren damit aus dem Schneider oder vielmehr: gerettet.«

»Sie haben eine blühende Phantasie.« Dietlitz lächelte, verzog dabei die Mundwinkel jedoch eine Spur zu tief.

»Danke, aber es geht noch besser«, ging Joe vermeintlich jovial darauf ein. »Meine langjährige Erfahrung als Ermittler zeigt mir, dass es nichts gibt, was es nicht gibt. Deshalb halte ich auch die folgende Variante für denkbar: Sie und Ihr Cousin haben eine gemeinsame Leiche im Keller, die Sie durch diese Verwechslungskomödie beseitigen wollten. Während Karl sich mit dieser schrecklichen Narbe für Sie ausgegeben hat, haben Sie sich woanders um Ihre Belange gekümmert. Dann aber sind Kornhäuser und Ranstett dahintergekommen, wollten Karl und Sie erpressen, und Sie haben sie kaltblütig erschossen. Und Ihren Vetter gleich mit, um den lästigen Mitwisser loszuwerden. Ihr Auftauchen im Polizeipräsidium wäre demnach ein klug eingefädeltes Ablenkungsmanöver, um den Eindruck zu erwecken, Sie wären das eigentliche Opfer.«

»Faszinierend!« Dietlitz klatschte Beifall. »An Ihnen ist ein guter Geschichtenerzähler verloren gegangen.«

»Sagen Sie es uns lieber gleich.« Jäh schoss Joes rechte Hand mit der brennenden Zigarette nach vorn, zielte auf Dietlitz' Brust. Dazu schwoll seine Stimme an, die stahlblauen Augen sprühten gefährliche Funken. Dietlitz zuckte zusammen, als Joe ihn derart ins Visier nahm. »Gibt es jemanden, der einen Grund hat, Sie umzubringen?«

Für den Bruchteil einer Sekunde war Dietlitz wirklich aus dem Konzept. Das Gesicht gerötet und heftig atmend, drehte er sich halb von ihnen weg zum Fenster und lockerte den Krawattenknoten am Hals, sah hinaus, um Zeit zu gewinnen, sich zu sammeln.

»Abgesehen von Ihrem toten Cousin natürlich«, fügte Joe unterdessen leise hinzu. »Denken Sie daran: Falls ja, wird der Mörder rasch herausfinden, dass er den Falschen erwischt hat. Garantiert wird er es erneut probieren. Und dieses Mal gibt es niemanden mehr, der Ihnen zum Verwechseln ähnlich sieht und an Ihrer Stelle zum Opfer wird. Die Wahrscheinlichkeit ist also sehr hoch, dass der Mörder sein Ziel erreicht. Nur wir können das noch verhindern. Dazu müssen Sie allerdings mit uns zusammenarbeiten und uns Hinweise geben, damit wir den Täter rechtzeitig zur Strecke bringen.«

»Oh Gott, Herr von Dietlitz«, sagte Erna Pfaffinger völlig aufgelöst mitten in das auf Englisch geführte Gespräch hinein. Obwohl sie kein Wort verstanden haben konnte, schlug sie sich die Hand vor den Mund. Dicke Tränen kullerten ihr über die erhitzten Wangen. »Das ist alles so entsetzlich! Fürchten muss man sich ja! Was gibt es nur für grausame Menschen.«

Bang sah sie erst auf ihn, dann zu Joe und dann abermals zum Fenster, wo Dietlitz stand, inzwischen die Hände tief in den Hosentaschen vergraben. Emils Anwesenheit hatte sie offenbar komplett vergessen. Er verkniff sich einen Kommentar zu ihrem letzten Satz, den er angesichts dessen, was in den letzten zwölf Jahren von Deutschen der restlichen Welt angetan worden war, makaber fand. Dietlitz überging ihn ebenfalls, als er sich wieder umdrehte.

»Warum sollte mir jemand nach dem Leben trachten?«, wandte er sich stattdessen betont gelassen an Joe. Offenkundig hatte er – wenn auch unter unverkennbaren Mühen – in seine beherrschte Haltung zurückgefunden. »Der Krieg ist aus. Wir stehen nicht mehr als Soldaten an der Front, schießen nicht mehr aufeinander, nur weil wir Bürger verschiedener Staaten sind. Im zivilen Leben bin ich ein absolut harmloser, unauffälliger Mensch. Das wird man Ihnen gern von verschiedener Seite bestätigen. Streit pflege ich grundsätzlich aus dem Weg zu gehen, Gewalt verabscheue ich, tue niemandem bewusst etwas …«

»Natürlich«, schnitt Joe ihm ungeduldig das Wort ab. »Dann hatte der Täter es also doch auf Ihren Cousin abgesehen.«

Dieses Mal erlaubte Dietlitz sich ein vernehmliches Aufatmen.

»Womit wir wieder beim Anfang wären. Sofern ich Sie als Täter ausklammere, weil uns das jetzt wohl doch einige Gehirnwindungen zu viel abverlangt.«

»Wie ich bereits mehrfach gesagt habe, weiß ich leider nahezu nichts über den armen Karl«, ging Dietlitz geradezu erleichtert auf Joes vermeintliches Angebot ein, von Dietlitz' Unschuld auszugehen. Emil ahnte jedoch, wie leichtsinnig das war. Joe bediente sich sämtlicher denkbarer Raffinessen, um ihn in Sicherheit zu wiegen. Und es funktionierte.

»Außer den üblichen Familiengeschichten, dass er gern ritt, ein guter Schütze war, das Angeln liebte, die Jagd genoss«, plauderte Dietlitz geradezu begeistert los. »Und natürlich viel Ahnung von Landwirtschaft besaß. Seit Generationen sitzt unsere Familie auf einem recht weitläufigen Gut in Ostpreußen. Bei Soldau in Masuren, um es genauer zu sagen. Das heißt, wer weiß, ob sie da noch sind. Aus den Ostgebieten hört man ja leider Furchtbares.«

Gedankenverloren schweifte sein Blick in den Garten hinaus. Dann verschränkte er die langen, gepflegten Hände hinter dem Rücken und wippte auf den Schuhspitzen.

»Mein Vater ging als Zweitgeborener nach Berlin zum Studium, hat dort als Jurist eine Verwaltungslaufbahn eingeschlagen. Ich bin in Berlin geboren und aufgewachsen, war lediglich in den Ferien auf dem Gut in Masuren. Nur von daher kenne, das heißt jetzt leider: kannte ich meinen Vetter Karl. Das Einzige, was ich sonst noch über ihn weiß, ist, dass er sich tatsächlich der NSDAP angeschlossen hat, sogar in die SS eingetreten ist. Der Karriere wegen, hieß es.

Aber das besagt trotz allem noch nicht viel, wie wir alle wissen. Das haben Tausende getan.«

Joe unterdrückte einen wütenden Kommentar. An seinem energischen Ausdrücken der Zigarette aber war abzulesen, was er über diese Bemerkung dachte. Emil senkte kurz den Blick. Mit entwaffnender Freundlichkeit erkundigte Joe sich: »Dann war Karl also nie bei Ihnen in München zu Besuch? Hatte keinerlei Bezug zu Ihrem hiesigen Leben, Ihren Freunden und Bekannten, keinerlei Kontakt zu Ihren gesellschaftlichen Kreisen an der Isar?«

»Nein, nie. Höchstens durch meine Erzählungen.«

»Seltsam.« Joe rieb sich das Kinn, sah auf den Mahagonitisch, als studiere er das Muster der Einlegearbeit. Bis er sich ruckartig wieder aufrichtete und Dietlitz avisierte.

»Ab Anfang 1937 lebten Sie an der Isar und pflegten regen gesellschaftlichen Umgang.«

»Ja, natürlich, wie sich das halt so ergibt. Durch meine Arbeit, meine Herkunft.« Dietlitz wirkte leicht verwirrt.

»Dann sagt Ihnen auch der Name Lilo Löwenfeld gewiss etwas.«

»Sie meinen die Gesellschaftsreporterin?«, griff Dietlitz den Namen zu Emils Erschrecken ohne Zögern auf. »Eine bemerkenswerte Frau. Vor dem Krieg war sie in besseren Kreisen eine echte Berühmtheit. Ihr aus dem Weg zu gehen, wäre ein Affront gewesen.«

»Sie ist Jüdin.«

»Das spielte keine Rolle. Auch wenn Sie das jetzt nicht glauben wollen, aber wie heißt es so schön? ›Wer Jude ist, bestimme ich!‹, und das hat immerhin Göring gesagt.«

»Trotzdem musste sie fliehen.«

»Davon habe ich gehört.« Dietlitz zündete sich jetzt mit einem auffällig blank polierten Feuerzeug ebenfalls eine Zigarette an. Mitten in der Bewegung stockte er jedoch und beeilte sich hinzuzufügen: »Was aber nicht heißt, dass ich besonders eng mit ihr war. Wie alle anderen habe ich gierig ihre Artikel verschlungen und jedes Mal gehofft, ihr keinen Anlass über Beschwerden zu geben.«

Er rauchte einige Züge, hing sichtlich seinen Erinnerungen nach. Dabei erst schien er mit Verzögerung zu begreifen, worauf Joe mit seiner Frage hinauswollte, und hakte irritiert nach: »Wie kommen Sie jetzt auf Frau Löwenfeld? Ist sie zurück aus den Staaten? Will sie wieder hier leben? Sie hat doch nicht etwa etwas mit dem Mord zu tun? Nein, das ist geradezu grotesk! Zwar kenne ich sie nicht persönlich, bin mir aber sicher, dass sie niemals jemanden umbringen könnte. Mich am allerwenigsten, denn wirklich wahrgenommen hat sie mich doch gar nicht. Für sie war ich nur einer von vielen aus dem Heer des blaublütigen Fußvolks. Das wird Ihnen jeder aus unseren Kreisen gern bestätigen.«

»Es geht mir weniger um Lilo Löwenfeld, als vielmehr um einige gemeinsame Bekannte von Ihnen beiden.« Joe schnippte mit den Fingern, damit Emil ihm die Namen soufflierte. »Albert Kornhäuser, Joachim von Ranstett, Friedhelm von Brede.« Er verzichtete auf die Wiederholung, sondern drehte sich ruckartig zu Dietlitz herum. »Kennen Sie die? Die Herren stammen vermutlich alle aus demselben ›blaublütigen Fußvolk‹ wie Sie.«

Für den Bruchteil einer Sekunde meinte Emil, einen Schatten über Dietlitz' Gesicht huschen zu sehen, vielleicht aber war das nur Wunschdenken, weil es so vieles erklären würde. Schon schüttelte Dietlitz allerdings bedauernd den Kopf.

»Nicht bewusst. Vielleicht sind wir uns bei der ein oder anderen Gelegenheit einmal begegnet. Aber Sie wissen ja, wie so etwas abläuft. Man wird einander vorgestellt, stößt miteinander an, plaudert zwei, drei Sätze über das Wetter, die jüngste Inszenierung in der Staatsoper, die wirtschaftliche Lage und die Frechheit der hohen Schneiderrechnung, und dann dreht man einander wieder den Rücken zu. Und schon heißt es: aus den Augen aus dem Sinn, selbst wenn man sich gelegentlich bei ähnlichen Anlässen wiedersieht.«

»Als ›blaublütiges Fußvolk‹«, erinnerte Joe abermals abfällig an das Stichwort, um gleich eine weitere Spitze auf Dietlitz abzuschießen: »Vielleicht sind Sie doch nicht das Opfer, sondern der Täter.«

»Sie meinen?« Dietlitz' Verwunderung schien echt. Zumindest nach Emils Dafürhalten.

»Vielleicht ist das alles hier nur ein besonders raffiniertes Ablenkungsmanöver«, wich Joe einer direkten Antwort aus, rieb sich das Kinn, als denke er gerade zum ersten Mal darüber nach. »Wer weiß schon, was im ›blaublütigen Fußvolk‹ so alles vorgeht?«

Er spitzte den Mund, ließ seine Worte wirken. Um dann energisch nachzusetzen: »Danke. Das war es vorerst. Da Sie sich so sicher sind, dass niemand einen Grund hat, Ihnen nach dem Leben zu trachten, erkläre ich den Fall für erledigt.«

»Aber ...«, setzte Dietlitz verdutzt an, was Joe mit einem energischen Wink abtat. Unerwartet hastig verabschiedete er sich, übersah dabei geflissentlich die Hand, die Dietlitz ihm entgegenstreckte, und eilte mit langen Schritten dem Ausgang zu.

Emil wollte ihm eiligst folgen. Er brannte darauf, zu erfahren, worauf Joe mit seinem ganzen Manöver hinauswollte. Undenkbar, dass die Sache für ihn tatsächlich schon erledigt war. Dietlitz stellte sich ihm jedoch in den Weg. Verwundert blieb Emil stehen.

»Sagen Sie, heißt Ihr Bruder nicht Friedrich? Und ist er nicht Staatsanwalt hier in München?« Das klang eher nach Feststellung denn nach Frage. »Als Mr. Simon vorhin alte Bekannte erwähnte, ist mir eingefallen, Ihrem Bruder bei der ein oder anderen Einladung begegnet und vorgestellt worden zu sein. Ein strammer Bursche. Und sehr linientreu. Mit seiner Überzeugung und seinem Aussehen war er wie geschaffen für eine Karriere bei der SS.« Er lächelte süffisant, bevor er vermeintlich bestürzt hinzufügte: »Oder hat er Ihnen das verschwiegen? Was aus heutiger Sicht natürlich das Beste wäre. Bestimmt wollen Sie bei der Kripo bleiben. Und die Amerikaner sind sehr empfindlich, was solche Familienverbindungen angeht, nicht wahr?«

## 19

MITTWOCH, 22. AUGUST

Mit gemischten Gefühlen saß Billa im Jeep, während sie am zerstörten Bahnhofsgebäude vorbei stadtauswärts Richtung Westen fuhren. Noch war sie unschlüssig, ob sie das Richtige tat. Letztlich blieb ihr kaum eine andere Wahl. Die Finger ihrer rechten Hand spielten fahrig mit der Holzfigur, die sie seit Tagen in der Handtasche mit sich herumtrug. Die musste doch einfach Glück bringen, zumindest Piotr. Wenn sie ihm die endlich geben könnte! Dazu müsste sie ihn allerdings erst einmal finden.

Ihre Augen schweiften gedankenverloren nach draußen. Entlang der Schienenstrecke waren die Kriegszerstörungen am schlimmsten. Ab der Schwanthaler Höhe ließen sie dagegen südlich der Landsberger Straße sichtbar nach. Aus dem Augenwinkel registrierte Billa die langgestreckten Ziegelgebäude der Augustinerbrauerei, hatte automatisch den vertrauten Malzgeruch in der Nase, obwohl das Brauen derzeit nur sehr eingeschränkt stattfand. Die Getreideernte war zu knapp ausgefallen, um den beliebten Gerstensaft in den vorkriegsüblichen Mengen zu produzieren. Und den amerikanischen Besatzern war noch nicht so ganz klar, dass Bier in München nicht als Luxusgut, sondern als Grundnahrungsmittel im besten Wortsinn galt. Gab es ausreichend Bier für alle, lenkte das von so mancherlei Not und Missstand ab und sorgte für Ruhe in der Bevölkerung. Genau deshalb war das Bierbrauen in den Kriegsjahren in gewohntem Umfang beibehalten worden. Aber das würden die Amerikaner rasch kapieren. Falls sie es kapieren wollten. Immerhin waren die Münchner völlig zu Recht die Besiegten, deren persönliches Wohl derzeit nicht an erster Stelle stand.

Billas Blick streifte ihren Fahrer, den rötlich-blassen, wortkargen Graham O'Neil. Kein einziges persönliches Wort hatte der bislang an sie gerichtet. Von ihm würde sie nie erfahren, wie er das Ganze sah. Was gäbe sie darum, jetzt Sam neben sich sitzen zu haben und mit ihm das Für und Wider von ausreichender Bierversorgung zu diskutieren! Oder wenigstens Lydia. Oder einen der anderen Kollegen aus der Villa in der Möhlstraße. Momentan waren sie jedoch alle sehr beschäftigt. Nur noch selten entspann sich ein Gespräch wie in den ersten Tagen nach ihrer Rückkehr nach München. Überall um sie her hatte sich beklemmendes Schweigen ausgebreitet. Was sie nur wieder auf ihre eigenen aufwühlenden Gedanken zurückwarf.

Natürlich verstand sie, dass es in der derzeitigen Situation unklug war, allzu vehement auf Sams Begleitung zu bestehen. Dazu hatte er sich vergangenen Sonntag gegenüber dem diensthabenden Lieutenant im Lager Schleißheim-Feldmoching eindeutig zu viel herausgenommen. Und das allein ihretwegen. Deshalb war es vorerst besser für ihn, sich in sämtliche Anweisungen widerspruchslos zu fügen, bis über die Beschwerde Gras gewachsen war. Der Lieutenant hatte sie überhaupt erst an diesem Vormittag eingereicht, also drei Tage nach dem Vorfall und obwohl Sam und sie noch einige Male im Lager vorgesprochen hatten, um sich zu entschuldigen. Vergeblich.

Montags hatte Sam sie nicht nur morgens in die Ettstraße gefahren, sondern war den gesamten restlichen Tag mit ihr auf der Suche nach Piotr quer durch die Stadt unterwegs gewesen, ebenso am Tag darauf. Dabei hatte er Sonntag schon prophezeit, es wäre aussichtslos, in einer Trümmerwüste wie München jemanden finden zu wollen, der nicht gefunden werden wollte. Das wäre wie mit der Stecknadel im Heuhaufen. Tatsächlich hatte er recht behalten. Sie waren Piotr nicht einmal ansatzweise auf die Spur gekommen. Obwohl sie überall nach ihm gesucht hatten. Zunächst natürlich noch einmal im Lager, wo Billa hoffte, wenigstens Freunde und Landsleute aufzuspüren, die mehr über seinen Verbleib wussten. Nicht einmal ihr Informant Igor, der sie überhaupt erst mit Piotr zusammengebracht hatte, war in der Lage gewesen, ihr einen heißen Tipp zu geben. Zumindest hatte er rasch begriffen, warum Billa so eindringlich nach Piotr fragte: um ihn zu warnen. Weil sie fürchtete, er schwebte nach dem lebendigen Auftauchen des totgeglaubten Viktor von Dietlitz inzwischen wirklich in Lebensgefahr.

Mit eigenen Augen hatte sie gesehen, wie Dietlitz ganz selbstverständlich zu Emil Graf und Joe Simon in die Ettstraße gegangen war, und halb verborgen hinter einer der Säulen am Treppenabsatz die ersten Sätze belauscht, mit denen er sich den beiden als der vermeintlich Tote aus Nymphenburg vorgestellt hatte. Das konnte für Piotr letztlich nichts Gutes heißen!

Ob er untergetaucht war, weil er den Mann gekannt hatte, der an Dietlitz' Statt erschossen worden war? Weil er mit ihm seine Geschäfte um die falschen Papiere abgewickelt hatte und eben nicht mit dem lebenden Viktor? Oder weil er mit dem lebenden Dietlitz unter einer Decke steckte und der etwas zu verbergen hatte, wofür man ihn töten wollte? Beides würde bedeuten, dass irgendwer ein vermutlich sehr großes Interesse daran hatte, dass Piotr als lästiger Mitwisser weder das eine noch das andere preisgab. Am wahrscheinlichsten war dieser Jemand der lebende Dietlitz. Womöglich wollte er dem Fälscherring dazwischenfunken, der in seinem Namen krumme Dinger drehte. Oder er trachtete Piotr nun nach dem Leben, weil der ihm mit seinem Wissen über den falschen Toten gefährlich werden konnte.

Was Billa Igor so nicht hatte sagen können. Sie war unschlüssig, ob und wie weit er überhaupt in die Sache mit den Papieren, die vermutlich der falsche Dietlitz Piotr beschaffen wollte, eingeweiht war. Igor hatte allerdings gespürt, dass es für Piotr um viel ging und er Billa vertrauen musste, wollte er seinem Freund helfen. Also hatte er ihr einige Tipps zu möglichen Anlaufstellen für Piotr gegeben. Entscheidend weitergebracht hatte es sie nicht. Nicht einmal an den neuralgischen Punkten des Schwarzmarktes, also rund um die Möhlstraße und das Sendlinger Tor, sowie in den dubiosen Kellerspelunken in Schwabing und der Maxvorstadt, wo sich die Versprengten und Untergetauchten zu treffen oder Nachrichten zu hinterlassen pflegten, waren sie fündig geworden. Piotr schien sich in Luft aufgelöst zu haben.

Ob er die Stadt inzwischen verlassen hatte? Aber wohin sollte er fliehen, wenn man überall im Land Registrier- und Passierscheine benötigte und an jeder Ecke streng kontrolliert wurde? Seine einzige Hoffnung, demnächst irgendwohin zu entkommen, lag letztlich allein in München, streng genommen nur bei Billa. Sie musste ihn finden, bevor Dietlitz ihn fand. Oder sonst jemand, der ihm Böses wollte. Und deshalb musste sie ihn endlich, wie seit letztem Sonntag geplant, bei den Landgrubers am Neuen Israelitischen Friedhof in Sicherheit unterbringen, bis die Sache mit der anstehenden Repatriierung und die Morde geklärt waren.

Dazu war sie allerdings auf Hilfe angewiesen. Zuerst hatte sie mit einem gewissen Flattern im Bauch an Emil Graf gedacht. Ausgerechnet an den deutschen Kripobeamten! Auch wenn die Amerikaner vorerst nur diejenigen einstellten, von deren Unbelastetheit sie überzeugt waren, spürte Billa ihr altes Unbehagen dennoch wieder aufflammen. So ganz trauten die Amerikaner den Männern wohl doch nicht. Warum sonst verboten sie deutschen Polizisten, bei den Displaced Persons zu ermitteln? Auch Piotr war wohl am Sonntag vor Emil getürmt, weil er ihm grundsätzlich misstraute.

Billa hegte ebenfalls weiterhin Vorbehalte gegen die Münchner Polizei, auch bei Emil wollte sie vorsichtig bleiben. Seidls böse Andeutungen über ihn spukten weiter in ihrem Kopf herum. Deshalb würde sie den Teufel tun und ihn direkt bitten, ihr bei der Suche nach Piotr zu helfen. Stattdessen wollte sie ihn zunächst vor allem aushorchen, wie es mit den Ermittlungen in den Mordfällen stand, was es mit dem echten Viktor von Dietlitz auf sich hatte, inwieweit Emil schon der Sache mit den falschen Papieren auf die Spur gekommen war und ob Piotr immer noch zum Kreis der Tatverdächtigen gehörte oder ob sich nach dem Auftauchen des lebendigen Dietlitz neue Erkenntnisse ergeben hatten.

Dass Emil ihr entsprechend Auskünfte geben würde, davon war sie trotz allen Misstrauens überzeugt. Letzten Montag hatte sie im Präsidium nicht nur belauscht, wie Viktor von Dietlitz sich zu erkennen gegeben hatte, sondern auch, wie Joe Simon Emil zuvor im Nebenzimmer des Büros wegen seines unprofessionellen Verhaltens den Kopf gewaschen hatte. Und das nicht ganz grundlos. Bei der Erinnerung musste sie schmunzeln. Schon während ihrer Aussage war ihr Emils Nervosität aufgefallen, dabei war sie selbst ein einziges Nervenbündel gewesen. Was sie nur mühsam hinter einem fast schon peinlich arroganten Verhalten zu verbergen versucht hatte. Dass Emil sich nach Piotr erkundigte, den sie vor seinen Augen umarmt hatte, war ihr nahe gegangen. Es hatte sie insgeheim gefreut, dass Emil das offensichtlich störte. Der Gedanke sorgte für eine verräterische Hitze auf ihren Wangen. Zudem imponierte ihr, mit welcher Sorgfalt sich Emil der Aufklärung der Mordfälle widmete, die im München so kurz nach Kriegsende letztlich nur drei von viel zu vielen waren. Sie liefen wohl dennoch seinem Rechtsempfinden zuwider.

Deshalb hatte Billa sich unter einem Vorwand im Präsidium seine Privatadresse verschafft und Graham gebeten, sie dorthin zu fahren. Was er durchaus unbedarfter tat, als Sam es wohl je getan hätte. Sie haderte jedoch mit sich, ob sie tatsächlich die richtige Entscheidung getroffen hatte.

Der Jeep erreichte die Friedenheimer Brücke. Wie durch ein Wunder hatte die die Luftangriffe unbeschadet überstanden. Dabei war sie eine wichtige Nord-Süd-Verbindung über die breite Eisenbahntrasse zwischen Pasing und der Innenstadt, auf die ein wahrer Bombenhagel niedergegangen sein musste, der auch viele Wohngebäude in unmittelbarer Nachbarschaft rechts und links der Schienenstränge beschädigt hatte.

Schnittig bog Graham nach links ab, um wenig später parallel zur Straßenbahnstrecke schon wieder nach rechts auf die Agnes-Bernauer-Straße einzuschwenken. Einer der typischen weißblauen Wagen der Linie 19 versuchte über ein erstaunlich langes Stück, mit ihrem Tempo mitzuhalten. Wie üblich war er völlig überfüllt. Menschenmassen drängten sich im Inneren und hingen in Trauben an den Außengriffen auf den Plattformen. Ein Wunder, dass die Tram unter dieser Last überhaupt vom Fleck kam. Graham überholte sie endlich, ohne sie eines Blickes zu würdigen.

Unaufhaltsam näherten sie sich ihrem Ziel. Billas Herzschlag beschleunigte sich. Was würde Emils Zimmerwirtin sagen, wenn sie nach dem offiziellen Dienstschluss in der Ettstraße ihren Untermieter zur besten Abendessenszeit zu sehen wünschte? Damenbesuch war ihm gewiss nicht erlaubt. Vielleicht durfte sie in der Küche unter vier Augen mit ihm reden. Wie er ihr Auftauchen wohl selbst aufnahm?

»Da wären wir.« Abrupt bremste Graham den Wagen. Billa erwachte aus ihren Grübeleien und sah an dem dreistöckigen Gebäudezug mit dem roten Walmdach hinauf. Es gehörte zu den trutzigen Bauten der Eisenbahnergenossenschaft, die das Erscheinungsbild Laims seit der Jahrhundertwende prägten. Hinter einem dieser Fenster wohnte Emil also. Und sie war dabei, in sein Privatleben vorzudringen. Ob ihm das behagte? Behagte es ihr denn? Warum tat sie es trotzdem?

Hastig verstaute sie den Holzkobold in den Tiefen der Handtasche und stieg aus, bevor sie es sich anders überlegte.

# 20

»Sie wissen, dass ich Ihnen nichts über die laufenden Ermittlungen sagen darf«, kam Emil barsch auf den Punkt. Billas unangekündigtes Auftauchen in seiner derzeitigen Unterkunft – als Zuhause wollte sie das lieber nicht bezeichnen – erschreckte ihn sichtlich. Dabei war sie noch mit keinem Wort auf den Zweck ihres Besuchs zu sprechen gekommen. Gerade standen sie sich im Wohnzimmer seiner Zimmerwirtin gegenüber. Emil setzte abwehrend nach: »Wenden Sie sich an Captain Simon. Er wird entscheiden, was er Ihnen Neues sagen darf.«

»Deswegen bin ich gar nicht hier«, log sie und rechtfertigte das vor sich selbst damit, dass es zumindest teilweise stimmte. Leichte Röte überzog ihre Wangen. Rasch senkte sie den Kopf.

»Weshalb dann?«, hakte er nach und bemerkte ihre Verlegenheit sofort, interpretierte sie jedoch falsch. Seine Wirtin hatte sie zuvor äußerst freundlich willkommen geheißen und ihn flugs über ihren Besuch informiert, während sie im Wohnzimmer auf ihn warten sollte. So einladend der Raum mit den geblümten Polstersesseln und dem bunten Mosaiktisch vor dem von üppigen Grünpflanzen dominierten Fenster auch wirkte, schien Emil jetzt zu vermuten, sie fühle sich dort nicht wohl.

»Lassen Sie uns spazieren gehen«, schlug er vor. »Bewegung an der frischen Luft tut mir nach dem langen Tag im Büro gut. Jetzt sind auch die Temperaturen angenehmer.«

Seine Wirtin reagierte enttäuscht. Gerade balancierte sie ein Tablett mit einer Karaffe Wasser, Gläsern sowie einigen spärlichen Keksen und einer Schüssel mit Zwetschgen zur Tür herein. Billa dankte ihr mit einem Lächeln für das großzügige Angebot. Frisches Obst war Luxus für die Münchner. Dass es ihr als Imbiss angeboten wurde, wusste sie zu schätzen.

»Frau Grieshaber meint es viel zu gut mit mir«, wechselte Emil unvermittelt in eine fast schon vertrauliche Stimmung, sobald sie unten auf der Straße Graham über ihren Spaziergang informiert hatten und südwärts gingen. »Obwohl sie meine ältere Schwester sein könnte, will sie mir eher eine Mutter sein und mich nach Strich und Faden verwöhnen. Sie weiß um das ungeklärte Schicksal meiner Familie in Breslau. Während meines Studiums habe ich schon einmal bei ihr gewohnt. Als ich Anfang Juli nach München gekommen bin, hat sie mich überglücklich bei sich aufgenommen. Wenigstens einer, der unversehrt zurückgekehrt ist. Manchmal denke ich, es wäre besser, wieder auszuziehen. Gewiss halten Sie mich für undankbar.«

»Ich verstehe Sie«, räumte sie ein. Seine unerwartete Offenheit schmeichelte ihr. Es gewährte ihr einen winzigen Einblick in seine jüngste Vergangenheit. Was sie fast ermutigt hätte, ihn auf seinen vermissten Nazi-Bruder anzusprechen. Er aber kam ihr mit einer ganz anderen Frage zuvor.

»Wollen Sie mir etwas über den wiederauferstandenen Viktor von Dietlitz erzählen? Oder verraten, was Ihre Mutter mit ihm zu tun hat? Sie haben ihn Montag auf der Treppe schließlich auf Anhieb erkannt und er Sie offensichtlich auch. Also muss es eine Verbindung zwischen Ihnen beiden geben.«

»Ich sehe meiner Mutter zum Verwechseln ähnlich, heißt es«, war alles, was Billa darauf zunächst herausbrachte. Sie fühlte sich völlig überrumpelt. Zweifellos hatte sie ihn unterschätzt. Sie musste besser aufpassen. Und geschickter vorgehen.

»Dann stimmt es also: Ihre Mutter und er kannten sich?«, hakte er unerbittlich nach.

»Alles, was ich darüber weiß, habe ich Ihnen letzten Montag schon gesagt.« Sie blieb stehen, um die Zigaretten aus ihrer Handtasche zu holen, strich dabei flüchtig über den Holzkobold, steckte sich eine Zigarette zwischen die Lippen und bot Emil ebenfalls eine an. Dankbar nahm er sie, gab ihr im Gegenzug Feuer.

»Ich habe Dietlitz nur erkannt, weil ich ihn als vermeintlich Toten gefunden und das Foto in seiner Wohnung gesehen habe, mit dem die Haushälterin ihn identifiziert hat. Von früher ist er mir leider wirklich nicht in Erinnerung.«

»Trotzdem hat er wohl auf Anhieb Ihre Mutter in Ihnen gesehen. Und das nach mehr als sieben Jahren! Also hatte er mit ihr wohl weitaus engeren Kontakt als nur wegen irgendwelcher Klatschgeschichten für die Zeitung.«

»Er hat uns verwechselt«, betonte sie noch einmal.

»Irgendwie kommen in diesem Fall zu viele Verwechslungen vor«, bemerkte er nach den ersten gierigen Zügen an der Zigarette und lief weiter.

»Dann steht also endgültig fest, dass jemand den Toten für Viktor von Dietlitz gehalten und ihn deswegen erschossen hat?«, griff sie das sofort auf, dankbar, damit von Lilo abzulenken. »Was liegt gegen ihn und die beiden anderen Toten vor, das eine solch abscheuliche Tat motivieren könnte?«

Im Stillen hoffte sie, es habe nichts mit den falschen Papieren und Piotr zu tun.

»Da müssen wir wohl nicht lange suchen«, erwiderte er. »Derzeit genügen oft schon sehr banale Gründe, um umgebracht zu werden. In unserem Fall bin ich mir allerdings sicher, Sie sollten einmal Ihre Mutter dazu befragen. Sie muss auch die beiden anderen Toten, Kornhäuser und Ranstett, besser kennen. Genaueres dazu von ihr zu erfahren, könnte uns entscheidend weiterbringen.«

Das saß, obwohl er es alles andere als vorwurfsvoll gesagt hatte. Sie blieb abermals stehen und rauchte nachdenklich. Schon wieder waren sie bei Lilo und ihrer Rolle in dem Fall angelangt. Das war kein Zufall. Natürlich hatte er recht. Ein Telefonat über den Großen Teich sollte es ihr wert sein, um mögliche Zusammenhänge zu klären. Zumal sie Piotr damit vielleicht das Leben rettete. Sie warf die Zigarettenkippe zu Boden und trat sie mit der Schuhspitze aus.

»Ich werde sie anrufen«, räumte Billa ein.

»Warum schieben Sie es ständig auf, Ihre Mutter darauf anzusprechen? Fürchten Sie sich vor der Antwort?«

»Wie kommen Sie dazu, so etwas zu behaupten?«

»Schweigen und Verschweigen und lieber nicht Nachfragen, das sind derzeit die Lieblingsbeschäftigungen von uns allen.«

Schwungvoll warf er seine Kippe ebenfalls zu Boden. Bestimmt würde sich später jemand freuen, sie als Beute aufzusammeln. Tabak war kostbar, auch in ganz geringen Mengen.

»Aber aus ganz unterschiedlichen Gründen«, widersprach sie scharf. Es behagte ihr nicht, dass er Täter wie Opfer in einen Topf warf.

Das schien auch ihm im selben Moment als peinlicher Fauxpas bewusst geworden zu sein. Rot bis zu den Ohren entschuldigte er sich.

»Schon gut«, winkte sie ab. Zu sehr verschrecken wollte sie ihn auch nicht. Beim Gedanken an ihre Mutter und ihr jahrelanges Herumscharwenzeln mit den Nazigrößen wurde ihr sowieso flau. Ganz zu schweigen davon, dass Lilo sich über Billas Vater ausschwieg. »Letztlich fürchten wir alle die Leichen in unseren Kellern, wenn auch aus völlig verschiedenen Gründen. Leugnen aber kann wohl keiner von uns ihr Vorhandensein.«

Damit machte sie es noch schlimmer, wie sie am Aufblitzen in seinen faszinierend maronibraunen Augen zu erkennen glaubte. Seidl und seine Andeutungen zu Emils Bruder fielen ihr ein. Da musste mehr dran sein, als ihr lieb war. Doch sie konnte es sich nicht leisten, Emil zu verprellen. Sie brauchte seine Hilfe. Jetzt. Sonst war Piotr verloren. Dahinter musste alles andere zurückstehen. Deshalb schob sie sämtliche Bedenken beiseite und bot ihm zur Versöhnung mit einem verschwörerischen Augenzwinkern eine weitere Zigarette an, steckte sich selbst eine zwischen die Lippen.

»Gleich nachher werde ich meiner Mutter auf den Zahn fühlen. Versprochen!« Als er ihr Feuer gab, neigte sie sich zu ihm vor. »Ich kann ganz schön hartnäckig sein, wetten?«

»Danke«, entgegnete er knapp und ging weiter, versank dabei in Schweigen. Sie folgte ihm, angestrengt auf der Suche nach einer Überleitung, ihm doch noch mehr über den Stand der Ermittlungen zu entlocken.

Die Gegend in Laim war ihr aus früheren Zeiten rudimentär bekannt. Nach den mehrstöckigen Gebäuden in der Agnes-Bernauer-Straße erreichten sie südlich davon ein Viertel mit großzügigen, erstaunlich gepflegten Gärten, in deren Mitte kleine Einfamilienhäuser thronten, die wegen ihres würfelförmigen Baus und des pyramidenartigen Walmdachs Kaffeemühlenhäuser genannt wurden. Die Schornsteine glichen den Stummeln der abgebrochenen Kurbeln. Lange hatte sie sich ausgemalt, die Familie ihrer Kindheitsfreundin Rosl Schratzler wäre in ein solches Haus gezogen. Das hätte zu ihnen gepasst. Vielleicht würde sie sich demnächst doch einmal aufmachen, um das herauszufinden. Am besten zusammen mit Lydia nach ihrer Rückkehr. In jedem Fall war es erstaunlich, wieder einmal festzustellen, wie schnell man aus der nahezu komplett zerstörten Innenstadt in beschauliche Vorkriegsszenarien mit unzerstörten Häusern gelangte.

Sie und Emil waren bis auf einen Hundebesitzer, der seinen alterslahmen Rauhaardackel ausführte, sowie zweier freundlicher Wachleute in den alten blauen Uniformen die Einzigen, die auf den Trottoirs unterwegs waren. Dabei begann die Ausgangssperre erst um halb elf. In Laim schien man sich dennoch früh am Abend ins Haus zurückzuziehen, wo es in Zeiten wie diesen unbestreitbar gemütlicher war als draußen. An der nächsten Straßenecke lief man schließlich nur Gefahr, mit dem kruden Nachkriegselend in Gestalt von Flüchtlingen, Kriegsversehrten oder Militärkontrollen konfrontiert zu werden. Ablenkung davon gab es derzeit wenig. Kaum eine Handvoll Lichtspielhäuser hatten erst den Betrieb wieder aufgenommen, darunter zwar auch das in Laim, das aber nur amerikanische Lehrfilme zeigte. Erst für kommenden Samstag war die Premiere zweier Unterhaltungsfilme angekündigt, die Karten waren begehrt.

»Sie haben es am Montag bereits gehört«, setzte Emil unvermittelt an, sobald sie die kleinen Straßen mit den gemütlichen Kaffeemühlenhäusern wieder verließen und westwärts Richtung Fürstenrieder Straße die typischen Genossenschaftsbauten der letzten Jahrzehnte auftauchten. Dieses Mal war er es, der stehen blieb. Billa stellte sich ihm gegenüber, beneidete ihn um die Möglichkeit, in solchen Momenten die Hände lässig in die Jacken- oder Hosentaschen schieben zu können.

»Captain Simon und Oberinspektor Grasmüller haben entschieden, die Ermittlungen in dem Fall einzustellen«, sagte Emil. »Daran ändert leider auch Viktor von Dietlitz'

Auftauchen nichts. Obwohl es natürlich eine einmalige Chance gewesen wäre, das Mordopfer zu den Hintergründen der Tat zu befragen. Aber wer weiß? Vielleicht hat er ohnehin gute Gründe, zu der ganzen Sache zu schweigen.«

Das Gesicht, das er dazu machte, wirkte alles andere als gleichgültig, auch wenn er sich noch so sehr darum bemühte.

»Und dem gehen Sie nicht auf den Grund?«, versuchte sie, ihn aus der Reserve zu locken. Schneller als gedacht wiegelte er ab: »Es liegt nicht an mir. Leider. Das muss ich akzeptieren.«

Das klang endgültig. Ihr Mut sank. Um Zeit zu gewinnen, wanderte ihr Blick über die Umgebung. Zwischen den Baumwipfeln einer parkähnlichen Anlage schälten sich im Süden die notdürftig instandgesetzten Gemäuer der einstigen Nervenheilanstalt Neufriedenheim heraus. Die hatte sie vor ihrem Weggang aus München einige Male mit ihrer Mutter Lilo besucht. Hedwig, eine von Lilos engsten Freundinnen, war dort unter tragischen Umständen eingewiesen worden. Ein mulmiges Gefühl beschlich Billa. An keiner Ecke der Stadt entging man den grausigen Verbrechen der NS-Zeit.

Emil schien weder von der Heilanstalt zu wissen noch überhaupt der Anlage irgendeine Bedeutung beizumessen. Wahrscheinlich wurde sie inzwischen zur Unterbringung von Ausgebombten oder Flüchtlingen verwendet. Unvermittelt fügte er hinzu: »Ein Gutes hat das alles: Sie können Ihrem Freund, der Sonntag vor mir davongelaufen ist, Bescheid geben, dass er wieder in seine Unterkunft zurück kann. Die Militärpolizei wird ihn nicht weiter behelligen.«

Sie horchte auf. Schon wieder hatte sie unterschätzt, wie zielsicher er die richtigen Schlüsse zu ziehen pflegte. Offenbar hatte er längst durchschaut, was sie von ihm wollte. Zumindest schien die Sache mit Piotrs falschen Papieren keine Rolle zu spielen. Wahrscheinlich ahnte die Polizei gar nichts davon. Dann hatten sie in Dietlitz' Wohnung wohl auch keine gefunden, ebenso wenig wie Beweise über seine Verwicklung in solche Geschäfte. Oder aber Dietlitz oder vielmehr derjenige, der sich Piotr gegenüber für ihn ausgegeben hatte, hatte nie vorgehabt, ihm welche zu beschaffen. Dann wäre Piotr hereingelegt worden. Was er dafür wohl bezahlt hatte? Billa spürte, wie die Wut in ihr aufstieg. Es gab immer genügend Menschen, die die Not anderer schamlos ausnutzten.

Emil suchte ihren Blick. Sie zwang sich, ihm ruhig ins Gesicht zu sehen. Seine anfängliche Verlegenheit war inzwischen verschwunden. Stattdessen schwankte seine Mimik zwischen Entschlossenheit und Herausforderung.

»Sie glauben doch auch nicht, dass der Fall schon zu den Akten gelegt werden sollte, oder?«, ging er zum Angriff über. »Deshalb sind Sie schließlich zu mir gekommen. Das Auftauchen des lebendigen Dietlitz gefährdet Ihren Informanten aus dem DP-Lager. Entweder, weil diejenigen, die Dietlitz töten wollten und den Falschen erwischt haben, in ihm einen unliebsamen Zeugen vermuten. Oder aber, weil Dietlitz selbst ihm etwas antun könnte, denn möglicherweise ist er ihm im Weg, weil Ihr Freund den falschen Toten kannte. Was um Himmels willen weiß der Mann also? Und was wissen Sie? Verraten Sie es mir endlich! Nur so können wir Schlimmeres verhindern.«

Provozierend sah er sie an. Seine Augen waren rund, die Nase etwas zu lang und zu spitz, was seinem markanten Gesicht etwas Aufrichtiges, Ehrliches verlieh. Für den Bruchteil einer Sekunde zögerte Billa, ob sie ihm tatsächlich vertrauen sollte. Kaum setzte sie zu einer Antwort an, entschied sie sich doch wieder dagegen. Sie schaffte es einfach nicht.

»Dann halten Sie ihn nicht mehr länger für den Täter?«, fragte sie stattdessen.

»Wie kommen Sie darauf, das hätte ich je ernsthaft …?«

»Spätestens seit Dietlitz' Auftauchen wohl nicht mehr«, wich sie einer Antwort aus und überlegte. Zweifellos war Emil hartnäckig und vor allem klug. Mit schlafwandlerischer Sicherheit kombinierte er richtig. Nicht nur deswegen gefiel er ihr immer besser. Irgendwie musste sie ihn bei der Stange halten, obwohl die Ermittlungen offiziell beendet waren. Das aber hieß letztlich, sie musste ihn doch in Piotrs Geschichte einweihen. Was jedoch undenkbar war. Damit war die Entscheidung gefallen.

»Befürchten Sie noch weitere Opfer außer Dietlitz, Kornhäuser und Ranstett?«, versuchte sie es nach einer längeren Pause mit einer anderen Idee.

»Fragen Sie Ihre Mutter, wer noch zu dem Kreis der drei Männer gehört haben könnte, dann wissen wir mehr.«

»Sie lassen nicht locker.«

»Sie auch nicht«, griff er ihren munteren Ton erleichtert

auf. »Leider bin ich inzwischen mit anderen Ermittlungen betraut und habe keine Möglichkeit, neue Fährten zu verfolgen. Deshalb wäre das unsere einzige Chance.«

»Da ich Dietlitz eigentlich für meinen Artikel über Kriegsheimkehrer befragen wollte, sollte ich das nun mit dem wirklichen Viktor von Dietlitz tun«, umging sie abermals das heikle Thema Lilo. »Vielleicht erfahre ich doch etwas mehr von ihm, was er Ihnen nicht sagen kann und will.«

»Halten Sie mich auf dem Laufenden?« Überraschend schnell schnappte er nach dem Köder.

»Dann bleiben wir also in Kontakt?«

»Würde mich freuen.«

»Sie hören von mir.«

Genau wie damals in Dietlitz' Nymphenburger Wohnung verharrten ihre Blicke aufeinander. Einen Herzschlag lang erlaubten sie sich die Illusion, zwischen ihnen wäre mehr als nur die gemeinsame Suche nach einem Mörder möglich.

# 21

FREITAG, 24. AUGUST

Billa vor dem Kinoeingang abzupassen, war weitaus schwieriger, als Piotr gedacht hatte. Dabei war das Gedränge die einzige Möglichkeit, sich ihr unauffällig zu nähern. Dort tummelten sich ausreichend GIs, Zivilbeschäftigte der Streitkräfte und Reporter aus deren Umfeld, zwischen denen er nicht allzu sehr auffiel.

Das Central Theater am Sendlinger Tor war eines der wenigen unbeschädigten Filmtheater, allerdings vorerst nur für die Besatzer und ihre Entourage zugänglich. Über dem Eingang prangte noch der frühere Name ›Sendlingertor Lichtspiele‹.

Ein einsames Plakat an der geöffneten Tür kündigte das heutige Programm an, den oscarprämierten Film »Stolz und Vorurteil« aus dem Jahr 1940 mit Greer Garson und Laurence Olivier in den Hauptrollen. Damit sollten sich die tapferen GIs und die unerschrockenen Kriegsreporter in ihrem Gefolge von den schrecklichen Erlebnissen ihres täglichen Dienstes erholen, bevor er sie schon am nächsten Tag wieder mit unfassbaren Gräueln konfrontieren würde. Ein Angebot, das sie, wie der Andrang bewies, erfreut annahmen.

»Sie hier?«, begrüßte Billa Piotr verwundert, als er sie endlich auf sich aufmerksam gemacht hatte. Hastig signalisierte er ihr durch Handzeichen, ihm ohne weitere Nachfragen zu folgen. Er wollte nicht gesehen werden, wenn er mit ihr sprach. Ohne sich noch einmal zu ihr umzudrehen, eilte er durch den von einem mannshohen Schuttberg ausgefüllten Hof hinaus, schlüpfte zwischen den Ruinen der angrenzenden Häuser hindurch, überquerte eine Straße, bis er eine eingefallene Kirche erreichte. Im Schatten des halb zerstörten Altarraums fühlte er sich sicher genug, um anzuhalten und sich Billa endlich zuzuwenden.

»Wo haben Sie die letzten Tage gesteckt? Fast jeden Stein habe ich in der Stadt umgedreht, um Sie zu finden«, fuhr sie ihn vorwurfsvoll an. Erschrocken, wie laut ihre Stimme in den Mauerresten widerhallte, gab er ihr einen Wink, leiser zu sein. Seine Augen suchten unablässig die nähere Umgebung ab. Noch war es zum Glück hell genug, jede verräterische Regung rechtzeitig zu entdecken.

»Warum wirbeln Sie dabei so viel Staub auf? Ginge das nicht auch unauffälliger?«, attackierte er sie.

»Weil es dringend ist! Sie schweben in großer Gefahr!«

»Das tue ich seit Jahren. Nachdem Sie mich letzten Sonntag beinahe einem deutschen Polizisten ausgeliefert und durch Ihre Herumfragerei sämtliche GIs auf mich aufmerksam gemacht haben, sind Sie inzwischen übrigens auch nicht mehr ganz unschuldig daran. Igor hat mir erzählt, dass Sie im Lager nahezu jeden, der auch nur einmal ein Wort an mich gerichtet hat, behelligt haben. So etwas mag nicht jeder.«

»Dann wusste Igor also doch, wo Sie waren? Warum hat er es mir nichts verraten?«

»Weil er Ihnen genauso wenig traut wie ich.«

»Das sollten Sie aber. Denn leider ist Ihre Lage inzwischen noch schlimmer geworden. Um Sie zu finden, habe ich Himmel und Hölle in Bewegung gesetzt. Vertrauen Sie mir endlich! Ich will nur das Beste für Sie. Kommen Sie mit mir. Ich bringe Sie an einen Ort, an dem Sie wirklich sicher sind. Darauf gebe ich Ihnen mein Wort.«

»Und wo soll das sein?«

»Auf dem Neuen Israelitischen Friedhof. Das Pförtnerpaar …«

»Auf dem Friedhof?« Seine Stimme kiekste vor Empörung. »Das passt! Und dort vergessen Sie mich dann, bis ich verdorrt und vertrocknet bin, weil Sie inzwischen Interessanteres aus Deutschland zu berichten haben. Oder besteht tatsächlich noch eine Chance, dass ich wirklich von hier fortkomme?«

»Natürlich.«

»Haben Sie Papiere für mich aufgetrieben? Geben Sie sie mir, und dann sind Sie mich los. Versprochen! Das ist sowieso das Beste für uns beide.«

»Sie wissen es noch gar nicht?«

»Dass Sie mir doch keine Papiere besorgen können?« Wut kochte in ihm hoch. »Warum haben Sie mir das nicht gleich gesagt …«

»Dietlitz lebt!«

»Was?« Er brauchte einen Moment, bis er sich sortiert und ein möglichst überraschtes Gesicht aufgesetzt hatte.

Hoffentlich fiel es ihr nicht auf. Sie durfte nicht wissen, dass er von Anfang an gewusst hatte, dass es der falsche Dietlitz gewesen war, zu dem er sie geschickt hatte. Niemand durfte das wissen. Das wäre womöglich sein Todesurteil. Vor allem, wenn der echte Dietlitz wieder aufgetaucht war. Vielleicht hatte der …? Nein, darüber sollte er sich besser nicht den Kopf zerbrechen.

»Aber der lag doch erschossen in seiner Wohnung!«, versuchte er, sich möglichst begriffsstutzig zu geben. »Sie selbst haben ihn gefunden und für die Polizei fotografiert.«

»Das war der Falsche.«

»Woher wissen Sie …?« Mitten im Satz brach er ab, spürte, wie ihm das Blut aus den Adern wich. Sie wusste es also doch. Er hatte es geahnt. Von Anfang an war die Sache schiefgelaufen. Niemandem hätte er trauen dürfen. Weder Igor noch Karl von Dietlitz und erst recht nicht ihr. Das hatte er in den letzten Jahren doch gelernt. Warum war er so schnell wieder davon abgewichen und hatte sich breitschlagen lassen?

Er meinte plötzlich, in einem Karussell zu sitzen und die Bodenhaftung zu verlieren. Alles um ihn herum drehte sich immer schneller. Das war der Hunger. Und der Schock. Und die Erkenntnis, dass er nie mehr aus diesem Elend herauskommen würde. Erschöpft schloss er die Augen. Wenn er doch nur schlafen könnte! Lange. Am besten für immer. Er schwankte, fiel ins Bodenlose. Da war nichts.

»Geht's wieder?« Sanft schlug sie ihm auf die Wangen, rechts, links, rechts, links.

Als er die Augen aufschlug, hatte er ihr Gesicht ganz nah über sich und roch ihr Parfüm. Irgendetwas mit Rosen. Galina hatte einen ähnlichen Duft getragen. Er schloss die Lider, genoss es, Galina endlich einmal wieder vor sich zu sehen. In all ihrer Schönheit. Nach all den Jahren. Ob sie ihn wiedererkannte? Ihn überhaupt zurückhaben wollte? Wenn sie überhaupt noch lebte ...

Etwas schnürte ihm die Kehle zu. Was träumte er für einen Unsinn? Sie würden sich nie mehr wiedersehen, weil er nicht zurückkonnte. Völlig ausgeschlossen, je wieder einen Fuß in seine Heimat zu setzen. Vielleicht würde er sie eines Tages aus dem Elend dort zu sich in seine neue Heimat holen können. Wo auch immer die dann sein mochte.

»Sie müssen krank vor Hunger sein. Ich besorge Ihnen etwas zu essen. Bleiben Sie hier. Ich bin gleich zurück.«

Von weit her hörte er die Frauenstimme, die leider nicht Galina gehörte, sondern Billa, der er das ganze Schlamassel verdankte, wie ihm sofort wieder einfiel. Ehe er widersprechen konnte, war sie weg, ließ ihn allein auf dem steinigen Boden der kaputten Kirche liegen.

Vielleicht sollte er versuchen, aufzustehen und zu verschwinden. Er wusste, wohin er gehen konnte, um sich vor ihr zu verbergen. Wenn es sein musste, über Tage und Wochen. Aber dann würde er Galina erst recht nie mehr wieder sehen.

»Hier ist er«, erklang Billas Stimme. Piotr schreckte auf. Er musste wahnsinnig gewesen sein, weil er schon wieder denselben dummen Fehler begangen und ihr vertraut hatte. Er kniff die Augen zusammen, um im Zwielicht der untergehenden Sonne besser zu sehen.

Leider hatte er sich nicht getäuscht. Tatsächlich stand sie mit einem schwarzen GI vor ihm, demselben, wie ihm allerdings erleichtert einfiel, der ihm letzten Sonntag bei der Verfolgung durch den deutschen Ermittler beigesprungen war. Er hatte das unbestimmte Gefühl, dass er ihm vertrauen durfte. Vorsichtig wagte er aufzuatmen.

»Wir bringen Sie in Sicherheit«, erklärte Billa, während der GI ihn behutsam unter den Armen packte und auf die Beine stellte. Bis zu dem Jeep, der am Straßenrand wartete, war es nicht weit. Das schaffte er aus eigener Kraft. Dort reichte Billa ihm ein dick belegtes Sandwich und eine Flasche von dieser klebrig-süßen dunklen Limonade. Gierig griff er danach, bedankte sich knapp. Rasant fuhren sie an, brausten bald in halsbrecherischem Tempo durch die verschlungenen Trümmerstraßen.

»Wie lange muss ich warten? Bis wann besorgen Sie mir neue Papiere?«, hakte er nach, sobald er durch einen Blick auf die vorbeiziehenden Ruinen, aus denen sich die ein oder andere inzwischen vertraute Silhouette herausschälte, sicher war, dass sie tatsächlich Richtung Schwabing und damit wohl zum Neuen Israelitischen Friedhof fuhren. Dort sollte er also für eine Weile sicher sein. Ihm blieb keine Wahl, als zu hoffen, dass das stimmte.

»Ich tue mein Bestes, um die Papiere zu bekommen, aber Sie wissen, wie umständlich die Behörden arbeiten. Die haben alle Zeit der Welt, selbst jetzt.«

»Wieso Behörden? Sind Sie komplett verrückt, die einzuschalten?« Vor Aufregung fiel ihm ein Bissen Brot aus dem Mund. »Sie wissen genau, wie das endet. Für jede Behörde gilt die Anordnung mit der Repatriierung. Dann können Sie mich gleich zurück ins Lager bringen. Dort warte ich wenigstens in Gesellschaft meiner Kameraden auf den Transport nach Sibirien oder an den Galgen.«

»Ich habe mir etwas überlegt, wie es uns auf ganz legalem Weg gelingt, Sie davor zu bewahren.«

»Was soll das sein? Ein Wunder?«

»Tun Sie einfach, wozu ich Ihnen rate, und alles wird gut.«

»Und das wäre?« Misstrauisch beäugte er sie von der Seite. Sie saß neben ihm im Fond des offenen Jeeps, hinter dem Fahrer, den sie Sam nannte und mit dem sie offenbar sehr vertraut war. Das war ihm am Sonntag schon aufgefallen. Unbeirrt erwiderte sie seinen Blick. Sie schien es ehrlich zu meinen. Oder täuschte sie ihn erneut? Er war einfach viel zu gutgläubig. Unfassbar, nach allem, was er in den letzten Jahren erlebt hatte. Wie aber wollte er die restlichen Jahre seines Lebens durchstehen, wenn er fortan grundsätzlich jedem misstraute und nur noch das Schlimmste erwartete? Das ertrüge er einfach nicht. Dazu war er nicht geschaffen.

»Sie sagen als Zeuge in der Mordsache Dietlitz aus«, fuhr sie fort. »Ich kenne den ermittelnden amerikanischen Captain und weiß, dass der deutsche Kommissär und er alles daransetzen, den Täter …«

»Niemals!«, erwiderte er schroff. Wütend riss er mit den Zähnen an dem zähen, dick belegten Weißbrot in seiner

Hand. Ein Stück Schinken fiel auf den Wagenboden. Er widerstand der Versuchung, sich danach zu bücken. Wenigstens die Zeiten waren vorbei, in denen er jede essbare Krume zusammenkratzte, um irgendwie zu überleben.

»Was wollen Sie stattdessen tun? Ihr Glück noch einmal bei Dietlitz probieren? Denken Sie daran, es ist der Falsche, der noch lebt. Der wird Ihnen keine neuen Papiere besorgen. Wahrscheinlich wird er Sie sogar eher töten, weil er fürchtet, Sie könnten ihm gefährlich werden. Womit genau, wissen Sie selbst am besten. Vielleicht wäre es an der Zeit, mir endlich die Wahrheit über Ihre Geschäfte mit …«

»Nein!«, schnitt er ihr zornig das Wort ab und wandte sich zur Seite, um ihr klarzumachen, dass für ihn das Gespräch beendet war. Das schien sie zu akzeptieren, wie er verblüfft feststellte, während die letzten Straßenzüge Schwabings an ihnen vorbeizogen.

Kurz darauf erreichten sie den von einer hohen Mauer eingeschlossenen Friedhof. Sam stieg aus, um das Tor zu öffnen, und wenig später fand Piotr sich auf einer gepflegten Gartenterrasse wieder, empfangen wie ein Gast. Fast hatte er vergessen, wie sich das anfühlte, aber wie durch ein Wunder war die Erinnerung sofort wieder da, als er in die herzlichen Gesichter seiner Gastgeber blickte.

# 22

SONNTAG, 26. AUGUST

Selten hatte Emil das Mittagsläuten an der nahen Frauenkirche derart sehnsüchtig erwartet wie an diesem Sonntag. Mit dem letzten Schlag der Kirchenuhr ließ er den Stift fallen und sprang vom Schreibtischstuhl auf. So pünktlich hatte er noch nie seine Arbeit beendet.

Verdutzt hoben seine beiden Bürokollegen die Köpfe. Ebenso wie er waren auch sie in die Durchsicht der Protokolle, Aussagen und Tatortaufnahmen der Selbstmordserie vertieft gewesen, die sie seit einer Woche in Atem hielt. Zumal das Umherirren eines hinkenden Mannes im Umfeld der Leichenfundorte Joes These befeuerte, es handelte sich nicht um Suizide im herkömmlichen Sinn. Deshalb hatte er sie auch an diesem Morgen wieder mit der Aufgabe betraut, noch einmal sämtliche Zeugenaussagen durchzugehen in der Hoffnung, dass die verschiedenen Beschreibungen des mysteriösen Unbekannten zusammenpassten und zur Anfertigung eines Phantombildes reichten.

»Für heute habe ich genug«, erklärte er den beiden Kollegen entschieden, wobei er dem schwerhörigen Brinkmeier zuliebe besonders laut und deutlich sprach. »Zum ersten Mal in diesem Monat bin ich weder zum Bereitschaftsdienst eingeteilt noch steht ein aktueller Einsatz an. Ich muss einfach mal die Füße hochlegen. Vielleicht erleichtert mir das ab morgen auch wieder die unvoreingenommene Sicht auf die Todesfälle.«

»Recht hast du. Die besten Einfälle kommen einem sowieso auf dem Klo«, ermunterte ihn der ältere Kollege und nickte wohlwollend, als Emil in sein Wolljackett schlüpfte. »Nach so einer heftigen Woche hast du dir den freien Sonntagnachmittag mehr als verdient. Wer weiß, ob du sonst überhaupt auf Dauer bei uns bleiben magst. Nach den vielen Toten an der Front auch hier zu Hause ständig Leichen anzuschauen, Mörder zu befragen und unappetitliche Tatortfotos zu studieren, ist alles andere als erquicklich. Wär trotzdem schade drum.«

»Keine Sorge! So schnell werden Sie mich nicht los.« Emil zwinkerte ihm zu.

»Hoffentlich hast du wen, mit dem du die freie Zeit ordentlich genießen kannst«, fuhr Brinkmeier vergnügt fort. »Musst eben auch einmal ein bisserl was anderes vor die Augen kriegen. Vielleicht hast du Chancen auf Kinokarten. Seit gestern gibt's endlich einmal etwas anderes in den wenigen Lichtspielen, in denen für unsereins die Vorhänge aufgehen, als die drögen Lehrfilme.«

»Über all diese Kleinigkeiten braucht sich unser ehrgeiziger Kommissäranwärter keine Gedanken machen«, schaltete sich Schmied ein und grinste süffisant. »Ach, so jung wie du müsste man noch mal sein. Die fesche amerikanische Fotografin, die neuerdings so gern unserem tapsigen Seidl vom Erkennungsdienst mit Filmen und Aufnahmen aushilft, wird dir wohl ganz anderes zu bieten haben als eins der stickigen, überfüllten Filmtheater, was? Lass das mal nur unseren guten Captain Simon nicht mitbekommen. Der wird nicht eben begeistert sein, wenn du dich so blendend mit der jungen Dame verstehst.«

»Das weiß unser Emil doch selbst. Der ist ja nicht blöd«, stellte Brinkmeier wohlwollend klar.

Trotzdem spürte Emil zu seinem Verdruss die Schamesröte auf seinen Wangen. Unter dem Vorwand, den Jackettkragen vor dem Spiegel am Waschbecken zu richten, wandte er sich von den beiden ab.

»Falls Sie auf Fräulein Löwenfeld anspielen, kann ich Sie beruhigen. Die hat gewiss Besseres zu tun, als sich mit einem Langweiler wie mir abzugeben. Davon abgesehen ist sie eine wichtige Zeugin. Da verbietet sich jeder private Kontakt von selbst«, erklärte er so gelassen wie möglich, sobald er sicher war, wieder über eine einigermaßen normale Gesichtsfarbe zu verfügen.

Selbst durch die weit geöffneten Fenster kam nicht ausreichend frische Luft gegen den Zigarettenqualm und den Schweiß von drei gestandenen Männern herein. Der Hof war einfach zu eng und die Augusthitze zu groß.

»Brav, brav!«, lobte Brinkmeier und grinste. »Genau das wollte unser Kollege Schmied hören, nicht wahr, Wiggerl? Er selbst gäb nämlich sein letztes Hemd dafür, einmal mit dem Fräulein Löwenfeld am Tatort Fotos machen und nachher mit ihr in der Dunkelkammer entwickeln zu dürfen.«

»Wer weiß, was heute während Ihres Bereitschaftsdienstes noch anliegt. Vielleicht haben Sie Glück, und Seidl hat dann die Kamera wieder mal nicht einsatzbereit. In der Akte Dietlitz finden Sie für alle Fälle Adresse und Telefonnummer von Fräulein Löwenfeld. Mit Hinweis auf die mysteriöse Selbstmordserie können Sie sie bestimmt locken. Das wäre eine tolle Geschichte für ihre New Yorker Illustrierte. Viel Glück!«

Sobald Emil aus dem Büro heraus war und allein auf dem dämmrigen Gang mit dem beschlagnahmten Diebesgut und den konfiszierten Schwarzmarktwaren stand, atmete er auf. Hoffentlich hatte er nicht zu dick aufgetragen. Schlimm genug, dass Schmied und Brinkmeier aufgefallen war, wie gut Billa ihm gefiel. Noch schlimmer wäre es, wenn die Kollegen ahnten, dass sie beide beschlossen hatten, gemeinsam an der weiteren Aufklärung der Morde an den drei Kriegsheimkehrern dranzubleiben. Obwohl Emil es zu hoch gegriffen fand, von einem gemeinsamen Ermitteln zu sprechen, weil Billa dabei über durchaus mehr Möglichkeiten verfügte als er, fand er es schmeichelhaft, wie wichtig es ihr war, ihn überhaupt mit im Boot zu haben und sich weiter mit ihm darüber auszutauschen. Hoffentlich hatte sie inzwischen, wie angekündigt, mit Viktor von Dietlitz gesprochen und ihm Neues entlockt. Und natürlich mit ihrer Mutter telefoniert, die ihnen sicherlich am besten weiterhelfen konnte.

Sehnsüchtig wartete er auf Nachricht von ihr. Weil er Billa in nichts nachstehen wollte, würde er seinen freien Nachmittag für weitere Nachforschungen nutzen. Was sollte er auch sonst tun? Alte Freunde oder Bekannte aus seinen früheren Münchner Studientagen hatte er keine oder wollte er keine mehr haben. Dann also lieber weiter in den ominösen Mordfällen stochern. So konnte er Billa später hoffentlich mit guten Neuigkeiten anrufen. Dazu hatte er sich vorhin unauffällig ihre Nummer in der Villa für amerikanische Kriegsreporter in Bogenhausen notiert.

Seit dem Gespräch vom vergangenen Mittwochabend hatte er sich zu seinem Leidwesen kaum intensiver mit den Morden am falschen Dietlitz und den beiden anderen befassen können. Die Ermittlungen mochte Joe für abgeschlossen erklärt haben, zu Ende war die Sache damit jedoch ganz sicher noch nicht. Vorerst aber hatte das K 1 tatsächlich keine Kapazitäten, sich länger mit Dietlitz und den drei Morden zu befassen. Nach den ominösen Selbstmordfällen am Westfriedhof, in Pasing und Sendling war noch ein vierter ähnlich gelagerter Todesfall in Giesing hinzugekommen.

Beim wiederholten Lesen der Zeugenaussagen war Emil vorhin aufgefallen, wie recht Joe auch hier mit seiner Warnung hatte, dass sie sich bei der Bewertung stets zu leicht von dem Offensichtlichen leiten ließen. Bei der Suizidreihe konzentrierten sie sich bislang einzig auf die Vergangenheit der Toten im Dienst des NS-Regimes. Reue oder zumindest ein Schuldeingeständnis wären ein denkbares Motiv für die Freitode. Vielleicht gab es jedoch ein ganz anderes Motiv für den Täter, die Toten zum Selbstmord anzustiften, das weder mit dem Krieg noch mit der NS-Zeit zu tun hatte. Dann suchten sie ihn vergeblich in diesen Kreisen.

Ebenso wollte Emil die drei Heimkehrermorde in Nymphenburg, Solln und im Lehel noch einmal völlig unvoreingenommen betrachten. Joes kühne These, Viktor von Dietlitz müsse nicht unbedingt das Opfer, sondern könne auch der Täter sein, war ein geschickter Anstoß für einen Perspektivenwechsel. Etwas anderes war Emil vorhin erst eingefallen: Bislang näherten sie sich stur von Dietlitz aus der Suche nach Täter und Motiv. Warum nicht einmal von einem der beiden anderen Toten, Albert Kornhäuser oder Joachim von Ranstett, daran herangehen? Das lieferte möglicherweise die fehlende Verbindung zwischen den drei Morden und damit die entscheidende Spur zum Täter. Genau das wollte Emil jetzt probieren.

Bestens gelaunt nahm er auf dem Fußweg die Brotzeitdose aus seiner Aktenmappe. Gewohnt fürsorglich hatte ihm Hilde Grieshaber die am Morgen bereitgestellt. Am gestrigen Samstag hatte es eine Sonderration Brot und Obst gegeben, woraus sie ihm eine beschämend großzügige Schnitte mit frisch gekochter Marmelade gezaubert hatte. Der Hunger aber ließ ihn die Scham hintanstellen, und er biss gierig hinein.

Leider war das Brot schneller verschlungen, als gut war. Man sollte nicht im Gehen essen, wie seine Mutter ihn immer gewarnt hatte. Seit Ewigkeiten hatte er nicht mehr an sie gedacht. Bevor damit womöglich auch die Erinnerung an seinen Bruder Friedrich hochkam, zwang er sich, die Gedanken sofort wieder zu verdrängen. Es war gut, dass er jetzt weit weg von Breslau war. Er würde schon herausfinden, ob seine Mutter noch lebte und wo sie inzwischen steckte. Und was wirklich mit Friedrich passiert war, das würde er ohnehin früh genug erfahren. Bis dahin aber tat er lieber so, als wäre sein Bruder weiterhin an der Front im Osten vermisst.

Die kläglichen Reste des Nationaltheaters rückten in sein Blickfeld. Vor den verloren in die Höhe ragenden Säulen des einst so feudalen Portals wirkte das unbeschädigte Standbild des ersten Wittelsbacher Königs Max I. Joseph mit seiner siegreichen Pose fast wie Hohn. Auf den Steinstufen zu seinen Füßen saßen einige Sonnenanbeter. Der tiefblaue Himmel mit den duftigen weißen Wolken tat sein Übriges, die Szenerie ins Groteske zu ziehen. Emil beschleunigte seine Schritte und gelangte schnell an die Isar. Manchmal war es von Vorteil, wenn man nicht auf vorhandene Wege, Straßen und Gebäude Rücksicht nehmen, sondern wagemutige Abkürzungen durch Schutthügel und über Trümmerberge nehmen konnte. Deshalb ging er inzwischen am liebsten zu Fuß, statt sich auf eine der völlig überfüllten Trambahnen zu zwängen.

Problemlos gelangte er in der Widenmayerstraße in die Wohnung von Albert Kornhäuser. Unter dem Vorwand, zum Abtritt zu müssen, hatte er sich am Vormittag in einem unbemerkten Moment den Schlüssel aus Seidls Büro besorgt. Geschickt löste er das amtliche Siegel und schlüpfte hinein. Erst, als er sich drinnen gegen das Türblatt lehnte und die abgestandene Luft einatmete, die in den ungelüfteten Räumen hing, wurde ihm klar, was er gerade getan hatte: Er war unberechtigt in einen Tatort eingedrungen und hatte sich damit der Anordnung seines Vorgesetzten Joe, die Ermittlungen einzustellen, widersetzt. Er tupfte sich die Stirn und öffnete den obersten Hemdknopf, um des plötzlich einsetzenden Schweißausbruchs Herr zu werden. Dann beschloss er, auf sämtliche Bedenken zu pfeifen. Schwungvoll stellte er die Aktentasche auf dem Boden ab, entledigte sich des Jacketts und der Krawatte, warf beides mitsamt dem Hut auf den erstbesten Sessel und krempelte sich die Hemdsärmel auf. Auf weitere Verstöße kam es nun auch nicht mehr an. Stellte er es geschickt an, erfuhr ohnehin niemand von seiner Aktion.

Wo aber sollte er anfangen zu suchen, wenn er nicht einmal wusste, was er finden wollte? Am besten, er ließ sich durch die Räume treiben, schaute sich um und hoffte, es würde ihm etwas Bemerkenswertes ins Auge springen. Kornhäuser schien kein großer Anhänger preußischer Ordnung gewesen zu sein, deshalb war mit allem zu rechnen, am ehesten also mit Zufallsfunden.

Wahllos begann er Schränke zu öffnen, Schubladen aufzuziehen, Regale zu inspizieren und hinter Bilderrahmen an der Wand zu schauen. Im Vertiko im Esszimmer rückte er Tellerstapel hin und her, hob die Deckel von Suppenterrinen an, wühlte Kästen mit Silberbesteck durch. Der Schublade mit Tischwäsche entstieg ein intensiver Geruch nach Lavendelsäckchen und Mottenkugeln. Die Bücherwand im Herrenzimmer strotzte vor Staub, der ihn zum Niesen brachte. Den Schiller in einer Prachtausgabe mit Goldschnitt hatte Kornhäuser wohl seit Jahren nicht mehr zur Hand genommen, dafür verriet eine auffällige Lücke im Regal vermutlich den früheren Standort wohlweislich entsorgter Naziliteratur. Umso erfreuter stieß Emil ein Fach weiter auf eine respekteinflößende Auswahl von Exilautoren. Bevor der Drang, Klaus Manns »Mephisto« oder Kästners »Fabian« in seine Tasche zu schummeln, zu groß wurde, konzentrierte er sich auf den Schreibtisch. Der aber war von Seidl und seinen Kollegen bereits bearbeitet worden, wie die Spuren von Argentorat verrieten, mit dessen Hilfe Fingerabdrücke genommen wurden. Dennoch sah Emil in die Schubladen, blätterte die Rechnungen und handgeschriebenen Briefe durch. Die auszuwerten, würde ihn Stunden kosten. Was aber blieb ihm übrig, wenn er etwas Hilfreiches finden wollte? Lustlos griff er sich den obersten Stapel und setzte sich damit in die Küche. Das Fenster zum Hof konnte er dort unauffällig öffnen und so wenigstens etwas frische Luft hereinlassen. Und ein Glas Wasser trinken.

Angewidert von dem klebrigen Schmutz auf Tellern, Tassen und Töpfen ging er ins Badezimmer, spritzte sich am Waschbecken zur Erfrischung kaltes Wasser ins Gesicht und trank aus dem Hahn. Als er den Kopf hob und in den Spiegel sah, stutzte er. Sein Blick fiel auf den Arzneischrank, den er hinter sich bemerkte. Hatte den einer der Kollegen überhaupt entdeckt? Er hing halb verborgen in der Lücke zwischen Badekessel und Tür. Hastig wischte Emil sich die Hände an der Hose trocken und trat vor den kleinen Schrank aus weiß lackiertem Stahl.

Enttäuscht betrachtete Emil die unzähligen Tablettenröhrchen, braunen Glasflaschen und Porzellantiegel im Innern. Dazwischen steckten wahllos durcheinander Verbandsmull, Watte und Pflaster. Als Oberarzt im Haunerschen Kinderspital hatte Kornhäuser sich einen ordentlichen privaten Vorrat angelegt. Den Schatz hatte bislang offenbar noch nicht einmal Seidl gehoben, sonst hätte er sich längst darüber ausgelassen.

Behutsam drehte Emil eine dickbauchige Flasche, um das Etikett zu lesen. Dabei fiel eine dickere Rolle Verbandsmaterial zu Boden. Er bückte sich und wollte sie gerade wieder zurückstopfen, als ihm etwas auf dem schmalen Regalboden auffiel. Ein Foto? Vorsichtig räumte er die anderen Sachen beiseite und klaubte es heraus. Die feuchte Badluft und Flüssigkeitsreste von den Flaschen hatten es festkleben lassen. Mit einiger Geduld gelang es ihm dennoch, es heil herauszuholen. Er ging zum Fenster und strich es auf dem Fensterbrett vorsichtig glatt.

Drei Männer und eine Frau lächelten in die Kamera. In luftiger Sommerkleidung und offenbar bester Stimmung, wie die lockere Pose verriet, mit der sie sich um eine brusthohe Holzfigur gruppiert hatten. Neugierig beugte Emil sich tiefer hinunter, um die Gesichter genauer zu erkennen.

Sein erster Eindruck hatte ihn nicht getäuscht: Bei den drei Männern handelte es sich eindeutig um Dietlitz, Kornhäuser und Ranstett. Zu oft hatte er inzwischen Fotos von ihnen in den Unterlagen gesehen, um Zweifel zu hegen. Und die Frau musste Lilo Löwenfeld sein. Die Ähnlichkeit mit Billa war frappierend. Kein Wunder, dass Dietlitz letztens im Präsidium verwirrt gewesen war, weil er im ersten Moment wohl gedacht hatte, Lilo und nicht Billa käme ihm auf der Treppe entgegen.

Emil nahm das Foto in die Hand, drehte es um. Sein Herz schlug schneller. Tatsächlich hatte jemand das Foto datiert, mit bauchigen Schwüngen den Ort der Aufnahme erwähnt:

»Gauting. Pension Würmtal. Sommer 1938«

So ordentlich war Kornhäuser doch gar nicht. Aber vielleicht Lilo Löwenfeld? Zumindest hatte er jetzt etwas in der Hand, um Billa ihrer Mutter wegen noch einmal nahe zu rücken.

# 23

Die Freude über seinen Fund war viel zu rasch verflogen. Nicht, weil Emil quasi auf illegale Weise an das Foto gelangt war und auch noch das Telefon in Kornhäusers Wohnung benutzt hatte, um Billa sofort anzurufen und über die sensationelle Neuigkeit zu informieren. Beides konnte er halbwegs vor sich rechtfertigen, diente es doch einem höheren Zweck. Außerdem waren öffentliche Telefonanschlüsse derzeit kaum vorhanden.

Was ihm die Stimmung dagegen gründlich verhagelte, war die Enttäuschung über Billas Reaktion. Sie hatte alles andere als begeistert geklungen, als er ihr von dem Foto erzählt und sie um ein sofortiges Treffen gebeten hatte. Was ihn umso mehr erstaunte, da sie es doch gewesen war, die ihn am Mittwochabend in Laim bei Hilde Grieshaber aufgesucht und zu weiteren Recherchen gedrängt hatte. Jetzt wollte sie ihn nur höchst ungern treffen, wie er aus ihrem Zögern deutlich herausgehört hatte. Am besten an einem Ort, an dem man sie nicht miteinander sah. Keinesfalls also in ihrer Unterkunft in der Bogenhausener Villa. Dort bekämen die Kollegen zu viel mit.

Das klang, als schämte sie sich inzwischen für die Bekanntschaft mit ihm. Was war passiert? Oder hatte er ihren Kontakt bislang völlig falsch verstanden? Er schlug ihr einen Spaziergang entlang des Eisbachs nordwärts der Tivolibrücke vor.

»Um diese Tageszeit ist in der Gegend wenig los. Außerdem erreichen Sie sie von der Möhlstraße gut zu Fuß und sind nicht auf den Fahrdienst durch einen GI angewiesen. Das wird Ihnen sicher entgegenkommen«, sagte er sarkastisch und voller Zweifel, ob es richtig gewesen war, sie umgehend über den Fund zu informieren. Vielleicht hätte er doch besser erst noch nach weiteren Fotos oder ähnlichem in Kornhäusers Wohnung suchen sollen. Möglicherweise existierten sogar Briefe oder persönliche Aufzeichnungen, die die Bekanntschaft von Lilo Löwenfeld und den Mordopfern noch eindeutiger bewiesen. Oder aber er sollte zur Pension in Gauting fahren und dort nachfragen. Eventuell erinnerte man sich dort sogar an die Herrschaften. Falls es die Pension noch gab und noch dieselben Leute sie betrieben. Das aber musste er jetzt verschieben. Nun war Billa alarmiert und bereits auf dem Weg zu ihrem Treffpunkt, wenn auch eher widerwillig.

»Das ist alles?«, reagierte sie geradezu brüsk, als er ihr kaum eine halbe Stunde später das Foto zeigte. Sie waren ein Stück unter den schattigen Bäumen gegangen, hatten der Höflichkeit halber Floskeln zum Zustand des Englischen Gartens ausgetauscht, die erfrischende Kühle genossen, die vom Eisbach selbst bei größter Augusthitze ausging, und Billas amerikanische Zigaretten geraucht. Nach einem, wie Emil fand, viel zu flüchtigen Blick auf das Foto gab sie es ihm allerdings schon wieder zurück.

»Es zeigt Ihre Mutter in sehr vertrauter Haltung mit den drei Toten«, betonte er noch einmal die Bedeutung der Aufnahme.

»Zwei der Toten. Dietlitz lebt.«

»Was hat er Ihnen eigentlich über Ihre Mutter und die beiden anderen erzählt? Sie wollten ihn doch interviewen und ihm dabei auf den Zahn fühlen.«

»Leider hatte ich noch keine Gelegenheit dazu.«

Das kam wie aus der Pistole geschossen. Ob es stimmte? Oder ob sie ihm verschweigen wollte, was Dietlitz ihr erzählt hatte?

»Haben Sie Ihre Mutter inzwischen angerufen und nach ihrem Verhältnis zu den drei Männern gefragt?«, versuchte er es mit dem wichtigsten Punkt. »Was hat sie gesagt? Sie muss die Herren Dietlitz, Kornhäuser und Ranstett wirklich besser kennen als nur von gesellschaftlichen Einladungen, über die sie für die Zeitungen berichtet hat. So wie auf dem Foto stellt man sich nur mit Freunden vor die Kamera. Anscheinend haben sie einige Zeit gemeinsam in dieser Pension auf dem Land verbracht und das zur Erinnerung festhalten lassen.«

»So?«, war alles, was sie dazu bemerkte. »Finden Sie nicht, dass Sie da eine ganze Menge in so ein einfaches Foto hineininterpretieren?«, erkundigte sie sich nach einer längeren Pause mit deutlich vorwurfsvollem Unterton.

»Aber was stört Sie so sehr daran?« Verblüfft blieb er stehen. Auch sie hielt an und wandte sich ihm zu, so dass er sie anschauen konnte. Trotzdem wurde er nicht schlau aus ihr. »Was ist so schlimm an der Feststellung, dass Ihre

Mutter und die drei sich besser kannten, als bislang vermutet? Als Täterin kommt Ihre Mutter ganz sicher nicht infrage. Wie sollte sie von New York aus …?«

»Wie großmütig von Ihnen!«, empörte sie sich. »Das beruhigt mich jetzt aber wirklich sehr. Zumindest so lange, bis Sie auf die geniale Idee kommen, mich als Lilos Vollstreckerin zu verdächtigen. Als Jüdinnen sind wir die perfekten Übeltäterinnen, nicht wahr? Wir haben schon immer das Unheil in der Welt verursacht. Nur weil Hitler besiegt ist und seine Konzentrationslager von den Amerikanern geschlossen wurden, wird sich daran wohl nichts geändert haben.«

»Ich fürchte, Sie haben mich völlig falsch …«, setzte er bestürzt an, sie aber unterbrach ihn aufgebracht.

»Warum schießen Sie sich auf meine Mutter und ihre angebliche Freundschaft mit den drei Herren ein?«

Als wäre ein Wehr geöffnet, prasselten ihre Vorwürfe plötzlich ohne Punkt und Komma auf ihn ein. Er fühlte sich außerstande, sie in irgendeiner Weise zu unterbrechen. Niemals hätte er ihr eine solche Unbeherrschtheit zugetraut.

»Es stört Sie wohl, wie Lilo sich selbstbewusst in den besten Kreisen bewegt hat. Noch dazu, wo sie so lange in München bleiben und ein scheinbar normales Leben führen konnte. Nie hat sie Not gelitten oder wurde drangsaliert. Geben Sie zu: Weder ihr noch mir gönnen Sie das. Genauso wenig wie unsere privilegierte Situation als Überlebende des Krieges. Weil wir es uns in Amerika gleich wieder bestens eingerichtet haben und jetzt aufseiten der Sieger nach Deutschland zurückkommen. Wie Juden das halt immer so tun. Aber was rege ich mich auf? Zwölf Jahre hat man Ihnen eingetrichtert, wir Juden seien das Böse schlechthin. Kein Wunder, dass Sie uns beim geringsten Anlass für üble Schwindlerinnen, womöglich gar für Mörderinnen halten. Sie kennen es nicht anders.«

Atemlos hielt sie inne. Ihre Finger zitterten, als sie sich eine neue Zigarette anzündete. Dieses Mal bot sie Emil keine an. Er bildete sich ein, ein verräterisches Glitzern in ihren Augen zu erahnen. Rasch wandte sie sich ab, blickte auf das silbern in der Mittagssonne funkelnde Band des Wassers hinüber.

Am liebsten hätte Emil ebenfalls geweint. Was dachte sie von ihm? Was hatte er die letzten Tage falsch gemacht, dass sie ihn für einen derart rachsüchtigen, unbelehrbaren Nazi hielt?

Oder steckte da nicht doch ein Körnchen Wahrheit drin? Gleich im ersten Moment, als er ihren Namen gehört hatte, hatte er die vertraute Beklommenheit in sich gespürt. Joe hatte es in den letzten Tagen ebenfalls einige Male angemerkt: dass Emil Billa nach wie vor nicht behandelte wie alle anderen. Dass er sie übervorsichtig mit Samthandschuhen anfasste. Wahrscheinlich hatte sie recht, es saß einfach zu tief in ihm drin. Hörte das denn niemals auf?

Seine Hände krampften sich zu Fäusten. Ihm fiel auf, dass er dadurch das Foto zerknitterte. Mit zittrigen Fingern versuchte er, es glatt zu ziehen, gewann damit etwas Zeit. Als er den Kopf hob, starrte Billa immer noch unverwandt zum Eisbach auf ihrer rechten Seite. Er folgte ihrem Blick.

Enten und Blesshühner zankten sich am Ufer um eine winzige Beute. Auch bei den Tieren war das Futter knapp. Die Gewässer waren nahezu leer gefischt, jedes essbare Kraut oder Korn aufgesammelt und für den schon im August gefürchteten Winter eingelagert. Ein Wunder, dass die Enten und Blesshühner überhaupt noch da waren.

In dem Moment hielten zwei blau uniformierte Männer auf sie zu. Kurz stockten sie auf ihrer Höhe, musterten sie streng. Billa und Emil grüßten höflich, sahen sie dabei offen an. Die Männer nickten zufrieden und gingen weiter.

»Halten Sie mich tatsächlich für einen Nazi?«, fragte er leise, sobald die Wachleute außer Sicht- und Hörweite waren. »Glauben Sie wirklich, ich wäre immer noch in diesen verfluchten Denkmustern gefangen?«

»Dann waren Sie es früher also?«, bohrte sie sofort unbarmherzig in der Wunde und drehte sich zu ihm um, suchte seinen Blick. »Haben Sie wirklich einmal an diese unsäglich dummen Rassenlehren geglaubt?«

Rauchend wartete sie.

Als er schwieg, gab sie sich die Antwort selbst. »Wieso frage ich überhaupt? Ihr Bruder war bei der SS, hat man mir erzählt, hat Karriere als Staatsanwalt in München gemacht. Deshalb sind wahrscheinlich auch Sie hierhergekommen und haben im Schatten des erfolgreichen Bruders Jura studiert. Sie waren wohl auf bestem Weg, in seine Fußstapfen zu treten. Wer weiß, was Sie an der Front …«

»Genug!«, schnitt er ihr das Wort ab. Jetzt war es also heraus. Sie wusste Bescheid. Er zitterte am ganzen Leib. Seit Tagen fürchtete er diesen Moment. Er hatte geahnt, dass er kommen musste. Warum ausgerechnet jetzt? Sein Kopf dröhnte. Er fühlte sich unfähig, klar zu denken.

»Was wissen Sie über meinen Bruder?«, brachte er mühsam hervor. Tiefe Enttäuschung, blinder Zorn und wahre Verzweiflung erfassten ihn gleichermaßen. Ein Sog zog ihn hinab, und er drohte unterzugehen. Nicht ausgerechnet vor Billa, für die er alles zu tun bereit wäre.

»Wie kommen Sie dazu, mir vorzuwerfen, ein Nazi gewesen zu sein, nur weil mein Bruder einer war? Nicht alle von uns waren überzeugte Nazis, müssen Sie wissen.«

»Interessant. Sie sprechen von ›uns‹. Und ich als emigrierte Jüdin gehöre selbstverständlich zu den Fremden. Dabei bin ich hier in München geboren, wie schon meine Mutter und deren Eltern. Ich bin also ebenfalls genauso deutsch wie Sie.«

»Und Ihr Vater?«

»Was wissen Sie über meinen ...«, setzte sie an, um mitten im Satz abzubrechen und ihn plötzlich schreckensbleich anzusehen.

Was hatte er da nur wieder angerichtet? Dabei war es ihm ganz beiläufig und aus Neugier herausgerutscht, weil sie bislang stets nur ihre Mutter erwähnt hatte, die sie offenbar allein großgezogen hatte.

»Tut mir leid, ich wusste nicht ... Ich wollte nicht ... Keinesfalls will ich Ihnen zu nahe ...«, stammelte er, hielt inne und setzte nach einem Räuspern nach: »Lassen wir das besser. Wir beide haben wohl eine Leiche im Keller, wie Sie das letztens genannt haben. Ich mit meinem Nazi-Bruder und Sie mit Ihrem Vater, über den Sie ebenso wenig ...«

»Ich weiß gar nichts über meinen Vater«, fuhr sie ihm regelrecht über den Mund. »Eins aber steht fest: Sie neigen dazu, Täter und Opfer viel zu schnell in einen Topf zu werfen, nur weil beide gute Gründe haben, über ihre Vergangenheit zu schweigen. Eine gefährliche Verharmlosung! Ein Nazi wie Ihr Bruder wird mein Vater ganz gewiss nicht gewesen sein, sonst hätte er sich wohl kaum mit meiner jüdischen Mutter eingelassen.«

Ihre Schärfe tat ihm weh. So hatte er das nicht gemeint, nicht im Entferntesten. Aber egal, was er sagte, momentan kam alles falsch bei ihr an. Verzweifelt schob er den Hut in den Nacken, wischte sich mit der Hand übers verschwitzte Gesicht. Wie hatte er mit seiner Entdeckung binnen kürzester Zeit nur so kläglich auf die Nase fallen können? Er senkte den Blick, betrachtete noch einmal das kleine Schwarz-Weiß-Foto mit dem weiß gezackten Rand und überlegte fieberhaft. Unmöglich, an dieser Stelle mit Billa weiterzukommen oder sie noch einmal auf den Anruf bei ihrer Mutter anzusprechen.

Unvermittelt blitzte ein neuer Gedanke in ihm auf. Was war mit dem getürmten Kriegsgefangenen? Vielleicht war die Geschichte mit Billas Mutter tatsächlich doch nicht so wichtig, wie er gedacht hatte. Wenn er Billa letzten Mittwoch richtig verstanden hatte, war sie des Fremden wegen so erpicht darauf, über die weiteren Fortschritte bei der Lösung der Mordfälle auf dem Laufenden zu bleiben. Das musste einen tieferen Grund haben als nur den Wunsch, dem Mann zu helfen. Um sie nicht erneut zu verprellen, entschloss er sich, äußerst behutsam vorzugehen.

»Wie geht es Ihrem Freund aus dem DP-Lager? Ist er in Sicherheit?«

Kaum wagte er, ihr ins Gesicht zu sehen. Dieses Mal brauste sie zwar nicht gleich auf, dafür brach sie in ein geradezu hysterisches Lachen aus.

»Sie geben wirklich niemals auf. Ich hätte es mir denken können. Und ich hätte Sie niemals bitten dürfen, mich weiter über die Ermittlungen auf dem Laufenden zu halten. Letztlich legen Sie das nur in Ihrem gewohnten Denkmuster aus. Schade. Dabei hatte ich wirklich gehofft, es gäbe die Möglichkeit, dass sich nach Hitlers Tod etwas ändern könnte. Meine Hoffnungen aber sind wohl schlichtweg zu naiv. Oder ihrer Zeit voraus. Derzeit jedenfalls ist es wohl immer noch so: Juden und Fremde aus den Ostgebieten stehen nach Ansicht eines deutschen Polizisten unter Generalverdacht. Danke, dass Sie mir die Augen geöffnet haben. Das wenigstens haben Sie gut gemacht.«

Emil stand der Mund vor Verärgerung offen. Und vor Empörung. Sie machte auf dem Absatz kehrt und ließ ihn einfach stehen.

Ein Stich fuhr ihm ins Herz. Er fühlte sich aufs Übelste bloßgestellt. Und zutiefst verletzt. Und das ausgerechnet von Billa. Im gleißenden Nachmittagslicht, das durch die Äste der Bäume einen funkelnden Teppich auf den festgetretenen Lehmboden warf, sah er sie davonrauschen. Er stand da wie angewurzelt, dabei wollte er ihr doch am liebsten nachrennen und alles richtigstellen! So klar wie in diesem Moment war ihm bislang nie gewesen, was er für sie empfand.

# 24

Wie sehr Billa auch dagegen ankämpfte, das völlig aus dem Ruder gelaufene Gespräch mit Emil spukte ihr dennoch unablässig durch den Kopf. Längst war es Abend geworden. Mit Lydia, die endlich aus dem Salzburgischen zurück war, sowie Kurt Deißler und Daniel Eigenstein, die ebenfalls mit amerikanischem Pass nach Deutschland heimgekehrt waren, saß sie zur Feier des Tages auf den besten Plätzen in der Balkonmitte der einigermaßen glimpflich über den Krieg geretteten Kammerspiele und versuchte, den Texten des Kabaretts »Die Schaubude« zu folgen. Doch statt Erich Kästners sarkastischer Abrechnung mit Kriegsgewinnlern, ewigen Verlierern und stolzen Siegern zu lauschen, hallten ihr ihre eigenen schrillen Worte im Ohr, mit denen sie dem völlig konsternierten Emil am Mittag weiterschwelenden Antisemitismus und ein Festhalten an nationalsozialistischen Vorurteilen vorgeworfen hatte. Dafür schämte sie sich in Grund und Boden. Sie musste komplett von Sinnen gewesen sein, derart kopflos auf ihn loszugehen. Unwillkürlich krallten sich ihre Finger um den kleinen Holzkobold in ihrer Handtasche, die sie auf dem Schoß liegen hatte. Dass sie den immer noch ständig bei sich trug! Glück brachte er ihr dennoch nicht. Stattdessen sah sie Emils völlig entgeistertes Gesicht vor sich, als sie ihn angeherrscht hatte. Wie wollte sie ihm nach diesem Auftritt nur je wieder unter die Augen treten?

Ein dunkel hallender Gongschlag riss sie aus ihren Gedanken. Billa zuckte zusammen. Eine Schande, wie unaufmerksam sie der Aufführung lauschte. Vor dem Eingang des Schauspielhauses hatten Dutzende vergeblich für die heißbegehrten Karten angestanden, und sie war an der Seite ihrer Kollegen an ihnen vorbei nach drinnen geschlendert, nur um sich jetzt einen Dreck für die Vorstellung zu interessieren! Abermals kam ihr Emils erschrockenes Gesicht in den Sinn. Noch immer trieb ihr das die Röte auf die Wangen. Kein Zweifel: Bis über beide Ohren hatte sie sich in den etwas linkischen, aber zutiefst ehrlichen und mitfühlenden Kommissäranwärter verliebt. Vielleicht war das der Grund, weshalb sie bei ihrem Treffen ihre ganze Wut über ihn ausgeschüttet hatte.

Kaum gestand sie sich das ein, hallte in ihrem Kopf das affektierte Lachen wider, mit dem Lilo ihr Telefongespräch am Morgen beendet hatte. Auch das war sicherlich eine Ursache für ihr peinliches Verhalten Emil gegenüber. Dabei hatte sie ihn bei ihrer Mutter bislang mit keinem Wort erwähnt. Aus gutem Grund. Dafür hatte sie Lilo vor ihm am Nachmittag umso wild entschlossener in Schutz genommen.

Auf der Bühne erklang unheilvolle Marschmusik, die Zuschauer hielten den Atem an. Und wieder schweiften Billas Gedanken ab. Dieses Mal zu dem Telefonat mit Lilo. Fahrig spielte sie mit dem Holzkobold in ihrer Hand.

»Schön, etwas von dir zu hören! Wie lange bist du jetzt

drüben? Sechs Wochen? Da kann man seine Mutter schon mal vergessen«, hatte Lilo sie wenig begeistert begrüßt.

Was hatte Billa anderes erwartet? So, wie sie zueinander standen? Natürlich war es ungeschickt gewesen, sie um diese Uhrzeit aus dem Bett oder woher auch sonst zu holen. In New York war es fünf gewesen, als Billa nach Münchner Zeit bei ihr anklingelte.

»Erwarte bitte kein Mitleid von mir, falls du dich über die Zustände in Deutschland beklagen willst«, hatte Lilo als Nächstes sofort klargestellt, noch ehe Billa überhaupt eine geschickte Überleitung zu ihrem eigentlichen Anliegen hatte formulieren können. Die Namen von Dietlitz, Kornhäuser und von Ranstett hatte sie noch nicht einmal auf der Zunge gehabt, so unvermittelt war Lilo ihr zuvorgekommen.

»Ich habe dich gewarnt«, hatte sie ihre Tochter voller Häme in der Stimme erinnert. »Eine völlig absurde Idee von dir, nach München zurückzukehren. Wenn ich ehrlich bin, habe ich es von Anfang an geahnt. Die Situation überfordert dich komplett. Das kann nicht gut ausgehen. Du bist viel zu gutgläubig, um dem gewachsen zu sein, was dich in Hitler-Deutschland erwartet. Aber mir hättest du es eh nicht geglaubt, wenn ich dir das vorher gesagt hätte. Die Erfahrung musstest du selbst machen. Wie heißt es so schön? Wer nicht hören will, muss fühlen.«

Am liebsten hätte Billa sofort wieder aufgelegt. Hatte sie es nicht geahnt? Schon die Diskussionen vor ihrer Abreise Ende Juni waren ähnlich aggressiv verlaufen. Natürlich konnte sie nachvollziehen, dass Lilo ihren Entschluss, nach allem, was ihnen widerfahren war, nicht guthieß. Dennoch hätte sie sich gefreut, wenn ihre Mutter zumindest akzeptiert hätte, dass sie dafür ihren Job als Reporterin bei der *New York Times* vorübergehend ruhen ließ. Dabei hatte Lilo den ohnehin immer für indiskutabel gehalten und stattdessen versucht, ihr einen Job bei einer der bunten, glamourösen Frauenzeitschriften schmackhaft zu machen. Als ob die Frage nach der richtigen Rocklänge sie auch nur annähernd so beschäftigen könnte wie das Kriegsverbrechertribunal in Nürnberg oder die nicht enden wollenden Enthüllungen über die Vernichtungslager in Polen.

Warum um alles in der Welt hatte sie Lilo Emil gegenüber trotzdem so vehement verteidigt? Wieso wollte sie nicht wahrhaben, dass ausgerechnet ihre Mutter eine Schlüsselrolle in der Suche nach dem Dreifachmörder spielte? Was fürchtete Billa herauszufinden? Eine ungeheure Wut war in ihr aufgestiegen. Auf Lilo. Auf sich selbst. Und auf ihre Feigheit, die sie seit Jahren ihrer Mutter gegenüber befiel, wenn es darum ging, sich Klarheit über ihre Rolle im München der Nazizeit zu verschaffen. Aus dem sie fünf Jahre nach Hitlers Machtergreifung dann aber doch geflohen war, mit sämtlichen denkbaren Privilegien natürlich. Von der längst überfälligen Frage nach der Identität von Billas Vaters ganz zu schweigen.

»Ich wollte dich nur von deinen alten Freunden grüßen«, hatte Billa Lilo am Telefon erstaunlich ruhig geantwortet, eine genüssliche Pause eingelegt, um sich deren voller Aufmerksamkeit zu versichern, und schließlich nachgesetzt: »Viktor von Dietlitz, Albert Kornhäuser und Joachim von

Ranstett haben dich in bester Erinnerung, soll ich dir sagen. Willst du ihnen ebenfalls etwas ausrichten?«

Für einige Atemzüge war eine alarmierende Stille am anderen Ende der Leitung eingekehrt. Das rhythmische Knacken hatte jedoch bewiesen, dass die Verbindung über den großen Teich weiterhin stand. Schließlich war Lilo in ihr gespreiztes Lachen ausgebrochen und hatte das Telefonat mit den Worten beendet: »Falls du dir einbildest, du könntest mich damit aus der Reserve locken, musst du leider ein wenig früher aufstehen, Liebes. Ich sag doch, die Situation überfordert dich. Für solche Spielchen bist du nicht geschaffen. Pass besser auf, dass du dir am Ende nicht gar noch von einem dieser angeblich so reumütigen Arier den Kopf verdrehen lässt. Gute Nacht!«

Damit hatte sie aufgelegt. Und Billa hatte vor Zorn aufgeschrien, so dass sich die Sekretärin, die im Korrespondentenbüro in Bogenhausen die Überseegespräche für die Reporter herstellte, erschrocken erkundigt hatte, ob alles in Ordnung sei. »Ja, ja«, hatte sie nur hastig behauptet, war in ihr Zimmer im ersten Stock hinaufgestürmt, hatte die Tür mit voller Wucht hinter sich zugeknallt und sich bäuchlings aufs Bett geworfen, um die weiteren Schreie im Kissen zu ersticken.

Was hatte sie sich nur erhofft? Nach Millionen Malen des Scheiterns wenigstens ein einziges Mal ihrer Mutter die Stirn zu bieten? Sie mit ihren eigenen boshaften Waffen zu schlagen? Dafür kannte sie Lilo zu gut. Und sich selbst leider auch. Warum wollte sie sich trotzdem immer noch an ihr messen? Inzwischen lagen mehrere Tausend Kilometer und ein ganzer Ozean zwischen ihnen. Wenn sie wollte, musste sie sie weder wiedersehen noch je wieder mit ihr reden, konnte stattdessen fern von ihr auf einem Kontinent, den Lilo nie mehr im Leben betreten wollte, endlich ihr eigenes Leben beginnen. Was für eine Chance! Wahrscheinlich fiele es Lilo zwischen all ihren unzähligen Verabredungen und Vergnügungen erst nach Jahren auf, dass ihre Tochter aus ihrem Leben verschwunden war. Ihr einziges Kind. Die einzige Familie, die sie beide noch hatten. Gegen ihren Willen hatte Billa aufgeschluchzt.

»›Ohne Heimat und Verwandte, und die Stiefel ohne Glanz‹«, tönte es ausgerechnet jetzt von der Bühne zu ihren Ohren herauf. Sacht schüttelte sie den Kopf. Kästners Zeilen passten besser zu ihrer Situation, als ihr lieb war. Letztlich war auch sie eine Kriegsheimkehrerin und fand sich in ihrer früheren Heimat völlig orientierungslos wieder. Und noch dazu absolut unwillkommen. Eine Hölle, wie Lilo es treffend bezeichnet hatte. Allerdings mit einem schwachen Lichtstreifen am Horizont, versicherte Billa sich plötzlich in einem Anflug von Trotz. Lilo würde staunen, zu erfahren, dass es tatsächlich ehrlich reumütige Deutsche wie Emil gab.

Sie zwang sich lieber, wenigstens die letzten Texte und Lieder anzuhören, die die »Schaubude« zum Besten gab. Dieses Mal gelang ihr die Ablenkung tatsächlich. Den Holzkobold schob sie ganz nach unten auf den Grund ihrer Handtasche und nahm sich vor, ihn später in ihrem Zimmer endgültig wegzuräumen.

»Was für ein Glück, ausgerechnet in München wieder ein Kabarett zu erleben, das den Namen auch verdient«, resümierte Daniel Eigenstein zufrieden den Abend und zündete sich, kaum draußen auf der Maximilianstraße angelangt, eine Zigarette an. Sobald er den Fauxpas bemerkte, bot er Billa, Lydia und Kurt ebenfalls welche an. Rauchend spazierten sie weiter.

»Und noch dazu von Leuten, die hiergeblieben sind und sich anscheinend trotzdem nicht haben verbiegen lassen«, griff der schmächtige Kurt Daniels Begeisterung auf. »Wirklich imponierend, mit welcher Schärfe sie jetzt abrechnen.«

»Und das gerade einmal drei Monate nach Kriegsende«, pflichtete Billa bei. »Da haben die meisten anderen Deutschen gerade erst mitbekommen, dass keine Bomben mehr vom Himmel fallen und sie sich den Hitlergruß künftig besser verkneifen.«

»Hast du denn überhaupt so viel von der Vorstellung mitbekommen? Du hast so entrückt gewirkt«, erkundigte Lydia sich erstaunt. »Was ist los? Sollen wir reden? Die beiden Jungs können wir getrost wegschicken.«

»Ich höre wohl nicht recht? Loswerden willst du uns! Dabei fängt der Abend jetzt erst an. Wir Glücklichen sind schließlich nicht an die Sperrstunde gebunden«, ging Kurt dazwischen und erlaubte sich ein freches Grinsen in Lydias Richtung.

»Lasst uns den Rest der Nacht im *Officers' Club* im Haus der Kunst verbringen«, fügte Kurt hinzu. »Dort soll eine neue Jazzkapelle auftreten. Charlie Parker und Benny Goodman sind nichts dagegen, heißt es.«

»Zu früh gefreut! Daraus wird wohl nichts. Sieht mir ganz danach aus, als würde Billa bereits erwartet.« Daniel wies zur gegenüberliegenden Straßenseite. »Den Herrn dort habe ich in letzter Zeit schon öfter mit ihr reden sehen.«

»Schade! Du kommst mal wieder zu spät, mein Lieber. Trag es mit Fassung und genieß den Abend.« Vergnügt hakte Lydia sich bei dem gut einen Kopf kleineren Kurt unter und schmiegte sich an ihn, um ihm einen neckischen Kuss auf die Wange zu geben, was er äußerst verdutzt geschehen ließ.

Billas Herz erlaubte sich unterdessen einen freudigen Satz. Aufgeregt suchte sie mit den Augen die andere Straßenseite ab. Wagte Emil doch noch mal ein Gespräch mit ihr? Selbst wenn er ihr wieder das Foto mit Lilo und ihren drei Bekannten unter die Nase hielte, wollte sie ihn dieses Mal nicht mehr zurückweisen, sondern sich endlich für ihre Unfreundlichkeit entschuldigen.

Kaum fasste sie den Entschluss, erspähte sie im schwachen letzten Dämmerlicht nicht Emil, sondern Piotrs abgerissene Gestalt. Enttäuschung machte sich in ihr breit. Im nächsten Moment packte sie Wut. War er wahnsinnig? Was machte er hier? Bei den Landgrubers wäre er in Sicherheit! Deshalb hatten Sam und sie ihn doch dorthin gebracht.

Sie ging auf ihn zu. Zu ihrer Verwunderung kam er ihr nun sogar entgegen. Lydia, Kurt und Daniel mussten ihm zwar von der Bogenhausener Villa bekannt sein, so oft, wie er ihr dort aufgelauert hatte, dennoch hatte er allen Grund, vorsichtig zu sein.

Die drei Kollegen hielten sich in einigen Metern Abstand. »Sicherheitshalber«, wie sie ihr nicht ohne Argwohn erklärt hatten, obwohl sie ihnen gesagt hatte, es handele sich um einen Freund. Zu eigenartig erschien ihnen offenbar Piotrs lumpige Erscheinung. Auch drei Monate nach der Befreiung waren den Geschundenen die Qualen deutlich anzusehen. Umso schlimmer, dass das bei anderen eher auf Misstrauen denn auf Mitleid stieß. Bei dem Gedanken erfasste Billa nun doch wieder Bedauern.

»Was tun Sie denn hier?«, begrüßte sie ihn und zwang sich zu einem aufmunternden Lächeln. »Warum sind Sie nicht bei den Landgrubers im Pförtnerhaus? Dort sind Sie bestens aufgehoben. Morgen komme ich vorbei, und wir besprechen uns.«

»Erzählen Sie mir nichts! Sie hatten Ihre Chance. Zwei Tage habe ich gewartet. Nicht einmal eine kurze Nachricht haben Sie geschickt.« Piotr war aufgebracht. »Am Ende wären Sie sowieso nur wieder mit dem deutschen Ermittler aufgetaucht, der mich zu Dietlitz befragen will. Letztlich geht es dem doch lediglich darum, dass ich meine Aussage in dem Mordfall mache, damit ein anderer ans Messer geliefert wird. Vielleicht ein ähnlich armes Schwein wie ich. Danach werde ich zurück ins Lager geschickt, ohne die versprochenen Papiere, dafür in ein paar Wochen mit einer sicheren Fahrkarte ins Lager nach Sibirien, wenn nicht gar gleich auf das Schafott. Jeder soll dahin, wo er hergekommen ist. Ob sich da inzwischen die nächste Hölle aufgetan hat, spielt keine Rolle.«

»Der deutsche Ermittler darf Sie gar nicht …«, setzte Billa hilflos zu einer Erklärung an.

»Geben Sie zu: Den Amerikaner haben Sie in der Sache noch gar nicht gefragt«, unterbrach Piotr sie wütend. »Der weiß doch noch gar nicht, dass ich meine Aussage gegen neue Papiere anbiete, stimmt's?«

Mit einem untrüglichen Gespür hatte er sie durchschaut. Sein vorwurfsvoller Blick tat ihr regelrecht körperlich weh. Sie senkte den Kopf und registrierte, wie ihr die Augen feucht wurden. Lilo hatte recht. Sie war viel zu naiv. Und Nachkriegs-München mit seinen Herausforderungen und den furchtbaren Schicksalen, die hier an jeder Ecke lauerten, nicht im Geringsten gewachsen. Den ganzen Samstag hatte sie zwar tatsächlich versucht, Captain Joe Simon zu erreichen, aber er war nirgends auffindbar gewesen.

»Übers Wochenende aufs Land gefahren«, hatte ihr schließlich einer der diensthabenden GIs mit einem Grinsen mitleidig zugeflüstert. Wahrscheinlich hatte er sie für Simons eifersüchtiges Liebchen gehalten.

Nach dem verpatzten Telefonat mit Lilo und dem misslungenen Treffen mit Emil hatte sie jedoch keinen Gedanken mehr daran verschwendet, noch etwas Neues in Piotrs Sinn zu unternehmen. Zu ihrer Schande musste sie sich eingestehen, ihn bis zu seinem Auftauchen jetzt völlig vergessen zu haben. Zu groß war ihre Freude gewesen, unvermittelt Lydia wiederzusehen. Darüber war ihr Piotr dann vollends aus dem Blick geraten. Obwohl sie wusste, was für ihn auf dem Spiel stand und dass sie ihm ihre Unterstützung versprochen hatte. Darauf hatte er sich verlassen. Und sie hatte es verpatzt.

»Gibt es Ärger?«

Lydia! Obwohl Piotr und sie nicht sonderlich laut geredet hatten, war ihr wohl längst aufgefallen, dass sie nicht eben liebevoll miteinander plauderten. Gemächlich, aber bestimmt kamen die drei Reporter jetzt zu ihnen, bauten sich schützend rechts und links von ihr auf und blickten Piotr prüfend an.

Vor ihnen schmolz er zu einem Häufchen Elend zusammen. Unwillkürlich wich er zwei Schritte zurück, in seinen Augen ein verzweifeltes Aufblitzen, das Billa das Herz endgültig zerriss.

»Das ist ein guter Freund«, beruhigte sie die Kollegen. »Er hat mir unlängst bei einer sehr kniffligen Recherche geholfen und meinetwegen jetzt die letzte Gelegenheit verpasst, heute Nacht rechtzeitig in seine Unterkunft zurückzukehren.«

»Hier kann er nicht bleiben. Gleich beginnt die Ausgangssperre. Da fällt er sofort auf, falls er keine ordentlichen Papiere hat«, stellte Lydia klar und musterte Piotr ungeniert von oben bis unten. Offenbar kam sie zu dem Schluss, dass von ihm wirklich keinerlei Gefahr für Billa ausging, denn noch ehe die beiden anderen etwas sagen konnten, fügte sie in einem Ton, der keine Widerrede zuließ, hinzu: »Am besten nehmen wir ihn mit in die Möhlstraße. Dort gibt es immer ein freies Bett für einen unerwarteten Gast. Ich werde das schon mit der Hausdame regeln.«

# 25

MONTAG, 27. AUGUST

Der Montagmorgen war erst wenige Stunden alt, da war Emil bereits überzeugt: Die neue Woche gab sich größte Mühe, den misslungenen Sonntag und die daran anschließende schlechte Nacht wettzumachen. Hilde Grieshaber verwöhnte ihn nicht nur mit einem weiteren Marmeladenbrot, sondern hatte auch echten Bohnenkaffee für ihn aufgebrüht. Mit Milch und Zucker! Und das an einem Werktag. Das unerwartete Glück blieb ihm selbst an der Straßenbahnhaltestelle hold: Er stieg in einen nahezu leeren weiß-blauen Waggon und genoss von Laim bis zum Stachus den Luxus eines Sitzplatzes am Fenster. Erstmals keimte die Hoffnung in ihm, die neue Woche könnte verheißungsvoller werden als gedacht. Der Ausblick auf die stadteinwärts verlaufende Landsberger Straße mit ihren hohlen Fassaden und mannshohen Schuttbergen war zwar alles andere als erbaulich, aber der strahlende Sonnenschein, der tiefblaue Himmel und die frische Luft, die er durch das gekippte Seitenfenster in der Tram einatmete, stimmten ihn zuversichtlich.

Er traf zehn Minuten zu früh in dem halbwegs von beschlagnahmtem Diebesgut freigehaltenen Konferenzraum ein und fand dort einen entspannten Joe Simon und einen gut gelaunten Oberinspektor Andreas Grasmüller vor. Locker plauderten die zwei bei einer Zigarette und einer Tasse dünnen Ersatzkaffees miteinander. Die anderen Kollegen ließen noch auf sich warten.

»Was hältst du von einem freien Tag?«, überrumpelte Joe Emil gleich nach der Begrüßung und bot ihm eine seiner guten amerikanischen Zigaretten an.

»Den haben Sie sich mehr als verdient«, sagte sein deutscher Vorgesetzte Grasmüller, der ihm sogleich Feuer gab. »Nachdem Sie gestern ausgerechnet auf Ihrem Sonntagsspaziergang in einen Tatort hineingestolpert sind, sollten Sie ein wenig zur Ruhe und vor allem auf andere Gedanken kommen.«

Als wollte er ihn von der Erinnerung an den Anblick der Leichen erlösen, die er nach der gestrigen verpatzten Begegnung mit Billa im nördlichen Teil des Englischen Gartens entdeckt hatte, legte Grasmüller ihm tröstend die Hand auf die Schulter. Wieder hatte es sich um eine vierköpfige Familie gehandelt, dieses Mal offenbar von der Hand des Vaters, eines hochrangigen Nazifunktionärs, vergiftet. Die fragliche Flasche hatte er noch in der Hand gehalten. Aus irgendeinem Grund waren Emil sofort die üppigen Rosensträucher ins Auge gestochen. Auch die anderen Selbstmorde hatten in Rosenbeeten stattgefunden. Das hatte ihn auf die Idee gebracht, nachzuforschen, ob die Toten Mitglieder eines Rosenzüchtervereins gewesen und darüber an das Gift gelangt waren. Ein Volltreffer. Seither durchforsteten die Kollegen die Mitgliederlisten, soweit sie noch greifbar waren, und hofften, diejenigen, die Zugang zu Pflanzengiften hatten, von weiteren Selbstmorden abhalten zu können.

»Wie wir gesehen haben, bist du zu einer Überraschung gut, um unsere Ermittlungen auf ungewöhnliche Weise voranzubringen«, griff Joe Grasmüllers Bemerkung mit einem verschmitzten Grinsen auf. Ordentlicher als nötig drückte er die Zigarettenkippe im Aschenbecher auf dem Tisch aus.

Für einen Augenblick erschrak Emil, zog an seiner Zigarette und wagte kaum, seinen Vorgesetzten anzusehen. Ahnte der etwas von seinem widerrechtlichen Eindringen in Kornhäusers Wohnung? Erneut fragte er sich, wie er es anstellen wollte, das gefundene Foto als stichhaltiges Beweisstück vorzulegen. Dass es eins war, davon war er immer stärker überzeugt.

»Das ist genau das, was wir brauchen«, fuhr Joe fort. »Damit hast du uns den entscheidenden Hinweis auf den Rosenzüchterverein beschert. Wer weiß, auf welch hilfreiche Ideen du noch kommst, wenn du erst einmal ein paar Stunden Freizeit hast, um dir gründlich das Hirn durchpusten zu lassen? Am besten fährst du raus aufs Land. Inmitten von Wiesen und Wäldern fällt es dir sicher leicht auszuspannen. Schwimm einfach ein paar Runden in einem kühlen Bergsee. Das regt den Kreislauf und das Hirn an. Das kann ich dir nur wärmstens empfehlen.«

Zur Bekräftigung streckte er sich, als wäre er gerade einem solchen See entstiegen. Dass er tatsächlich ein vergnügliches Wochenende auf dem Land verbracht haben musste, verriet seine sonnenverbrannte Nase. Emil vermutete, er wollte bis zum Eintreffen seiner Familie im Herbst noch einmal ausgiebig tun und lassen, wonach ihm der Sinn stand.

»Ab heute sind in der amerikanischen Zone die Reisebeschränkungen aufgehoben«, fügte Joe hinzu und rieb sich unternehmungslustig die Hände, als wollte er am liebsten sofort wieder ins Blaue starten. »Denk nur an deinen Registrierschein, dann darfst du am Bahnhof in den nächstbesten Zug einsteigen und fahren, wohin du magst.«

»Solange Sie in unserer Zone bleiben und morgen wieder brav zum Dienst antreten«, beeilte sich Grasmüller anzumerken. Dabei zwirbelte er seinen hellen Schnauzer und fixierte Emil mit seinen leicht schräg stehenden, schmalen dunklen Augen. »Sie sind ein guter Mann, Graf. Solche wie Sie brauche ich dringend beim Aufbau der neuen Münchner Kriminalpolizei.«

»Mit frischer Kraft geht es dann für dich wieder zurück an die anderen Fälle. Auch da können wir dein Talent gut gebrauchen. Zum Beispiel, wenn wir uns ab morgen wieder dem lebendig aufgetauchten Dietlitz und unseren ›Heimkehrermorden‹ widmen.«

Joe tätschelte ihm die Schulter und schob ihn zielstrebig zur Tür hinaus. »Jetzt aber erst einmal fort mit dir, bevor wir es uns noch anders überlegen.«

Er versetzte Emil einen kräftigen Schubs. Fast wäre er auf der Türschwelle mit den Kollegen Brinkmeier und Schmied zusammengestoßen, die in großer Eile in den Besprechungsraum stürmten, dicht gefolgt von Seidl und Dollinger, die aus der anderen Richtung herbeiliefen. Die Gesichter der vier ließen vermuten, dass sie offenbar gute Neuigkeiten hatten. Triumphierend wedelte Seidl mit einem Blatt Papier durch die Luft. So gern Emil gehört hätte, um was es sich handelte, blieb ihm keine Chance.

»Du hast frei! Genieß das. Das ist ein Befehl!« Scherzhaft drohte Joe ihm mit dem Zeigefinger, als er die Tür vor seiner Nase schloss.

# 26

Natürlich musste Emil nicht lange überlegen, was er mit dem freien Tag anfangen wollte. Sobald er sich auf der Neuhauser Straße seines Zigarettenstummels entledigt hatte, tastete er mit der Hand über sein Jackett. Das Knistern in Höhe der Brusttasche beruhigte ihn. Dort steckte das Foto aus Kornhäusers Badezimmer. Damit würde er seine Ermittlungen zu den Heimkehrermorden fortsetzen. Auf eigene Faust, auf Lilos Spuren. Denn die kristallisierte sich immer stärker als die entscheidende Verbindung zwischen den Opfern heraus, wie das Foto bewies.

Am Bahnhof musste Emil kaum eine halbe Stunde warten, bis ein Zug fuhr, der ihn nach Gauting brachte. Es gelang ihm sogar, einen der begehrten Stehplätze im Innern der dritten Klasse zu ergattern, anstatt mit zig anderen auf der schmalen Plattform oder auf dem Waggondach auszuharren. Die neu eingeführte Reisefreiheit in der amerikanischen Zone eröffnete den Münchnern die Chance, Opa Sepps goldene Taschenuhr bei einem Bauern auf dem Land gegen eine dicke Speckseite oder einen Korb Eier zu tauschen. Entsprechend prall gefüllt waren die Rucksäcke, entsprechend aufgeregt die Unterhaltungen, die sich nahezu ausschließlich um die Preise für Nahrungsmittel drehten.

Emil schloss die Augen. Sofort kehrten seine Gedanken zu dem Foto von Billas Mutter mit den drei Herren in Gauting zurück. Die halbe Nacht hatte er es im schwachen Schein der Nachtlampe prüfend betrachtet und zwischen den Fingern hin und her gedreht. Inzwischen ging er jede Wette ein, dass die Handschrift auf der Rückseite des Abzugs von ihr stammte. Kein Mann besaß seiner Erfahrung nach einen so gleichmäßigen Schwung beim Ansatz der Buchstaben. Seltsam nur, dass Kornhäuser das Foto an einem so ungewöhnlichen Ort versteckt hatte. Als wollte er es vor jemandem verbergen. Oder bei bestimmten Gelegenheiten zur Hand haben. Emil hoffte, in Gauting endlich Genaueres zu erfahren.

Die »Pension Würmtal« gebe es nicht mehr, hörte er allerdings gleich nach seiner Ankunft von der ersten Frau, bei der er sich nach dem Weg erkundigte. Sie trug einen schweren Korb, offenbar prall gefüllt mit Lebensmitteln. Ihr verhärmtes Gesicht war abweisend. Schon wollte sie sich wegdrehen und ihn stehen lassen. Erst als er seine Dienstmarke zückte, wurde sie hilfsbereiter. Er zwang sich zu einem Lächeln, das ihm nach ihren nächsten Worten allerdings rasch wieder entglitt.

»Flüchtlinge haben sie jetzt in der Pension von den Stamms einquartiert«, begann sie unaufgefordert ihre Tirade. »Aus dem Osten natürlich. Schon während dem Krieg haben sie die ersten hergeschickt. Als hätten wir mit dem Lazarett in der Flak-Kaserne nicht schon genug Fremde im Ort. Und jetzt die ›Displaced Persons‹ obendrauf.« Die englischen Wörter spie sie vor Abscheu regelrecht aus. »Hausen natürlich in der Kaserne. Und keiner weiß, wie viele das genau sind. Und wo die herkommen. Oder was die uns am Ende hier anschleppen. Zu reden traut man sich mit denen gar nicht erst. Wie denn auch? Können wahrscheinlich nicht einmal richtig Deutsch. Und schauen einen aus so merkwürdig vorwurfsvollen Augen an. Als wären wir alle schuld an dem, was der Hitler mit denen angestellt hat. Ausbaden aber müssen wir das jetzt.«

Sie schüttelte den Kopf, schnäuzte sich in den Zipfel ihrer Schürze. Emil war wie gelähmt. Was gäbe er darum, ihr selbstmitleidiges Lamento mit einer harschen Erwiderung zu parieren. Ähnlich wie all die Jahre zuvor brachte er jedoch kein Wort heraus. Seine Feigheit beschämte ihn. Selbst drei Monate nach dem Ende des Dritten Reichs scheiterte er kläglich am fehlenden Mut. Dabei hatte er nichts zu verlieren. Dafür umso mehr zu gewinnen. Vor allem endlich einmal Achtung vor sich selbst.

»Nur Fremde, nichts als Fremde in unserem Dorf, sag ich Ihnen.« Sein Schweigen deutete sie fatalerweise als Zustimmung. »Und immerzu so abgerissene Gestalten. Zum Fürchten ist das. Unsereins geht da kaum mehr allein auf die Straße. Dabei sind wir hier eigentlich daheim. Aber wem sag ich das.«

Sie hielt inne. Musterte ihn mit einem abfälligen Blick. »Aus München scheinen Sie nicht zu sein, sonst würden Sie ganz anders reden.« Sie schürzte die Lippen, schien sich dann aber wieder auf seine polizeiliche Würde zu besinnen und erklärte ihm doch noch den Weg zur früheren Pension

Würmtal, in der nach wie vor die Familie Stamm lebte. Allerdings nicht, wie der Name vermuten ließe, direkt an der Würm, sondern ein gutes Stück weg davon, »eigentlich abseits von allem«, wie sie sich nicht verkneifen konnte, in gehässigem Ton festzustellen.

»Die Stamms sind aber sowieso abseits von dem ganzen Dorf und den Leuten sowieso. Regelrecht seltsam, könnte man sagen. Waren die eigentlich schon immer. Aber das sehen Sie dann gleich selbst. Würde mich übrigens wundern, wenn die überhaupt mit Ihnen reden. Was wollen Sie eigentlich von denen? Haben die was ausgefressen? Oder ist es wegen der Irmi? Mein Gott, die Ärmste! Aber so ist es halt gewesen damals. Hat sich ja keiner was sagen getraut, wenn ihm sein eigenes Leben lieb gewesen ist.«

Ehe Emil nachfragen konnte, drehte sie sich um, drückte den schweren Korb eng an ihren Körper und watschelte davon. Im selben Moment schoss ein vollbesetzter Jeep heran. Ihm blieb nur, einen gewaltigen Satz zur Seite zu springen, um ihm auszuweichen. Dabei knickte er mit dem Fuß um, wäre fast über eine Wurzel gestolpert und der Länge nach hingeschlagen. Fluchend strauchelte er, konnte sich aber doch auf den Beinen halten. Die GIs hupten und grölten, winkten ihm amüsiert zu. Die Frau verschwand unterdessen um die nächste Hausecke.

»Das machen die hier immer«, knurrte ein älterer Mann. »Haben wohl großen Spaß dabei, uns wie die Karnickel aufzuscheuchen. Fühlen sich dann mächtig und stark.«

Emil beschloss, es dabei bewenden zu lassen. Bevor er sich weiteres übles Getratsche anhörte, humpelte er lieber zur Pension, um von den Besitzern selbst Genaueres über Irmi und vor allem über Lilo Löwentals Aufenthalt mit den drei Münchner Herren im Sommer 1938 zu erfahren.

Das Haus erkannte er schon von Weitem. Zu ausgiebig hatte er in der vergangenen Nacht das Foto studiert. Obwohl es nur einen Ausschnitt zeigte, wirkte es, als hätte sich in den letzten sieben Jahren nichts an der Idylle verändert. Dieselben karierten Vorhänge an den Fenstern, dieselben Blumenkästen mit fetten Geranien am Balkon im ersten Stock, dieselben üppigen Sträucher und vor allem dieselben Holzfiguren im Vorgarten. Selbst wenn es nur eine Schwarz-Weiß-Aufnahme war, meinte Emil, die leuchtenden Farben des Sommers und des Friedens trotzdem deutlich darauf zu erkennen. Fehlten nur noch Lilo, Dietlitz, Kornhäuser und Ranstett, und er hätte das Foto noch mal schießen können. Stattdessen hüpfte ein kleines Mädchen neugierig heran, sobald er das Gartentor hinter sich geschlossen und den unebenen Weg aus grauen Steinplatten betreten hatte. Aus einem runden Gesicht mit großen, leicht hervorquellenden Augen strahlte es ihn an. Zur Begrüßung streckte es ihm stolz einen kleinen Holzkobold entgegen.

»Wunderschön. Ist das deiner?« Vorsichtig nahm Emil ihn in die Hand, besah ihn von allen Seiten. Eine ausgezeichnete Arbeit. Filigran und sehr detailverliebt. Aus warmem, glatt geschmirgeltem Holz, das der Haut an den Händen beim Anfassen schmeichelte.

Die Kleine behielt ihn genau im Blick. Etwas an ihr irritierte ihn. Er gab ihr die Holzfigur zurück, betrachtete sie ebenso ausgiebig wie sie ihn. Sie lächelte vertrauensvoll und schwieg. Eher beglückt als schüchtern.

Auf einmal schossen zwei etwas ältere Buben herbei, packten das Mädchen an den Händen und zogen es energisch mit sich fort. Sie wehrte sich, begann entrüstet zu schimpfen, hatte gegen die beiden Größeren jedoch keine Chance. Enttäuscht sah sie sich über die Schulter immer wieder nach Emil um, winkte ihm zu, bis sie um die Hausecke bogen.

»Kann ich Ihnen helfen?« Eine zierliche, knapp zwanzigjährige Frau in einem geblümten Sommerkleid und mit auffällig dicken, blonden Zöpfen trat um die Ecke des Hauses. Dabei wischte sie sich die Finger an der Schürze trocken, zupfte sich einzelne Strohhalme aus dem Haar. Offenbar kam sie direkt aus dem Stall. Da Emil jedoch weder Kühe muhen noch Schweine grunzen hörte, dafür aber das aufgeregte Gackern von Hühnern vernahm, vermutete er, sie hielten lediglich Federvieh. Sie hatten ja auch keinen Bauernhof, sondern nur eine Fremdenpension. Eine schwarze Katze drückte sich buckelnd und miauend an der sonnigwarmen Hauswand entlang in sicherer Entfernung zu ihnen vorbei.

»Ich bin auf der Suche nach Freunden, die sich vor dem Krieg einige Male bei Ihnen einquartiert haben«, begann Emil seine Geschichte, die er sich als einigermaßen plausible Begründung für seine Fragerei nach Lilo und den Herren überlegt hatte. Da er ohne offiziellen Auftrag unterwegs war, wagte er nicht, sich als polizeilicher Ermittler zu erkennen zu geben. »Leider wurde ich ausgebombt und weiß außer ihnen hier in der Gegend niemanden, bei dem ich unterkommen könnte. Hier ist ein Foto von ihnen. Es zeigt sie vor Ihrer Pension.«

Er nestelte den Abzug aus der Brusttasche, um ihn der Blonden zu zeigen. »Vielleicht erinnern Sie sich noch an sie und können mir sagen, wo sie jetzt stecken.«

»Die sind doch viel älter als Sie!« Wie Billa warf auch sie nur einen flüchtigen Blick darauf. Das aber genügte ihr, um zumindest diese Unstimmigkeit auf Anhieb zu erkennen. Als könnte sie sich an dem Foto verbrennen, schob sie seine Hand energisch wieder zurück und verschränkte die Arme abwehrend vor der Brust.

»Vor dem Krieg hatten wir sehr viele Gäste«, setzte sie nach, als tue ihr ihre brüske Reaktion bereits wieder leid. »Einfach unmöglich, sich an jeden Einzelnen zu erinnern. Außerdem war ich damals noch zu jung, um viel von den Gästen mitbekommen zu haben.«

»Mit wem redest du? Einem Amerikaner? Wollen Sie Holzfiguren kaufen?«

Ein älterer Mann in einer groben schwarzen Zimmermannshose und einem karierten Hemd schlurfte vom hinteren Garten zu ihnen herüber. Mit jedem Schritt hellte sich seine Miene auf, bis er Emil fast hoffnungsvoll ansah. Seine eingefallenen Wangen waren schlecht rasiert, die schmalen Augen blinzelten im Sonnenlicht, als wäre er längere Zeit nicht mehr draußen gewesen. In seinen grauen Bartstoppeln und im struppigen Haar hatten sich größere und kleinere Holzspäne verfangen. Seine Finger und Hände waren von feinem Holzstaub übersät, selbst auf der Hose und dem Hemd fanden sich deutliche Spuren davon. Beim Näherkommen nahm Emil Holzgeruch wahr.

Der Mann entdeckte das Foto in seiner Hand. »Darf ich?« Er griff danach und betrachtete es. Plötzlich huschte ein Lächeln über sein Gesicht.

»Bekannte von Ihnen? Hoffentlich sind sie alle noch wohlauf.«

Die junge Frau zischte ihm etwas zu. Offenbar wollte sie, dass er schwieg. Doch es war, als käme erst jetzt Leben in ihn. Er richtete sich auf, seine Augen leuchteten, um seine Mundwinkel zuckte es vergnügt. Mit einem Mal wirkte er gut ein Dutzend Jahre jünger.

»An die erinnere ich mich gut«, begann er. Die junge Frau ließ ihn jetzt doch gewähren, sichtlich verblüfft über seine Verwandlung. »Ganz feine Herrschaften waren das. Aus München. Mehrere Wochenenden haben sie hier verbracht, damals vor dem Krieg. Haben Ausflüge gemacht, mit Herzenslust gegessen, was meine Frau gekocht hat, faul hier im Garten gelegen, meine Schnitzfiguren bewundert, die Hühner gefüttert, als wäre das etwas ganz Besonderes. Dabei hätten die sich gewiss weitaus Besseres leisten können als unsere Pension. Trotzdem sind sie ein ums andere Mal wiedergekommen, mehrere Sommer hintereinander sogar. Unsere Irmi hat sie vergöttert. Richtig vernarrt ist sie in die gewesen und hat darauf bestanden, die Herrschaften jedes Mal ganz allein zu bedienen. Denen hat sie nämlich auch sehr gefallen. Sie war auch sehr wohlerzogen und immer nur fröhlich und freundlich zu jedem. Das gute Kind. Einige Male haben die Herrschaften sie sogar zu ihren Ausflügen mitgenommen. Ein Grundstück am Ammersee hatten die wohl. Das war natürlich das Größte für die Irmi. Wann ist sie sonst schon einmal von hier fortgekommen? Wir haben uns ja kaum mehr getraut, mit ihr irgendwohin zu gehen, wo man sie gesehen und womöglich angestarrt hat.«

Emil horchte auf. Zweifellos war er auf der richtigen Spur. »Kann die Irmi mir vielleicht selbst mehr dazu …?«

»Die Irmi kann …«, setzte die junge Frau an, um sogleich von ihrem Vater unterbrochen zu werden.

»Die elegante Frau war leider nicht immer dabei. Eigentlich nur im ersten Sommer, ein Jahr vor dem Krieg. Neununddreißig war sie schon nicht mehr hier.«

Es schien, als habe er Emils Frage gar nicht gehört, sondern wollte seine lang aufgesparte Geschichte endlich zum Besten geben. Die Blonde unternahm noch einen weiteren Versuch, ihn zu unterbrechen, er aber drängte sie unsanft beiseite, so dass er nun zwischen ihr und Emil stand. Im Hintergrund sah Emil die Katze mit einer Maus im Maul vorbeihuschen.

»Eigentlich war sie die Vornehmste von allen vieren. Der war das auch mit der Irmi nicht immer so recht. Nicht, weil sie die Irmi nicht gemocht hätte. Zu der war sie sogar immer ausgesprochen herzlich. Wohl eher, weil sie die Herren bremsen wollte in ihrem Überschwang. Richtig streng hat sie manchmal mit denen geredet, damit die der Irmi keine falschen Hoffnungen machen. Und das bei unserer Irmi, dem Sonnenschein! Niemals hätte die wem was Böses unterstellt oder wäre wegen irgendetwas nachtragend gewesen. Dankbar war sie für jede kleine Geste, selbst das geringste Geschenk. Dieser Herr hier, der hat sie übrigens angebetet. Also die feine Dame natürlich, nicht unsere Irmi. Bis über beide Ohren war der in sie verliebt, sag ich Ihnen. Die ganze Welt hätte der ihr zu Füßen gelegt. Dabei war sie sicher mindestens eine Handvoll Jahre älter als er.«

Mit dem von unzähligen Schnittwunden gezeichneten Zeigefinger der linken Hand wies er auf Kornhäuser, schüttelte versonnen den Kopf.

»Aber darauf hat die sich zu seinem Verdruss nicht eingelassen, hat ihn im Gegenteil plötzlich regelrecht im Regen stehen lassen …«

»Was redest du da nur für einen Unsinn, Vater?«, fuhr ihm die junge Frau plötzlich barsch über den Mund und entriss ihm das Foto. »Der Herr hier weiß schließlich, wer die Leute sind. Seine Freunde. Also weiß er über sie Bescheid. Von uns will er nur wissen, wo sie jetzt sind. Aber da können wir Ihnen leider auch nicht weiterhelfen«, wandte sie sich wieder direkt an Emil. »Wir wissen gar nichts. Haben diese Leute alle seit mindestens vier Jahren nicht mehr gesehen. Und die Frau sogar schon viel länger nicht mehr.«

Sie hielt ihm das Foto hin, um ihn unmissverständlich zum Gehen aufzufordern.

»Vielleicht kann die Irmi mir noch mehr erzählen«, wiederholte er seine Bitte von vorhin, dieses Mal eindringlicher, und sah ihren Vater an. »Sie haben gesagt, sie hätte die Herrschaften sogar auf Ausflüge …«

»Die Irmi kann gar nichts mehr. Die ist tot.« Schlagartig war wieder alles Leben aus dem Mann gewichen. In Sekundenschnelle sackte er in sich zusammen. Jetzt wollte auch er Emil zum Gehen bewegen. Matt wies er mit der Hand zum Gartentor. Seine Stimme zitterte, er rang sichtlich um Fassung. »Tut mir leid, aber wir können Ihnen wirklich nicht helfen.«

»Verraten Sie mir wenigstens, was mit der Irmi passiert ist? Einer meiner Freunde hier, Viktor von Dietlitz, wird sich gewiss freuen, wenn ich ihm jetzt zumindest Genaueres über ihr Schicksal ...«

»Was reden Sie da? Eben haben Sie doch gesagt, Sie suchen Ihre Freunde? Wieso wollen Sie Dietlitz dann jetzt ...? Der ist doch tot! So wie die zwei anderen!«

Schrill schrie die junge Frau plötzlich auf, schlug sich mit einem »Oh Gott!« die Hand vor den Mund, machte auf der Stelle kehrt und rannte davon, um die Ecke des Hauses irgendwohin nach hinten. Die schwarze Katze jagte ihr mit der fetten Beute im Maul nach.

Emil erschrak. Da hatte er gerade einen gewaltigen Fehler begangen und sich im Eifer verplappert. Was sich vielleicht aber zu einem Vorteil entwickelte.

»Entschuldigen Sie die Liesl«, bat der Mann unterdessen in brüchigem Ton. »Es ist einfach alles zu viel für sie. Erst stirbt uns die Irmi im letzten Jahr, dann ist der Maxl vermisst, dann kommt die Ostpreußin mit ihren drei Bälgern ins Haus. Nichts ist mehr, wie es einst war. Und die arme Liesl muss sich ganz allein um alles kümmern, weil die Mutter und ich fast gar nichts mehr schaffen.«

Hilflos hob er beide Hände, sah ihn mit einem schmerzlichen Ausdruck im Gesicht an.

»Schon gut«, winkte Emil ab, inzwischen fest davon überzeugt, trotz allem das Entscheidende soeben erfahren zu haben. »Ich kann mir denken, wie es ist. Verzeihen Sie bitte vielmals die Störung.«

# 27

Der GI am anderen Ende der Leitung musste sich hörbar bemühen, freundlich zu bleiben. Billa bewunderte seine Geduld. Gut ein halbes Dutzend Mal hatte sie an diesem Vormittag schon in Captain Joe Simons Büro im Public Safety Office in der Ettstraße angerufen und ihn zu sprechen gewünscht. »Dringend«, wie sie jedes Mal überflüssigerweise aufs Neue betonte. Dabei war es stets derselbe Private, mit dem sie zu tun hatte. Endlich wollte sie ihr Versprechen wahrmachen und Piotrs Aussage im Mordfall Dietlitz gegen Ausweispapiere, die ihn vor der Repatriierung in die Sowjetunion bewahrten, anbieten.

Ein ums andere Mal aber musste der GI ihr mitteilen, dass Captain Simon noch immer nicht im Büro sei und er auch nicht sagen könne, wann er dort wieder auftauche. »Ob überhaupt heute noch«, wie er dieses Mal schon fast gereizt nachsetzte.

»Danke vielmals«, murmelte Billa und legte auf. Für heute sollte sie es wohl besser lassen. Es war einfach zu peinlich. Vielleicht hatte sie Glück und erwischte Captain Simon am nächsten Morgen gleich zu Dienstbeginn.

Sie kramte die Zigarettenschachtel und das Feuerzeug aus ihrer Tasche, die sie achtlos auf der Schreibtischplatte abgelegt hatte, zündete sich eine Zigarette an. Gemächlich schlug sie die Beine übereinander und lehnte sich vorsichtig im Lehnstuhl zurück. Sie wollte das Möbel so wenig wie möglich berühren. Es war ihr, als strahle das abgegriffene Holz wie auch das zerschlissene Leder des Sitzes etwas Böses aus. Gedankenverloren schweifte ihr Blick durch das frühere Herrenzimmer, registrierte Detail für Detail, um es doch nur wie hinter einem Nebelschleier wahrzunehmen, den sie nicht wirklich durchdringen konnte. Wuchtige dunkle Holzregale zwischen noch wuchtigeren dunklen Kommoden und Schränken. An den wenigen freien Plätzen auf der dunklen Tapete geschmacklose düstere Landschaftsbilder. Altdeutsch hatte man den Stil einst genannt. Ein Adjektiv, das bei ihr inzwischen noch ganz andere Assoziationen hervorrief. Billa schauderte. Sie hasste das Zimmer, musste es allerdings immer wieder betreten. Wegen des Telefonapparates auf dem Schreibtisch diente es ihren Kollegen und ihr als überdimensionale Telefonzelle. Der riesige Baum vor dem Fenster schluckte einen Großteil des Tageslichts, die von Nikotin gesättigten Vorhänge tilgten den Rest. Rund um die Uhr brannte deshalb in dem völlig überfrachteten Raum die Schreibtischlampe. Außerdem hing noch der Zigarrendunst der Nazigrößen in der Luft, die bis vor wenigen Wochen in dem Anwesen in der Möhlstraße ein und aus gegangen, gewiss aber niemals die rechtmäßigen Besitzer gewesen waren.

Trotz des Widerwillens gegen das Zimmer zauderte Billa mit dem Aufstehen und Hinausgehen, um zu Piotr auf die Terrasse zurückzukehren. Wie sollte sie ihm die abermalige Verzögerung beibringen? In der Bogenhausener Villa, mitten unter den gut gelaunten Reportern, die von München aus über das glorreich besiegte Hitler-Deutschland berichteten, war er immerhin bestens aufgehoben. Niemand wunderte sich hier über seine Gegenwart oder nahm gar Anstoß daran. Dabei stachen seine schäbige Kleidung und seine ausgemergelte Gestalt in ihrer Gesellschaft umso stärker heraus. Oder die ausgehungerte Gier, mit der er über das Essen herfiel und sich sogar stets noch Reste vom Teller in die Taschen steckte. Der eine oder andere hatte sich sogar schon für seine Geschichte interessiert und signalisiert, ihn ebenfalls unterstützen zu wollen. Dennoch gab Piotr deutlich zu verstehen, dass er auf glühenden Kohlen saß und keine Minute länger als nötig in dem luxuriösen Anwesen ausharren wollte.

»Sie haben ihn wieder nicht erreicht«, empfing er sie wenig später überraschend gelassen. Als befände er sich in der Sommerfrische, räkelte er sich entspannt im Liegestuhl, die Füße in Knöchelhöhe über Kreuz, in der einen Hand eine glimmende Zigarette, in der anderen ein Whiskeyglas, und sah ihr entgegen. Wer hatte ihm um diese Tagesstunde einen Drink kredenzt? Der ungewohnte Alkohol schien ihn merklich zu entspannen.

»Wollen Sie auch einen?« Er hob das Glas.

»Danke, lieber nicht. Ist mir noch zu früh am Tag.«

Unschlüssig blieb sie bei dem zweiten Liegestuhl direkt neben Piotr stehen.

»Setzen Sie sich.« Er wies auf den Liegestuhl. »Keine Angst! Ich werde Ihnen nichts tun. Ich weiß doch, dass Sie Ihr Bestes geben. Und ich weiß das auch zu schätzen.«

Kaum hatte sie Platz genommen, richtete er sich auf und suchte lächelnd ihren Blick. Welche Veränderung ein oder vielleicht sogar schon zwei Glas Whiskey bewirken konnten! Derart gelöst und geradezu unbeschwert hatte sie ihn noch nie erlebt.

»Tut mir leid, wenn ich in der letzten Zeit öfter die Nerven verloren habe«, erklärte er. »Sie müssen mich für einen völlig ungehobelten, undankbaren Rüpel halten. Noch dazu leider zu Recht. Dabei bin ich vermutlich ähnlich wohlbehütet und gut erzogen aufgewachsen wie Sie. Meine Eltern hatten sogar ein ähnlich schönes Haus wie dieses hier. In der Nähe von Lemberg. Lange bevor das ganze Unglück über uns hereingebrochen ist.«

Er hob das Glas, trank einen kleinen Schluck, wischte sich kurz die Augenwinkel. Seine Augen schimmerten feucht. Sie biss sich auf die Lippen, senkte verlegen den Blick.

»Ich möchte mich endlich aus tiefstem Herzen bei Ihnen bedanken«, fuhr er fort.

»Tun Sie das nicht«, wehrte sie hastig ab. »Oft genug habe ich Sie ent…«

»Haben Sie nicht«, unterbrach er sie. »Genau genommen ist es höchste Zeit, dass ich Sie aufrichtig um Verzeihung bitte. Ihre Unterstützung verdiene ich gar nicht mehr. Ich habe Sie nämlich schamlos belogen.«

»Wer lügt derzeit nicht, um die eigene Haut …«, setzte sie an, doch abermals ließ er sie nicht ausreden.

»Ich habe Sie nicht nur belogen, sondern sogar übel hintergangen und Sie damit ernsthaft in Gefahr gebracht. Mir war nämlich von Anfang an klar, dass Sie in Nymphenburg nicht mit Viktor von Dietlitz, sondern mit dessen Cousin Karl …«

»Das habe ich leider schon befürchtet, als ich Ihnen letztens vom Auftauchen des echten …«

»Und Karl von Dietlitz war ein schlimmer Hund«, fiel er ihr gleich ins Wort, stürzte den restlichen Whiskey in einem Zug hinunter und sprach dann mehr zum leeren Glas in seinen Händen als zu ihr, weil er ihr offenbar nicht mehr direkt ins Gesicht sehen konnte. Sie musste sich vorbeugen und die Ohren spitzen, um ihn überhaupt noch zu verstehen. Das muntere Vogelgezwitscher im Garten, die Stimmen, die aus den offenen Fenstern des Hauses auf die Terrasse wehten, die leise Musik aus einem Radio irgendwo weiter weg und das Vorbeifahren eines Autos sorgten für eine störende Geräuschkulisse. Die Piotr allerdings nicht wahrzunehmen schien.

»Ein elender Verbrecher. Einer der grausamsten und brutalsten Menschen, die mir je im Leben begegnet sind.«

»Warum haben Sie mir das nicht schon früher erzählt?«, nutzte sie die kurze Atempause, die er einlegte. Er schenkte ihren Worten jedoch keinerlei Beachtung. Zu tief hatte er sich in seinen eigenen Gedanken und Erinnerungen verfangen, hatte auf einmal offenbar wieder ganz klar vor Augen, was es mit Karl von Dietlitz auf sich hatte.

»Er gehörte zu den SS-Offizieren, die uns im Sommer zweiundvierzig gefangen genommen und ins Lager gebracht haben. Zumindest die wenigen von uns, die sie am Leben gelassen haben. Weil wir ihnen für ihre Zwecke tauglich erschienen. Dafür haben sie uns in deutsche Uniformen gesteckt und uns gezwungen, gegen unsere eigenen Landsleute zu kämpfen. Doch damit nicht genug! Sie haben uns sogar in Dörfer im Hinterland geschickt und uns gezwungen, Vergeltungsaktionen durchzuführen. Also unschuldige Zivilisten, Alte, Frauen, Kinder …«

Er brach ab, starrte zu Boden, schüttelte mehrfach völlig entsetzt den Kopf.

Die Stille zwischen ihnen wurde unglaublich laut. Billa wartete, unsicher, was sie tun, wie sie reagieren sollte. Ob sie ihm tröstend die Hand auf die Schulter legen sollte. Er kam ihr zuvor.

»Meist war es Karl von Dietlitz, der die Befehle gab.« Mit einem Ruck richtete Piotr sich wieder auf, sprach auf einmal mit erstaunlich fester Stimme, sah dabei jedoch knapp an ihr vorbei in eine unbestimmte Ferne in ihrem Rücken. Vermutlich sah er dort klar vor sich, was damals geschehen war. »Oft genug beteiligte er sich sogar selbst an den Aktionen. Sie glauben nicht, mit welch triumphierendem Ausdruck auf dem Gesicht und mit welch ungebärdiger Freude in den Augen, wenn er das Kommando zum Loslegen erteilte. Eine richtige Bestie ist er gewesen, ein wahres Ungeheuer. Selbst der Tod ist für so jemanden wie den eigentlich eine viel zu milde Strafe.«

»Manchmal kann auch das Weiterleben die schlimmere Strafe für ein solches Monster sein«, stellte sie fest. »Weil es hoffentlich nie mehr zur Ruhe kommt, es zeit seines Lebens die Erinnerungen an die Gräuel heimsuchen, die es begangen hat und für die es keine Sühne leisten kann.«

Sie wusste, das war nur ein schwacher Trost. Überhaupt stellte sich die Frage, ob in Piotrs Fall ein Trost möglich war. Viel zu deutlich schwang in seinen Worten die Verzweiflung darüber mit, dass man solchen Unmenschen wie Dietlitz und ihren ungeheuren Vergehen wohl nie wirklich habhaft werden konnte. Weil sie schlichtweg jedes Maß sprengten. Und keine Strafe existierte, die auch nur annähernd ausreichte, um wenigstens einen Teil ihrer Schuld zu tilgen. Mit dieser Ohnmacht gegenüber den Tätern befand Piotr sich derzeit in bester Gesellschaft.

»Wieso hatten Sie jetzt trotzdem Kontakt zu Karl von Dietlitz?«, wagte sie nach längerem Schweigen nachzufragen. Das musste er ihr einfach noch erklären. Sie verstand es sonst nicht.

»Wie haben Sie ihn überhaupt hier in München aufgespürt? Warum haben Sie nicht die Militärpolizei …«

»Er ist mir quasi unabsichtlich über den Weg gelaufen«, rechtfertigte er sich sofort. »In einer Situation, in der ich schon bereit war, nach jedem Strohhalm zu greifen, um dem sich abzeichnenden neuen Unglück zu entgehen. Ausgerechnet er schien mir den rettenden Ausweg bieten zu können. Wenn auch nicht ganz freiwillig.«

»Haben Sie ihn erpresst? Falsche Papiere gegen Ihr Schweigen über seine Vergehen?« Sie sagte das so sachlich wie möglich. Es stand ihr nicht an, darüber zu richten. Im Vergleich zu Piotr befand sie sich in einer viel zu privilegierten Situation, um ihm den Pakt mit dem Teufel anzukreiden.

»Warum haben Sie mich zu Dietlitz geschickt? Wieso sollte er mir die Papiere aushändigen? Noch dazu unter dem Vorwand eines Interviews über seine Heimkehr von der Front?« So sehr sie sich bemühte, begriff sie das nicht. »Und was hätte ich tun sollen, falls er sie mir nicht gegeben hätte?«

»Weil er mich hingehalten und wohl nicht wirklich geglaubt hat, ich könnte ihm gefährlich werden.« Piotr klang trotzig. »Das konnte ich doch nicht auf mir sitzenlassen! Solche Leute dürfen nicht immer die Sieger sein. Zufällig sind Sie dann im Lager aufgetaucht und haben mit mir wegen Ihrer Reportage über die Displaced Persons geredet.«

»Da kam Ihnen die Idee, der Druck auf Dietlitz ließe sich erhöhen, wenn jemand von der amerikanischen Presse zu ihm kommt und ihm unangenehme Fragen stellt.«

»Unangemeldet«, ergänzte eine fremde Stimme aus dem Hintergrund. Billa stutzte. Auch Piotr reagierte verwirrt. Sie drehten sich um.

»Verzeihen Sie die Störung.«

Aus der Terrassentür trat Viktor von Dietlitz auf sie zu. Billa erkannte ihn sofort. Er hatte etwa Emils Größe, war ähnlich schlank und trug einen leichten Sommeranzug. Lässig spielte er mit einem Strohhut in der Hand, die zweite in der Hosentasche vergraben. Und schmunzelte amüsiert. Dabei stach die Kerbe an seinem Kinn heraus.

Zweifellos belustigte es ihn, sie beide mitten im Gespräch überrascht zu haben. Lydia oder einer der anderen Kollegen mussten ihm die Tür geöffnet und ihn eingelassen haben, um ihn gleich zu ihr auf die Terrasse zu schicken.

»Wirklich interessant, was ich dank Ihnen über meinen Vetter erfahren muss«, fuhr er fort. »Zu meiner Schande muss ich gestehen, nichts davon gewusst zu haben. Er hatte wohl ein doppeltes Gesicht.«

»Wieso kommen Sie hierher?« Langsam erhob Billa sich. »Woher wissen Sie überhaupt, wo ich …«

»Wir sind verabredet. Zumindest indirekt. Haben Sie das etwa schon vergessen? Meine Zugehfrau hat mir ausgerichtet, dass Sie vor ein paar Tagen nach mir gefragt haben. Zwecks eines Interviews. Und Ihre Karte dagelassen haben. Das habe ich als Aufforderung verstanden, mich zu melden. Ihr freundlicher Kollege an der Tür vorhin hat mich wohl nur deshalb überhaupt ins Haus gelassen. Seine Vorsicht ist natürlich absolut verständlich. Heutzutage kann man nicht genug aufpassen.«

Er schmunzelte vielsagend, richtete den Krawattenknoten am Hals mittig aus.

»Leider war ich kurzzeitig verreist. Entschuldigen Sie bitte, dass es etwas gedauert hat. Bei meiner Rückkehr habe ich mich allerdings sofort entschlossen, zu Ihnen zu gehen. Für mich als einfacher Frontheimkehrer ist es sehr schmeichelhaft, das Interesse einer amerikanischen Reporterin geweckt zu haben. Womit kann ich Ihnen also dienen?«

»Haben Sie meine Papiere dabei? Raus damit!« Abrupt schoss Piotr vom Liegestuhl hoch und packte Dietlitz am Revers seines Jacketts.

»Wovon reden Sie? Wer sind Sie überhaupt? Ich sehe Sie zum ersten Mal in meinem Leben.«

Dietlitz wirkte aufrichtig verblüfft. Angewidert wollte er zurückweichen, doch Piotr packte ihn nur noch fester und schüttelte ihn.

»Tun Sie nicht so, als hätten Sie keine Ahnung. Sie wussten genau, was Ihr Vetter in Ihrem Namen getrieben hat. Sie stecken doch alle unter einer Decke!«

»Piotr, bitte!«, versuchte Billa, ihn zu besänftigen. Zugleich überlegte sie fieberhaft, wie sie die Situation entschärfen konnte. Dietlitz sah nicht so aus, als ließe er sich lange von Piotr in Schach halten. Dazu war Piotr zu schwach und Dietlitz zu stolz. Ihr musste schnell etwas einfallen.

»Ich soll Sie ganz herzlich von meiner Mutter Lilo grüßen«, kam ihr spontan in den Sinn. Als Dietlitz sich daraufhin fragend zu ihr wandte, ermutigte sie das, weiterzureden. Sie hatte den richtigen Nerv getroffen. Er wusste genau, wer sie war, erinnerte sich an ihre Mutter. Wahrscheinlich war er sogar nur gekommen, um mehr über Lilo zu erfahren.

»Sie freut sich, dass mich der Zufall ausgerechnet zu Ihnen geführt hat und ich Sie interviewen werde«, setzte sie in beiläufigem Plauderton nach. »Ihre Bekanntschaft vor dem Krieg ging offenbar über das übliche gesellschaftliche Miteinander hinaus. Immer wieder denkt sie gern an Ihre gemeinsamen Wochenenden in Gauting zurück. Bei jeder Gelegenheit schwärmt sie mir davon vor. Sie hat mir sogar ein Foto gezeigt. Lilo mit Ihnen und Ihren Freunden. Vor dem Krieg. Das waren noch Zeiten! Gut haben Sie alle ausgesehen. Unbeschwert. Wirklich beneidenswert. Vielleicht sollten wir einmal gemeinsam nach Gauting fahren und uns vor Ort umhören, ob wenigstens dort auf dem Land noch alles beim Alten ist. Vielleicht gibt es in der Pension sogar noch dieselben Wirte, und sie sind alle wohlauf?«

Sie bemühte sich um ein unschuldiges Lächeln.

Bildete sie sich das nur ein oder wurde Dietlitz jetzt aschfahl? Das vergnügte Blitzen in seinen Augen war jedenfalls erloschen. Was aber war so schlimm daran, dass sie ihn an die Sommerwochenenden mit Lilo in Gauting erinnerte? Auf dem Foto hatten sie alle tatsächlich sehr fröhlich ausgesehen.

Er verengte die Augen zu schmalen Schlitzen und hatte plötzlich einen fast schon bedrohlichen Zug um den Mund.

»Warum nicht? Am besten fahren wir gleich hin«, schlug er vor, bemüht, trotz alledem harmlos zu klingen.

»Lieber morgen. Ich habe jetzt noch einen dringenden Termin«, widersprach sie, plötzlich von einem jähen Unbehagen erfüllt.

Zu Recht, wie sich jetzt herausstellte. Dietlitz genügte eine kräftige Armbewegung, um den schmächtigen Piotr abzuschütteln und beiseitezustoßen. Piotr verlor das Gleichgewicht, taumelte und stolperte erst über seine eigenen Füße, dann über das Fußteil des Liegestuhls und krachte zu Boden. Schlug mit dem Kopf an der Tischkante an. Blieb reglos liegen.

Billa wollte ihm zu Hilfe eilen, doch wie aus dem Nichts hielt Dietlitz auf einmal eine Waffe in der Hand und richtete sie drohend auf sie. Eine Luger, wie sie sofort erkannte. Warum nur hatte sie ihre Waffe vor Tagen schon oben in ihrem Kleiderschrank versteckt? Sie hatte sich ganz auf Sams und Grahams Beistand verlassen. Ein fataler Fehler.

»Wir fahren sofort«, sagte Dietlitz.

»Aber Piotr …«, versuchte Billa es erneut, woraufhin er sie am Arm von der Terrasse zerrte und zischte: »Liegen lassen!«

»Wo willst du hin?«, rief Lydia vom offenen Fenster des Herrenzimmers aus, als sie durch den Vorgarten zum Tor trotteten.

Sie mussten ein seltsames Paar abgeben, Billa mit Dietlitz an der Seite, der die Waffe zwar mit dem Hut verdeckte, sie ihr aber dennoch spürbar in den Rücken rammte. Hoffentlich erkannte Lydia die Gefahr und begriff, was sie tun musste.

»Auf einen kurzen Ausflug mit einem alten Freund meiner Mutter«, antwortete Billa mit rasendem Herzklopfen über die Schulter nach hinten. Krampfhaft überlegte sie, wie sie ihr zu verstehen geben sollte, dass Piotr auf der Terrasse dringend Hilfe benötigte. Vielleicht konnte er Lydia, sobald er wieder bei Bewusstsein war, einen Hinweis geben? Das mit der Pension in Gauting musste er mitbekommen haben, so wie sie den Ortsnamen betont hatte. Gerade als sie Luft holen wollte, stieß Dietlitz ihr warnend den Pistolenlauf in den Rücken.

»Nimm wenigstens deine Handtasche mit, sonst hast du nicht einmal deine Lieblingszigaretten dabei«, rief Lydia, offenbar völlig ahnungslos, was gerade vor ihren Augen geschah.

Flugs warf sie die Tasche aus dem Fenster.

Billa fing sie auf. Etwas fiel heraus, landete mit einem leisen Geräusch auf dem Boden. Sie wollte sich danach bücken, doch Dietlitz gab ihr unmissverständlich zu verstehen, dass sie es liegen lassen sollte.

»Danke!«, rief sie und winkte Lydia übermütig, von einer jähen Eingebung gepackt. »Grüß mir Emil und erinnere ihn an das Foto, das er mir schuldet.«

»Genug!«, raunte Dietlitz wütend. Noch einmal spürte sie das Metall der Luger im Rücken. Sie hoffte, Lydia hätte trotzdem verstanden. Vielleicht hatte sie auch das Zittern ihrer Stimme gehört.

# 28

Ohne weiteres Nachhaken akzeptierte Jake auf die Frage, was Emil nach Gauting geführt habe, die Antwort, er habe den freien Tag und die Möglichkeit, ab sofort wieder mit der Bahn ins Umland fahren zu können, genutzt, um auszutesten, was er dort im Tausch für seine wenigen Habseligkeiten an Nahrungsmitteln auftreiben konnte. Dabei hatte Emil nicht einmal einen Rucksack dabei, um sie zu transportieren, geschweige denn irgendetwas von Wert, was er überhaupt zum Tausch hätte anbieten können. Jake schien das nicht aufzufallen.

»Steig ein und fahr mit. Du willst doch auch zurück in die Stadt, oder? Mit dem Auto geht es schneller und vor allem viel bequemer als mit der Eisenbahn. Mich wundert, dass sich die Züge überhaupt noch vom Fleck bewegen, so überladen wie die sind. Aber wie heißt es so schön? ›Besser schlecht gefahren, als gut gelaufen‹.«

Er lachte über seine eigene Bemerkung. Emil lag auf der Zunge, Jakes eigenwilligen Fahrstil anzusprechen. Unterm Strich aber war er mit ihm in jedem Fall innerhalb kürzester Zeit zurück in München. Das allein zählte.

Sie waren bereits einige Kilometer aus dem Ort heraus, als er sich bei Jakes munterem Summen endlich entspannte, im ausgesessenen Beifahrersitz zurücklehnte und sich bald über den Zufall freute, der ihn am Gautinger Bahnhof ausgerechnet vor den Jeep von Joes Fahrer hatte laufen lassen. Dieser Montag hatte in der Tat das Potenzial zu einem echten Glückstag.

Sein Ausflug zur Pension Würmtal hatte ihm entscheidende Neuigkeiten über Billas Mutter sowie die drei Herren Dietlitz, Kornhäuser und Ranstett beschert. Allmählich vervollständigte sich das Bild. In jedem Fall stand jetzt fest, dass die vier enger befreundet gewesen waren als üblich zwischen einer Reporterin und Herren der besseren Gesellschaft. Und dass in dieser Freundschaft der Schlüssel zu dem Mordmotiv liegen musste. Kornhäusers unerwiderte Verehrung für Lilo barg womöglich erheblichen Sprengstoff. Unbedingt wollte Emil als Nächstes Billa aufsuchen und bitten, ihrer Mutter telefonisch ein weiteres Mal auf den Zahn zu fühlen. Am besten sogar in seinem Beisein. Trotz ihres gestrigen Wutausbruchs konnte sie nicht länger die Augen davor verschließen, wie nah Lilo den Herren gestanden hatte. Es lag in ihrem eigenen Interesse, dem auf den Grund zu gehen. Vielleicht erinnerte Lilo sich obendrein an diese Irmi. Es würde gewiss nicht schaden, Näheres über deren Schicksal herauszufinden.

Um Billa wieder milde zu stimmen, sie überhaupt zur Kooperation zu bewegen, musste Emil sich allerdings erst einmal bei ihr entschuldigen. Er spürte die Hitze auf seinen Wangen. Das war ihm ein aufrichtiges Anliegen. Natürlich warf sie ihm zu Recht Voreingenommenheit vor. Auf alle Fälle würde er sich um Besserung bemühen. Das wollte er ihr fest in die Hand versprechen.

Und sie zugleich daran erinnern, wie sehr ihr selbst daran lag, die Morde aufzuklären. Schon allein jenes Fremden aus dem DP-Lager wegen, für dessen Wohl sie sich wie eine Löwin einsetzte. Deshalb hatte sie ihn letzte Woche eigens in Laim aufgesucht. Bei dem Gedanken erfasste ihn Eifersucht. Deutlich hatte er ihren gemeinsamen Spaziergang durch das friedliche Laim vor Augen, hörte jeden ihrer Sätze, erinnerte genau die Blicke, als sie ihn gebeten hatte, sie dabei zu unterstützen. Sein Herz begann zu rasen. Die Entschlossenheit, mit der sie gegen die drohende Ungerechtigkeit anging, imponierte ihm. Die Geschicklichkeit, mit der sie ihm Dinge entlockte, über die er eigentlich gar nicht reden wollte oder durfte, faszinierte ihn. Zugleich ärgerte ihn aber auch die aufbrausende Verletzlichkeit, die ihr anzumerken war, sobald ihre Mutter ins Spiel kam. Am liebsten würde er sie in den Arm nehmen, um ihr zu beteuern, dass sie auf ihn zählen konnte. Abermals begann sein Kopf zu glühen wie eine Tomate.

»Unbedingt musst du demnächst einmal mit in den Klub kommen und meine Band und mich spielen hören«, unterbrach Jake seine Gedanken. Emils Aufgewühltheit schien ihm völlig zu entgehen. Oder er ignorierte sie geflissentlich, weil er ahnte, welcher Sturm in Emil tobte. »Sonst glaubst du mir nie, dass ich wirklich Profi bin. Mit Ausbildung und einem phänomenalen Gespür für die wahren Emotionen.« Er zwinkerte ihm verschwörerisch zu. Emil brauchte einige Atemzüge, bis er kapierte, wovon Jake sprach.

»Manchmal komme ich mir allerdings schon vor wie ein simpler Botenjunge«, fügte Jake beim Weiterfahren hinzu und sah wieder nach vorn. Die Straße war schlecht geworden. Eigentlich war es keine richtige Straße mehr, sondern ein besserer Waldweg. Immer wieder klafften tiefe Löcher in der Teerdecke, zogen sich Spuren schwerer Fahrzeuge über die Fahrbahn. Der Jeep schlingerte und ruckelte, gelegentlich sprang er sogar wie ein Gummiball auf.

»Der größte Teil meines Dienstes besteht inzwischen aus drögen Kurierfahrten wie dieser hier«, beklagte er sich, während Emil sich krampfhaft am Sitz festklammerte, aus Furcht, bei der nächsten Kurve aus dem Jeep katapultiert zu werden.

Schwungvoll lenkte Jake den Wagen quer zu einer Spurrille. Emil stemmte die Füße Halt suchend in den Boden und schloss die Finger jetzt noch fester um den Rand des Sitzes.

»Kennst du dich mit Jazz aus? Welche Musik hörst du am liebsten?«, wechselte Jake abrupt das Thema und begann mit den Fingern einen sehr eingängigen Rhythmus zu schnippen, wippte bald mit dem ganzen Körper im Takt mit. Emil presste die Lippen zusammen. Zum Glück gelangten sie zurück auf eine besser ausgebaute Straße, erreichten kurze Zeit später die für die amerikanischen Militärfahrzeuge von Trümmern befreiten, notdürftig planierten Einfahrtsschneisen in die Stadt.

Erleichtert atmete Emil auf. Den Rest der Fahrt diskutierten sie angeregt über verschiedenste Stilrichtungen des Jazz, über Duke Ellington, Benny Goodman sowie Jakes großes Vorbild Charlie Parker.

»Dann bis bald im Klub!«, verabschiedete Jake sich

schließlich gut gelaunt von Emil, als er ihn am Springbrunnen unterhalb des Friedensengels in Bogenhausen absetzte.

»Danke für die Einladung!« Übermütig winkte Emil ihm beim Wegfahren hinterher. Für den Bruchteil einer Sekunde beschlich ihn die Hoffnung, Billa würde ihn begleiten und er würde es wagen, sie zu einem Slowfox aufzufordern, den Jake eigens für sie beide spielte.

Über dieser Träumerei lief er unter den schattenspendenden Bäumen der Grünanlage am Isarhochufer nordwärts zu der Villa in der Möhlstraße, in der die US-Reporter untergebracht waren. Er freute sich darauf, Billa gleich gegenüberzustehen. Vergnügt begann er zu pfeifen, genau jene Melodie, die Jake und er vorhin im Wagen zuletzt miteinander gesungen hatten.

»Sie kommen fünf Minuten zu spät, Billa ist nicht hier«, empfing ihn wenig später eine von Billas Kolleginnen, die sich mit breitem texanischem Akzent als Lydia Persson vorstellte. Anders als Billa trug sie Uniform, trat auch sonst eher männlich und sehr bestimmt auf. Noch auf dem plattenausgelegten Pfad im Vorgarten der Villa fing sie ihn ab, machte keinerlei Anstalten, ihn einzulassen. »Wenn Sie vom Friedensengel herübergekommen sind, müssten Sie dem Wagen eigentlich sogar begegnet sein. Es war ein dicker, schwarzer Mercedes, in dem Billa und ihr Begleiter davongebraust sind. So einen fährt nur, wer wichtig ist im Land.«

»Leider bin ich nicht über die Straße, sondern durch die Grünanlage gelaufen. Bei der Hitze ist das angenehmer«, erwiderte Emil, im Stillen verärgert über seine Entscheidung. Wie aber hätte er ahnen sollen, ausgerechnet deshalb Billa zu verpassen?

»Hat sie gesagt, wo sie hinfährt? Oder wann sie zurückkommt?«, besann er sich rasch und wurde plötzlich übermütig kühn, weil ihm Lydia sympathisch war. »Vielleicht warte ich hier im Garten einfach auf sie, wenn Sie nichts dagegen haben.«

»Das sah nach einem längeren Ausflug aus«, enttäuschte sie ihn jedoch ebenso rasch. »Ich habe ihr sogar noch die Handtasche durchs Fenster zugeworfen, damit sie wenigstens ihre Lieblingszigaretten dabeihat. Auf die ist sie geradezu versessen. Irgendetwas ist dabei herausgefallen, glaube ich. Dem Geräusch nach vermutlich ihr Feuerzeug. Danach wollte ich gerade suchen. Billa wollte es selbst noch aufheben, ihr Bekannter hatte es jedoch sehr eilig, mit ihr wegzukommen.«

Fast im selben Augenblick gingen sie beide in die Hocke, um zwischen Grashalmen, Blumenerde und Steinplatten nach dem Feuerzeug zu suchen. Dunkel meinte Emil sich an ein längliches, silbernes, schlichtes Modell zu erinnern. Ein- oder zweimal hatte er es in ihrer Hand gesehen. Das sollte doch leicht zu finden sein.

Es blitzte und funkelte jedoch nichts auf dem Boden des Vorgartens, was man für ein Feuerzeug halten konnte. Stattdessen stieß Emil auf eine handgroße unbemalte Holzfigur, die er achtlos einsteckte. Sie fühlte sich sonnenwarm an.

»Wahrscheinlich habe ich mich geirrt«, erklärte Lydia ratlos und ließ den Blick ein letztes Mal über den Boden wandern. Emil drehte sich noch einmal um die eigene Achse.

»Seltsam nur, dass auch Billa sich nach etwas bücken wollte, wie Sie gesagt haben«, wandte Emil ein.

»Vielleicht hat sie beim Gehen einen Stein angestoßen und sich von dem Geräusch täuschen lassen. Jedenfalls danke für Ihre Hilfe. Ich werde ihr ausrichten, dass Sie da waren und nach ihr gefragt haben. Wie war Ihr Name noch mal?«

»Emil Graf.«

»Emil?« Lydia stutzte, dann hellte sich ihr Gesicht plötzlich auf. »Billa hat Sie im Weggehen erwähnt. Und irgendetwas von einem Foto gesagt, das Sie ihr schulden. Können Sie damit etwas anfangen?«

»Ein Foto?« Emil überlegte, spielte gedankenverloren in der Jackentasche mit der geschnitzten Holzfigur. In der nächsten Sekunde wurde er von großer Unruhe erfasst. »Der Mann, der Billa abgeholt hat, ihr Bekannter ...«

»Ein Bekannter ihrer Mutter«, stellte Lydia klar.

»Wie sah er aus? Ungefähr Mitte, Ende dreißig, etwa meine Größe, schlank, helle Augen, volles blondes, zurückgekämmtes Haar?«

»Und eine tiefe Kerbe am Kinn«, stimmte sie zu. »Ein sehr attraktiver Mann. Sehr elegant gekleidet. Beste Vorkriegsware. Manche fallen eben immer auf die Sonnenseite, egal, was in der Welt passiert.«

»Wo sind sie hin? Hat sie das gesagt?«

Emil ignorierte Lydias Kommentar. In seinem Kopf überschlugen sich die Gedanken. Dietlitz war also bei Billa aufgetaucht und hatte sie zu einem Ausflug abgeholt. So überstürzt, dass sie darüber fast vergessen hätte, ihre Tasche mit den Zigaretten mitzunehmen. Das klang nicht nach einem harmlosen Spaziergang im Englischen Garten.

Auf der Straße hielt ein Wagen. Statt zu antworten, sah Lydia hinüber, auch Emil horchte auf. Jemand stieg aus, eine Tür schlug zu. Feste Schritte auf dem Steinboden näherten sich.

»Ist Billa da?« Am Tor tauchte der GI auf, der Billa meistens fuhr. Wie stets war er bestens gelaunt. Als Emil ihn so nah vor sich sah, wunderte er sich, wie ihn der leicht untersetzte Mann letztens bei der Verfolgung des ehemaligen Kriegsgefangenen so behände hatte einholen können.

Anscheinend dachte er dasselbe, denn er tippte vergnügt zwinkernd an seine Mütze und sagte: »Nichts für ungut übrigens.«

»Billa ist weg«, antwortete Emil.

»Piotr auch?«, wandte der GI sich erstaunt an Lydia. »Eben erst habe ich erfahren, dass der verrückte Hund sich inzwischen hier bei euch versteckt. Dabei hatten wir ihn in Freimann so gut unterbracht.«

»Hier gefällt es ihm wohl besser als auf dem Friedhof bei den alten Herrschaften«, erwiderte sie und schmunzelte. »Seit Stunden faulenzt er hinten auf der Terrasse. Neuerdings hat er großen Gefallen an amerikanischem Whiskey mit Eis gefunden. Am helllichten Tag. Wahrscheinlich schläft er jetzt nach dem dritten oder vierten Drink tief und fest. Es sei ihm gegönnt. Er hat ja ein bisschen was nachzuholen.«

Piotr war also der Name des früheren Kriegsgefangenen, für den Billa sich so entschlossen engagierte, schoss Emil durch den Kopf. Und Billa schwebte in Gefahr. Warum sonst hatte sie Lydia gegenüber ausgerechnet seinen Namen sowie das Foto erwähnt, das ihre Mutter mit Dietlitz, Kornhäuser und Ranstett vor der Pension in Gauting zeigte? Das Puzzle fügte sich immer eindeutiger zusammen. Ihm wurde heiß. Sein Hirn arbeitete auf Hochtouren. Dietlitz hatte Billa abgeholt, als »alter Bekannter ihrer Mutter«, wie Lydia ihn bezeichnet hatte. Wahrscheinlich, weil Billa den Ausdruck verwendet hatte. Ein weiterer Hinweis. Unwillkürlich krampften sich seine Finger um die Holzfigur.

»Fahren Sie mich bitte zu Captain Simon ins Polizeipräsidium. Dringend«, wandte er sich an den Fahrer. »Es geht um Billa. Auf der Fahrt erkläre ich Ihnen alles.«

# 29

Unter anderen Umständen hätte Emil behauptet, es sei ein echtes Vergnügen, mit Sam, wie sich der GI mit Namen vorgestellt hatte, quer durch die Innenstadt und durch den Forstenrieder Park nach Gauting zu fahren. Die holprige Fahrt mit Jake lag noch keine zwei Stunden zurück, deshalb konnte er das beurteilen. Doch jetzt war keine Zeit für solche Gedanken. Jetzt ging es um Billa. Womöglich gar um ihr Leben. Weil Dietlitz sie in seiner Gewalt hatte. Und Emil ahnte, dass Billa von ihrer Mutter Lilo etwas über ihn wissen musste, für das er über Leichen zu gehen bereit war. Wenn es nicht schon zu spät war. Bei der Vorstellung wurde Emil übel.

Zum Glück war es ein Leichtes gewesen, Joe davon zu überzeugen, dass höchste Gefahr in Verzug war. Er hatte sogar darauf verzichtet, Emil wegen des unrechtmäßigen Eindringens in Kornhäusers Wohnung zu maßregeln. »Hauptsache, du hast das Foto und bist dadurch der verfluchten Geschichte auf die Spur gekommen«, hatte er nur geknurrt. Obwohl sie noch immer keinen blassen Schimmer hatten, was die ›verfluchte Geschichte‹ genau war. Wahrscheinlich hatte Sams entschiedener Beistand das Seine dazu beigetragen, ihn zu überzeugen. Nach Emils hastiger Erzählung auf dem Weg in die Ettstraße war Sam rasend vor Sorge um Billa gewesen und hatte im Polizeipräsidium nur wenige Sätze gebraucht, um Joe dazu zu bringen, mit ihnen nach Gauting zu fahren.

In der Pension aber trafen sie niemanden an. Zumindest niemanden, der ihnen weiterhelfen konnte. Lediglich die schwarze Katze fläzte satt und zufrieden auf einem Holzklotz im Vorgarten, schenkte ihnen jedoch kaum Beachtung. Sie sahen nur eine völlig verschreckte ältere Frau, die bei ihrem Hereinstürzen in die Küche wie von Sinnen aufschrie. Hätte sie das nicht getan, hätten sie sie wohl komplett übersehen, derart winzig, dünn und durchscheinend war sie, wie sie da auf der Bank im Herrgottswinkel kauerte. Erst der Mann, den Emil schon von seinem ersten Besuch her kannte, konnte sie einigermaßen besänftigen. Gleich kam er aus einem kleinen Schuppen über den Hof herübergerannt und drückte die völlig verstörte Frau an sich, redete leise auf sie ein und strich ihr zärtlich über das strähnige graue Haar, das sie zu einem traurigen Dutt im Nacken gebunden hatte.

Aus dem Obergeschoss drangen aufgeregtes Kindergetrampel und helle Kinderstimmen herunter, dicht gefolgt von einer scharfen Zurechtweisung und vom hellen Klatschen mehrerer Ohrfeigen auf nackter Haut. Nach zwei, drei Schmerzensschreien kehrte dort oben unheilschwangere Stille ein.

»Hatten Sie vorhin Besuch? Von einer jungen, amerikanisch aussehenden Frau mit kurzen dunklen Haaren und einem elegant gekleideten blonden Deutschen Mitte, Ende dreißig?«, fragte Emil den Mann leise. Die Frau schmiegte sich Schutz suchend an dessen Seite und starrte Emil aus schreckgeweiteten Augen an.

Der Mann schüttelte wortlos den Kopf. Joe schnaubte, Sam sog angespannt die Luft ein.

»Wo ist Ihre Tochter?«, setzte Emil nach. So leicht wollte er nicht aufgeben. Die Pension Würmtal in Gauting spielte bei der ganzen Geschichte eine wichtige Rolle, das stand fest. Warum sonst hatte Billa Lydia gegenüber das Foto erwähnt? »Liesl kann uns wahrscheinlich helfen, die beiden zu finden. Überlegen Sie! Schnell! Es geht um ein unschuldiges Menschenleben.«

»Sie bringen uns nur Unglück«, entrüstete sich der Mann. »Lassen Sie uns in Frieden.«

Joe, Sam und Emil tauschten ratlose Blicke. Fahrig spielte Emil mit der Holzfigur in seiner Jacketttasche, ließ den Blick durch die niedrige, blitzblank geputzte Bauernküche wandern. Und erspähte draußen am Fenster das kleine Mädchen mit dem runden Gesicht, das ihn mittags schon begrüßt hatte.

Neugierig presste es die Nase gegen die Scheibe, atmete in hastigen Schüben an das Glas, das davon beschlug. Als es seinen Blick bemerkte, zog es den Kopf zurück und lachte. Es hatte ihn wohl gleichfalls wiedererkannt. Triumphierend hielt es ein Küken in der Hand hoch, als wollte es ihm das jetzt stolz zeigen, so wie mittags die Holzfigur.

Emil nickte den anderen zu, entschuldigte sich bei dem Mann für die Störung und hastete hinaus. Im Hausflur lief er jedoch den dämmrigen Flur entlang nach hinten zum

Hof. Die anderen folgten ihm in laut auf dem Steinboden knallenden Schritten.

»Lasst mich allein gehen«, bat er sie. »Wenn wir zu dritt ausschwärmen, um Liesl zu suchen, verscheuchen wir sie am Ende nur. Auf einem solchen Anwesen gibt es tausend Winkel, wo sie sich verbergen kann. Ich habe jedoch eine Idee, wo sie sein könnte.«

»Wollen wir hoffen, du findest sie, und sie kann uns tatsächlich weiterhelfen. Nicht, dass wir wertvolle Zeit verlieren und Billa etwas passiert.«

Joe klang besorgt. Auch Sam wirkte nicht sonderlich begeistert von Emils Vorhaben, sich noch länger auf dem Hof aufzuhalten, wo es keinerlei Hinweis auf Billa und Dietlitz zu geben schien. Davon aber wollte Emil sich nicht irritieren lassen. Noch bestand Hoffnung. Ging er der nicht nach, würde er sich das nie verzeihen.

Der Hühnerstall befand sich nur wenige Schritte vom rückwärtigen Wohnhaus entfernt. Es war ein kleines, gemauertes, weiß getünchtes Gebäude mit einer Tür auf der Giebel- und zwei vergitterten quadratischen Fenstern auf der Längsseite. Wie seit den letzten Kriegsmonaten auf dem Land üblich, war auch hier das Federvieh ordentlich weggesperrt, um es vor Diebstahl zu bewahren. Allerdings war die Tür zu Emils Verwunderung unverschlossen.

Empört gackerten die Hühner auf, als er gebückt in den niedrigen Bau trat. Gleich scharten sie sich um den Hahn, der herrisch sein Haupt in die Luft reckte und einmal durchdringend zur Revierverteidigung schrie. Neben ihm im Heu hockte das Mädchen, jetzt mit einem ausgewachsenen Huhn auf dem Schoß. Mahnend legte es den rechten Zeigefinger über die Lippen.

»Alles gut«, flüsterte Emil und wandte sich zur Leiter, die rechts vor der Wand lehnte und auf einen hölzernen Boden führte, der zur Lagerung des Strohs diente.

Emil musste nur die ersten Sprossen hinaufsteigen, um auf den niedrigen Heuboden sehen zu können. Zu seiner Erleichterung saß Liesl tatsächlich dort, ganz nach hinten in die Ecke gerückt, die beiden dicken Zöpfe auf die Brust gezogen, den Kopf gesenkt.

Ihr war nicht anzusehen, ob sie Emils Auftauchen registriert hatte. Angestrengt blickte sie auf etwas vor sich im Heu. Der offene Rucksack zwischen ihren angewinkelten Knien war ausgebeult von einer Unmenge Konservendosen und Tabakkisten.

Was ihn jedoch zusammenschrecken ließ, war die Pistole, die sie in der Hand hielt und nachdenklich hin und her drehte.

Das spärliche Licht des Hühnerstalls reichte aus, um sicherzugehen, dass es sich um eine Luger handelte. In Bayern hatten viele Bauern auf dem Land die nach dem Ersten Weltkrieg trotz des Verbots behalten und auf ihren Speichern und in den Scheunen versteckt.

Emil hielt die Luft an, schloss für einen Moment die Augen. Was sollte er nun tun? Wollte Liesl sich etwa erschießen?

Über dem bedrohlichen Anblick, den die junge blonde Frau bot, bemerkte er das Knarren der Leiter zu spät.

Plötzlich brach die Sprosse, auf der er mit beiden Füßen stand, entzwei, und er rasselte zu Boden.

Laut fluchte er. Das Federvieh stob auf, Federn rieselten durch die Luft, heftiger Lärm umhüllte ihn, als er von dem Schwung des Sturzes nach hinten kippte und mit dem Hintern im Dreck landete.

»Sie schon wieder? Was wollen Sie hier?«

Den Lauf der Pistole auf seine Stirn gerichtet, beugte Liesl sich vom Heuboden nach unten.

Das kleine Mädchen schrie auf. Irritiert drehte Liesl den Kopf zu ihm. Emil gelang es, einen der noch stehen gebliebenen Leiterholme kräftig mit dem Fuß beiseite zu treten, so dass er Liesl die Pistole damit aus der Hand schlug. Blitzschnell stürzte er nach vorn und bekam die Waffe zu fassen, steckte sie in den Hosenbund. Langsam richtete er sich auf, die leeren Hände dabei gut sichtbar zur Seite emporgehoben.

»Ich habe die Waffe weggesteckt, wie Sie sehen. Ich tue Ihnen nichts. Kommen Sie runter. Ich brauche Ihre Hilfe. Sofort. Es geht um ein unschuldiges Menschenleben.«

Auffordernd streckte er ihr die Hand entgegen. Erst sah sie ihn begriffsstutzig an, dann beugte sie sich vor und glitt lautlos wie eine Katze mit einer Rolle vorwärts vom Holzboden herunter. Misstrauisch sah sie ihn aus einem Schritt Entfernung an.

»Es geht um einen der Männer auf dem Foto, das ich Ihnen heute Mittag gezeigt habe«, erklärte Emil hastig. Sein Puls beschleunigte. Jetzt kam es auf jedes Wort an.

»Genau genommen um Viktor von Dietlitz. Ich habe Sie

angelogen. Er ist nicht mein Freund. Ich bin von der Münchner Kriminalpolizei und suche ihn. Er hat die Tochter der eleganten Dame entführt, die mit ihm und seinen Freunden einige Sommer lang zu Gast bei Ihnen waren. Wir fürchten das Schlimmste. Wir wissen nur, dass die beiden zu Ihnen nach Gauting wollten, aber offenbar haben wir sie verpasst.«

Liesl verharrte stumm vor ihm, unternahm keinerlei Anstalten, sich zu rühren. Das kleine Mädchen mit den großen Augen hüpfte zu ihr, schlang ihr die kurzen Arme um die Hüften und vergrub sein Gesicht in den Falten ihres Rocks. Über Liesls Gesicht huschte ein kaum sichtbares Lächeln.

Emil konnte es kaum fassen. Hatte dieselbe junge Frau gerade eben noch eine Pistole in Händen gehalten? Was trieb sie um?

Er musste Billa retten! Nichts auf der Welt wollte er in diesem Moment mehr. Fieberhaft ratterte es in seinem Kopf. Die Zeit drängte. Ihm blieb nur die Flucht nach vorn, ohne jegliche weitere Rücksichtnahme.

»Sie haben ein Grundstück am Ammersee erwähnt, zu dem Dietlitz und seine Freunde Ihre Schwester Irmi früher mitgenommen haben. Wissen Sie, wo es liegt? Können Sie uns hinbringen? Bitte! Es geht um Leben und Tod.«

Er verlegte sich aufs Flehen.

»Dietlitz will Billa Löwenfeld etwas antun, weil sie Irmis Geschichte kennt«, versuchte er es auf gut Glück. »Helfen Sie uns! Irmi zuliebe. Sie hätte nicht gewollt, dass deswegen jemand sterben muss. Das macht es zwar nicht ungeschehen, aber was immer er ihr Furchtbares zugefügt hat: Jetzt besteht die Chance, ihn endlich dafür büßen zu lassen.«

Es funktionierte. Mit Irmis Erwähnung brach er den Bann. Von jetzt auf gleich kam wieder Leben in Liesl. Sie löste sich von dem Kind, packte ihn am Arm und zog ihn aus dem Hühnerstall nach draußen, wo Joe und Sam ihnen entgegensahen. Emil schätzte, dass Liesl und er deutliche Spuren von Hühnerdreck und Stroh an sich trugen. Wahrscheinlich rochen sie auch nach Federvieh.

»Was ist jetzt?«, knurrte Joe, und Sam ergänzte nur: »Können wir los?«

»Zum Ammersee«, rief Emil ihnen zu.

Liesl schenkte den beiden keinerlei Beachtung. Sie rannte am Haus vorbei zur Straße. Emil und die anderen folgten ihr, sagten ihr, sie solle auf dem Beifahrersitz des Jeeps Platz nehmen. Emil und Joe kletterten nach hinten, während Sam bereits den Motor startete und mit quietschenden Reifen losfuhr.

Sie brausten südlich aus Gauting heraus, dann westlich vom Starnberger See, der als blaugrausilbernes Band am Horizont aufleuchtete, über den Höhenzug, an Kloster Andechs vorbei, bis sie endlich die im Sommer reichlich zusammengeschrumpfte und in dieser Ecke nur noch sehr träge fließende Ammer querten, die dem See den Namen gab und ihn nordwärts als Amper wieder verließ.

Liesl sprach zwar kein Englisch, schaffte es aber, Sam ihre Anweisungen durch entsprechende Gesten deutlich zu verstehen zu geben.

Obwohl die Straße ungewöhnlich gut in Schuss war, dauerte die Fahrt dennoch mehr als eine Dreiviertelstunde. Angespannt saßen Emil und Joe im Fond, hatten kein Auge für die traumhaft schöne Voralpenlandschaft. Beiläufig nur registrierte Emil, wo sie sich überhaupt befanden. Zu sehr bangte er um Billa, fürchtete, ein weiteres Mal an diesem Tag zu spät zu kommen und ihr nicht beistehen zu können. Nervös knetete er die verschwitzten Hände im Schoß. Mehr denn je fühlte er sich für Billa verantwortlich, würde in diesem Moment alles tun, um sie vor Bösem zu bewahren. Längst war ihm klar, dass er ohne Billa nicht mehr sein wollte, egal, wie sie künftig zu ihm stand. So unerwartet gut der Montag begonnen hatte, war er inzwischen zum Albtraum mutiert.

Endlich lotste Liesl Sam nach rechts auf einen Feldweg Richtung See. Wenige Obstbäume zierten den Weg zwischen den bereits abgeernteten Äckern, dazwischen wucherten wild Hecken und Sträucher. Die Feuchtigkeit des Bodens war auch nach tagelanger Trockenheit noch erkennbar. Immer wieder säumten Pfützen den Weg, die noch von den starken Gewittern Mitte des Monats zeugten. Ein schwarzer Mercedes tauchte vor ihnen auf, neigte sich gefährlich schräg nach rechts in den Graben. Dietlitz' Wagen! Nur etwas mehr als hundert Meter weiter glitzerte der See träge in der nachmittäglichen Augustsonne.

Sam hielt den Jeep kurz vor dem Mercedes im Gestrüpp einer Brombeerhecke an. Bemüht, kein unnötiges Geräusch zu machen, stiegen sie aus. Den süßen, klebrigen Geruch der Beeren in der Nase, das Gebrumm der Hummeln in den

Ohren und die Augen starr auf den unebenen Boden gerichtet, warteten sie auf weitere Anweisungen.

»Dahinten«, flüsterte Liesl und wies mit dem Kopf nach links, wo sich zwischen dornigem Gestrüpp ein schmaler Pfad auftat. Bald schlängelte er sich in einen kleinen Obsthain hinein, der schließlich in das Dickicht eines niedrigen Waldstücks überging. Zwischen den grünen Blättern blitzte vor ihnen ein helles Holzdach auf. Wahrscheinlich das Wochenendhaus von Dietlitz.

Emil stockte der Atem, auch die anderen hielten kurz inne, bevor sie gebückt weiter schlichen. Kaum blieb ihm Zeit, sich zu fragen, wie sie Dietlitz überhaupt überwältigen wollten. Während der Fahrt im offenen Jeep hatten sie es versäumt, sich darüber abzustimmen. Joe aber würde wissen, wie sie es anstellen sollten. Schon erreichten sie den Zaun, der das Häuschen umgab. Nur noch wenige Meter trennten sie von ihrem Ziel.

Joe zückte seine Waffe, schob Liesl beiseite und machte einen großen Schritt auf das Grundstück. Laut rief er gegen die geschlossene Tür: »Kommen Sie raus, Dietlitz! Das Spiel ist aus. Wir sind bewaffnet. Sie haben keine Chance. Ergeben Sie sich!«

Als hätte er sie erwartet, trat Dietlitz tatsächlich in der nächsten Sekunde schon aus der Tür. Die schreckensbleiche Billa schob er als lebendiges Schutzschild vor sich her, presste ihr eine Pistole an die Schläfe.

Emil begann zu zittern. Die Kehle wurde ihm eng. Die Situation kannte er nur zu gut. In den letzten beiden Jahren an der Front hatte er sie mehr als einmal erlebt. Instinktiv wusste er, wie er zu reagieren hatte. Seine Hand fuhr zum Hosenbund im Rücken, wo er vorhin Liesls Luger eingesteckt hatte.

Und tastete ins Leere.

Ein Schuss dröhnte in seinen Ohren.

Keine Sekunde später ein zweiter.

Billa schrie auf und sackte nach vorn, Dietlitz fiel direkt über sie.

Emil begann zu schreien. Er hörte erst auf, als er sah, wie Sam nach vorn stürzte und Dietlitz von Billa wegzerrte, ihr behutsam beim Aufstehen half.

Sie lebte!

Schon rannte auch er los, dicht gefolgt von Joe.

Nahezu gleichzeitig erreichten sie Billa und Sam, fielen sich alle auf einmal in die Arme.

»Alles gut.«

Nach wenigen Sekunden löste Joe sich als Erster aus dem Kreis, klopfte Emil und Sam auf die Schulter, nickte Billa aufmunternd zu. Dann drehte er sich wieder um.

Nach einem letzten, zaghaften Blick auf Billa, die ihn benommen anlächelte, tat Emil es ihm nach.

Liesl stand noch immer da, wo sie eben stehen geblieben waren. Aufrecht. Vom ganzen Geschehen scheinbar völlig unberührt.

Und die Luger in beiden Händen geradeaus nach vorn gerichtet.

Noch immer auf den Punkt zielend, wo eben noch Dietlitz mit Billa gestanden hatte.

# 30

Was gäbe sie jetzt für eine Dusche! Oder wenigstens eine ausgiebige Baderunde im See. Billa wollte sich das Blut von Dietlitz vom Leib schrubben. Das Gefühl seiner Berührung von der Haut rubbeln. So schnell und so gründlich wie möglich alles von sich abwaschen, was in den letzten Stunden geschehen war.

Sehnsüchtig glitt ihr Blick zwischen dem Geäst der Bäume hindurch zum sacht am nördlichen Ende des Grundstücks ins Wasser auslaufenden Ufer. Keine fünfzig Meter, schätzte sie grob, trennte sie von diesem Glück.

Sie begann zu zittern, fröstelte trotz Augusthitze. Sam hatte ihr in seiner väterlichen Art fürsorglich eine Armeedecke über die Schultern gelegt. Einhändig raffte sie die nun enger vor der Brust zusammen, schmiegte sich in die warme, kratzige Wolle und nahm einen besonders langen, intensiven Zug an der Zigarette. Für einen Moment schloss sie die Augen, atmete tief durch.

Zumindest saß sie auf einem Stuhl, konnte kein zweites Mal umkippen. Auch wenn das, was da von dem Gespräch auf der Terrasse an ihr Ohr drang, Grund genug gewesen wäre, sofort wieder in Ohnmacht zu fallen.

Flankiert von Joe und Emil saß Liesl, die eben noch mit der Luger auf Dietlitz geschossen hatte, ihr gegenüber auf dem zweiten wackligen Gartenstuhl vor dem Wochenendhäuschen, das eigentlich nur eine bessere Scheune war, und erzählte ihre Geschichte. Emil übersetzte für Joe.

So abgebrüht Joe sonst auch wirkte, ging ihm das, was er hörte, sichtlich an die Nieren. Aufgewühlt rauchte er eine Zigarette nach der anderen, fixierte einen Punkt auf den Holzdielen und nickte bedächtig.

Emil war schlichtweg erschüttert. Fahrig spielte er beim Dolmetschen mit der Zigarettenkippe zwischen den Fingern. Gelegentlich hob er den Kopf. Sein Blick streifte Billa, verharrte einen Atemzug lang Halt suchend bei ihr.

Sie versuchte sich in einem aufmunternden Lächeln, ließ es dann aber schnell wieder, weil ihr dazu einfach nicht zumute war. Stattdessen genoss sie das stille Einverständnis, das zwischen ihm und ihr durch den Blickkontakt herrschte.

Als wären die Pistolenschüsse ein Startsignal gewesen, redete Liesl ohne Unterlass. Schilderte das traurige Schicksal ihrer Schwester Irmi, die sie abgöttisch geliebt haben musste, und ihr eigenes, nicht weniger trauriges Los. Wahrscheinlich hatte sie nie zuvor darüber gesprochen, hatte ihr nie zuvor irgendwer die Gelegenheit geschenkt, sich den Kummer von der Seele zu reden und sich damit von der immensen Last zu befreien, die auf ihr lastete. Wer wusste, was hätte verhindert werden können, wäre das je geschehen? Abermals schloss Billa die Lider und hing ihren Gedanken nach. Liesl tat ihr aus tiefstem Herzen leid.

Obwohl Billa immer drängender den Impuls verspürte, die Hände fest auf die Ohren zu pressen, um sich von dem Ungeheuren abzuschirmen, gelang es ihr nicht wegzuhören.

Unfassbar, welch ein Scheusal Dietlitz gewesen war! Viktor dieses Mal. Nicht Karl, dessen Bestialität Piotr ihr erst am Mittag in allen Einzelheiten geschildert hatte.

Bei dem Gedanken sah sie gleich wieder vor sich, mit welcher Verzweiflung Piotr sich auf ihn gestürzt hatte, um ihn nach seinen Papieren zu fragen, und wie kaltschnäuzig Dietlitz den weitaus Schmächtigeren von sich weggestoßen hatte. Wie eine lästige Fliege hatte er ihn beiseitegeschubst. Billa schnürte es die Kehle zu.

Hoffentlich hatte Piotr sich nicht schlimm verletzt. Sie schloss die Augen, schluckte schwer. Und hatte Liesls Stimme gleich umso deutlicher in den Ohren. Also schlug sie die Augen wieder auf. Es gab einfach kein Entrinnen aus dem Elend.

Zum wiederholten Mal beschrieb Liesl in aller Ausführlichkeit, wie Viktor von Dietlitz ihrer Schwester Irmi falsche Hoffnungen gemacht hatte. In gewisser Hinsicht ähnelte das dem, was Karl mit Piotr angestellt hatte. In ihrer Bösartigkeit standen sich die beiden Vettern in nichts nach.

Ob die Veranlagung in der Familie lag? In jedem Fall auffällig, welchen Spaß die zwei daran gehabt hatten, andere zu quälen, mental wie körperlich. Dass sie jetzt beide dennoch tot waren, stellte in Billas Augen eine schwache Genugtuung dar.

Sobald sie allerdings daran dachte, welchen Preis Liesl für ihr Aufbegehren gegen den Automatismus des ewigen Opferseins zahlen würde, überlief sie ein heftiges Zittern.

Ihr Blick schweifte ab, wanderte über die von kniehohem Gras und Blumen in den verschiedensten Augustfarben übersäte Wiese. Schmetterlinge und Insekten schwirrten von Blüte zu Blüte. Da, wo noch immer Dietlitz' Leichnam lag, war nicht nur das Gras weitflächig niedergetrampelt, sondern auch ein besonders dicker Schwarm Fliegen auszumachen. Bis zum Eintreffen des Erkennungsdienstes und des Gerichtsmediziners hatten Emil, Joe und Sam vorhin notdürftig die wichtigsten Spuren mit Stöcken und nummerierten Zetteln gekennzeichnet sowie den Toten mit einer weiteren Armeedecke aus dem Jeep zugedeckt.

Auf Joes Anweisung war Sam wieder in den Jeep gestiegen und nach Dießen gefahren, um vom dortigen Polizeirevier aus die Kripomänner aus München telefonisch herzubeordern. Und auf Billas eindringliche Bitte hin auch gleich in der Möhlstraße anzurufen, damit sich Lydia um den verletzten Piotr auf der Terrasse kümmerte. Falls das nicht längst geschehen war. Leider hatte sie keine Ahnung, wie viel Zeit seither vergangen war. Mehrere Stunden mussten es sein. Nervös knetete sie die Finger. Ihre Augen wanderten unruhig weiter.

Bald würde es hier auf dem eigentlich sehr idyllischen Seegrundstück sehr geschäftig zugehen. Der behäbige, lebenskluge Gerichtsmediziner Ringseisen würde anrücken und sich über den toten Dietlitz beugen, der spinnenartige, mit seinem gehässigen Mundwerk ausgestattete Seidl und sein baumlanger, tölpelhafter Assistent Dollinger würden jeden Grashalm begutachten, und zwei Schandis würden Liesl vorschriftsmäßig in Haft nehmen. Denn einerlei, wie mitleiderregend ihre Geschichte auch war und wie viel Verständnis man für ihre Taten aufbringen mochte: Vor dem

Gesetz war und blieb sie eine Mörderin. Eine vierfache sogar. Und auf Mord, so lautete das von der amerikanischen Besatzungsbehörde erlassene Gesetz, stand nun einmal die Todesstrafe. Daran gab es nichts zu rütteln.

Jäh fluchte Billa. Emil schüttelte sacht den Kopf. Sie hatte nicht aufgepasst und sich an der Zigarette die Finger verbrannt. Der Schmerz riss sie in die Gegenwart zurück. Sie schnippte die Kippe zu Boden, trat sie verärgert aus und wandte sich, mit Tränen in den Augen, den anderen wieder zu. Eilig bot Emil ihr eine neue Zigarette an. Dankbar nahm sie sie, ließ sich von ihm auch Feuer geben. Dabei fing sie seinen Blick auf.

»Leute wie wir blieben eben immer die Verlierer, hat der Ranstett zu mir gesagt und ganz furchtbar gelacht, weil ihn das offenbar sehr amüsiert hat«, berichtete Liesl gerade in einem Ton, der offen ließ, ob sie sich darüber wunderte oder entrüstete. »Solche wie wir würden sich immer zu blöd anstellen, um je aus dem Verlierersumpf herauszukommen. Während Leute wie er die geborenen Gewinner seien. Seit Generationen schon und auch für viele weitere Generationen noch. Das sehe man jetzt gerade wieder besonders gut.«

Aus ihren himmelblauen Augen sah sie ins Leere. Sie wirkte einerseits völlig entrückt, andererseits völlig vertieft darin, endlich das Erlebte loszuwerden. Joe unterbrach sie kein einziges Mal. Billa verkrampfte die Finger fest ineinander.

»Das konnte ich einfach nicht fassen«, fuhr Liesl unterdessen fort, befeuchtete sich beim Reden mit der Zungenspitze die Lippen. »Dabei hatte ich wirklich gehofft, der Ranstett würde sein Unrecht einsehen. Er hätte sich nach allem, was er an der Front Schlimmes erlebt und gesehen haben musste, zum Besseren geändert. So heißt es doch von manchen. Warum also nicht auch von ihm?«

Erneut legte sie eine Pause ein, lauschte den eigenen Worten nach.

»Als ich dem Ranstett Ende Juli zufällig in München begegnet bin, hat er auf den ersten Blick sehr sympathisch gewirkt. Und sich mir gegenüber auch sehr zuvorkommend verhalten. Das hat mich doch überhaupt erst ermutigt, ihm zu erzählen, wie es der Irmi ergangen ist, nachdem er und der Dietlitz und der Kornhäuser dafür gesorgt hatten, dass sie im Allgäu in die Klinik eingewiesen worden war.«

Ihre Stimme wurde leiser. Billa und Emil rückten näher an sie heran, um sie besser zu verstehen. Liesl schniefte, wischte sich mit dem Handrücken die Wangen trocken und fügte anklagend hinzu: »Gestorben ist sie dort im letzten Herbst. Mutterseelenallein. Weit weg von uns. Und wir haben es erst Wochen später per Brief vom Amt erfahren und durften bis heute nicht an ihr Grab. Falls es überhaupt eins gibt. Und das alles nur, weil der Ranstett und seine beiden Freunde auf einmal genug von ihr hatten, sie ihnen lästig geworden war mit ihrer etwas ungewöhnlichen Art. Dabei hat ihnen doch genau die anfangs so gut gefallen! Über fünf Jahre haben sie sie jeden Sommer besucht, ihren Spaß mit ihr gehabt und sich mit ihr abgegeben. Sie mit in diese Hütte genommen zum Schwimmen und was weiß ich noch alles. Die müssen ihr doch irgendetwas versprochen haben, dass sie das mit sich hat machen lassen, was die mit ihr angestellt haben. Allein, zu zweit, wahrscheinlich sogar zu dritt, nachdem der Kornhäuser bei dieser eleganten Dame nach den ersten Wochenenden im Sommer achtunddreißig abgeblitzt ist.«

Billa horchte auf, setzte sich kerzengerade hin. Auch Emil wirkte angespannter. Liesl registrierte das und wandte sich nun direkt an Billa: »Die Dame ist danach nie wieder zu uns in die Pension gekommen. Ich denke nicht, dass die irgendetwas von der Irmi und den anderen mitbekommen hat. Bestimmt hätte sie sonst etwas dagegen getan, so energisch, wie die immer mit den Herren umgesprungen ist.«

Unvermittelt griff sie nach Billas Hand und drückte sie, als ahnte sie ihre Befürchtungen, Lilo habe das üble Spiel nicht nur tatenlos mit angesehen, sondern sogar geduldet.

Die nicht zu leugnende Ähnlichkeit zwischen ihrer Mutter und ihr hatte Liesl offenbar sofort erkannt. Billa dankte ihr mit einem schwachen Lächeln. Trotzdem würde sie am Abend in Bogenhausen sofort in New York anrufen und Lilo darauf ansprechen. Jetzt wusste sie Bescheid. Jetzt konnte Lilo ihr nicht mehr ausweichen.

»Die drei Männer sind übrigens erst sehr spät in den Krieg eingerückt. Dreiundvierzig, glaube ich. Deshalb haben sie es auch so lange mit der Irmi treiben können. Was sie wiederum aus unerfindlichen Gründen sehr gefreut hat. Jedenfalls hat sie mir das so gesagt.«

»Und Dietlitz mir auch«, fügte Billa in Gedanken hinzu. Das hatte er tatsächlich, als er am Mittag mit ihr von München an den Ammersee gefahren war, felsenfest davon überzeugt, sie wüsste durch Lilo längst Bescheid und wollte ihm mit ihrem Wissen nun gefährlich werden. Ein verdorbenes kleines Luder sei Irmi gewesen, hatte er frech behauptet, schier unersättlich in ihrer Gier nach Leidenschaft und männlicher Beachtung. Deshalb habe er nur getan, was sie gewollt habe. Noch bei der Erinnerung hatte er so ein gewisses Funkeln in den Augen gehabt. Wie Männer sich das halt gern so einreden, um das eigene abscheuliche Verhalten vor sich zu rechtfertigen. Billa hatte gar nicht genauer wissen wollen, was er damit gemeint hatte. Ihr war auch so übel genug gewesen.

Liesl räusperte sich einige Male, richtete den Blick auf die ungehobelten Holzbretter, aus denen die schmale Terrasse gezimmert war. Dann hob sie den Kopf, sah Emil, Joe und Billa der Reihe nach an, als wolle sie sich ihrer vollen Aufmerksamkeit vergewissern.

»Als ich dem Ranstett Ende Juli bei meiner ersten Tour nach München aus heiterem Himmel über den Weg gelaufen bin, ist der wirklich die Freundlichkeit in Person gewesen. Hat mich sofort zu sich in sein wunderschönes Haus draußen in Solln eingeladen, mitten im Paradies, wo die Welt noch in Ordnung ist und der Krieg eigentlich gar nicht stattgefunden hat. Etwas sehr Feines und vor allem viel davon hat er mir zum Essen vorgesetzt, sogar Wein und Sekt dazu angeboten. Hat mir erzählt, wie sehr er die Irmi gemocht habe, wie lustig es immer mit ihr gewesen sei, wie viel Vergnügen sie ihm und seinen Freunden bereitet habe. Und wie leid es ihm tue, dass sie in die Klinik gekommen sei. Aber letztlich sei es doch das Beste für sie gewesen.

Eine wie sie habe nun einmal keine wirkliche Zukunft gehabt. Viel zu spät habe ich kapiert, was er in Wahrheit im Sinn hatte. Aber da war ich schon nicht mehr in der Lage, mich gegen seine Zudringlichkeiten zu wehren. Außerdem hat er frech behauptet, das sei jetzt halt der übliche Preis fürs Sattessen und gute Trinken. Schließlich hätte ich gewusst, worauf ich mich einlasse. So seien nun einmal die Regeln. Vor allem für blonde deutsche Fräulein wie mich. Und dann hat er das von den ewigen Verlierern, also von Leuten wie der Irmi, meinen Eltern und mir, und von den ewigen Gewinnern, eben von Leuten wie ihm und seinen Freunden, gesagt. Da habe ich ihn gefragt, ob das heiße, dass auch der Kornhäuser und der Dietlitz wieder heil aus dem Krieg zurück seien und wieder genauso gut lebten wie er. Auch darauf hat er nur gelacht und gesagt: ›Selbstverständlich.‹ Das seien doch genauso ewige Sieger wie er. Aber weil er nun einmal auch ein großzügiger Mensch sei, könne ich gern etwas davon abhaben. Ich solle einfach wiederkommen, mich satt essen und trinken und ihn dann ein bisschen unterhalten. Das würde mir doch auch Spaß machen. So wie der Irmi. Und wenn ich das einige Male getan hätte, würde er versuchen, meinem Bruder, dem Maxl, zu helfen. Der ist nämlich im Osten vermisst. Der Ranstett hat gemeint, er kenne Leute, die herausfinden könnten, wo genau, und die ihn womöglich nach Hause schaffen würden. Dem habe ich zugestimmt. Ich weiß ja, wie sehr die Eltern darunter leiden, dass die Irmi tot und der Maxl immer noch vermisst ist. Was hätte ich sonst tun sollen?«

Liesl hielt inne, sah sie mit einem flehenden Blick an. Billa stockte das Herz. Was sollte man dazu sagen?

»Also habe ich mit dem Ranstett ausgemacht wiederzukommen«, fuhr Liesl auch schon tapfer fort. »Und ihm obendrein versprochen, auch seine anderen Freunde zu besuchen, wenn die das wollten. Zu Hause in Gauting habe ich einen Teil von den Konserven, die ich von den Amerikanern für die Holzfiguren und von Ranstett für sein Vergnügen bekommen habe, auf den Heuboden im Hühnerstall gebracht. Da hat noch die Pistole von unserem Vater aus dem ersten Großen Krieg gelegen. Die haben der Maxl und ich dort früher einmal versteckt. Mit der haben wir Schießen geübt. Das kann ich inzwischen wie ein guter Jäger. Jeder Schuss ein Treffer. Mitten ins Herz. Man muss nur wissen, wohin man zielen muss. Und eine ruhige Hand behalten.«

Sie legte eine Pause ein, wischte sich über die verschwitzte Stirn. Ein Bann schien sie zu umgeben, der sie fest in ihre Erinnerungen hüllte. Es wäre ein fataler Fehler, sie da herauszureißen. Nicht jetzt. Nicht ausgerechnet in dem Moment, in dem sie sich dem Schlimmsten ihrer Erzählung näherte.

»Als ich die Pistole wieder in der Hand gehalten habe, ist mir klar gewesen, dass das ein Zeichen ist. Vom Maxl. Und auch von der Irmi.« Ihre Stimme wurde energisch. Oder eher trotzig. »Dass ich handeln muss. Der Irmi zuliebe. Und natürlich auch der Eltern wegen. Weil wir eben doch nicht immer die Verlierer sind. Weil auch welche wie wir sich manchmal zu wehren wissen. Und dann sind die, die sich immer für die Sieger halten, einmal die, die blöd aus der Wäsche schauen. Das hat mich fast schon gefreut. Ich habe es kaum erwarten können, bis der Vater wieder genug Figuren zum Tauschen geschnitzt hat. Mitte August, an Mariä Himmelfahrt, ist es endlich so weit gewesen. Erst hat mich der Vater wegen dem drohenden Unwetter gar nicht gehen lassen wollen. Dann aber habe ich ihm gesagt, dass ich fahren muss. Die Amerikaner würden schon auf die Figuren warten. Das war natürlich gelogen. In Wahrheit habe ich am Tag vorher von der Post aus beim Ranstett angerufen, wie wir es vereinbart hatten, damit er auch dem Kornhäuser Bescheid gibt. Nur den Dietlitz hat er nicht erreicht, wie er mir später erzählt hat. Aber der ist trotzdem zu Hause gewesen. Zum Glück.«

Sie hielt inne. Atmete tief durch.

»Als Erstes bin ich vom Bahnhof aus wieder nach Solln zum Ranstett. Essen hatte der dieses Mal gar keins für mich. Dabei hatte er das versprochen. Stattdessen wollte er gleich sein Vergnügen. Da aber habe ich die Pistole gezogen und geschossen. Und sofort getroffen. Als ich dann weg bin, habe ich noch Glück gehabt, weil mich der nette GI, der eben auch hier war, in seinem Jeep zurück in die Stadt mitgenommen hat. Zum Dank hab ich ihm eine Holzfigur geschenkt. Er hat sich riesig gefreut. Als Nächstes bin ich dann zum Kornhäuser in der Widenmayerstraße. Die Adressen hatte ich mir noch zu Hause aus dem Gästebuch unserer Pension rausgeschrieben. Ranstett hat mir ja erzählt, dass sie alle noch da wohnen, wo sie vor dem Krieg gewohnt haben. Der Kornhäuser hat sogar noch im Bett gelegen. Am helllichten Tag! Hat wohl am Abend zuvor ziemlich gesoffen mit einem Nachbarn, wie er mir gesagt hat. Mehr hab ich gar nicht mehr wissen wollen. Zumal der auch gleich versucht hat, mich ins Bett zu ziehen. Der Ranstett hat ihm ja gesagt, weshalb ich angeblich komme.«

Sie lachte kurz auf, schüttelte ungläubig den Kopf.

»Da hat er halt mitten im Schlafzimmer dran glauben müssen. Und dann bin ich noch zum Dietlitz nach Nymphenburg. Das ist der umständlichste Weg gewesen. Zumal es da schon wie aus Kübeln geschüttet und ganz furchtbar geblitzt und gedonnert hat. Der Dietlitz hat dann auch ganz anders ausgesehen als beim letzten Mal, als er bei uns in Gauting war. Eine furchtbare Fratze statt eines Gesichts hat er gehabt. Aber die Kerbe am Kinn war noch da. Und die zweite Hälfte vom Gesicht auch. Deshalb musste er es doch gewesen sein. Obwohl er behauptet hat, von nichts zu wissen. Wie schlimm, dass ich tatsächlich den Falschen erwischt habe. Aber vorhin habe ich ja doch noch den Richtigen getroffen, bevor er neues Unheil anrichten konnte. Deshalb war es doch ganz gut, dass Sie mich heute Nachmittag aus dem Hühnerstall herausgeholt haben.«

Sie lächelte Emil an. Er erstarrte und wandte sich Hilfe suchend an Billa. Am liebsten hätte sie ihn in diesem Moment in den Arm genommen. Was sie in seinen Augen las, war pure Verzweiflung darüber, was aus der Welt geworden war.

# EPILOG

Sonntag, 2. September 1945

Die Luft dampfte. Der Boden vibrierte. Hitlers monströser Kunstbau, nun ein gigantischer Vergnügungspalast mit Restaurant, Tanzsaal und Shops für die höherrangigen amerikanischen Offiziere, hallte von lauten Saxophonklängen wider. Eine gewaltige Masse Tanzender waberte durch die endlose Flucht der ehemaligen Ausstellungssäle. Ein stetes Auf und Ab heller und dunkler Haut, blonden und schwarzen Haares wogte zwischen den monströsen Säulen. Jake blies auf seinem goldfunkelnden Instrument ein Solo, das durch Mark und Bein ging. Charlie Parker war nichts dagegen. Nicht nur Emil geriet in Ekstase. Die Musik durchdrang seinen Leib von den Haarspitzen bis zu den Fußsohlen. Was aber das Schönste war: Er tanzte tatsächlich mit Billa!

Zu seiner Freude waren sie inzwischen sogar beim Du gelandet. Vielleicht, so wagte er im Stillen zaghaft zu hoffen, würden sie eines Tages doch den riesigen Graben zwischen ihnen überwinden, gemeinsam nach vorn schauen können. Das ausgelassene Tanzen im *Officers' Club* zu Jakes Musik war schon einmal ein guter Anfang. Wenn Emil sich auch nicht sonderlich begabt dabei anstellte.

»Hab ich dir zu viel versprochen?«, rief er Billa ins Ohr, während sie die Hände in die Luft warf und mit den Füßen geradezu schwindelerregend schnelle Schritte setzte. Ihm gelang es nur halbwegs, mitzuhalten. Er schwitzte aus allen Poren, dabei hatte er das Wolljackett bereits abgelegt und die Ärmel seines weißen Hemdes aufgekrempelt. Gegen die leichtfüßige Billa kam er sich vor wie ein Elefantenbulle beim unbeholfenen Versuch, auf einem Seil zu balancieren. Viel zu plump und langsam bewegte er sich, alles andere als elegant, geschweige denn auch nur annähernd so geschmeidig wie sie. Zu allem Überfluss stolperte er jetzt auch noch über seine eigenen Füße, verlor das Gleichgewicht und drohte hinzufallen. Peinlich!

»Wir machen wohl besser eine Pause.« Lachend stützte Billa ihn mit beiden Armen und zog ihn von der Tanzfläche.

»Jake ist wirklich ein begnadeter Musiker«, stellte sie fest und strahlte ihn an. »Wenn er in die Staaten zurückkehrt, steht ihm bestimmt eine große Karriere bevor.«

»Was er sich hoffentlich nicht mit seinem katastrophalen Fahrstil ruiniert, weil er hier vorher noch einen Unfall mit dem Jeep baut«, pflichtete er bei.

Sie schlenderten auf die Terrasse. Die laue Septembernachtluft tat gut. Die Augen brauchten allerdings einige Sekunden, um sich nach der grellen Beleuchtung drinnen an die Finsternis zu gewöhnen.

Arm in Arm traten sie an die Brüstung. Emil wagte kaum Luft zu holen. Eine Weile standen sie schweigend nebeneinander. Still und nahezu völlig in Dunkelheit getaucht erstreckte sich der Englische Garten nach Norden hin. Aus dem Augenwinkel sah Emil, dass sich die nächsten Gäste gut ein halbes Dutzend Säulen entfernt von ihnen aufhielten. Billa und er waren praktisch allein. Niemand konnte belauschen, was sie miteinander redeten. Sein Herzschlag beschleunigte sich. Billa steckte sich eine Zigarette in den Mund, bot ihm ebenfalls eine an und klickte das silberne Feuerzeug auf. Er nahm es ihr aus der Hand und entzündete es.

Die Flamme tauchte ihr schmales, dezent geschminktes Gesicht in ein bezauberndes Licht. Ihre maronibraunen Augen leuchteten. Ihre rubinroten Lippen glänzten verführerisch.

»Unglaublich, heute Abend hier zu stehen«, sagte sie leise nach den ersten Zügen, richtete den Blick abermals in die Weite der Parkanlage.

»Nach der Kapitulation Japans ist der Krieg endgültig aus«, ergänzte er.

»Seltsam, das ausgerechnet in Hitlers Kunsttempel zu feiern.«

»Noch dazu mit mir, einem ehemaligen Wehrmachtssoldaten. Was deine Mutter wohl dazu sagt?«

Kaum war es heraus, ärgerte er sich über sich selbst. Was war er nur für ein Trottel? Er sollte Champagner besorgen und mit ihr anstoßen, sie im Schutz der einsamen, dämmrigen Terrasse zu einem langsamen Walzer auffordern und endlich küssen. Stattdessen lenkte er das Gespräch ausgerechnet jetzt in eine völlig falsche Richtung. Ihm wurde mulmig. So würde das nie etwas werden mit ihnen.

»Lilo ist die Letzte, die sich darüber mokieren darf«, erwiderte Billa und schnippte die Asche energisch beiseite. Das Funkeln in ihren Augen hatte sich verändert.

»Hast du sie inzwischen auf ihre Freundschaft mit Dietlitz angesprochen? Und nach Irmi gefragt?«

Er konnte es einfach nicht lassen. Vielleicht stand einfach noch zu viel zwischen ihnen, was ein unbeschwertes Miteinander verhinderte.

»Liesl hatte recht«, räumte Billa ein, drückte den linken Arm vor die Brust, stützte den rechten mit der Zigarette in der Hand darauf. »Lilo wusste wirklich nichts davon. Das glaube ich ihr, so entsetzt, wie sie gewesen ist, als ich ihr am Telefon davon erzählt habe. Sofort hat sie sich bittere Vorwürfe gemacht, ob sie es vielleicht hätte verhindern können. Wegen Kornhäusers immer plumperen Annäherungsversuchen hat sie den Kontakt damals nach zwei, drei Wochenenden in Gauting abgebrochen. Ab Herbst achtunddreißig hatte sie dann ohnehin andere Probleme. Nach unserem Weggang in die Staaten hat sie komplett mit allem hier abgeschlossen. Jetzt will sie versuchen, alte Kontakte zu aktivieren, um die Suche nach dem vermissten Maxl zu beschleunigen. Eventuell kommt sie sogar noch einmal her, um Irmis Eltern in Gauting aufzusuchen und ihnen Hilfe anzubieten.«

»Wenn ihnen überhaupt noch irgendwer helfen kann.«

Auf einmal war Emils Feierlaune verflogen. Ihm wurde übel. Das Schicksal von Irmis Familie bekümmerte ihn. Er fühlte sich schuldig, weil er zu ihrer Not entscheidend beigetragen hatte. Dabei hatte er nur das Beste gewollt: drei

Morde aufzuklären. Wie hätte er ahnen sollen, was er damit in Gang setzen würde?

»Hätte ich Joes Anweisung befolgt, wäre ihre Welt noch einigermaßen in Ordnung. Und Liesl stünde nicht als mehrfache Mörderin dar.«

»Die war schon lange nicht mehr in Ordnung«, widersprach Billa, drückte die Zigarette aus und fasste ihn an den Händen, zwang ihn, sie direkt anzusehen. Sie war einen halben Kopf kleiner als er, wirkte im Moment aber größer und stärker.

»Ich habe dafür gesorgt, dass sie noch mehr in Unordnung geraten ist«, beharrte er. Seine Stimme zitterte. »Welcher Teufel hat mich letzten Sonntag geritten, in Kornhäusers Wohnung einzudringen und dort nach neuen Beweisen zu suchen? Hätte ich alles belassen, wie es war, wäre der Fall ad acta gelegt worden. Aber ich wollte es unbedingt besser machen. Und habe damit die Katastrophe ausgelöst.«

»Die Katastrophe haben Dietlitz, Kornhäuser und Ranstett schon vor Jahren an Irmi ...«, warf Billa ein.

Das aber ließ er nicht gelten. »Hätte ich das Foto nicht in Kornhäusers Arzneischrank gefunden, wären wir nie auf die Pension in Gauting und damit nie auf Liesl ...«

»So darfst du einfach nicht denken!«, schnitt sie ihm energisch das Wort ab. »Früher oder später wäre Liesl an ihrer Schuld zerbrochen. Sie ist kein Mensch, der damit lange leben kann. Deshalb hat sie das uns am Montag auch gleich alles so offen erzählt. Um sich das alles endlich von der Seele zu reden. Und du hast sie schließlich davor bewahrt, sich selbst zu erschießen.«

»Nur, damit sie demnächst hingerichtet wird. Wie konnte ich mir nur anmaßen, sie als Mörderin zu überführen? In nichts bin ich besser als sie. Nach allem, was ich im Krieg als Soldat …«

»Das waren andere Zeiten. Du hattest den Befehl …«

»Das sagst ausgerechnet du?« Bitter lachte er auf. »Auf Befehl darf man also töten, weil das andere Zeiten sind. Aber nicht, um für Gerechtigkeit zu sorgen, weil jemand großes Unrecht begangen hat und dafür nicht einmal ansatzweise zur Rechenschaft gezogen wird.«

»Zumindest eine gute Nachricht gibt es in der ganzen Geschichte«, wechselte sie jäh das Thema und lächelte, was allerdings etwas gezwungen aussah. Irritiert sah Emil sie an.

»Piotr hat mich heute Mittag besucht«, erzählte sie. »Joe hat ihm geholfen, seine Papiere in Ordnung zu bringen. So wie es aussieht, darf er in wenigen Wochen in die Staaten auswandern. Ein entfernter Verwandter hat sich drüben gemeldet und für ihn gebürgt.«

»Das freut mich sehr für ihn.«

Das klang weniger begeistert als beabsichtigt, dabei waren das wirklich hervorragende Neuigkeiten. Dennoch kreisten seine Gedanken weiterhin um die jüngsten Erfahrungen im Polizeidienst.

»Hast du mit Joe über deine Bedenken geredet?« Billa kehrte nun doch wieder auf das ursprüngliche Thema zurück. Zu deutlich spürte sie wohl, wie sehr er noch mit sich haderte. »Oder mit deinen anderen Kollegen von der Mordkommission? Gerade die älteren müssten dir doch aus dem Dilemma helfen können.«

»Das haben sie auch getan.«

»Aber nicht sonderlich erfolgreich, wie mir scheint. Warum sonst quälst du dich noch immer damit?«

»Oberinspektor Grasmüller hat mir angeboten, fest in den Polizeidienst übernommen zu werden.«

»Das ist doch großartig!« Spontan fiel sie ihm um den Hals. »Nach allem, was in Deutschland in den letzten zwölf Jahren geschehen ist, wird es Zeit, dass Menschen wie du bei der Kripo arbeiten. Menschen, die für wahre Gerechtigkeit kämpfen und ein reines Gewissen haben.«

»Leider habe ich schon jetzt das Gefühl, dass der Kampf sinnlos ist. Und mein Gewissen interessiert sowieso niemanden.«

»Du solltest es einfach probieren.«

»Noch habe ich weder zu- noch abgesagt.«

»Du wirst dich richtig entscheiden.«

Sie drückte ihn fester an sich. Nach erstem Zögern traute auch er sich, die Umarmung zu erwidern. Und auszukosten.

Reglos standen sie eine Weile da. Vorsichtig schöpfte er Hoffnung, der Graben zwischen ihnen ließe sich vielleicht doch überwinden. Sie mussten sich nur ausreichend Zeit lassen. Und Billa musste vor allem ebenfalls in München bleiben.

In dem Augenblick, in dem er sie nach ihren weiteren Plänen fragen wollte, schälte sie sich aus seinen Armen und starrte erschrocken auf etwas in seinem Rücken.

»Sieh nur, da vorn!«

Mit dem Finger wies sie in die Richtung.

Zögernd drehte er sich um und blickte ebenfalls dorthin. Und meinte, seinen Augen nicht zu trauen.

Friedrich!

Anders als letztens im Hausflur verbarg er sich nicht mehr in einem dunklen Winkel, huschte auch nicht wie ein Gespenst im Schutz der Finsternis davon. Stattdessen ausgerechnet im Haus der Kunst aufzutauchen, im Casino der US Army, hatte etwas Provozierendes. Noch dazu wie aus dem Ei gepellt in einem tadellosen, maßgeschneiderten Anzug. Als käme er nicht frisch von der Front, sondern von einer ausgedehnten Erholungsreise.

Das Licht der Außenlampe fiel auf sein glatt rasiertes, unversehrtes Gesicht. Und offenbarte die nach wie vor große Ähnlichkeit zwischen ihnen. In einer eleganten Bewegung führte er die Hand mit der Zigarette zum Mund, inhalierte genüsslich und behielt Emil dabei augenzwinkernd im Blick, bevor er die Kippe achtlos beiseiteschnippte, die Hände in die Hosentaschen schob, sich umdrehte und nach drinnen ins Gewühl der tanzenden Menge verschwand.

»Dein Bruder?«, flüsterte Billa. »Wie kommt der hierher? Was macht er hier?«

»Das frage ich mich auch«, erwiderte Emil leise.

# NACHBEMERKUNG

»Das doppelte Gesicht« ist ein (Kriminal-)Roman. Mein Ermittler Emil Graf und die jüdische Remigrantin Billa Löwenfeld sind ebenso frei erfunden wie die Mordfälle, die sie zu lösen haben, und die meisten anderen Figuren, mit denen sie es zu tun bekommen oder die ihnen bei der Aufklärung der Geschehnisse zur Seite stehen. Nicht frei erfunden sind die historische Rahmenhandlung und einige der wichtigsten Persönlichkeiten beim Wiederaufbau der Münchner Kriminalpolizei, allen voran Oberinspektor (später Kriminaldirektor) Andreas Grasmüller und Major Brown vom Public Safety Office.

Für die hilfreiche Unterstützung bei der Recherche danke ich stellvertretend für viele andere Polizeipräsident a. D. Arwed Semerak sowie Markus Schreiner-Bozic ganz herzlich.

LESEPROBE

MICHAEL JENSEN
TOTEN
WELT
KRIMINALROMAN
atb
Mai 1945: Inspektor Druwe ermittelt
in einem Doppelmord

# 1

**Wir tragen viele Lasten**
**Der Tag wird Ewigkeit**
**Wir tragen was auch kommen mag**
**Wir tragen unser Leid**
***(Lied aus dem KZ Sachsenhausen; Text: W. Hammer, 1942)***

## 5. Mai 1945

Was taten die Menschen in den ersten Tagen nach diesem Krieg? In den meisten vom deutschen Joch befreiten Ländern gab es in diesen Wochen zwar auch Jubel und Freude. Aber ganze Landstriche, die zerstört, entvölkert und verbrannt waren, verharrten in banger Erwartung des Kommenden. Im Osten hatte fast jede Familie ihren Blutzoll zahlen müssen. Das alte Europa war am Ende, eine neue Zeit brach an. Die Sieger waren gleichzeitig auch Verlierer. Denn der deutsche Wahn hatte nicht nur Leben genommen, Landschaften verschlungen. Er hatte Tabula rasa in den Seelen der Menschen gemacht, und dieses Vakuum musste gefüllt werden. Womit jedoch füllt man Leere, wenn man selbst ohne Hoffnung ist? Antworten mussten gefunden werden von verwundeten Wesen, die umherirrten, ihre Welt nicht mehr kannten; die gequält wurden durch ihre Erinnerungen; deren seelische Narben für immer bleiben würden.

Was taten die Menschen also nach dem Krieg? Die Unterlegenen atmeten kurz auf, aber sie ahnten wohl, dass nun das Pendel zurückschlug, das sie angestoßen hatten. Im Norden des ehemals Großdeutschen Reichs versuchten sie, in ihr normales Leben zurückzufinden.

Was aber war Normalität überhaupt? In den ländlichen Regionen um Flensburg veränderte sich nicht viel. Hier war man vom Vernichtungskrieg, wie er im Osten geführt wurde, verschont geblieben. Hier schwiegen die Waffen sogar ein paar Tage früher als anderswo. Plötzlich trug der NSDAP-Ortsleiter in Dörfern wie Kattrup wieder Zivil statt Parteiuniform, und er sammelte Unterschriften, die ihm eine schon immer im Herzen gefühlte Widerstandsbereitschaft gegenüber dem Regime bestätigen sollten. Hakenkreuz und Führerbild verschwanden aus den Amtsstuben im Kreis Flensburg-Land. Laut und lärmend war die braune Sache gekommen, auf leisen Sohlen schlich sie davon. Der Spuk war nun vorüber, dunkle Wolken wichen dem Licht. Man musste jetzt nur fegen und aufräumen. Weitermachen nach dem unseligen Kater des Erwachens. Vielleicht mochten einige Leute es gern so sehen, aber die Wunden waren überall zu tief. Sie schmerzten. Die Söhne und Väter. Stumm und klagend blickten sie von den Bildern. Warm die Erinnerung an sie. Kalt und tot ihr Leib, verscharrt in fremdem Land. Überrollt von den Wogen eines Kriegs, den doch der Einzelne nie gewollt hatte. Und in den dann alle willig mitgezogen waren.

Inspektor Jens Druwe irrte etwas verloren durch die Innenstadt. Er hing seinen Gedanken nach. Vor zwei Wochen hatte er noch gedacht, er würde das Kriegsende als Revierleiter in einer dörflichen Polizeistube abwarten können. Der ehemalige Kripo-Mann war vor knapp zwei Jahren zu einem Ordnungspolizisten degradiert worden. Versunken in Selbstmitleid, betäubt durch Fusel und Luminal hatte er danach seinem eigenen Ende entgegengedämmert. Dann war vor acht Tagen der Mord an einem NS-Parteibonzen geschehen. Druwes kriminalistischer Spürsinn war plötzlich wiedererwacht. Sein Jagdinstinkt aus den alten Berliner Zeiten, als er noch als Kriminalkommissar gearbeitet hatte. Alles in seinem Leben hatte sich seither verändert. Er war wieder in der Spur, lädiert und verbeult zwar, aber im

Rennen. Druwe fragte sich, ob es tatsächlich der Fall gewesen war, der seinen Lebenswillen wieder geweckt hatte. Oder Eva Steinfeld, die Frau, die jetzt an seiner Seite stand.

Seltsam, dachte er. Die Welt um mich herum zerbricht. Und ich richte mich gerade wieder auf. Zu einer Unzeit. Neubeginn in einem Zwischenzustand bangen Hoffens. Als wäre ich verschüttet gewesen, jahrelang unter Trümmern verschollen. Und Eva hat mich ausgegraben. Druwe lächelte bei diesem Gedanken.

In der Stadt herrschte an diesem Samstagvormittag eine ungewöhnliche Atmosphäre. Sie ähnelte einer lauten Stille. Zum Maifeiertag hatten noch viele Geschäfte und alle Amtsstellen geflaggt. Jetzt waren plötzlich die Porträts vom Führer, das Hakenkreuz und alle anderen Symbole der NS-Volksgemeinschaft verschwunden. Bei der Buchhandlung Rühling hatte gestern noch *Mein Kampf* im Schaufenster gelegen. Jetzt zierten Schiller, Herder und Kleist die Auslage. Im Lichtspieltheater am Holm sollte heute eigentlich der Film *Kolberg* laufen. Über dem heroisch anmutenden Plakat mit den Gesichtern Heinrich Georges und Kristina Söderbaums klebte quer der rote Schriftzug *Heute keine Aufführung*. Gerüchten zufolge hatte Goebbels persönlich Hand an das Drehbuch des Durchhalte-Streifens gelegt. Druwe hatte sich den Film vor einem Monat in Glücksburg angesehen, als dort die wandernden Volks-Zeltlichtspiele gastiert hatten.

»Ich glaube, der Krieg wird bald zu uns kommen. Wir brauchen ihm nicht nachzulaufen.« Diesen Satz eines Akteurs aus dem Film hatte er sich eingeprägt.

Auf eine spezielle Weise waren der Propaganda-Minister Joseph Goebbels und seine Leute in den letzten Monaten erstaunlich ehrlich geworden. Man musste nur genau hinsehen und hinhören.

Überall in den Straßen der Flensburger Innenstadt sah Druwe Menschen umhereilen. Zerlumpte Gestalten, die auf den Schiffen aus den Ostgebieten des Reichs geflohen waren. Zehntausende waren in den

Hafenstädten angekommen. Sie stanken nach Schweiß und Angst, Schiffsdiesel und Meersalz. Tote Augen blickten ihn an. Augen, die zu viel Schreckliches gesehen hatten. Daneben flanierten Damen der Flensburger Kaufmannsfamilien und hielten sich affektiert ein parfümiertes Tuch vor die Nase. Betrunkene Flittchen aus den SS-Lokalen wankten an ihm vorbei. Eine Hafennutte aus dem Oluf-Samson-Gang lächelte ihm zahnlos zu. Nur die jungen Frauen aus dem *Bund deutscher Mädel* und einige Marinesoldaten trugen noch ihre Uniformen. Schon gestern hatte Druwe erstaunlich wenige Wehrmachtssoldaten in der Innenstadt gesehen. Die engen schwarzen Uniformen und die Lackstiefel der SS-Leute waren sogar vollkommen aus dem Straßenbild verschwunden. Der Bürgermeister und der Kampfkommandant hatten Flensburg am Nachmittag einvernehmlich zur »Offenen Stadt« erklärt. Es würde keine militärischen Maßnahmen zu ihrer Verteidigung geben. Man hoffte auf die Milde der Briten.

»Damned Kraut!«, drang es plötzlich laut an Druwes Ohr. In seine Gedanken versunken hatte er einen jungen Mann übersehen, der aus der Nikolaistraße auf den Holm abgebogen war. Er stieß mit ihm zusammen und blieb erschrocken stehen. Erst jetzt erkannte er, dass ihm ein Gewehrlauf vor die Brust gehalten wurde. Der Mann war britischer Soldat. Neben und hinter ihm zuckten die nervösen Finger seiner Kameraden an ihren Waffen. Es war ein angenehm warmer Tag, aber den jungen Männern stand der Schweiß unter den Helmen, die Salatschüsseln ähnelten. Druwe trug keine Polizeiuniform, und wahrscheinlich rettete ihm seine alte Angewohnheit aus Berliner Kripo-Tagen in diesem Moment das Leben. Bei seinen Ermittlungen war er immer in Zivil unterwegs gewesen. Langsam hob er die Arme. Der Engländer blickte ihm in die Augen, bemerkte dann Druwes braune Lederhand. Er spuckte verächtlich auf den Boden und gab seinem Sergeant ein Zeichen. Die Soldaten wechselten einige Worte, die Druwe kaum verstand. Dann wurde er rüde zur Seite gestoßen und atmete im nächsten Augenblick erleichtert auf.

Britische Vorhut, dachte er. Himmelfahrtskommando, denn überall konnte ein Heckenschütze oder angetrunkener Fanatiker des besiegten Feindes lauern. Seit gestern galt de facto eine Waffenruhe für Norddeutschland. Andererseits hatten Hitler und das Oberkommando schon im März die Anweisung gegeben, Alliierte nach dem Einmarsch hinterrücks zu erschießen. Das Unterfangen wurde martialisch *Werwolf* getauft, aber bisher scherte sich im Norden offenbar niemand um diesen Wahnsinn. Entsprechend tief saß jedoch die Angst der ersten Truppen, in einen Hinterhalt zu geraten. Und entsprechend locker lagen die Finger der jungen Soldaten am Abzug ihrer Gewehre. Solche Vorposten sollten eine zu besetzende Stadt erkunden und Meldung machen, wenn die Luft rein war.

Druwe entschied sich nach diesem Vorfall, auf sein Revier in Glücksburg zurückzukehren. Er war unkonzentriert und unentschlossen. Und das konnte im Moment verheerende Folgen haben. Hier in Flensburg herrschte die seltsame Atmosphäre eines Zwischenzustands. Es wurde zwar im Norden nicht mehr gekämpft, aber eine Waffenruhe war noch lange kein Frieden. Das konnte für ihn gefährlich werden. Immerhin hatte er noch seinen klapprigen Dienstwagen, den er vor vier Tagen in der Flensburger Direktion entwendet hatte. Wenn er Pech hatte, würden die Briten das Ding beschlagnahmen, dann konnte er die zehn Kilometer bis zur Dienststelle zu Fuß gehen. Oder sie würden ihn einfach seines Postens als Polizeichef in Glücksburg entheben. Im schlimmsten Fall kam er vielleicht sogar in Kriegsgefangenschaft, denn als Polizist hatte er offiziell auch den militärischen Rang eines Hauptmanns inne. Polizeibeamte waren vor einigen Jahren entweder in die SS oder in die Wehrmacht übernommen worden. So hatte die Weisung des Reichsführers Himmler gelautet.

Im Grenzpolizeikommissariat der Gestapo in Harrislee standen die Telefone schon am frühen Morgen nicht still. Es waren keine besorgten Bürger, die hier anriefen, um Verdächtige zu melden oder Vergehen anzuzeigen. Es waren Stabsoffiziere und Adjutanten, die für ihre besorgten Vorgesetzten Quartiere, Schutz und Fahrzeuge verlangten. Die Rote Armee hatte in den vergangenen Wochen nicht nur die Reste der Wehrmacht vor sich hergetrieben. Vor ihr flohen auch sämtliche höheren Verwaltungsstrukturen des braunen Terrors nach Westen. Kommandanten der Konzentrationslager traf man nun in der kleinen Gemeinde bei Flensburg ebenso wie Schreibtischtäter des Reichssicherheitshauptamtes.

»Steller, ich habe eine Sonderaufgabe für Sie«, sagte der Leiter des Kommissariats, Hans Bothmann, zu dem Mann, den er zu sich in den allgemeinen Besprechungsraum befohlen hatte.

Hauptsturmführer Steller hatte Anfang Mai die Flucht des gesamten Führungsstabes der Ordnungspolizei überwacht und koordiniert. Vorher war der Offizier jahrelang bei der Waffen-SS eingesetzt gewesen.

»Die Umgliederung der OrPo ist abgeschlossen«, erwiderte er. »Die Männer stehen für den Reichsführer bereit, und meine Aufgabe ist erledigt. Ich stehe voll zu Ihrer Verfügung, Hauptsturmführer Bothmann.«

»Es geht um diesen Kerl.« Bothmann legte eine Fotografie auf den Schreibtisch und schob sie zu Steller. Sie zeigte das Porträt eines älteren Mannes von der Seite und von vorn. Die Aufnahmen waren drei Jahre alt. Auf einem Schild standen die erkennungsdienstlichen Angaben der Feldpolizei.

»Druwe, Jens Hannes«, las Steller. »Sagt mir nichts.« Er wollte das Foto zurückgeben, jedoch schüttelte Bothmann den Kopf.

»Behalten Sie es. Sie werden es noch brauchen. Der Mann hat unrechtmäßig eine wichtige Liste in seinen Besitz gebracht und damit einige Personen stark verärgert. Darunter auch den Reichsführer. Zudem ist er in Besitz eines Notizbuches, in dem die Verwahrung von – nennen wir sie so – Sparguthaben dieser Personen geregelt ist.«

»Liste?«, fragte Steller. »Können Sie mir Genaueres sagen, Hauptsturmführer Bothmann?«

»Das eben Gesagte muss reichen. Der Kerl hat uns bereits eine Menge Ärger gemacht.«

»Soll ich ihn liquidieren?«, hakte Steller nach.

»Nein!«, rief Bothmann. »Zumindest nicht sofort. Setzen Sie ihn unter Druck. Machen Sie ihm Angst. Wenn er uns die Liste und das Buch ausgehändigt hat, dann ...«

»So etwas braucht Zeit, Herr Bothmann. Vorbereitungen. Akteneinsicht. Und ich befürchte, dass die Kameraden von der Stapo mir nicht mehr helfen können. Ich muss zunächst seine Schwachstelle finden.«

Sein Gegenüber zog eine weitere Fotografie aus einer Mappe und legte sie vor sich ab. Er tippte mit zwei Fingern darauf. »Wir kennen seinen wunden Punkt bereits. Der Kerl wurde mehrfach mit dieser Frau gesehen. Ein Zeuge berichtete, dass sie sich geküsst hätten. Wir wissen sogar, wo sie ihren Unterschlupf haben.« Bothmann wirkte verärgert. »Ganz dreist mitten in der Innenstadt, fünf Minuten vom Präsidium entfernt. Leider fehlen uns die Männer, um beide einfach festnehmen zu lassen. Wir müssen uns wohl daran gewöhnen, in nächster Zeit eher unerkannt und verdeckt zu arbeiten.«

»Was soll ich tun?«

»Jagen Sie dem Mann Angst ein. Benutzen Sie die Frau, verletzen Sie sie, Steller. Dann machen Sie Druwe klar, dass sie stirbt, wenn er nicht unsere Forderung erfüllt. Wie schon gesagt, danach werden beide beseitigt. Betrachten Sie es als Standgericht wegen Hochverrats. Und ...« Ein durchdringender Blick traf seinen Gesprächspartner. »Es muss schnell gehen. Uns läuft die Zeit davon.« Mit diesen Worten drehte er das Foto, auf dem bisher seine Finger geruht hatten, herum.

Steller grüßte seinen Vorgesetzten halbherzig, als dieser den Raum verließ. Er starrte danach lange gebannt auf das zweite Foto. Er kannte diese Frau. Und er liebte sie.

»Inspektor Druwe am Apparat.« Jens Druwe nahm den Telefonhörer von seinem Wachtmeister, Otto Hülser, entgegen. Er war noch am Samstagnachmittag auf sein Revier in Glücksburg zurückgekehrt. Er hatte sich zwar gefragt, welche Befugnisse er jetzt noch hatte. Und ob seine Leute überhaupt noch zum Dienst kommen würden. Aber irgendwie hatte er das Gefühl, dass er sich hier nützlich machen konnte. Keiner seiner Wachleute wusste, ob es überhaupt noch vorgesetzte Dienststellen gab, ob sie bezahlt wurden und ob ihre Arbeit noch erwünscht war. Druwe hatte seine Männer befragt, und alle wollten zunächst weitermachen. Sein Stellvertreter berichtete ihm von einigen Straftaten in der Umgebung. Zwei Raubüberfälle auf Höfen, eine versuchte Vergewaltigung auf offener Straße und mehrere Schlägereien. Plötzlich schien sich jene Gewalt in den Menschen Bahn zu brechen, die vor den drakonischen Strafen der Nazi-Bürokratie nur abgetaucht war. Hinzu kam, dass verzweifelte Zwangsarbeiter von den Bauernhöfen und aus Flensburger Betrieben geflohen waren, ziellos umherirrten und auch auf Rache für erlittenes Unrecht sannen. *Displaced Persons*. So nannten die Briten jene Menschen, die jetzt zwar frei, aber heimatlos waren.

»Streckwein hier«, erklang es vom anderen Ende der Leitung. »Mein Name ist Dr. Hans Streckwein, Regierungsrat beim Reichsinnenminister.«

Der Name sagte Druwe nichts. Augenblicklich versuchte er jedoch, sich ein Bild von der verworrenen Lage der Regierungsgeschäfte zu machen. Der Führer war tot, Berlin von den Russen eingenommen. Durch einen Kollegen und aus dem Radio hatte er erfahren, dass Großadmiral Karl Dönitz von Hitler mit der Bildung einer neuen Regierung beauftragt worden war. Da es jedoch kaum noch Platz in den unbesetzten Teilen Deutschlands gab, hatte sich der Oberbefehlshaber der Marine entschieden, nach Flensburg auszuweichen. Wie hätte er auch seine blauen Jungs von der Alpenfestung oder der Region um Prag aus befehligen sollen?

»Herr Druwe, ich bin vom Innenminister beauftragt, die Umstrukturierung unserer Polizei zu koordinieren. Ich habe in den letzten zwei Tagen die Personalakten von leitenden Beamten der Stadt Flensburg und des Landkreises durchgesehen. Ich würde gern mit Ihnen ein persönliches Gespräch führen. Es geht dabei um Ihre berufliche Zukunft, Herr Inspektor. Und um den Neuaufbau einer unpolitischen Polizei. Vielleicht kann ich Ihnen da eine leitende Position anbieten. Aber die Zeit drängt, da der Feind …« Streckwein unterbrach sich. »Wir wollen den Westalliierten zeigen, dass Deutschlands Staatsorgane arbeitsfähig sind. Ich wäre Ihnen sehr verbunden, wenn wir uns kurzfristig treffen könnten.«

Druwe war verblüfft und ein wenig überrumpelt. Er hatte eher mit seiner sofortigen Entlassung gerechnet. Immerhin hatte er in den letzten Tagen viel Wirbel verursacht und war dabei einigen NS-Funktionären auf die Füße gestiegen. Zudem besaß er ein paar brisante Informationen, bei deren Bekanntwerden noch mehr Unmut in den Reihen der strammen Volksgenossen aufkommen würde. Nun sollte er bei einem Neuaufbau dabei sein? Er wusste nicht recht, ob er das überhaupt wollte. Die Tätigkeit bei der Ordnungspolizei war ihm von seinen Vorgesetzten eher aufgezwungen worden. Nach der Sache in Russland galt er für die Kriminalpolizei als untragbar. Und dass er sich geweigert hatte, in die Schutzstaffel Himmlers einzutreten, war seiner beruflichen Karriere ebenfalls nicht förderlich gewesen. Zögernd stimmte er zu, sich nach dem Wochenende mit Streckwein am neuen Regierungssitz in Mürwik zu treffen. Dort hatte die Marine mehrere Schulungsgebäude und auch eine eigene Kommandantur. Zudem lag im Hafen seit Jahren der Hapag-Dampfer *Patria* mit den Annehmlichkeiten einer maritim-komfortablen Unterbringung. Es gab das Gerücht, dass sogar der Führer bei einem Flensburg-Besuch vor einigen Jahren auf dem Luxusschiff übernachtet hatte.

Druwe wechselte noch ein paar Worte mit dem Regierungsrat und brachte ein paar grobe Details in Erfahrung. Die Männer verabredeten ein Treffen für den Montagvormittag. Offenbar sollte Druwe eine Schlüsselrolle beim Aufbau einer neuen Polizeitruppe übernehmen. So viel konnte er den Andeutungen Streckweins entnehmen. Am Telefon war der Beamte jedoch nicht bereit, nähere Einzelheiten zu erläutern. Nachdem Druwe das Gespräch beendet hatte, gab er dem diensthabenden Hülser Anweisungen für die Wochenendschichten. Er wollte den Sonntag bei Eva in Flensburg verbringen und seinen schwer verletzten Kollegen Hans Oberbauer im Krankenhaus besuchen. Vor allem musste er sich aber darüber klar werden, ob er am Montag überhaupt noch Polizist sein wollte.

»Otto, ich fahre heute Abend nach Flensburg. Ich muss in dieser Mordsache Lessling den Kripo-Kollegen noch einige abschließende Fragen beantworten und die Berichte ergänzen«, log er.

Alle wussten, dass auf dem Polizeipräsidium in der Innenstadt im Moment das reinste Chaos herrschte. Die Führungsebene um Polizeidirektor Hans Hinsch hatte sich abgesetzt. In den letzten Wochen hatte man dort massenhaft gefälschte Dokumente für hochrangige SS-Offiziere, Wachleute der Lager und Verwaltungsbeamte des Reichssicherheitshauptamts ausgestellt. Plötzlich wurden aus diesen Männern entlassene Wehrmachtssoldaten, einfache Feldpolizisten, Feuerwehrleute, Sanitäter und Mitarbeiter technischer Hilfswerke. Neue Kennkarten ließen alte Identitäten verschwinden. Viele Mitarbeiter von Reichskriminalpolizei und Gestapo hatten sich abgesetzt oder waren mit Unterstützung der Flensburger unter falschem Namen abgetaucht.

Wachtmeister Hülser nickte, er kaute auf seiner Stulle. Dabei verzog sich sein Gesicht auf unnatürliche Weise, denn ein russischer Gewehrkolben hatte vor zwei Jahren seinen linken Kiefer zertrümmert. Der Feldarzt hatte im Suff beschissen gearbeitet, so dass der arme Hülser sein Essen fortan eher zermahlen musste. Er sah dabei jedes Mal aus wie eine Kuh beim Wiederkäuen.

Druwe fuhr mit seinem alten Wanderer von Glücksburg aus zurück in die Hafenstadt. Die Kiste klapperte und rauchte, aus dem Vergaser tropfte Benzin auf den heißen Motor, so dass Druwe befürchtete, mit dem Teil jeden Moment in die Luft zu fliegen. Auch dies war typisch für die Kriegswirtschaft. Gute Fahrzeuge waren längst durch Wehrmacht, NS-Fahrzeugkorps oder kriegswichtige Betriebe requiriert worden. Dafür durften sich Polizei, Feuerwehr und Hilfswerk bei Privatleuten aussuchen, was noch übrig war. Der Wanderer der Autounion war nur widerwillig angesprungen. Immerhin war der Tank noch zur Hälfte voll. Druwe fuhr am Glücksburger Schloss vorbei. Hier herrschte seit drei Tagen eine emsige Geschäftigkeit. Marinesoldaten überwachten den Zugang über die kleine Seebrücke. Sogar Möbelwagen hatte man vorfahren sehen. Hier hatte sich Rüstungsminister Speer in den edlen Räumlichkeiten einquartiert. Gerüchten zufolge sollte der ehemalige Monumentalarchitekt und Speichellecker des Führers irgendeine Rolle in der neuen Regierung übernehmen. Wahrscheinlich wollte er durch die Distanz zum Regierungssitz in Mürwik ein Zeichen gegenüber den Alliierten setzen. Er hatte sich immer schon für etwas Besseres gehalten.

Die Landschaft zwischen der verschlafenen Kleinstadt Glücksburg und dem völlig überfüllten Flensburg lag friedlich da. In den Wäldern klaubten einige Leute Feuerholz. Vielleicht hofften sie auch auf einen unvorsichtigen Hasen für den heimischen Teller. Am Strand von Meierwik sah Druwe sogar Kinder im Schlick des Fördestrands spielen. Er dachte an die Nachrichten aus Berlin, Dresden und Hamburg. Im

Moment war es eindeutig von Vorteil, im ländlichen Teil Deutschlands zu wohnen. Ein paar Kilometer konnten darüber entscheiden, ob das Dach über dem Kopf intakt und der Bauch gefüllt war. Am Twedterholz nahm die Bebauung langsam zu, und wenig später kam Druwe an der Marine-Sportschule Mürwik vorbei. Hier wollten sich Druwe und dieser Regierungsrat Streckwein am Montag treffen. Vor den Gebäuden des Kasernengeländes war aufwendig geflaggt worden, jedoch sah Druwe nur die Reichskriegsflagge, keine Swastika.

Das ist also die neue Wilhelmstraße, dachte Druwe. Der neue Regierungssitz. Von hier aus wurde jetzt die Zukunft des Reichs bestimmt. Der größte Feldherr aller Zeiten hatte dieses Land wirklich tief in die Scheiße geritten. Da nur wenig Verkehr auf der Straße war, fuhr Druwe langsamer und ließ die Eindrücke auf sich wirken.

Die Gebäude hinter Zaun und Absperrung hatten den Charme aller Kasernen. Der Backstein konnte vom Leid der geschundenen Rekruten berichten, und der Beton zeigte den jungen Männern gleich, dass hier eine Ästhetik der Härte und Kälte wirkte, die fortan ihr Leben beherrschen sollte. Als Druwe den weitläufigen Komplex umfahren hatte, bog er rechts in die steil abfallende Ziegeleistraße ein. Das Bild, das sich ihm darbot, hätte an diesem sonnigen Maimorgen prächtig sein können. Er hatte einen Panoramablick über den Hafen bis zum Westufer der Stadt. In der Schiffswerft war ein halb fertiger Frachter festgemacht. Und fast die gesamte Förde schien durch ankernde Schiffe, Schuten und Lastkähne belegt. Man hätte trockenen Fußes von Ost nach West über das Wasser laufen können. Einzig der Bereich des Marine-Stützpunkts war freigehalten worden. Hier patrouillierte ein Torpedoboot und verscheuchte ankerwillige Schiffe aus dem Militärbereich. So lag der Luxusdampfer *Patria* friedlich und ungestört vom Elend an seinem Anleger, der Blücherbrücke, in Sichtweite der ehemals kaiserlichen Marineschule.

Druwe fuhr weiter in die Innenstadt und stellte den Wagen in der

Nähe des Südermarkts ab. Hier war kein Durchkommen mehr, da die Leute mit ihrem Hab und Gut, mit Säcken und Karren die Straßen verstopften. Manche kauerten sogar unter Segeltuch in den Nischen und Gebäudegängen. Das Haus der Familie Jørgensen befand sich an der Roten Straße, in deren Hinterhöfen einige alte Handelskontore kleinerer Kaufleute lagen. Hier wurden Säcke mit Kaffee und Tee noch mit dem Handkarren vorgefahren, mit der Seilwinde in das Dachlager gezogen und dort verstaut. Mit besonderer Vorsicht galt es, die Rumfässer und Flaschen zu lagern. In allen Krisenzeiten war Hochprozentiges Gold wert. Druwe kannte das aus der Zeit, als er kriegsversehrt aus dem ersten großen Krieg zurückgekehrt war. In Hamburg und Berlin war man damals für drei Zigaretten oder eine halbe Flasche Fusel abgestochen worden.

So war es auch Jørgensens Kontoraufseher selbst, der die beiden Schauerleute vom Hafen hierher misstrauisch beäugt und begleitet hatte. Dem Kaufmann füllte der Schnaps die Börse, dem Arbeiter schenkte er Vergessen. Da konnte schnell ein Fässchen verschwinden.

»Moin, Kaj«, sagte Druwe, als er an dem Mann vorbeiging, um die schmale Treppe zur Wohnung des Kontorhauses emporzusteigen. Hier war Eva Steinfeld untergekommen, die als Aufseherin auf einem Bauernhof bei Kattrup arbeitete. Er hatte sie im Rahmen seiner Ermittlungen in der Mordsache Lessling kennengelernt. Magda Lessling, die Schwägerin des Toten, und Eva waren hier bei Verwandten untergetaucht, um einer Verfolgung durch die Gestapo zu entgehen. Zwar glaubte Druwe nicht, dass für die beiden Frauen noch eine Gefahr bestand. Trotzdem hatte er Eva geraten, sich möglichst nicht in der Stadt blicken zu lassen.

Eva saß in der geräumigen Küche vor dem Radio. Die Jørgensens hatten keinen billigen Volksempfänger, sondern ein englisches Modell, das sie in Kopenhagen gekauft hatten. Die »Goebbels-Schnauzen« waren einfache Geradeausempfänger, die den Empfang der Auslandssender erschwerten. Um das dänische Rundfunkprogramm oder die BBC zu empfangen, musste man an der leistungsschwachen Antenne herumfummeln, was höchst illegal war und manchen Schwarzhörer ins Zuchthaus oder an den Galgen gebracht hatte. Aus dem Gerät klangen flotte Tanztöne, die ganz sicher nicht den Freigabestempel der Reichskulturkammer erhalten hatten.

Als sie Jens Druwe erblickte, erhob Eva sich und eilte freudestrahlend auf ihn zu. Sie war deutlich jünger als er und hatte sich trotz persönlicher Schicksalsschläge eine gewisse Lebensfreude bewahrt, die sie nun mit ihm teilte. Es schien, als wäre ein Funke auf ihn übergesprungen, der seinen Elan und Willen belebt hatte. Er konnte immer noch nicht fassen, dass diese Frau ihn liebte. Sie umarmten und küssten sich. Es war in diesem Moment keine leidenschaftliche, sondern eher eine vertraute, zärtliche Geste. Gerade das rührte Druwe tief an. Sein Leben war in den letzten Jahren eine Katastrophe gewesen. Mehr als einmal hatte er daran gedacht, sich das Leben zu nehmen. Beruflich gescheitert, körperlich und seelisch verkrüppelt hatte er die Tage vor sich hinvegetiert. Seine Ehe war zerbrochen, seine Kinder hatte er seit über einem Jahr nicht gesehen. Seinen Beruf, die Arbeit bei der Kripo, hatte man ihm genommen. Stattdessen durfte er Hühnerdiebe in Glücksburg fangen. Die Erinnerungen und Alpträume an drei Jahrzehnte Krieg quälten ihn. Mit Eva Steinfeld hatte er endlich einen Menschen gefunden, der ihm Wärme und Geborgenheit geben konnte. Es war ein unbeschreibliches Gefühl, das größte Glück.

»Ich werde verrückt, wenn ich noch weiter hier drin bleibe«, sagte Eva plötzlich. »In der BBC sagen sie, dass nur noch im Osten gekämpft wird. Die meisten Truppen im Westen verhandeln über eine Kampfpause. Es ist aus. Wir sind die Schweine los. Ich will nach draußen, dabei sein, Jens.«